डॉ. अंबेडकर
आर्थिक विचार एवं दर्शन

डॉ. आंबेडकर
आर्थिक विचार एवं दर्शन

लेखक-संपादक

डॉ. नरेंद्र जाधव

प्रभात प्रकाशन, दिल्ली
ISO 9001:2008 प्रकाशक

प्रकाशक • **प्रभात प्रकाशन**
4/19 आसफ अली रोड,
नई दिल्ली–110002

संस्करण • 2017
मूल्य • छह सौ रुपए
मुद्रक • आर–टेक ऑफसेट प्रिंटर्स, दिल्ली

DR. AMBEDKAR : ARTHIK VICHAR EVAM DARSHAN
Ed. Dr. Narendra Jadhav ₹ 600.00
Published by Prabhat Prakashan, 4/19 Asaf Ali Road, New Delhi-2
e-mail: prabhatbooks@gmail.com ISBN 978-93-5048-587-3

आदरणीय
श्री भवरलाल जैन (जळगाँव),
श्री गिरीश गांधी (नागपुर),
श्री नंदकिशोर कागलीवाल (औरंगाबाद) और
श्री के.पी.आर. नायर (नई दिल्ली)
को
कृतज्ञतापूर्वक समर्पित

आभार

श्री सोमनाथ चटर्जी, श्री मोंटेक सिंह अहलूवालिया, डॉ. विजय केलकर, श्री दिलीप पाडगाँवकर,श्री एच.के. दुआ, श्री मुचकुंद दुबे, डॉ. प्रताप भानु मेहता और श्री पृथ्वीराज चव्हाण (पूर्व मुख्यमंत्री, महाराष्ट्र)।

अनुवाद एवं तकनीकी सहायता : सर्वश्री वीरेन वर्मा, प्रणय कुमार, पारितोष मालवीय, संतोष सोनी, अनीता गौड़, मोना जैन और प्रभाकर गायकवाड़।

विशेष सहायता : डॉ. विनोद शाह, प्रो. मनोहर जाधव, डॉ. मिलिंद भोई, राजू वाघमारे, दिनेश जाधव और अपूर्वा जाधव।

सहयोग : प्रो. अविनाथ डोलस (मुंबई), प्रो. प्रकाश भोंडे (पुणे), अपर्णा राजेंद्र (पुणे), डॉ. अनिल हिरेखन (नागपुर), अमिताभ भट्टाचार्य, गणेश रामदासी, अंजलि प्रभाकरन, गुरुप्रकाश और जगपाल सिंह (दिल्ली)।

छायाचित्र आभार : विजय सुरवाडे।

सराहना…

"डॉ. बाबा साहब आंबेडकर के भाषणों को… संकलित करने के लिए डॉ. नरेंद्र जाधव बधाई के पात्र हैं। डॉ. आंबेडकर हमारे महानतम कानूनविदों और शिक्षाविदों में से एक हैं। उनका भारत के संविधान की रचना में और आधुनिक भारत के निर्माण में शानदार योगदान है, जिसे देश कृतज्ञता से याद करता है। प्रारूप समिति के अध्यक्ष के रूप में डॉ. आंबेडकर ने हमारे संविधान की आधारशिला के रूप में राजनीतिक लोकतंत्र के साथ-साथ सामाजिक और आर्थिक लोकतंत्र की स्थापना की। डॉ. आंबेडकर के लिए संविधान सामाजिक एवं आर्थिक परिवर्तन का साधन था और उन्होंने परिकल्पना की थी कि संसद् प्रगतिशील कानूनों के जरिए सामाजिक इंजीनियरिंग को सक्रियता से लागू करेगी। डॉ. आंबेडकर जैसे बहुआयामी व्यक्ति के विचारों को लोगों के सामने लाकर डॉ. जाधव ने देश की महान् सेवा की है। डॉ. आंबेडकर शिक्षक, कानूनविद्, संविधान विशेषज्ञ, समाज सुधारक, वंचित वर्गों के अधिकारों की लड़ाई लड़नेवाले और उच्च कोटि के नेता थे; वह हमें देश की आज की तमाम समस्याओं के समाधान का रास्ता दिखाते हैं।"

—सोमनाथ चटर्जी

पूर्व लोकसभा अध्यक्ष

"इन (भाषणों) को पढ़ना सुखद और जानकारीप्रद अनुभव रहा। डॉ. आंबेडकर के सामाजिक, राजनीतिक, आर्थिक और धार्मिक मुद्दों से लेकर कानून तथा संविधान संबंधी विचार बेहद स्पष्ट रूप से सामने आते हैं। विविध विषयों के साथ कालक्रमानुसार प्रस्तुति डॉ. आंबेडकर सरीखे इस सच्चे महान् भारतीय विद्वान् तथा समाज सुधारक के विचारों के विकास को समझने में अत्यधिक सहायक है। डॉ.

नरेंद्र जाधव इस अत्यधिक उपयोगी कार्य के लिए बधाई के पात्र हैं।''

—मोंटेक सिंह अहलूवालिया

पूर्व उपाध्यक्ष, योजना आयोग

''डॉ. बाबा साहब आंबेडकर के भाषणों के यह (पुस्तक) उनकी चकित कर देनेवाली विद्वत्ता को दरशाते हैं। डॉ. आंबेडकर एक बहुचर्चित तथा विद्वान् महापुरुष थे, जो बड़ी आसानी से दर्शन से परंपराओं की ओर मुड़ जाते थे। इन भाषणों में राजनीतिक, अर्थव्यवस्था, समाजशास्त्र, इतिहास और वास्तविक राजनीति जैसे विभिन्न क्षेत्र शामिल हैं। डॉ. आंबेडकर ने हमारी राजनीति में गहन उदार मूल्यों को प्रोत्साहित किया और समाज में सामाजिक चेतना जाग्रत् की। डॉ. नरेंद्र जाधव की विद्वत्ता ने देश के सामने मौजूद विशाल आर्थिक और सामाजिक समस्याओं पर डॉ. आंबेडकर के महान् गहन विश्लेषण को हमें उपलब्ध कराया। इन भागों से हमें पता चलता है कि जब स्वतंत्र भारत को प्रकाश की नई सुबह की जरूरत है तो डॉ. बाबा साहब आंबेडकर को पाकर क्यों कृतार्थ महसूस करना चाहिए।''

—विजय केलकर

अध्यक्ष, इंडिया डेवलपमेंट फाउंडेशन, दिल्ली

''हमारा गणतंत्र हमें क्यों दिशाहीन लगता है और क्यों हमारा लोकतंत्र नैतिक दिशासूचक से वंचित लगता है, यह समझने के लिए डॉ. आंबेडकर के इन बुनियादी भाषणों के खजाने को पढ़ने से बेहतर और कोई दूसरा उपाय नहीं है।

भारतीय समाज और भारतीय राज्य की बुराइयों की उनकी पहचान तथा उनके बताए उपचार आज के समय में पहले से भी अधिक प्रासंगिक हैं। इन पुस्तकों के संपादक डॉ. नरेंद्र जाधव आधुनिक भारत के सबसे विराट व्यक्तित्व के विचारों एवं कार्यों के ठोस और व्यापक विवरण उपलब्ध कराने के लिए समृद्ध पुरस्कार के पात्र हैं।''

—दिलीप पाडगाँवकर

पूर्व संपादक, द टाइम्स ऑफ इंडिया

''डॉ. नरेंद्र जाधव द्वारा प्रस्तुत पुस्ताकों से यह स्पष्ट होता है कि आधुनिक भारत के निर्माताओं में से एक डॉ. आंबेडकर का विकास किस तरह से हुआ। डॉ.

आंबेडकर अपने समय से आगे थे और सदियों के पूवांग्रह और सामाजिक दमन के बोझ से दबे लोगों के लिए न्याय और समानता के अपने उद्देश्य के प्रति समर्पित थे।

इन भाषणों से यह भी पता चलता है कि जब नया भारत आकार ले रहा था, उस समय सार्वजनिक वार्त्तालाप की क्या गुणवत्ता थी।''

—एच.के. दुआ

वरिष्ठ पत्रकार और सांसद

''बाबा साहब आंबेडकर उन भारतीय नेताओं की श्रेणी में आते हैं जिन्होंने भारत की स्वतंत्रता के लिए संघर्ष किया और राष्ट्र के स्वातंत्र्योत्तर युग में संक्रांति पुनर्रचना को भी सँभाला। हालाँकि उनमें वे अकेले ही थे जिन्होंने भारतीय समाज में व्याप्त हर तरह के अन्याय और भेदभाव को सक्रियता से तथा परिश्रम से दूर करने को अपने जीवन का मिशन बना लिया।

ये मिशन दुर्भाग्य से पूरा नहीं हो सका और कई बहुत महत्त्वपूर्ण पहलुओं को तो गंभीरता से तथा सही तरह से लिया ही नहीं गया।

हालाँकि डॉ. आंबेडकर के विचार, दृष्टिकोण और रणनीति इस क्षेत्र में समस्याओं के समाधान का मूल तत्त्व अब भी बने हुए हैं।

नीति निर्माता, शोधकर्ता और चिंतित नागरिक इस बात के लिए डॉ. नरेंद्र जाधव के बड़े आभारी होंगे, जिन्होंने डॉ. आंबेडकर के बुनियादी भाषणों के इस संग्रह के जरिए उनके विचार और दर्शन उन्हें आसानी से उपलब्ध कराए।

इस विषय के जाने-माने अधिकारी होने के नाते वे सचमुच इस स्थिति में थे कि लंबे समय से महसूस की जा रही इस जरूरत को पूरा कर सकें।''

—मुचकुंद दुबे

अध्यक्ष, कौंसिल फॉर सोशल डेवलपमेंट

पूर्व विदेश सचिव, भारत सरकार

''क्या संसाधन है! इन संस्करणों से पाठक को डॉ. आंबेडकर के विचारों को गहराई से समझने का बहुमूल्य मौका मिलता है। डॉ. आंबेडकर के विचारों में कालक्रमानुसार विकास के साथ-साथ विचारात्मक मुद्दों पर ध्यान देने से ये संस्करण डॉ. आंबेडकर के बारे में किसी भी गंभीर अध्ययन के लिए आवश्यक हो जाएँगे।

यह भलीभाँति दरशाता है कि डॉ. आंबेडकर हमारे समय में कितने गुंजायमान

हैं, उनकी आवाज कितनी सजीव है। उनकी लगन की विशालता और न्याय के लिए उनका जुनून उल्लेखनीय तीक्ष्णता के साथ सामने आती है। इन बहुमूल्य संसाधन को एक साथ रखकर संपादक ने उल्लेखनीय कार्य किया है।''

—प्रताप भानु मेहता

अध्यक्ष एवं मुख्य कार्यकारी

नीति अनुसंधान केंद्र

भूमिका

भारतरत्न डॉ. भीमराव रामजी आंबेडकर, जो स्नेह से बाबासाहब कहे जाते हैं, निश्चित ही भारत के सर्वाधिक यशस्वी सपूतों में से एक हैं। वे भारत के सामाजिक राजनीतिक मंच पर 1920 के दशक के प्रारंभ में प्रकट हुए और ब्रिटिश राज से अंत तक भारत के सामाजिक, सांस्कृतिक, आर्थिक और राजनीतिक कायाकल्प के अग्रस्थान में रहे। सन् 1947 में स्वतंत्रता के बाद से सन् 1956 में मृत्युपर्यंत आधुनिक भारत की नींव रखने में डॉ. आंबेडकर ने महत्त्वपूर्ण एवं अनूठी भूमिका निभाई।

डॉ. आंबेडकर का जीवन एक अविश्वसनीय आख्यान है : एक अस्पृश्य बालक, बचपन से जवानी तक कदम-कदम पर अपमानित, सभी विवशताओं को पार करते हुए वैश्विक स्तर के विश्वविद्यालयों से उच्चतम डिग्रियाँ प्राप्त करता है। इसके बाद वे अपना जीवन अन्यायपूर्ण एवं मानव अधिकारों से वंचित जातिबद्ध पुरानी सामाजिक व्यवस्था के विनाश हेतु समर्पित कर देते हैं। परिवार के किसी सौभाग्य या किसी राजनीतिक वंशावली के बिना ही केवल कमरतोड़ मेहनत, दृढ़निश्चय, उच्चतम साहस एवं स्वार्थरहित बलिदान के बल पर, जबरदस्त राजनीतिक विरोध तथा सामाजिक भेदभाव पर विजय पाते हुए वे स्वतंत्र भारत के संविधान के प्रधान निर्माता बन जाते हैं। तदुपरांत वे इस सकारात्मक कार्य के लिए रक्षाकवच बनाने के उद्देश्य से एक अधिक न्याययुक्त समाज, जो लाखों-करोड़ों पददलित लोगों को सामाजिक न्याय दे सके, उसकी स्थापना के कार्य में लग जाते हैं और इस प्रकार सामाजिक न्याय एवं तार्किकता पर आधारित एक नए भारत के निर्माण की बुनियाद रखते हैं। इस प्रक्रिया में वे न केवल भारतीय

गणतंत्र के साहसी रक्षक वरन् आधुनिक भारत के सजग प्रहरी भी बनते हैं।

कोई आश्चर्य नहीं कि हमारे राष्ट्र के इतिहास में जितने नेता हुए हैं उनमें सबसे अधिक मूर्तियाँ डॉ. आंबेडकर की ही लगी हैं। इन मूर्तियों में वे एक हट्टे-कट्टे, नीले सूट और लाल टाई पहने हाथ में पुस्तक लिये हुए, जो निश्चित ही भारतीय संविधान है, दिखाए जाते हैं। ऐसी मूर्तियाँ सारे देश में हर जगह देखी जा सकती हैं—गाँवों में, शहरों में और अकसर चौराहों पर। यह कोई आश्चर्य की बात नहीं है कि प्रत्येक वर्ष 6 दिसंबर (डॉ. आंबेडकर की निर्वाण तिथि) को लगभग 20 लाख लोग मुंबई की चैत्य भूमि पर अपने नायक, जिसको वे अपने रक्षक के रूप में पूजते हैं, उनको श्रद्धांजलि देने के लिए एकत्रित होते हैं। यह भी आश्चर्य की बात नहीं है कि अगस्त 2012 में कुछ टी.वी. चैनलों (हिस्टरी, टी.वी. 18 और सी.एन.एन. आई.बी.एन.) द्वारा कराए गए इ-मतदान में उन्हें (महात्मा गांधी के बाद) सर्वश्रेष्ठ भारतीय चुना जाता है।

इस पृष्ठभूमि में स्पष्टत: यह भारी अन्याय होगा यदि उन्हें केवल दलितों के नेता के रूप में पहचाना जाए, जैसा कि अकसर जिम्मेदार लोगों के द्वारा भी किया जाता है। डॉ. आंबेडकर सिर्फ एक दलित नेता या भारत के शोषित लोगों के ही नेता नहीं थे। वे एक राष्ट्रीय नेता थे। उनकी विद्वत्ता, उनका जन आंदोलन, सरकार और उसके बाहर उनकी भूमिका दिखाती है कि उनका राष्ट्रवाद का ब्रांड उन लोगों से बिलकुल अलग था जो ब्रिटिश शासन से भारत की स्वतंत्रता की लड़ाई लड़ रहे थे। डॉ. आंबेडकर का राष्ट्रवाद केवल भारतीयों को सत्ता हस्तांतरण तक सीमित नहीं था। उनकी दृष्टि में राष्ट्रवाद एक स्थायी प्रकृति के राष्ट्रीय पुनर्निर्माण का कार्य था अर्थात् यह सामाजिक समानता और सांस्कृतिक एकता के जरिए युगों पुरानी जातिग्रस्त, अन्यायपूर्ण, भेदभाव युक्त सामाजिक व्यवस्था को छोड़कर लोकतांत्रिक गणराज्य का निर्माण था।

अपने घटनापूर्ण जीवन में उन्होंने अर्थशास्त्री, समाजशास्त्री, मानवविज्ञानी, शिक्षाविद्, पत्रकार, तुलनात्मक धर्म के विद्वान्, नीति निर्माता, प्रशासक तथा सांसद के रूप में उत्कृष्ट योगदान किया और इन सबके साथ एक न्यायविद् के रूप में भारतीय संविधान के प्रधान निर्माता के रूप में कार्य किया। इन सबसे परे वे एक महान् समाज सुधारक, मानव अधिकारों के चैंपियन और पददलितों के मुक्तिदाता थे, जिन्होंने अपना सारा जीवन भारत की सामाजिक चेतना को जगाने में लगा दिया।

एक राजनेता और जननायक होने के बावजूद वे गंभीर चिंतक एवं विद्वान् थे। जनांदोलनों और राजनीतिक घटनाक्रमों में पूरी तरह से उलझे होने के बावजूद उन्होंने अर्थशास्त्र, समाजशास्त्र, मानवविज्ञान शास्त्र, इतिहास, संस्कृति, राजनीति, कानून एवं धर्म पर महत्त्वपूर्ण पुस्तकें लिखीं जो उनके सच्चे बुद्धिजीवी होने का प्रमाण हैं।

डॉ. आंबेडकर ने बड़ी संख्या में विविध विषयों में क्षेत्रीय, राष्ट्रीय और अंतरराष्ट्रीय मंचों पर भाषण दिए। राजनीति के अलावा उनके विषयों का दायरा सामाजिक, आर्थिक, धार्मिक, कानून और संविधान तक था। मंच के रूप में उनका दायरा बंबई प्रांत विधान परिषद् (और बाद में बंबई विधानसभा), ब्रिटिश सरकार द्वारा लंदन में आयोजित गोल-मेज परिषद्, वायसराय कार्यकारी परिषद् में श्रमिक सदस्य के रूप में, केंद्रीय विधानसभा (स्वतंत्र भारत के प्रथम विधि मंत्री के रूप मे), संविधानसभा (प्रारूप समिति के अध्यक्ष के रूप में) तथा संसद् (राज्यसभा में विपक्षी सदस्य) तक फैला था। इसके अलावा एक अग्रणी सामाजिक और राजनीतिक आंदोलनों के नेता के रूप में उन्होंने कई सार्वजनिक भाषण दिए हैं।

यह चार पुस्तकें डॉ. आंबेडकर के भाषणों के और विचारों के व्यवस्थित अध्ययन का प्रथम प्रयास है। डॉ. आंबेडकर ने अपने भाषण मुख्यत: अंग्रेजी व मराठी और कभी-कभी गुजराती व हिंदी में भी दिए हैं। जहाँ उनके भाषण बाबासाहब आंबेडकर राइटिंग्स ऐंड स्पीचीज—Babasaheb Ambedkar Writings and Speeches (बी.ए.डब्ल्यू.एस.) में उपलब्ध हैं, वे कई खंडों में बिखरे हुए हैं, जैसे : 1, 2, 10, 13, 15, 17 (भाग 3) और 18 (भाग 1, 2, 3)। कुछ भाषण जो अंग्रेजी, हिंदी या गुजराती में दिए गए हैं मराठी में उपलब्ध हैं और कुछ मामलों में मराठी में दिए गए भाषण केवल अंग्रेजी में उपलब्ध हैं। दुर्भाग्य से डॉ. आंबेडकर द्वारा दिए गए भाषणों की कोई भी पूर्ण या लगभग पूर्ण सूची वर्तमान में उपलब्ध नहीं है।

डॉ. आंबेडकर के ये सारगर्भित चयनित भाषण और विचार 10 वर्गों में बाँटे गए हैं। उनमें से भी कुछ भाषणों को अन्य उप वर्गों में बाँटा गया है तथा यथासंभव 7 वर्गों के संक्षिप्त परिचय के साथ प्रस्तुत किया गया है। कहने की आवश्यकता नहीं है कि प्रत्येक वर्ग और उपवर्ग में चयनित भाषणों को

कालक्रमानुसार रखां गया है, ताकि पाठकों को डॉ. आंबेडकर के चिंतन के विकास का अनुमान लग सके।

दस वर्गों में वर्गीकृत ये सारगर्भित भाषण और ग्रंथविचार 4 पुस्तकों में इस प्रकार रखे गए हैं—

पुस्तक–1 : आत्मकथा एवं जनसंवाद

पुस्तक–2 : सामाजिक विचार एवं दर्शन

- अस्पृश्यता एवं जातिव्यवस्था
- लोकतंत्र
- शिक्षा के विषय में
- विविध (सामाजिक)

पुस्तक–3 : आर्थिक विचार एवं दर्शन

- प्रबंध लेखन तथा आर्थिक समस्याओं की समीक्षा
- चुनिंदा आर्थिक भाषण

पुस्तक–4 : राजनीति, धर्म और संविधान विचार

- राजनीति
- धर्म विचार
- संविधान विचार

काफी लंबे समय से चली आ रही माँग के अनुरूप डॉ. आंबेडकर के भाषणों के और विचारों के यह चार ग्रंथ इस विश्वास के साथ प्रस्तुत किए जा रहे हैं कि डॉ. आंबेडकर को सच्ची भावना से जानना वास्तव में समय की माँग है।

मुझे कोई संदेह नहीं है कि यह चार ग्रंथों का विद्वानों, शोधार्थियों, छात्रों, राजनीतिक कार्यकर्ताओं, नागरिक समाज और सामान्य पाठकों द्वारा स्वागत किया जाएगा।

—डॉ. नरेंद्र जाधव

डॉ. आंबेडकर की जीवन कहानी

डॉ. आंबेडकर की महान् जीवन गाथा को आठ विभिन्न चरणों में विभाजित किया जा सकता है—

चरण I : जुलाई 1917 से सितंबर 1920

प्रशासनिक कारणों से लंदन में डॉ. आंबेडकर की उच्च शिक्षा में बाधा पड़ी और उन्हें जुलाई 1917 में भारत वापस लौटना पड़ा। उन्होंने फिर तीन साल बाद सितंबर 1920 में अपनी पढ़ाई दोबारा शुरू की। इस अंतराल में डॉ. आंबेडकर ने सार्वजनिक जीवन में थोड़ा-बहुत भाग लेना शुरू किया। इस चरण में घटी कुछ प्रमुख घटनाएँ निम्नानुसार हैं—

- साउथबोरो कमेटी के सामने बयान (1917)
- पहले मराठी पाक्षिक 'मूकनायक' का शुभारंभ (1920)
- मुंबई प्रांत में वंचित वर्गों के सम्मेलन में भागीदारी (1920)

चरण II : अप्रैल 1923 से नवंबर 1930

यह चरण डॉ. आंबेडकर के सार्वजनिक जीवन का आधारकाल था। इसी अवधि में डॉ. आंबेडकर ने अपने सामाजिक आंदोलन की नींव रखी। इस चरण की प्रमुख घटनाएँ निम्नानुसार हैं—

- डॉ. आंबेडकर के प्रथम सामाजिक संगठन 'बहिष्कृत हितकारिणी सभा' (1924) की स्थापना,
- हिल्टन यंग आयोग (1925) के सामने बयान (जिसने 1935 में भारतीय

रिजर्व बैंक की स्थापना की),

- मुंबई प्रांत विधान परिषद् में सदस्य के रूप में मनोनयन (1927)
- जनांदोलन-महाड सत्याग्रह का आरंभ (1927)
- 'मनुस्मृति' का सार्वजनिक दहन (1927)
- नए मराठी पाक्षिक 'बहिष्कृत भारत' का प्रकाशन (1927)
- नए मराठी पाक्षिक, 'जनता' का प्रकाशन (1930)
- अखिल भारतीय वंचित वर्ग सम्मेलन, नागपुर (1930)

इस चरण में डॉ. आंबेडकर ने प्रांतीय स्तर पर देश में सामाजिक आंदोलन की अमिट छाप छोड़ी। उनका योगदान इतना प्रभावशाली था कि ब्रिटिश सरकार ने उनका चयन लंदन में होनेवाले गोलमेज सम्मेलन में भाग लेने के लिए किया। समूचे ब्रिटिश भारत से अस्पृश्य जातियों के प्रतिनिधित्व के लिए चुने गए दो प्रतिनिधियों में एक डॉ. आंबेडकर भी थे। इससे डॉ. आंबेडकर के राष्ट्रीय स्तर पर उभरने का रास्ता साफ हो गया।

चरण III : नवंबर 1930 से अगस्त 1936

इस चरण की शुरुआत डॉ. आंबेडकर के पहले गोलमेज सम्मेलन में भाग लेने से शुरू हुई और इसका अंत उनकी स्वयं की पार्टी—इंडिपेडेंट लेबर पार्टी बनाकर औपचारिक तौर पर राजनीति में कूदने के साथ हुआ। इस चरण की मुख्य घटनाएँ निम्नानुसार रहीं—

- पहला गोलमेज सम्मेलन (नवंबर 1930 से जनवरी 1931)
- डॉ. आंबेडकर और महात्मा गांधी की पहली मुलाकात (अगस्त 1931)
- दूसरा गोलमेज सम्मेलन (सितंबर-दिसंबर 1931),
- गांधी-आंबेडकर विवाद, आंबेडकर के विरोध में गांधीजी का अनशन और गांधी-आंबेडकर समझौता ('पूना पैक्ट', सितंबर, 1932)
- तीसरा गोलमेज सम्मेलन (नवंबर-दिसंबर 1932)
- मुंबई नगर निगम कर्मचारी संघ के अध्यक्ष के रूप में निर्वाचन (अप्रैल 1934)
- हिंदू धर्म छोड़ने का इरादा जाहिर करना, जिससे देशभर में हलचल मच गई (अक्तूबर 1935)

- राजनीतिक दल इंडिपेडेंट लेबर पार्टी (आई.एल.पी.) की स्थापना और राजनीति में औपचारिक प्रवेश।

चरण IV : 1937 से जुलाई 1942

इस चरण में डॉ. आंबेडकर मुंबई प्रांत में राजनेता के रूप में साथ-ही-साथ अग्रणी मजदूर नेता के रूप में उभरे। इस चरण की प्रमुख घटनाएँ निम्नानुसार रहीं—

- इंडिपेंडेंट लेबर पार्टी को मुंबई प्रांतीय विधान सभा के चुनावों में उल्लेखनीय सफलता (1937)
- 'खोती प्रणाली' के विरुद्ध जनांदोलन (1937)
- 'महार वतन' के विरुद्ध जन संघर्ष (1937)
- ट्रेड डिस्प्यूट्स बिल का विरोध (1938) और मजदूर नेता के रूप में व्यापक मान्यता।

इस चरण में डॉ. आंबेडकर के महत्त्वपूर्ण योगदान के कारण उन्हें वायसराय की कार्यकारी परिषद् में श्रम सदस्य अर्थात् श्रम मंत्री के रूप में मनोनीत किया गया।

चरण V : जुलाई 1942 से मई 1946

यह चरण डॉ. आंबेडकर के जीवन का विशिष्ट चरण है जिसमें उन्होंने भारत में ब्रिटिश सरकार के मंत्री के रूप में कार्य किया। वायसराय की कार्यकारी परिषद् के सदस्य के रूप में डॉ. आंबेडकर ने श्रम और रोजगार, ऊर्जा, खनिज एवं जल प्रबंधन जैसे महत्त्वपूर्ण विभाग सँभाले। मंत्री के रूप में शानदार कार्य करने के साथ-साथ इस चरण में उन्होंने दो और महत्त्वपूर्ण कार्य किए—

- व्यापक आधार वाली नई राजनीतिक पार्टी-शेड्यूल कास्ट फेडरेशन (एस.एफ.सी.) की स्थापना (जुलाई 1942)
- पीपुल्स एज्यूकेशन सोसाइटी (पी.ई.एस.) नाम की शैक्षणिक संस्था की स्थापना (जुलाई 1945)

चरण VI : मई 1946 से जुलाई 1946

यह छोटा चरण डॉ. आंबेडकर के लिए भारी अनिश्चितता और बेचैनी भरा रहा। वायसराय की कार्यकारी परिषद् के भंग होने के बाद 19 जून, 1946 को बनी कार्यवाहक सरकार के मंत्रिमंडल में डॉ. आंबेडकर को शामिल नहीं किया गया (उनकी जगह श्री जगजीवन राम को शामिल किया गया।)। यह अनिश्चितता जुलाई 1946 में डॉ. आंबेडकर के बंगाल प्रांत से संविधान सभा के लिए निर्वाचित होने के साथ ही खत्म हो सकी। इस चरण की प्रमुख घटनाएँ निम्नानुसार रहीं—

- केंद्र में कार्यवाहक सरकार का गठन
- ब्रिटिश सरकार के तीन मंत्रियों के कैबिनेट मिशन द्वारा घोषित योजना के विरोध में डॉ. आंबेडकर ने विरोध आंदोलन किया। विरोध बंबई प्रांत, कानपुर, लखनऊ आदि जगहों पर फैला।

चरण VII : जुलाई 1946 से सितंबर 1951

इस प्रभावशाली चरण की शुरुआत डॉ. आंबेडकर के संविधान सभा के लिए निर्वाचित होने के साथ हुई और इसका समापन सितंबर 1951 में कानून मंत्री के रूप में केंद्रीय मंत्रिमंडल से उनके इस्तीफे के साथ हुआ। इस चरण में डॉ. आंबेडकर ने अपने को नए स्वतंत्र भारत के पुनर्निर्माण में लगाया। इस चरण की महत्त्वपूर्ण और ऐतिहासिक घटनाएँ निम्नानुसार रहीं—

- संविधान सभा के लिए बंगाल प्रांत से निर्वाचन (जुलाई 1946)
- बंबई से संविधान सभा के लिए पुनर्निर्वाचन (जुलाई 1947)
- भारत के पहले कानून मंत्री बनाए गए (अगस्त 1947)
- भारत के संविधान की प्रारूप समिति के अध्यक्ष बनाए गए (अगस्त 1947)
- भारत के संविधान को मंजूरी (नवंबर 1950)

इस चरण को डॉ. आंबेडकर को भारतीय संविधान के निर्माण में प्रमुख भूमिका के ऐतिहासिक और अद्वितीय कार्य के लिए याद किया जाता है। इसके अतिरिक्त डॉ. आंबेडकर ने स्वतंत्र भारत के पहले कानून मंत्री के रूप में विशिष्ट

योगदान दिया और आधुनिक भारत के कानूनी ढाँचे की नींव रखी। डॉ. आंबेडकर ने हिंदू कोड बिल को लेकर तत्कालीन प्रधानमंत्री जवाहरलाल नेहरू से मतभेदों के कारण 8 सितंबर, 1951 को केंद्रीय मंत्रिमंडल से त्यागपत्र दे दिया।

चरण VIII : सितंबर 1951 से 6 दिसंबर, 1956

इस अंतिम चरण में डॉ. आंबेडकर ने सक्रिय राजनीति से दूरी बना ली और हिंदू धर्म का त्याग करते हुए बौद्ध धर्म अपना लिया। इस चरण की महत्त्वपूर्ण घटनाएँ निम्नानुसार रहीं—

- प्रथम आम चुनाव (1952)
- लोकसभा चुनाव लड़े और पराजित हुए (1952)
- राज्यसभा सांसद बने (1952)
- पत्रिका 'प्रबुद्ध भारत' का प्रकाशन आरंभ किया (फरवरी 1956)
- पाँच लाख अनुयायियों के साथ बौद्ध धर्म को स्वीकार किया। (अक्तूबर 1956)
- महापरिनिर्वाण (6 दिसंबर, 1956)।

प्रारंभिक : डॉ. आंबेडकर
एक अनन्यसाधारण अर्थशास्त्री

डॉ. बाबासाहब आंबेडकर भारत के एक महान् सुपुत्र माने जाते हैं। वे भारतीय संविधान के मुख्य शिल्पकार के रूप में विश्व त्रिख्यात हैं, परंतु उनकी विद्वत्ता केवल विधिशास्त्र तक सीमित नहीं थी। उनकी प्रतिभा वास्तव में बहुमुखी थी। विधिशास्त्र के अतिरिक्त वे समाज-विज्ञान, राजनीति शास्त्र, मानवशास्त्र तथा तुलनात्मक धर्मशास्त्र के भी प्रकांड पंडित थे। इन विविध क्षेत्रों में भी उनका महत्त्वपूर्ण योगदान है। साथ-ही-साथ उन्हें एक महान् समाज सुधारक, मानव अधिकारों के संरक्षक, भारतीय पद्दलितों के उद्धारकर्ता, शिक्षा विशारद, सांसद तथा पत्रकार के रूप में भी ख्याति प्राप्त है, लेकिन दुर्भाग्य से इस बहुविध व्यक्तित्व का एक अंग अल्पज्ञात रह गया है, जो है उनके द्वारा अर्थशास्त्र के क्षेत्र में किया गया अभूतपूर्व कार्य।

वास्तव में डॉ. आंबेडकर का मूल प्रशिक्षण एक अर्थशास्त्री के रूप में ही हुआ था। अमेरिका के प्रख्यात कोलंबिया विश्वविद्यालय से उन्होंने सन् 1915 में एम.ए. तथा 1917 में पी-एच.डी. की जो उपाधियाँ प्राप्त कीं, वे दोनों अर्थशास्त्र विषय लेकर कीं। इसके पश्चात् सन् 1923 में 'लंदन स्कूल ऑफ इकॉनोमिक्स' ने उन्हें डी.एस-सी. (डॉक्टर ऑफ साइंस) की जो उपाधि दी, वह उनके अर्थशास्त्रीय अनुसंधान के आधार पर ही थी।

डॉ. आंबेडकर के अर्थशास्त्री होने की छाप उनके द्वारा प्रत्येक क्षेत्र में किए गए कार्य पर स्पष्ट अंकित है। स्वतंत्रता से पूर्व तथा पश्चात् समय-समय पर दिए गए वक्तव्यों तथा अनेक आयोगों के समक्ष उनके कथनों से भारतीय

अर्थव्यवस्था की समस्याओं के बारे में उनकी सूक्ष्म पहचान तथा गहरा ज्ञान प्रदर्शित होता है। उनके ओजपूर्ण भाषण तो जैसे आर्थिक विचारों से ओत-प्रोत हैं। अस्पृश्यता तथा जाति व्यवस्था जैसी सामाजिक बुराइयों के आर्थिक पहलुओं पर प्रकाश डालनेवाले वे शायद पहले विचारक थे। अन्य देशों के संविधानों की तुलना में भारतीय संविधान में आर्थिक तथा वित्तीय प्रावधानों के बाहुल्य का श्रेय भी डॉ. आंबेडकर के प्रभाव को ही जाता है।

इस पार्श्वभूमि के संदर्भ में डॉ. आंबेडकर द्वारा अर्थशास्त्री के रूप में किए गए महत्त्वपूर्ण कार्य के प्रति सर्वव्यापी अनभिज्ञता को देखकर खेद होता है। इस खेदजनक स्थिति की वजह क्या हो सकती है, यह प्रश्न उभरता है।

समकालीन विद्वान् इसके दो कारण बताते हैं। पहला, भारतीयों की बौद्धिक गुलामी, जिसके कारण हम विदेशी विद्वानों विशेषत: पाश्चात्य विद्वानों का जरूरत से ज्यादा गुणगान करते हैं, परंतु अपने देश के उन विद्वानों को सराहने से कतराते हैं, जो उतनी ही उच्च कोटि के हों। यह बात हमारी मानसिकता में गहरी बैठ गई है।

परंतु पल भर सोच-विचार करने से स्पष्ट हो जाएगा कि यह कारण कितना खोखला है। दो अत्यंत ठोस विपरीत उदाहरण तुरंत उभरते हैं—डॉ. दादाभाई नौरोजी तथा न्यायमूर्ति माधव गोविंद रानडे—इन दोनों नेताओं को देशसेवक के रूप में तो सम्मान मिला ही, साथ-ही-साथ महान् अर्थशास्त्री होने की स्वतंत्र मान्यता भी प्राप्त हुई। तथाकथित भारतीय बौद्धिक दासत्व इनके विषय में रुकावट नहीं बना। दुर्भाग्य से डॉ. आंबेडकर के संबंध में ऐसा नहीं हो सका।

दूसरा कारण यह दिया जाता है कि विधि शास्त्र, समाज विज्ञान, धर्मशास्त्र के साथ-साथ शिक्षा, राजनीति, पत्रकारिता जैसे विविध क्षेत्रों में उनका कार्य इतना दैदीप्यमान है कि अर्थशास्त्र में उनका योगदान छिप-सा जाता है। वैसे तो इस तर्क की कमजोरी उपर्युक्त उदाहरणों से ही स्पष्ट हो जाती है, फिर भी यदि इसे मान लिया जाए तो डॉ. आंबेडकर के अर्थशास्त्रीय कार्य के प्रति आम व्यक्ति की अनभिज्ञता समझी जा सकती है। किंतु अर्थशास्त्र के विद्वानों के इस अज्ञान का क्या कारण है? भारतीय आर्थिक विचारों के विकास की समीक्षा करनेवाले ग्रंथों में भी यदि डॉ. आंबेडकर के आर्थिक विचारों को पूरी तरह

नजरअंदाज किया जाता है तो उसका समर्थन कैसे किया जा सकता है?[1] इसका तो एक ही निष्कर्ष निकलता है कि इन तथाकथित विद्वानों ने जान-बूझकर डॉ. आंबेडकर के आर्थिक विचारों तथा आर्थिक दर्शन की उपेक्षा करने का प्रयास किया है। यह बात कटु अवश्य है, परंतु सत्य भी है।

भारतीय समाज ने डॉ. आंबेडकर के आर्थिक विचारों की अवहेलना करके उनके साथ तो अन्याय किया ही है, लेकिन स्वयं अपनी भी व्यापक हानि की है। डॉ. आंबेडकर के आर्थिक विचार संकुचित नहीं थे। वे सदैव संपूर्ण राष्ट्र के हित की बात सोचते थे। उन्हें केवल भारतीय पददलितों का नेता मान लेना इस महान् देशभक्त का अपमान करना है। भारतीय समाज का डॉ. आंबेडकर के आर्थिक विचारों से वंचित रह जाना राष्ट्र का दुर्भाग्य होगा। इसी अभिप्राय से प्रस्तुत पुस्तक में उनके अर्थशास्त्रीय कार्य की, विशेष रूप से भारतीय अर्थव्यवस्था की समस्याओं के विश्लेषण की, समीक्षा करने का प्रयास किया गया है।

डॉ. आंबेडकर का अर्थशास्त्रीय कार्य

'अर्थशास्त्री' डॉ. आंबेडकर के कार्यकाल को दो भागों में विभाजित किया जा सकता है। प्रथम सन् 1923 तक, जिसमें उन्होंने विदेशी विश्वविद्यालयों से उच्च उपाधियाँ प्राप्त करते हुए अर्थशास्त्रीय समस्याओं पर विद्वत्तापूर्ण प्रबंध लेखन का कार्य किया। दूसरा भाग उनके स्वदेश लौटने से लेकर उनके निर्वाण तक का, अर्थात् 1924 से 1956 तक। इस दौरान उन्होंने एक सक्रिय अर्थशास्त्री के रूप में महत्त्वपूर्ण भूमिका निभाई।

इसी आधार पर प्रस्तुत पुस्तक को भी दो खंडों में बाँटा गया है। पहले खंड में डॉ. आंबेडकर के प्रबंध लेखन की तथा उनके द्वारा की गई भारतीय आर्थिक समस्याओं की समीक्षा की गई है। साथ-ही-साथ उनके आर्थिक दर्शन पर चर्चा की गई है। दूसरे खंड में डॉ. आंबेडकर द्वारा एक सक्रिय अर्थशास्त्री के रूप में दिए हुए चुनिंदा 16 भाषणों को संपादित करके प्रस्तुत किया गया है।

---

1. उदाहरणार्थ, देखिए बी.एन. गांगुली की पुस्तक 'इंडियन इकॉनॉमिक थॉट (1977), टाटा मैकग्रॉ-हिल' तथा बी.के. मदान की पुस्तक 'इकोनॉमिक थिंकिग इन इंडिया' (1966), एस.चाँद ऐंड कंपनी।

प्रथम खंड

डॉ. आंबेडकर ने अर्थशास्त्र पर तीन विद्वत्तापूर्ण ग्रंथ रचे हैं—

1. ईस्ट इंडिया कंपनी का प्रशासन एवं वित्त प्रबंध
2. ब्रिटिश भारत में प्रादेशिक वित्त का विकास
3. रुपए की समस्या : उद्गम तथा समाधान

पहली दो पुस्तकों के माध्यम से उन्होंने अर्थशास्त्र की 'सार्वजनिक वित्त' (पब्लिक फाइनांस) शाखा में महत्त्वपूर्ण योगदान दिया है। पहली पुस्तक में उन्होंने ईस्ट इंडिया कंपनी के वित्तीय प्रबंध का विश्लेषण किया है तथा दूसरी पुस्तक में ब्रिटिश भारत में केंद्र तथा राज्य सरकारों के संबंधों पर विस्तृत चर्चा की है। तीसरी पुस्तक उनके लेखन का अत्यंत अनमोल मोती है। इस पुस्तक में उन्होंने भारतीय रुपए के विकास की ऐतिहासिक मीमांसा की है। सन् 1800 से 1921 तक की अवधि में विनिमय के साधन के रूप में भारतीय रुपए का विकास किस प्रकार होता गया, इसका गहन विश्लेषण उन्होंने किया है तथा भविष्य में भारत के लिए आदर्श मुद्रा प्रणाली कौन सी हो, इन महत्त्वपूर्ण प्रश्नों पर उन्होंने अपने विचार प्रस्तुत किए हैं। इस संबंध में प्रोफेसर जॉन मैनार्ड कींस जैसे ख्यातिप्राप्त तथा प्रभावशाली अर्थशास्त्री के साथ उन्होंने विद्वत्तापूर्ण वाद-विवाद किया, यह अर्थशास्त्र के अधिकांश विद्वानों को भी ज्ञात नहीं। इन तीन महत्त्वपूर्ण पुस्तकों में दिए गए उनके आर्थिक विचार तथा बदले हुए परिवेश में उनकी उपयुक्तता का मूल्यांकन करने का प्रयास इस पुस्तक के प्रथम खंड के पहले तीन अध्यायों में किया गया है।

भारत लौटने पर डॉ. आंबेडकर ने केवल अर्थशास्त्र को लेकर किसी पुस्तक की रचना नहीं की। परंतु इस अवधि में लिखे गए अन्य ग्रंथों में उनके अर्थशास्त्रीय विचार समाविष्ट हैं। गरीब किसान तथा कृषि मजदूर, औद्योगिक कामगार, मार्क्सवाद, राज्य समाजवाद तथा भारत के आर्थिक विकास संबंधी उनके विचारों की समीक्षा पुस्तक के प्रथम खंड के कई अध्यायों में की गई है।

सन् 1924 से लेकर डॉ. आंबेडकर तत्कालीन मुंबई विधि परिषद् के सदस्य थे। विधि परिषद् में उन्होंने 'खोती प्रणाली' तथा 'महार वतन' जैसी उन कुप्रथाओं का तीव्र विरोध किया, जिनके द्वारा समाज के गरीब वर्गों का शोषण किया जा रहा था। साहूकारों के दुर्व्यवहारों के विरुद्ध भारत का पहला

विधेयक भी उन्होंने ही तैयार किया। इन घटनाओं की चर्चा चौथे अध्याय में की गई है।

डॉ. आंबेडकर कामगार अभियान में भी सक्रिय थे। सन् 1936 में उन्होंने 'स्वतंत्र कामगार पक्ष' की स्थापना की। भारत के कामगार आंदोलन में इस पक्ष द्वारा निभाई गई महत्त्वपूर्ण भूमिका का अवलोकन पाँचवें अध्याय में प्रस्तुत है।

जाति व्यवस्था तथा अस्पृश्यता जैसे सामाजिक रोगों के आर्थिक पहलुओं का मूलभूत निरीक्षण उन्होंने अपनी दो पुस्तकों—'जातियों का निर्मूलन' तथा 'कांग्रेस तथा गांधी ने अस्पृश्यों के साथ क्या किया'—में किया है। छठे अध्याय में उनके विचारों की समीक्षा की गई है।

ब्रिटिश भारत की मंत्री परिषद् में श्रम मंत्री के रूप में कार्य करते हुए डॉ. आंबेडकर ने गवर्नर जनरल को एक ज्ञापन-पत्र पेश किया, जिसका विषय था—'अनुसूचित जातियों की शिकायतें।' इसका विवरण अध्याय सात में शामिल किया गया है।

'बुद्ध एवं कार्ल मार्क्स' इस निबंध में उन्होंने मार्क्सवाद की तर्कसंगत समालोचना की है। 'राज्य तथा अल्पसंख्यक' इस निबंध में उन्होंने उन युक्तियों की चर्चा की है, जो भारत के आर्थिक उत्थान के लिए आवश्यक हैं। इन पर आठवें अध्याय में चर्चा की गई है।

भारतीय संविधान के कई आर्थिक आयाम स्पष्ट रूप से मुखर हो जाते हैं, क्योंकि संविधान के प्रमुख शिल्पकार एक अर्थशास्त्री थे। इनमें से कुछ आयामों का विवरण नौवें अध्याय में पेश किया गया है।

पारंपरिक राजनीतिक पहलू के साथ-साथ लोकतंत्र का आर्थिक पहलू होना भी अत्यावश्यक है, इस पर डॉ. आंबेडकर ने पर्याप्त बल दिया। आर्थिक लोकतंत्र पर उनके विचारों का विवरण दसवें अध्याय में किया गया है।

डॉ. आंबेडकर के अर्थशास्त्रीय लेखन में—चाहे वह सैद्धांतिक चर्चा हो अथवा समस्याओं के हल खोजने का प्रयास—उनका सुगठित, विचारपूर्ण आर्थिक दर्शन स्पष्ट झलकता है। उनके संपूर्ण लेखन कार्य में अंतर्निहित आर्थिक दर्शन पर एक नजर पहले खंड के ग्यारवें अंतिम अध्याय में डाली गई है।

द्वितीय खंड

अर्थशास्त्र में दो उच्चतम उपाधि—पी-एच.डी. और डी.एस-सी. लेकर तथा विधिशास्त्र में बैरिस्टर होकर डॉ. आंबेडकर स्वदेश लौटे और सन् 1924 में सार्वजनिक कार्य में जुट गए। दिसंबर 1926 में ब्रिटिश सरकार ने डॉ. आंबेडकर को तत्कालीन मुंबई प्रांत के विधान परिषद् में सदस्य के रूप में नियुक्त कर दिया। इस चरण में डॉ. आंबेडकर ने अपने सामाजिक आंदोलन की बुनियाद रखी और आगे सन् 1936 में उन्होंने स्वयं के राजनीतिक दल—इंडिपेंडेंट लेबर पार्टी की स्थापना करके सक्रिय राजनीति में प्रवेश किया। 1937 में जब मुंबई प्रांत के विधानसभा का पहली बार चुनाव हुआ तब इंडिपेंडेंट लेबर पार्टी को उल्लेखनीय सफलता प्राप्त हो गई और डॉ. आंबेडकर स्वयं भी विधानसभा चुनाव जीत गए। मुंबई प्रांत के विधान परिषद् और विधानसभा में डॉ. आंबेडकर ने राजकीय, सामाजिक और आर्थिक विषयों पर अभ्यासपूर्ण भाषण दिए। 'मुंबई प्रांत के बजट 1939-40' के विषय में दिया हुआ, उन्हीं में से एक भाषण प्रतीकात्मक रूप से इस द्वितीय खंड के पहले अध्याय में प्रस्तुत किया गया है।

डॉ. आंबेडकर ने सामाजिक-राजनीतिक नेता तथा अग्रणी श्रमिक नेता की भूमिका में जो महत्त्वपूर्ण योगदान दिया, उसके फलस्वरूप जुलाई 1942 में उनका वायसराय की कार्यकारी समिति (एक्जीक्यूटिव काउंसिल) में श्रम सदस्य (मंत्री के समकक्ष) के रूप में नामांकन किया गया। भारत की सर्वोच्च कार्यकारी समिति का श्रम-सदस्य होने के नाते डॉ. आंबेडकर ने श्रमिकों की समस्याएँ हल करने के लिए नींव रखने का काम करते हुए जो भाषण दिए, उनमें से 11 भाषण संपादित रूप में इस द्वितीय खंड में प्रस्तुत किए गए हैं। (द्वितीय खंड, अध्याय 2 से 12 तक)। इनके विषय हैं—श्रमिकों की समस्याएँ, श्रम कानून, सरकार की श्रम नीति, रोजगार और सामाजिक सुरक्षितता।

वायसराय की कार्यकारी समिति के सदस्य की भूमिका में डॉ. आंबेडकर ने श्रम एवं रोजगार के अलावा ऊर्जा, जल संसाधन और खनिज जैसे महत्त्वपूर्ण विभाग भी सँभाले। इन सारे क्षेत्रों में भी नींव रखने का काम करते हुए, डॉ. आंबेडकर ने जो भाषण दिए, उनमें से 3 भाषण इस द्वितीय खंड में समाविष्ट किए गए हैं (द्वितीय खंड, अध्याय 13, 14 और 15)।

आगे चलकर जुलाई 1946 में डॉ. आंबेडकर संविधानसभा के लिए

निर्वाचित हुए और अगस्त 1947 में भारतीय संविधान की प्रारूप समिति के अध्यक्ष के रूप में नियुक्त हुए। यह अवस्था डॉ. आंबेडकर के द्वारा भारतीय संविधान के प्रधान शिल्पकार के रूप में महत्त्वपूर्ण कार्यों से भरपूर थी। इसके अलावा स्वतंत्र भारत के प्रथम कानून मंत्री के रूप में डॉ. आंबेडकर ने अपनी विशिष्ट छाप छोड़ी। सितंबर 1951 में उन्होंने तत्कालीन प्रधानमंत्री जवाहरलाल नेहरू से हिंदू कोड बिल के संबंध में मतभेद होने के कारण केंद्रीय मंत्रिमंडल से इस्तीफा दिया। सन् 1952 में डॉ. आंबेडकर ने राज्यसभा में प्रवेश किया और 1956 में उनका निर्वाण होने तक वे सांसद बने रहे। राज्यसभा में डॉ. आंबेडकर ने जो महत्त्वपूर्ण भाषण दिए, उसमें से आर्थिक विषय से संबंधित एक प्रातिनिधिक भाषण—1952-53 के केंद्रीय बजट पर अंत में प्रस्तुत किया गया है (द्वितीय खंड, अध्याय 16)।

अनुक्रम

खंड-दो

चुनिंदा आर्थिक भाषण

खंड-एक

प्रबंध लेखन तथा
आर्थिक समस्याओं की समीक्षा

1

ईस्ट इंडिया कंपनी का प्रशासन एवं वित्त प्रबंध

'ईस्ट इंडिया कंपनी का प्रशासन एवं वित्त प्रबंध' शीर्षक पुस्तक अर्थव्यवस्था पर डॉ. आंबेडकर की प्रथम पुस्तक है। अमेरिका में कोलंबिया विश्वविद्यालय में एम.ए. की उपाधि के लिए उन्होंने इसे शोध-प्रबंध के रूप में प्रस्तुत किया। वास्तव में इस 42 पृष्ठों की पुस्तिका को एक निबंध कहना ही उचित होगा।[1]

व्यापार करने के बहाने ईस्ट इंडिया कंपनी ने भारत में अपने पैर जमा लिए तथा धीरे-धीरे पूरे देश पर अपनी सत्ता बढ़ाते हुए तथाकथित कंपनी सरकार या ब्रिटिश सरकार की स्थापना कर ली। इस शोध-प्रबंध में डॉ. आंबेडकर ने सन् 1792-1858 तक ईस्ट इंडिया कंपनी के प्रशासन तथा वित्तीय व्यवस्था में हुए परिवर्तनों का ऐतिहासिक अध्ययन किया है। इन परिवर्तनों के कारण भारतीय लोगों की दुर्दशा किस प्रकार हुई, यह इस निबंध में उन्होंने दरशाया है।

ईस्ट इंडिया कंपनी का प्रशासन

देश के प्रशासन के लिए ईस्ट इंडिया कंपनी ने द्विस्तरीय प्रणाली का

1. यह पुस्तिका 1989 में पहली बार प्रकाशित हुई। देखिए, 'डॉ. बाबासाहेब आंबेडकर राइटिंग्ज ऐंड स्पीचेस' (बी.ए.डब्ल्यू.एस.), भाग-6, महाराष्ट्र शासन (1989)।

उपयोग किया। 24 सदस्यों की एक समिति गठित की गई, जिसे 'कोर्ट ऑफ डाइरेक्टर्स' कहा गया। इसे ईस्ट इंडिया कंपनी का कार्यभार सौंपा गया। यह समिति कंपनी का ही एक अंग थी। इसके अतिरिक्त, ब्रिटिश सरकार ने 'बोर्ड ऑफ कंट्रोल' नामक एक अन्य समिति का गठन किया, जो उपर्युक्त समिति के कार्य का पर्यवेक्षण करती थी। आरंभ ही से ब्रिटिश सरकार ने 'बोर्ड ऑफ कंट्रोल' के अध्यक्ष के माध्यम से ईस्ट इंडिया कंपनी पर अपना पूर्ण नियंत्रण बनाए रखा।

आरंभ में ईस्ट इंडिया कंपनी प्रशासन तथा व्यापार एक साथ किया करती थी। इसलिए प्रशासन से प्राप्त राजस्व तथा व्यापार से प्राप्त लाभ का हिसाब एक साथ ही रखा जाता। इसके कारण हिसाब रखना जटिल होता गया। बाद में सन् 1814 में ब्रिटिश सरकार ने एक कानून बनाया, जिसके अधीन कंपनी को प्रशासन तथा व्यापार का हिसाब अलग-अलग रखना अनिवार्य कर दिया गया।

अनेक वर्षों तक भारत में व्यापार करने का ईस्ट इंडिया कंपनी को एकाधिकार प्राप्त था तथा इसके बदले में ब्रिटिश सरकार अधिक-से-अधिक लाभ कमाने के लिए प्रयत्नशील रहती। कंपनी के प्रशासन की प्रत्येक कमजोरी का पूरा फायदा उठाकर ब्रिटिश सरकार हस्तक्षेप करती रही। भारतीय व्यापार के एकाधिकार से कमाई हुई दौलत को छीन लेने का स्वर्ण अवसर ब्रिटिश सरकार को तभी मिलता था जब अधिकार-पत्र का नवीकरण किया जाना होता। ब्रिटिश राजनीतिज्ञों को किसी प्रकार मनाकर अपना एकाधिकार बनाए रखने में कंपनी 1833 तक सफल रही। परंतु उस वर्ष कंपनी के एकाधिकार के विरुद्ध इतना हंगामा मचा कि कंपनी तथा मंत्रिमंडल को अनिच्छा से भारत का व्यापार सारी ब्रिटिश जनता के लिए खोल देना पड़ा।

ब्रिटिश संसद् के 1834 के अधिनियम के अधीन ईस्ट इंडिया कंपनी का व्यापारी निगम स्वरूप का अस्तित्व तो समाप्त हो गया, परंतु उसकी भारत में अपने देश के प्रभुसत्ताधारी प्रशासक की भूमिका बनी रही। कंपनी का अंत अब निकट आ चला था। सन् 1858 में कंपनी बरखास्त कर दी गई तथा ब्रिटिश सरकार ने कंपनी सरकार का स्थान ले लिया।

डॉ. आंबेडकर यह सिद्ध करते हैं कि इस सत्ता परिवर्तन का श्रेय 1857 के विद्रोह (स्वतंत्रता युद्ध) को देना भूल होगी। भारत का शासन कंपनी से हड़प

लेने की चर्चा विद्रोह से पहले ही शुरू हो चुकी थी। उनके विचार से विद्रोह यदि न भी होता, तो भी भारत पर अपना सीधा कब्जा जमाने के लिए ब्रिटिश राज्यकर्ता उतावले हो रहे थे।

ईस्ट इंडिया कंपनी को समाप्त करने के राजनीतिक कारणों का सुस्पष्ट विवेचन डॉ. आंबेडकर ने किया है। सबसे पहले सन् 1857 में लॉर्ड पामेरस्टन ने इस आशय का एक विधेयक प्रस्तुत किया। मजे की बात यह है कि इस विधेयक के समर्थन में दिए गए तर्कों का खोखलापन सुप्रसिद्ध अर्थशास्त्री जॉन स्टुअर्ट मिल ने ईस्ट इंडिया कंपनी की ओर से दिए गए आवेदन में स्पष्ट दरशाया है। परंतु किन्हीं कारणों से विधेयक पारित होने से पूर्व ही वह सरकार गिर गई। नई सरकार के नेता बेंजामिन डिजरेली का नया विधेयक भी ब्रिटिश संसद् में स्वीकार नहीं किया गया।

अंत में अगस्त 1858 में एक नया विधेयक तैयार किया गया, जो स्वीकृत हो गया। 'भारत को बेहतर शासन प्रदान करनेवाला कानून' नाम से ज्ञात कानून के अधीन ब्रिटिश सरकार की भारत पर सीधी सत्ता स्थापित हो गई।

ईस्ट इंडिया कंपनी की वित्त व्यवस्था

सन् 1792-1858 तक ईस्ट इंडिया कंपनी की अर्थव्यवस्था का विश्लेषण करते हुए डॉ. आंबेडकर ने सप्रमाण सिद्ध किया है कि ब्रिटिश सरकार ने भारतवासियों से किस प्रकार अन्याय किया। इसका संक्षिप्त वर्णन निम्नानुसार है—

1. डॉ. आंबेडकर ने कंपनी सरकार के सन् 1792-93 से 1857-58 तक कुल राजस्व आय तथा व्यय के आँकड़े प्रस्तुत किए हैं। इन कुल 66 वर्षों में से 36 वर्षों में कंपनी सरकार अधिशेष की स्थिति में थी और शेष 30 वर्ष सरकारी वित्त घाटे के रहे। वास्तव में इन सभी वर्षों का एकत्रित लाभ एकत्रित हानि से कहीं अधिक है। प्रो. आर.सी. दत्त के, जो उनके समय के एक विद्वान् रहे हैं, उद्धरण द्वारा डॉ. आंबेडकर यह स्पष्ट करते हैं कि यह पैसा भारत में नहीं रहा, वरन् कंपनी के शेयरधारियों को लाभांश देने के बहाने पर वास्तव में उपहार के रूप में यह राशि इंग्लैंड भेजी जाती रही। और यह जताते हुए कि यह राशि लाभांश देने

के लिए काफी नहीं थी, 'भारत का सार्वजनिक ऋण' नाम से ऊपर से कर्ज लिया जाता रहा।

2. कंपनी सरकार दो तरह से यह ऋण लिया करती थी—

(क) भारतीय ऋण : यह भारत में ही हुंडियाँ देकर लिया जाता था।

(ख) देशी बॉण्ड ऋण : यह इंग्लैंड में बॉण्ड जारी करके लिया जाता था।

सन् 1792–1858 की अवधि में भारतीय ऋण 70 लाख पौंड से बढ़कर 607 लाख पौंड तक पहुँच गया—एक अविश्वसनीय स्वरूप की 767 प्रतिशत की वृद्धि। इसके विपरीत, सन् 1800–1857 के दौरान देशीय ऋण कभी भी 66 लाख पौंड से अधिक नहीं हआ। डॉ. आंबेडकर कहते हैं कि भारतीय ऋण में देशीय ऋण की तुलना करने पर कोई भी दंग रह जाएगा। इसका कारण इस वस्तुस्थिति में स्पष्ट हो जाता है कि ईस्ट इंडिया कंपनी की इंग्लैंड में कर्ज लेने की क्षमता पर ब्रिटिश संसद् ने कड़ी सीमाएँ लगा रखी थीं।

भारत में कंपनी की सत्ता पर जरा भी आँच न आने देकर अधिक-से-अधिक लाभ उठाने की ब्रिटिश संसद् की मंशा थी। संसद् ने कंपनी के देशी ऋण पर अंकुश इसलिए लगाया कि यदि भारत कंपनी की सत्ता से बाहर आ जाता तो अंग्रेजी पूँजी नष्ट हो जाती और इसके दुष्परिणाम इंग्लैंड को भुगतने पड़ते।

3. डॉ. आंबेडकर ने सन् 1792–93 से 1885–86 तक सरकार द्वारा की गई राजस्व वसूली के आँकड़े (विविध मदों के अधीन 5 वर्षों की औसत वसूली के आधार पर) एकत्रित किए हैं। इस पूर्ण अवधि में कुल राजस्व का औसतन 54 प्रतिशत राजस्व भूमि कर से लेकर, 11 प्रतिशत नमक पर कर से, 8.7 प्रतिशत अफीम पर कर से, 6.2 प्रतिशत सीमा शुल्क से तथा शेष अन्य करों से वसूल किया गया।

प्रो. आर.सी. दत्त के हवाले से डॉ. आंबेडकर बताते हैं ब्रिटिश सरकार द्वारा लगाया जानेवाला भूमिकर न केवल अत्यधिक था बल्कि अनेक प्रांतों में भिन्न-भिन्न एवं अनियमित भी था। भारत में लगान का अनुपात उपज के 80–90 प्रतिशत तक था, जबकि इंग्लैंड में 1798 से पूर्व सौ वर्षों तक यह केवल 5 से 20 प्रतिशत तक सीमित था। 'ब्रिटिशों ने इस मामले में मात्र उनसे पहले के मुगल शासकों का ही अनुसरण किया, जो अत्यधिक लगान लगाते थे। अंतर केवल इतना था कि मुगल शासक

यह लगान कभी भी पूरी तरह से वसूल नहीं कर पाए और ब्रिटिश शासकों ने अपने बल के आधार पर पूरी वसूली की।

इस संबंध में डॉ. आंबेडकर 1830 के कर्नल ब्रिग्ज के कथन का हवाला देकर कहते हैं कि "भारत में वर्तमान भूमि कर जमीन के मालिक की लगभग संपूर्ण उपज शोषित कर लेता है। यूरोप अथवा एशिया के किसी भी शासन में कभी ऐसा भूमि कर विद्यमान नहीं था।"

4. कंपनी सरकार के व्ययों का भी बारीकी से विश्लेषण डॉ. आंबेडकर ने किया है। सन् 1800–1857 तक अलग–अलग विषयों पर किए गए व्ययों की जानकारी (दस–दस वर्षों के अंतराल से) उन्होंने दी है।[2] इस जानकारी के अनुसार फौज पर होनेवाला खर्च 45–60 प्रतिशत था (भारत का 1989–90 में कुल रक्षा व्यय केंद्र तथा राज्य सरकार के व्ययों का केवल 10 प्रतिशत था। इससे यह समझ में आता है कि उपर्युक्त व्यय कितना अधिक था (इकोनॉमिक सर्वे, 1990–91, पृष्ठ एस–40)।

किसी भी देश की अर्थव्यवस्था का मूल्यांकन उसके विकास व्ययों के दृष्टिकोण से किया जाना चाहिए और इनमें भी सार्वजनिक कार्यों (उदाहरणतः सड़कों का निर्माण, नहरें, विद्युत्–आपूर्ति, दूरसंचार इत्यादि) को प्राथमिकता होनी चाहिए। यदि इस कसौटी से ईस्ट इंडिया कंपनी की अर्थव्यवस्था को परखा जाए तो वह सर्वथा त्रुटिपूर्ण तथा धिक्कारणीय पाई जाती है।

सार्वजनिक कार्यों के लिए ईस्ट इंडिया कंपनी कितनी अल्प राशि नियत करती थी, यह पूरी तरह समझाने के लिए डॉ. आंबेडकर जॉन ब्राइट का हवाला देते हैं। जॉन ब्राइट ने बताया है कि इंग्लैंड में मैनचेस्टर नामक केवल एक नगर की मात्र पानी आपूर्ति की योजनाओं पर सन् 1834–1848 में किया गया खर्च संपूर्ण भारत के सभी सार्वजनिक कार्यों पर किए गए खर्च से अधिक था। ब्रिटिशों की अर्थनीति भारतीय नागरिकों पर कितनी अन्यायपूर्ण थी, यह इससे जाहिर होता है।

---

2. महाराष्ट्र सरकार द्वारा प्रकाशित इन आँकड़ों में छपाई की भूल नजर आती है। दशमलव चिह्न के स्थान पर अल्प विराम छापा गया है।

शासन व्यवस्था में परिवर्तन तथा भारतीय जनता का शोषण

शासन व्यवस्था तथा आर्थिक नीतियों में समय-समय पर होनेवाले परिवर्तनों का एक ही परिणाम हुआ करता था—भारतीय जनता को हानि तथा ब्रिटिश लोगों को अत्यधिक लाभ।

सन् 1834 के कानून के अधीन ईस्ट इंडिया कंपनी का 'व्यापारी कंपनी' का स्वरूप समाप्त हो गया। कंपनी की संपत्ति बेच दी गई। परंतु इस बिक्री से प्राप्त राशि का अधिकांश भाग ब्रिटिश जेबों में ही चला गया—15 प्रतिशत प्रादेशिक प्रभार के रूप में इंग्लैंड को, देशीय बॉण्ड ऋण के पुनर्भुगतान के रूप में 12 प्रतिशत तथा कंपनी की पूँजी के प्रतिदान के लिए 13 प्रतिशत।

जब 1858 में ईस्ट इंडिया कंपनी समाप्त की गई तो यह प्रश्न उभरा कि भारतीय नागरिकों का ऋण कौन लौटाएगा। डॉ. आंबेडकर ने सिद्ध किया है कि कंपनी के शासन में सार्वजनिक ऋण केवल युद्ध के खर्चों के कारण उठाया गया था। इसकी पुष्टि में वे मेजर विनगेट का हवाला देते हैं, जो उन गिने-चुने लोगों में थे जिन्होंने ब्रिटिश द्वारा किए गए भारतीय नागरिकों के शोषण का विरोध किया था। कंपनी सरकार के शासनकाल से किए जा रहे कुछ पक्षपातों का वर्णन वे इस प्रकार करते हैं—

1. इंग्लैंड को निर्यात किए जानेवाले भारतीय उत्पादनों पर अत्यधिक कर, परंतु भारत में आयात किए जानेवाले ब्रिटिश उत्पादनों पर नाममात्र कर।
2. इंग्लैंड को निर्यात की जानेवाले कपास को शुल्क से छूट, लेकिन अन्य देशों को कपास निर्यात पर शुल्क लगाया जाना।
3. ब्रिटिश जहाजों में लाए जानेवाले माल पर अन्य देशों के जहाजों में लाए जानेवाले माल का अपेक्षा केवल 50 प्रतिशत शुल्क।
4. पूरब के देशों में ब्रिटिश साम्राज्य का वर्चस्व, सुरक्षा का खर्च भारतीय करदाताओं से प्राप्त कर के माध्यम से चलाया जाता था, जबकि अन्य ब्रिटिश शासित प्रदेशों की सुरक्षा का खर्च बिटिश राजकोष से किया जाता था।
5. 'गृह प्रभार' का प्रावधान, जिसके अंतर्गत भारतीय राजस्व से 10 करोड़ पौंड उस शताब्दी में इंग्लैंड भेज दिए गए।

मेजर विनगेट कहते हैं, ''जिस ब्रिटिश सरकार ने भारत को छोड़कर अन्यत्र

अपनी सत्ता स्थापित करने में तथा उन प्रदेशों की सुरक्षा के लिए बेहिसाब धन खर्च किया, उसी सरकार ने भारत में अपना साम्राज्य स्थापित करने अथवा उसमें सुधार लाने के लिए कुछ भी खर्च नहीं किया। इसके विपरीत, गृह प्रभार के रूप में भारत ही ब्रिटिश तिजोरी भरता रहा। भारत में न तो संविधान था और न ही राष्ट्रीय सरकार। अंकित बना लिए गए जीते हुए प्रदेश पर जैसे शासन किया जाता है, वैसे ही ब्रिटिशों ने इस पर शासन किया। स्वयं ब्रिटिश संसद् तथा प्रशासन अधिकारियों ने यह स्वीकार किया है; जब भारत के ऋण निर्माण की जिम्मेदार इंग्लैंड सरकार है तो हम कैसे भारतीय दायित्वों से मुक्त हो सकते हैं?

इन सबका निष्कर्ष डॉ. आंबेडकर अंत में यह निकालते हैं कि विधिक अथवा नैतिक तर्कों का कोई फायदा नहीं हुआ। ब्रिटिश संसद् ने भारतीय कर्ज को अपना हिस्सा मानने से इनकार कर दिया। ईस्ट इंडिया कंपनी के लगभग 7 करोड़ पौंड कर्ज का भार, जो अधिकांश अनुत्पादक था, गरीब, मूक देशवासियों पर ही पड़ा।

ईस्ट इंडिया कंपनी की पूँजी के संबंध में भी ऐसा ही कुछ हुआ। पहले ही से सीमा से अधिक हो चुके सार्वजनिक ऋण को बढ़ाकर इसकी भरपाई की गई। इसके फलस्वरूप विधिक रूप से अस्तित्व में न रहकर भी ईस्ट इंडिया कंपनी भारतीय राजस्व में से ब्याज के रूप में लाभ कमाती रही। इस नीति का एक ही परिणाम हुआ कि अंग्रेज कमाते रहे और भारतीय गँवाते रहे।

डॉ. आंबेडकर ने 1858 के अधिनियम को उसके भावी परिणामों के दृष्टिकोण से जाँचा-परखा है। इस अधिनियम में एक स्पष्ट प्रावधान यह था कि आपातकालीन परिस्थितियों को छोड़कर भारतीय राजस्व से प्राप्त होनेवाली राशि का उपयोग भारतीय सीमा से बाहर ब्रिटिश सेना के लिए ब्रिटिश संसद् के दोनों सदनों की स्वीकृति के बगैर नहीं किया जाएगा। प्रो. आर. सी. दत्त सहित तत्कालीन सभी अर्थशास्त्रियों ने इस प्रावधान को सराहा। परतु डॉ. आंबेडकर ने अपनी तीक्ष्ण दृष्टि से इसे देखा और लिखा "यह प्रावधान किसी प्रकार कल्याणकारी नहीं है, क्योंकि अधिनियम लागू होने के बाद भी भारतीय धन का उपयोग भारत से असंबंधित खर्चों के लिए किया गया। इसमें सबसे बड़ी त्रुटि यह है कि इसके अपवादस्वरूप वाक्यांश में स्वीकृति के साथ 'पूर्व' शब्द जान-बूझकर नहीं लगाया गया। अर्थात् संसद् की पूर्व अनुमति की आवश्यकता न होने से, वास्तव में यह प्रावधान निरर्थक हो जाता है।" उनके विचार में 1858 का अधिनियम निरंकुशता,

गोपनीयता तथा गैर-जिम्मेदारी जैसे दोषों से युक्त था, जो अच्छे प्रशासन के गुण कदापि नहीं हो सकते।

अंत में, भारत को इंग्लैंड से क्या प्राप्त हुआ, इसका लेखा-जोखा डॉ. आंबेडकर इस प्रकार करते हैं—"भारत ने इंग्लैंड को अपार योगदान दिया, परंतु उसे इंग्लैंड से कुछ भी प्राप्त नहीं हुआ। ये दोनों तथ्य चौंकानेवाले हो सकते हैं, परंतु यदि आर्थिक दृष्टि से देखा जाए तो ये निर्विवाद सत्य है।" डॉ. आंबेडकर कहते हैं कि इंग्लैंड की भारत को देन 'आर्थिक क्षेत्र' को छोड़कर अन्य क्षेत्रों, जैसे विधि तथा व्यवस्था, पाश्चात्य शिक्षा से परिचय, विश्वविद्यालयों, न्यायालयीय तथा प्रशासनिक स्वरूप की आधुनिक संस्थाओं की संरचना आदि-आदि में हुई हैं; परंतु 'क्या आर्थिक अधोगति के बदले पाशविक शांति अधिक स्वीकार्य है?" इस प्रश्न का उत्तर उन्होंने अपने सुबुद्ध पाठकों पर छोड़ दिया है।

यह शोध प्रबंध लिखते समय डॉ. आंबेडकर केवल 24 वर्ष के थे। अतएव इसमें इनकी शैली सौम्य तथा संयमित नजर आती है। अपने विचारों के समर्थन में एक शोधकर्ता की भूमिका में उन्होंने अन्य विद्वानों के तर्क-वितर्क प्रस्तुत किए हैं तथा अपने ठोस विचारों का प्रदर्शन कम ही किया है। इसके बावजूद, इस लेख में तत्कालीन अर्थशास्त्रियों की, विशेष रूप से प्रो. आर.सी. दत्त की भूलें दरशाने में उनकी स्वाभाविक निर्भयता उभरकर सामने आती है।

इस लेख के माध्यम से उनके अर्थशास्त्री होने की प्रथम झलक मिल पाती है। बाद में किए जानेवाले शोधकार्य की आधारशिला यही निबंध था। यह अवश्य हुआ कि आगे चलकर उन्होंने सौम्य स्वर को छोड़कर एक तीखी और निडर शैली अपना ली, जो उनके समग्र लेखन कार्य की विशिष्ट पहचान बन गई।

□

2

ब्रिटिश भारत में प्रादेशिक वित्त का विकास

'ब्रिटिश भारत में प्रादेशिक वित्त का विकास' डॉ. आंबेडकर द्वारा उनकी पी-एच.डी. उपाधि के लिए कोलंबिया विश्वविद्यालय को प्रस्तुत किया गया शोध-प्रबंध है, जो 1917 में में पूर्ण हुआ तथा पुस्तक के रूप में 1925 में प्रकाशित किया गया।

इस पुस्तक से डॉ. आंबेडकर ने सार्वजनिक वित्त के क्षेत्र में पथ-प्रदर्शक होने का परिचय दिया। इस पुस्तक में 1833 से लेकर 1921 तक की अवधि के दौरान ब्रिटिश भारत की केंद्र सरकार तथा तत्कालीन प्रांतों के बीच आर्थिक संबंधों का विश्लेषण किया गया है। एक प्रकार से यह पुस्तक 'ईस्ट इंडिया कंपनी का प्रशासन एवं वित्त प्रबंध' (जिसकी चर्चा पिछले अध्याय में की गई है) का उत्तरार्ध ही है।

सार्वजनिक वित्त के क्षेत्र की समस्या सर्वपरिचित है। बढ़ती हुई जिम्मेदारियों को निभाने के लिए सरकार को करों के जरिए अधिक-से-अधिक राजस्व जुटाना आवश्यक हो जाता है, परंतु भारत जैसे गरीब देश में करों में वृद्धि द्वारा संसाधन जुटाने पर स्पष्ट रूप से आर्थिक सीमाएँ हैं। इसलिए यह जरूरी हो जाता है कि शासन के भिन्न स्तरों अर्थात् केंद्र सरकार, राज्य सरकार तथा स्थानीय शासकीय संस्थाओं में यह जिम्मेदारी समुचित रूप से बाँट दी जाए।

सन् 1833-1921 तक की अवधि में केंद्र सरकार तथा राज्यों के बीच आर्थिक संबंधों का डॉ. आंबेडकर ने विस्तृत तथा सूक्ष्म चित्रण किया है। ऐसा करने में उन्होंने प्रादेशिक वित्त के उद्गम, विकास तथा प्रबंध प्रणाली का अभूतपूर्व अध्ययन प्रस्तुत किया है।

सन् 1833 में भारत की शासन व्यवस्था का केंद्रीयकरण हुआ। इसी के साथ अर्थव्यवस्था भी केंद्रीय की गई। परंतु अत्यधिक कर लगाने तथा निरंकुश (अंधाधुंध) खर्च करने के कारण अर्थव्यवस्था का केंद्रीयकरण प्रभावहीन हो गया। इसीलिए लगभग 40 वर्ष बाद सन् 1871 में अर्थव्यवस्था का स्वरूप बदलकर उसे विकेंद्रित किया गया तथा भारत में प्रादेशिक वित्त प्रणाली का उद्भव हुआ। अगले 50 वर्षों में विभिन्न राजस्व प्रणालियाँ उपयोग में लाई गईं। 'निर्धारित बजट' (बजेट बाय असाइनमेंट), 'निर्धारित राजस्व आधारित बजट' (बजट बाय असाइंड रेवेन्यूज) तथा 'राजस्व बँटवारे पर आधारित बजट' (बजेट बाय शेअर्ड रेवेन्यूज) इत्यादि प्रणालियाँ 1921 तक प्रचलित रहीं। परंतु सन् 1921 में अंततः ब्रिटिश शासन के अभिन्न अंग के रूप में "दायित्वपूर्ण राज्य व्यवस्था" स्वीकृत हुई और उसी वजह से राजस्व प्रणाली में मूलभूत परिवर्तन लाए गए जिससे प्रादेशिक वित्त व्यवस्था का स्वरूप ही बदल गया। डॉ. आंबेडकर परिश्रमपूर्वक एकत्रित किए गए, तथ्यों तथा आँकड़ों के आधार पर इन सभी गतिविधियों का अनोखा लेखा-जोखा प्रस्तुत करते हैं। केंद्र तथा राज्य संबंधों पर उनकी विश्लेषणात्मक दूरदर्शिता आज भी उतनी ही सटीक है जितनी कि उस समय थी, जब विश्लेषण प्रस्तुत किया गया था। इस विहंगावलोकन के साथ ही आइए उनके इस विश्लेषण को विस्तार में देखें।

आर्थिक केंद्रीयकरण की विफलता

सन् 1833-1871 के दौरान प्रचलित आर्थिक केंद्रीयकरण अनुपयुक्त राजस्व नीति के कारण विफल हुआ। डॉ. आंबेडकर के अनुसार इस दोषयुक्त राजस्व नीति का आरंभ 1833 से नहीं हुआ, परंतु यह विगत काल से मिली विरासत थी। डॉ. आंबेडकर दोषपूर्ण वित्तीय नीति की जड़ खोजने के लिए काफी पहले अर्थात् 1792 तक पहुँचते हैं तथा उस समय से लेकर सरकारी वित्तव्यवस्था की जाँच करते हैं। अपनी पहली पुस्तक में ईस्ट इंडिया कंपनी की 1792 से 1858

तक वित्त व्यवस्था की चर्चा डॉ. आंबेडकर ने की है, जिसका उल्लेख पिछले अध्याय में किया गया है। इस पुस्तक के पहले भाग में उन्होंने उस शोधकार्य का आधार लेकर उसे सन् 1870 तक आगे बढ़ाया है तथा आर्थिक केंद्रीयकरण की सभी सीमाओं तथा दोषों का विस्तृत वर्णन किया है।

आरंभ ही से भारत की राजस्व व्यवस्था को घाटे का सामना करना पड़ा, जिसका परिणाम है बजट घाटा। बजट घाटे को पूरा करना आवश्यक है। परंतु इसके लिए किसी भी प्रकार से राजस्व में वृद्धि लाने का प्रयास करना ही एकमात्र उपाय नहीं है। देश की स्थिरता तथा उत्पादन क्षमता को ध्यान में रखकर ही राजस्व बढ़ाने के लिए योजनाओं पर विचार किया जाना आवश्यक है। डॉ. आंबेडकर लिखते हैं, "बुद्धिमानी इसी में है कि जिन लोगों को देश के वित्तीय प्रबंध का दायित्व सौंपा गया है, वे पैसा एकत्रित करने और खर्च करने के निकटतम लक्ष्य से आगे भी देखें, क्योंकि वित्त जुटाने में 'कितना' के साथ-साथ 'कैसे' का भी महत्त्व है, यह भूला नहीं जा सकता। सामाजिक संपत्ति ही किसी राष्ट्र का पैतृक धन होती है तथा इसे क्षति पहुँचाना राष्ट्र को नष्ट करने के समान है।" डॉ. आंबेडकर के अनुसार भारत की वित्त व्यवस्था में यही एक दोष था।

'सारी जमीन सरकारी संपत्ति है और किसान उसका स्वामी नहीं, बल्कि अधिभोक्ता है', इस अनुचित विधिक संकल्पना के कारण भूमि कर अत्यधिक था जो कृषि के विकास में बाधक बना। डॉ. आंबेडकर के मतानुसार "खेती से मिलनेवाला पूर्ण, संपूर्ण या लगभग पूर्ण के बराबर लाभ छीन लेना एक अविवेकी तथा विनाश को आमंत्रण देनेवाला कार्य था। जिस उत्पादन वृद्धि से निजी संपत्ति के साथ सार्वजनिक राजस्व की वसूली में असीमित वृद्धि हो सकती थी, उसी उत्पादन वृद्धि में सक्रिय अवरोध उत्पन्न कर दिए गए।"

इसी प्रकार सीमा शुल्क के कारण भी उत्पादन पर प्रतिकूल प्रभाव पड़ा। दो प्रकार के सीमा शुल्क प्रचलित थे, पहला देश के भीतर तथा दूसरा विदेशी व्यापार पर। "इससे एक ओर व्यापार पर बंधन आ गया तो दूसरी ओर उद्योग पर रोक लग गई।"

डॉ. आंबेडकर बलपूर्वक कहते हैं कि "कर की वसूली में न्यायशीलता का अभाव ही नजर आता है।" कर प्रणाली एक क्रूर उपहास थी, क्योंकि

समाजरूपी शरीर का जो अंग स्वस्थ या परिपूर्ण था उसके बजाय उस भाग पर छुरी चलाई जा रहा थी, जो पहले ही से गरीबी और अभाव की यातनाएँ सह रहा था। जो जमींदार गरीब काश्तकारों की मेहनत पर अय्याशी कर रहे थे अथवा जो यूरोपीय सरकारी नौकर भारी-भरकम वेतन तथा ऊपर की आमदनी से ऐश कर रहे थे, उन्हें सरकार चलाने के लिए कर देने से छूट मिली हुई थी। वैसे भी इस सरकार का मुख्य कार्य केवल अपनी शान और छवि बनाए रखना ही था। इसके विपरीत नमक पर लगाया जानेवाला कर तथा ऐसे ही अन्य असहनीय करों के बोझ तले मेहनतकश गरीबों को कुचला जा रहा था।''

इस अन्यायपूर्ण प्रणाली के कारण लोगों की कर भरने की क्षमता का ह्रास होता गया तथा केंद्रीय सरकार की आर्थिक खींचातानी शुरू हो गई। डॉ. आंबेडकर कहते हैं, ''जब राजस्व वसूली के कानून आम जनता के संसाधनों को हानि पहुँचाते हैं तो कोषागार के खाली होने के जिम्मेदार हम लोग ही होते हैं, यह सभी वित्त प्रबंधकों को समझ लेना चाहिए।''

हानिकारक रीति से वसूल किए गए राजस्व का उपयोग भी अनुत्पादक कार्यों में खर्च के लिए किया जाता था। 1809-1858 तक के सरकारी व्ययों का विश्लेषण करते हुए डॉ. आंबेडकर इस नतीजे पर पहुँचते हैं कि 'हमें एक अभूतपूर्व बात नजर आती है कि देश की मर्यादित आय का 52-80 प्रतिशत भाग युद्ध सेवाओं पर खर्च किया जा रहा है।'' साथ ही वे सावधानीपूर्वक कहते हैं कि इस संबंध में यह भी तर्क दिया जा सकता है कि ''सेना पर किए जानेवाले व्यय, जो हालाँकि अत्यधिक मात्रा के हैं, भारतीयों की अपनी तिजोरी में ही जाता है, क्योंकि देश में तैनात सेनानियों में काफी बड़ा हिस्सा भारतीयों का ही है'' और फिर ''एक यूरोपियन को प्राप्त वेतन औसतन चार स्वदेशियों के वेतन से भी अधिक है''—इस तथ्य के मद्देनजर उक्त तर्क कितना असंगत है, यह भी डॉ. आंबेडकर स्पष्ट करते हैं।

डॉ. आंबेडकर के मत में, ''शांति स्थापित करने का नाम लेकर युद्ध विषयक एजेंसियाँ पनपती गईं और इन्होंने कुल निधियों में से इतना कुछ हड़प लिया कि वास्तव में प्रगति की चाह रखनेवाली एजेंसियों के लिए कुछ बचा ही नहीं था। किए जा रहे खर्चों में शिक्षा का कोई स्थान ही नहीं था और दुःख की बात थी कि लाभकारी सार्वजनिक कार्य न के बराबर थे। लंबे अरसे तक रेलवे, सिंचाई के

लिए नहर आदि बनाने तथा वाणिज्य एवं उद्योग के विकास के लिए ब्रिटिश सरकार के बजट में कोई स्थान नहीं था।''

राजकोषीय अशक्तता को उजागर करते हुए वे किसानों में भलीभाँति परिचित सिद्धांत द्वारा एक और उदाहरण प्रस्तुत करते हैं कि बिना कोई खाद डाले लगातार उपज लेते रहने से अंततः जमीन बंजर ही बन जाती है। व्यापक संदर्भों में यह लागू हो सकता है और यदि भारत की राज्यस्तरीय अर्थव्यवस्था में इसे अपनाया जाता तो देश की कर निर्धारणीय क्षमता बढ़ जाती और फलस्वरूप राजकोष में वृद्धि होती, जो जनता के लिए लाभकारी होती। दुर्भाग्यवश भारत के वित्तीय तंत्र में इसका अभाव रहा और उक्त दोनों ही संदर्भ में कमी आती गई।

दीर्घकालीन घाटे की स्थिति से उभरने के लिए प्राधिकारियों के पास एक और मार्ग था—सरकारी व्ययों में किफायत (मितव्ययिता या खर्चे में कटौती) बरतना। मानी हुई बात है कि 1833 में अपने को स्थापित कर लेनेवाली मजबूत केंद्रीय सरकार इस प्रकार की अर्थव्यवस्था लागू करने की क्षमता रखती थी। दुर्भाग्यवश, 1833 में हुआ केंद्र सरकार के वित्त का केंद्रीकरण बड़ी दुर्बलता से किया गया था। कानूनन प्रशासनिक तंत्र केंद्रीय प्रणाली का था परंतु वास्तव में कार्यकारी सरकार के प्राथमिक यूनिट प्रादेशिक थे और भारत सरकार केवल एक समन्वयक प्राधिकारी थी। केंद्रीय सरकार को कानून की दृष्टि में दायित्व प्राप्त था, परंतु देश में उसका प्रशासन नहीं था, जबकि प्रादेशिक सरकारें देश का प्रशासन चलाती थीं, परंतु कानून की दृष्टि से उन पर कोई जिम्मेदारी नहीं थी!

इस व्यवस्था का सरकार के वित्त प्रणाली पर बुरा असर रहा। प्रादेशिक सरकारें व्यय बजट बनाती थीं, परंतु उनका वित्त-पोषण करने संबंधी यथोचित उपाय ढूँढ़ने के लिए भारत सरकार उत्तरदायी थी। इसमें कोई आश्चर्य नहीं कि बढ़ी-चढ़ी माँगें की जाने लगीं और चूँकि भारत सरकार के पास इन माँगों की समीक्षा करने का आवश्यक तंत्र मौजूद नहीं था, अतः अकसर उन माँगों को स्वीकार किया जाता था। इसके फलस्वरूप, सरकारी वित्त पर अत्यंत दबाव बना रहता था। अंततः यह महसूस किया गया कि प्रादेशिक सरकारों को अपने स्वयं के राजस्व तथा व्यय बजट बनाने चाहिए। इसी के चलते 1871 में 'प्रादेशिक बजट' की प्रणाली का प्रारंभ हुआ।

प्रादेशिक वित्त व्यवस्था का विकास

जब डॉ. आंबेडकर ने यह पुस्तक लिखी, तब इस विषय पर केवल न्यायमूर्ति महादेव गोविंद रानडे की लिखी और 1887 में प्रकाशित एक 'छोटी सी रूपरेखा' जैसी पुस्तक उपलब्ध थी। इस पुस्तक में न्यायमूर्ति रानडे ने 1882 तक की समीक्षा की थी तथा उनका विश्लेषण पंचवर्षीय आँकड़ों पर आधारित था। अतएव, इससे प्रादेशिक वित्त के विकास का इतिहास पूरी तरह से स्पष्ट नहीं हो पाया था। प्रादेशिक बजट में राजस्व की आय तथा व्यय हर पाँच वर्षों में संशोधित किए जाते, परंतु प्रत्येक बदल मूलभूत नहीं होता था। डॉ. आंबेडकर का तर्क था कि "प्रादेशिक वित्त के विकास के इतिहास को यदि उसके मूलभूत फेरबदलों के आधार पर विविध चरणों में बाँटा जाए, तो इसके भिन्न-भिन्न विशिष्टताएँ रखनेवाले पहलुओं पर अधिक ध्यान देना होगा।"

डॉ. आंबेडकर के मतानुसार, ब्रिटिश भारत में प्रादेशिक वित्त (1921 तक) का विकास तीन अलग-अलग चरणों में हुआ तथा प्रत्येक चरण में केंद्रीय सरकार द्वारा प्रदेशों को सहायता देने की अपनी एक विशिष्ट व्यवस्था थी। अतएव "न्यायमूर्ति रानडे के (पंचवार्षिक) यांत्रिकी विभाजन" की अपेक्षा उन्हें प्रादेशिक वित्त-व्यवस्था के विकास को इन मूलभूत बदलावों के आधार पर चरणों में विभाजित करना अधिक 'तर्कपूर्ण तथा शिक्षाप्रद' लगा। इन तीन चरणों को डॉ. आंबेडकर ने नाम दिए हैं 'निर्धारित बजट' (बजट बाय असाइनमेंट), 'निधारित राजस्व आधारित बजट' (बजट बाय असाइंडमेंट रेवेन्यूज) तथा 'राजस्व बँटवारे पर आधारित बजट' (बजट बाय शेयर्ड रेवेन्यूज)।

(अ) निर्धारित बजट : भारत में प्रादेशिक वित्त व्यवस्था का आरंभ 'निर्धारित बजट' योजना से हुआ, जो 1871-72 से 1876-77 तक छह वर्षों तक लागू रही। प्रादेशिक वित्त को शुरू करने का मुख्य कारण यह था कि सरकारी कोष का समुचित तथा किफायती उपयोग हो, इसलिए इस योजना में कुछ सेवाओं (उदाहरणस्वरूप—पुलिस, शिक्षा, छपाई, रास्ते, चिकित्सा सेवाएँ, पंजीकरण, जेल, सार्वजनिक इमारतें तथा अन्य सार्वजनिक सुधार) का समावेश प्रादेशिक बजट में किया गया। इन सेवाओं से प्राप्त आय केंद्र सरकार प्रदेशों को प्रदान कर देती थी। परंतु यह आय कुल खर्च की तुलना में अत्यल्प होती थी,

इसलिए बजट को संतुलित करने के लिए प्रादेशिक सरकारों को केंद्र सरकार एकमुश्त रकम भी अदा करती थी, जिससे वे अपने खर्च चला सकें। डॉ. आंबेडकर के अनुसार आरंभ में यह योजना काफी अच्छी साबित हुई, किंतु आगे चलकर अत्यधिक तथा अन्यायपूर्ण करों का कारण बनी। प्रदेशों पर थोड़ा आर्थिक बोझ डालने के बाद केंद्रीय सरकार को अमीर वर्गों को संतुष्ट करने के लिए आयकर की दरों में कमी करनी पड़ी। इसी वजह से प्रदेशों को दी जानेवाली राशि भी कम करना आवश्यक हो गया। अतएव प्रदेशों के पास कर बढ़ाने के सिवा कोई चारा न रहा। प्रादेशिक बजट में घाटे को पूरा करने के लिए की गई कर में बढ़ोतरी का यह भारी बोझ पहले ही से संत्रस्तवर्ग अर्थात् किसानों को उठाना पड़ा। "प्रदेशों को राहत देने के लिए यह न्यायसंगत होता कि आयकर जारी रखा जाता। परंतु भारत सरकार के वित्त मंत्रालय से न्याय की बात बहुत समय पूर्व ही से गायब हो चुकी थी।"

(ब) निर्धारित राजस्व आधारित बजट

निर्धारित राजस्व आधारित बजट योजना 1877-78 से 1881-82 तक पाँच वर्षों के लिए अस्तित्व में थी। इस योजना के अंतर्गत प्रदेशों को प्रत्यायोजित सेवाओं की प्राप्तियों के अतिरिक्त निर्धारित राजस्व प्रदेशों के लिए बनाया गया तथा एक विशेष प्रावधान, जिसे डॉ. आंबेडकर 'समायोजन निर्धारण' कहते हैं, भी किया गया। इस प्रकार प्रदेश के संसाधन तीन प्रकार से जुटाए जाते थे : (1) प्रादशिक बजट में सम्मिलित सेवाओं से प्राप्त आय (2) प्रादेशिक सरकारों के लिए निर्धारित की गई आय तथा (3) 'समायोजन निर्धारण।'

इस योजना में विविध प्रकार से प्राप्त होनेवाली 'सामान्य आय' के कई वर्षों के औसत के आधार पर प्रादेशिक सरकारों की 'निर्धारित आय' तय की जाती थी। अनुमानों में चूक-भूल को विचार में लेने हेतु एक उत्तम मार्ग निकाला गया। अनुमानित तथा वास्तविक सामान्य आय में होनेवाले अंतर को केंद्र सरकार तथा प्रादेशिक सरकार में बराबर-बराबर बाँट लेना तय किया गया। अर्थात् यदि वास्तविक आय सामान्य आय से अधिक होती तो 'निर्धारित आय' उसकी वृद्धि के आधे भाग से कम किया जाता, और यदि वह सामान्य आय से कम होती तो उसके अभाव के आधे भाग से निर्धारण बढ़ा दिया जाता था।

डॉ. आंबेडकर कहते हैं कि ''अधिक हुई आय के आधे भाग को प्राप्त करने की संभावना प्रदेशों को सामान्य आय से अपने संसाधन बढ़ाने को प्रेरित करती, किंतु यदि पूर्ण वृद्धि केंद्र सरकार ले लेती तो ऐसा न होता।''इसके विपरीत ''सामान्य आय से कम आय होने पर प्रदेश को अभाव के अधिक का बोझ उठाना होगा, इसलिए राजस्व का न्यायसंगत तथा किफायती उपयोग करने को प्रदेश बाध्य होगा।'' इसके फलस्वरूप, ''इस भय से कि उनके हिस्से का आधा भाग बहुत बड़ी रकम हो सकता है, प्रदेशों को अधिक सतर्कता बरतनी पड़ी जो वे अन्यथा न करते।''

(क) राजस्व बँटवारे पर आधारित बजट

राजस्व के बँटवारे पर आधारित बजट प्रणाली 1882-83 से आरंभ हुई तथा 1921 में बड़े पैमाने पर राजकोषीय सुधार होने तक लगभग 40 वर्षों तक उपयोग में रही।

डॉ. आंबेडकर के अनुसार प्रादेशिक वित्त की इससे पहले की योजनाओं में कुछ त्रुटियाँ रह गई थीं, क्योंकि इनसे ''प्रादेशिक वित्त की आवश्यकताओं की लचीली दृष्टि से पूर्ति नहीं हो रही थी'' अर्थात् प्रदेशों के लिए निर्धारित किए गए राजस्व स्रोतों में समयानुसार वृद्धि करना संभव न था। इस योजना में राजस्व तथा व्यय के तीन लेखा शीर्षों को तीन वर्गों में बाँटा गया था : (1) पूर्णत : केंद्रीय (2) पूर्णतः प्रादेशिक (3) संयुक्त रूप से केंद्रीय और प्रादेशिक। तीसरे वर्ग में राजस्व तथा व्यय को निर्धारित मात्रा में केंद्र तथा प्रदेश सरकार आपस में बाँट लेते। निर्धारण के स्थान पर केंद्रीय राजस्वों में अंश दिए जाने से दृढ़ता घटती गई तथा प्रादेशिक सरकारों के लिए राजस्व अधिक लचीला बना दिया गया।

राजस्व बँटवारे पर आधारित बजट इससे पहले की दो योजनाओं से एक और प्रकार से भिन्न था, और वह था प्रदेश तथा केंद्र के बीच लेखा निपटान (सेटलमेंट) की अवधि। इससे पहले निपटान वार्षिक हुआ करते थे, जो अनेक बार नवीकरण के अधीन होते। इस निपटानों का उद्देश्य था—केंद्रीय सरकार के अत्यल्प साधनों पर प्रादेशिक सरकारों की माँगों को सीमित करना। यदि यह अवधि अधिक होती तो अनुबंध के राजस्व अंश का संशोधन करके लाभ उठाने के अधिकर से केंद्रीय सरकार वंचित रह जाती। इस बात को ध्यान में रखते

समय भारत सरकार ने अनुबंधों की अवधि को न्यूनतम रखा। डॉ. आंबेडकर कहते हैं कि ''केंद्रीय सरकार की दृष्टि से जो बात लाभदायक थी, वही प्रादेशिक सरकार के लिए एक त्रुटि थी। कम समय की वजह से प्रादेशिक सरकारें एक निश्चित वित्तीय नीति अपना नहीं पातीं, क्योंकि उन्हें भय रहता था कि नवीकरण के समय नई शर्तें अपनाने से उन्हें या तो यह नीति छोड़ देनी होगी या उसमें इतने बड़े परिवर्तन करने होंगे कि उनके परिणामों का स्वरूप बदल जाए। यही एक त्रुटि थी, जो प्रादेशिक वित्त के कार्य में बाधा बन गई। राजस्व बँटवारे के आधार पर बजट योजना के द्वारा 1882-83 से यह त्रुटि दूर हो गई, जब पंचवर्षीय अनुबंध अपनाए जाने लगे।

1902-1903 तक के पंचवर्षीय निपटानों की समीक्षा करने के बाद डॉ. आंबेडकर इस नतीजे पर पहुँचते हैं कि ''कुछ हद तक कल्याणकारी भी रही हो, तो भी यह पंचवर्षीय समय-सीमा प्रादेशिक वित्त के लिए अत्यंत अनिष्टकारी साबित हुई। इस (पंचवर्षीय) प्रणाली के अंतर्गत प्रादेशिक सरकारें पहले कुछ वर्ष अत्यंत कंजूसी से काम लेतीं कि कहीं खर्च ज्यादा न हो जाए। बाद के वर्षों में खर्च निर्धारित स्तर से कम होने के कारण केंद्र सरकार से प्राप्त होनेवाली राशि में कटौती न हो इसलिए प्रादेशिक सरकार फिजूलखर्ची करने लगतीं।

इस कंजूसी तथा फिजूलखर्ची के दुष्परिणामों से बचने के लिए पंचवर्षीय संशोधन का सिद्धांत 1903-04 से छोड़ दिया गया। 1904-05 में इस योजना में एक अर्ध-स्थायी परिवर्तन किया गया, जिसमें वर्ष 1903-04 को सामान्य मानते हुए यह तय किया गया कि प्रादेशिक तथा केंद्र सरकारों के बीच राजस्व का बँटवारा उनके द्वारा किए गए व्ययों के आधार पर किया जाए। इसके अतिरिक्त प्रदेशों को कुछ अनुदान भी दिए गए।

विभिन्न प्रदेशों के साथ अर्ध-स्थायी स्वरूप के अनुबंध तय किए जाने के बाद केंद्र तथा प्रादेशिक वित्त की जाँच विकेंद्रीकरण हेतु 'रॉयल कमीशन' द्वारा बनाए गए आयोग ने अपनी रिपोर्ट 1909 में प्रस्तुत की, जिसमें विद्यमान व्यवस्था बनाए रखने का समर्थन किया गया था। कुछ छोटे-मोटे परिवर्तन करके 1912 में एक स्थायी योजना कार्यान्वित की गई। इस योजना के लाभ नजर आने से पहले ही प्रादेशिक वित्त ने एक नए चरण में पदार्पण किया, जो 1920-21 के बड़े परिवर्तनों से शुरू हुआ।

प्रादेशिक वित्त व्यवस्था में संशोधन

ब्रिटिश सरकार ने 20 अगस्त, 1917 को एक अत्यंत महत्त्वपूर्ण घोषणा की जिसके तहत ''प्रशासन के प्रत्येक क्षेत्र में भारतीयों का सक्रिय सहभाग बढ़ाने तथा स्वयं- शासित संस्थाओं का क्रमबद्ध विकास करने की नीति अपनाई, जिससे भारत में एक ऐसी उत्तरदायी सरकार हो, जो ब्रिटिश साम्राज्य का एक अभिन्न अंग रहे।''

डॉ. आंबेडकर के अनुसार ''यह एक युग का अंत था और एक नए युग की शुरुआत।'' इस नई नीति के अनुसार विधानमंडल को एक सरकार बनाने या गिराने का अधिकार प्राप्त होना था, जिससे शासन का स्वरूप न केवल जनता के लिए तथा जनता का होता रहे, बल्कि जनता द्वारा चलाया जाना हो। इसके फलस्वरूप शासन के प्रशासनिक, वैधानिक तथा आर्थिक पहलुओं में दूरगामी परिवर्तन होने आवश्यक थे। सबसे पहले यह निश्चय किया गया कि हर प्रांत में 1919 के संशोधन अधिनियम के अंतर्गत एक ''सीमित स्वरूप की उत्तरदायी सरकार'' की स्थापना की जाए।

इससे पहले की प्रणाली की विशेषता यह थी कि उसमें ''केंद्रीय सरकार को सर्वोपरि मानकर प्रादेशिक सरकारों को दूसरा दर्जा प्राप्त होता था।'' संवैधानिक शक्तियाँ प्राप्त होने के कारण राजस्व एवं व्यय पूर्णत: केंद्रीय सरकार के नियंत्रण में थे जिसे वह ''पूरे भारत का एक ही राजस्व मानकर पूर्ण भारत सरकार पर खर्च कर देती।'' प्रदेश का आर्थिक सामर्थ्य (सॉल्वेंसी) केंद्र सरकार की जिम्मेदारी होने की वजह से प्रादेशिक व्ययों पर नियंत्रण रखने का उसे सांविधिक अधिकार प्राप्त था। केंद्र सरकार को राजस्व प्राप्तियों में हिस्सेदारी का अंश प्राप्त था, इसलिए प्रादेशिक बजट में वह हस्तक्षेप तो करती ही थी, साथ ही प्रशासनिक मामलों में भी दखलंदाजी रहती थी। डॉ. आंबेडकर कहते हैं कि ''प्रदेशों को केंद्र सरकार से गौणता के जिन संबंधों ने जकड़ रखा था, वे प्रादेशिक स्वायत्तता के मार्ग में बाधाएँ बन गए''। उनके अनुसार केंद्रीय सरकार तथा प्रदेशों के बीच कार्यों एवं वित्त का संतोषजनक विभाजन ही प्रादेशिक स्वायत्तता लाने में सहायक हो सकता था।

1919 के अधिनियम द्वारा प्रादेशिक राज्यों को सौंपे गए अधिकार निर्धारित किए गए, जिनमें 52 सेवाएँ तथा प्रशासनिक मदें, जैसे कि सार्वजनिक निर्माण,

शिक्षा, सार्वजनिक स्वास्थ्य, जल आपूर्ति, उत्पादन शुल्क, कृषि, भू-राजस्व, अकाल राहत, पुलिस, न्याय इत्यादि का समावेश था। इसके साथ ही राजस्व से प्राप्त होनेवाली आय को केंद्र तथा प्रादेशिक सरकारों में समुचित रूप से बाँट लेना एक दुष्कर कार्य था। इस संबंध में संवैधानिक संशोधनों की सुधारों के संबंध में दी गई रिपोर्ट में यह सिफारिश की गई थी कि लेखा शीर्षों का विद्यमान वर्गीकरण, आयकर तथा सामान्य मुद्रांक को छोड़कर, ज्यों-का-त्यों रखा जाए। आयकर तथा सामान्य मुद्रांक केंद्र सरकार को तथा भू-राजस्व, सिंचाई, उत्पादन शुल्क तथा न्यायिक मुद्रांक प्रदेश को देकर यह बँटवारा पूर्ण हुआ।

विभाजित लेखा शीर्षों के स्थान पर अलग-अलग लेखा शीर्षों के बँटवारे की प्रणाली को लेकर एक कठिनाई खड़ी हो गई, अर्थात् केंद्रीय सरकार के घाटे को कैसे पूरा किया जाए? अनेक प्रस्तावों पर विचार किया गया, परंतु इसका कोई संतोषजनक हल प्राप्त नहीं हुआ। उसके बाद संयुक्त प्रवर समिति ने इस घाटे के प्रदेशों के बीच साम्यपूर्ण वितरण के संबंध में निम्नलिखित सिद्धांतों का आधार लिया—

1. भारत सरकार के प्रति हर प्रदेश का कुल अंशदान उनकी योगदान देने की क्षमता के अनुरूप हो।
2. प्रदेश के कुल योगदान में उसके प्रत्यक्ष योगदान के साथ सीमाशुल्क, आयकर, नमक कर इत्यादि अप्रत्यक्ष योगदान भी समाविष्ट होंगे।
3. प्रदेश की कर योग्य क्षमता ही उसकी योगदान देने की क्षमता होगी, अर्थात् उसके करदाताओं की कुल आय का जोड़ या करदाताओं की संख्या के साथ उनकी औसत आय का गुणाकार। ये सिफारिशें भारत सरकार तथा राज्य सचिव (सेक्रेटरी ऑफ स्टेट) ने स्वीकृत कर लीं।

इसके लिए 1919 के अधिनियम द्वारा प्रदेशों को अपने नाम पर ऋण लेने की स्वतंत्रता प्रदान की गई, जिससे कि वे पहले वंचित थे।

इस प्रकार भारत सरकार अधिनियम, 1919 में केंद्रीय सरकार तथा प्रादेशिक सरकारों के क्षेत्राधिकार निश्चित किए गए। डॉ. आंबेडकर के अनुसार "प्रशासनिक तथा आर्थिक मामलों का इस प्रकार स्पष्ट विभाजन भारत के कई राजनेताओं तथा राजनीतिज्ञों का एक स्वप्न था। विकेंद्रीकरण के लिए नियुक्त 'रॉयल कमीशन' के समक्ष इसका अनुरोध किया गया। साथ ही कालवश श्री गोखले

ने निधन-पूर्व अपने राजनीतिक बयान में भी इसकी माँग की थी। परंतु ये प्रस्ताव समय-पूर्व थे तथा भारतीय संविधान में संशोधन किए बिना इन्हें वास्तविक बनाना संभव नहीं था।

आंबेडकरजी के मत में प्रादेशिक वित्त प्रणाली में 1919 के सुधार विषयक कानून के परिणामस्वरूप किए गए परिवर्तन प्रणाली में उस समय में विद्यमान किसी पारंपरिक दोष के कारण नहीं थे। वह व्यवस्था तो पूर्णतः कार्यक्षम थी। फिर भी, ये परिवर्तन इसलिए किए गए कि उस समय की व्यवस्था देश की प्रशासनिक प्रणाली में उस अधिनियम द्वारा महान् क्रांति लाने के लिए किए गए प्रयासों के सर्वथा विपरीत थी। निस्संदेह ही, 1919 के उक्त अधिनियम के द्वारा ही प्रादेशिक स्वायत्तता का लक्ष्य प्राप्त करने का मार्ग प्रशस्त हुआ। उनसे उस व्यवस्था के विसंगत हो जाने के कारण परिवर्तन करने पड़े। वास्तव में प्रादेशिक स्वायत्तता की नींव 1919 के अधिनियम द्वारा ही रखी गई।

सुधारों के विषय में टीका-टिप्पणी

सुधार की उक्त योजना पर जनता या विशेषज्ञों द्वारा अपेक्षाकृत यथोचित टीका-टिप्पणी नहीं की गई थी। इस पर दुःख व्यक्त करते हुए आंबेडकरजी नई व्यवस्थाओं पर भावी संभावनायुक्त टिप्पणी प्रस्तुत करते हैं—

(1) नई व्यवस्थाओं के वित्तीय दृष्टि से परिपूर्ण होने के विषय में उनका कहना था कि केंद्रीय सरकार उपलब्ध ऐसे दो स्रोतों अर्थात् भू-राजस्व तथा सीमाशुल्क का राजस्व पर समुचित अमल नहीं कर पाई थी। भू-राजस्व के संबंध में उनका तर्क था कि "भू-राजस्व के चिरकालीन निपटान के स्थान पर यदि समय-समय पर निर्धारण की प्रणाली अपनाई जाती तो बेहतर होता। देश के सामान्य संसाधनों में बढ़ोतरी करने का यह अच्छा स्रोत बनता तथा इससे सभी प्रादेशिक सरकारें आर्थिक रूप से संपन्न बन पातीं।"

सीमाशुल्क के संबंध में उनका कहना था कि "कोषागार में अत्यंत तीव्र अभाव होने पर भी सीमाशुल्क की क्षमता का पूर्ण रूप से लाभ नहीं उठाया गया।" इसका कारण वे बताते हैं कि "यदि सीमा शुल्क में वृद्धि की जाती तो भारतीय उद्योगों को अंग्रेजी उद्योगों से प्रतियोगिता में संरक्षण प्राप्त हो जाता।" डॉ. आंबेडकर ने सिद्ध किया है कि "समूचा नीति-निर्धारण अंग्रेज उत्पादकों

के ही हित में किया जाता था।''

(2) डॉ. आंबेडकर के मतानुसार यदि प्रादेशिक वित्तव्यवस्था को सुगठित और सुदृढ़ बनाना हो तो इसका एक ही उपाय है—कम-से-कम व्यय और अधिक कर निर्धारण अपनाना। ''मजबूत वित्त व्यवस्था के बगैर मजबूत सरकार संभव नहीं तथा मजबूत सरकार के बगैर मजबूत वित्तव्यवस्था संभव नहीं।'' इस सार्वभौमिक सिद्धांत का प्रतिपादन करते हुए उन्होंने सुधार अधिनियम द्वारा प्रांतों में स्थापित की गई वित्त व्यवस्था को परखा है।

इस अधिनियम के तहत उभरी राज्य व्यवस्था का स्वरूप दोहरे शासन का है। इस प्रणाली में सत्ता के दो केंद्र हैं—राज्यपाल (गवर्नर इन काउंसिल) तथा प्रधान मंत्री (गवर्नर इन मिनिस्ट्री)। इनमें से राज्यपाल का ''पहले की ही तरह प्रादेशिक विधान सभा के प्रति कोई दायित्व नहीं होता था और न ही उन्हें उसके द्वारा अपदस्थ किया जा सकता था। इस प्रकार वह एक गैर संसदीय कार्यपालक था।'' अत्यंत सारगर्भित शैली में वे यह सिद्ध करते हैं, ''राज्यपाल को व्यय करने अथवा कर बढ़ाकर आय बढ़ाने की कोई चिंता न थी। उन्हें अपने अधिकार ब्रिटिश संसद् से प्राप्त थे, अतएव कोई भी नीति अपनाने के लिए वे स्वतंत्र थे। कर दाताओं के हितों की चिंता करने का प्रश्न ही नहीं था।''

सामूहिक जिम्मेदारी के बिल्कुल विपरीत होने के कारण आंबेडकरजी निग्रहपूर्वक कहते हैं कि ''प्रशासन में दोहरी शासनप्रणाली कदापि अच्छी नहीं हो सकती है और अच्छे प्रशासन के सिवा अच्छे वित्तीय प्रणाली की कामना ही नहीं की जा सकती। इसका मूलभूत एवं सरल उपाय यही है कि सामूहिक दायित्व के आधार पर अविभाजित शासन व्यवस्था स्थापित करना।''

सारांश

'सार्वजनिक वित्त' के क्षेत्र में डॉ. आंबेडकरजी का महत्त्वपूर्ण योगदान रहा है। पर आज की स्थिति में यह कितना प्रासंगिक है, यह प्रश्न उठ सकता है। इस संबंध में दो उदाहरण दिए जा सकते हैं—

1. इस पुस्तक का ऐतिहासिक महत्त्व है। अपने प्रकार की यह पहली पुस्तक है। 1833 से 1921 तक के (प्रदीर्घ अवधि) दीर्घकाल का सूक्ष्म विश्लेषण डॉ. आंबेडकरजी ने अत्यंत परिश्रम से एकत्र किए गए

आँकड़ों तथा जानकारी के आधार पर किया है। उनके पी-एच.डी. के मार्गदर्शक प्रो. सेलिग्मन इस पुस्तक की प्रस्तावना में कहते हैं, ''डॉ. आंबेडकर ने इस पुस्तक में अपने देश के रांजकोषीय विकास का वस्तुनिष्ठ वर्णन तथा निष्पक्ष विश्लेषण किया है। यही इस पुस्तक की उपलब्धि है। इस पुस्तक में दिए गए निष्कर्ष अन्य देशों के संबंध में भी सही साबित हो सकते हैं और मेरी जानकारी में इस प्रकार का मूलभूत सैद्धांतिक अध्ययन अन्यत्र कहीं किया नहीं गया है।''

2. स्वतंत्र भारत के संविधान के अनुसार वित्त आयोग की नियुक्ति हर पाँच वर्षों में की जाती है तथा यह आयोग केंद्र सरकार तथा राज्य सरकारों के बीच संसाधनों के बँटवारे के विषय में अपनी सिफारिशें प्रस्तुत करता है। अब तक तेरह वित्त आयोगों ने अपनी रिपोर्ट लोकसभा को प्रस्तुत की है। यद्यपि वित्त आयोग को भूमिका बहुपरिचित है, तथापि कुछ लोग ही यह जानते होंगे कि वित्त आयोग की विश्लेषणात्मक रिपोर्ट का मूलाधार डॉ. आंबेडकर का यह सूक्ष्मदर्शी लेखन ही है। अतएव इसमें कोई अतिशयोक्ति नहीं कि डॉ. आंबेडकर ने इस पुस्तक द्वारा सार्वजनिक वित्त के क्षेत्र में जो योगदान उस समय दिया था, वह आज भी उतना ही महत्त्वपूर्ण है।

□

3

रुपए की समस्या उद्‌गम तथा समाधान

'लंदन स्कूल ऑफ इकोनॉमिक्स' में 'डॉक्टर ऑफ साइंस' की उच्चतर उपाधि के शोधकार्य हेतु लिखे गए 'रुपए की समस्या : उद्‌गम तथा समाधान' शोध प्रबंध के माध्यम से और साथ ही भारतीय मुद्रा एवं वित्त पर विचार करने के लिए नियुक्त 'रॉयल कमीशन' के समक्ष अपने बयान के माध्यम से डॉ. आंबेडकर ने मौद्रिक अर्थशास्त्र में एक महत्त्वपूर्ण योगदान दिया है। (इस रॉयल कमीशन की रिपोर्ट के आधार पर, आगे चल के 1935 में रिजर्व बैंक ऑफ इंडिया की स्थापना की गई।) डॉ. आंबेडकर ने 'डॉक्टर ऑफ साइंस' के लिए अपना शोध प्रबंध 1921 में पूर्ण किया तथा 1923 में यह प्रकाशित हुआ। फिर 1947 में इसका पुनर्मुद्रण हुआ। दूसरे संस्करण की प्रस्तावना में वे कहते हैं। "राजनीति के क्षेत्र की दौड़-धूप में व्यस्त हो जाने के कारण मैं समय न दे पाया, इसलिए इस पुस्तक के दूसरे संस्करण के छपने में विलंब हो गया। मैंने अब एक अलग योजना बनाई है। मैं भारतीय मुद्रा तथा बैंकिंग का इतिहास दो भागों में प्रकाशित कर रहा हूँ, जिसका प्रथम भाग 'रुपए की समस्या' होगा तथा दूसरे भाग में 1923 से आगे भारतीय मुद्रा तथा बैंकिंग का इतिहास दिया जाएगा।" दुर्भाग्य से डॉ. आंबेडकर दूसरा भाग समयाभाव के कारण पूरा न कर सके।

'रुपए की समस्या' वास्तव में एक ऐतिहासिक दस्तावेज है। इस पुस्तक

में डॉ. आंबेडकर ने भारतीय मुद्रा का विनिमय के साधन के रूप में विकास तथा सोने, चाँदी जैसे मूल्यवान् धातुओं की समतुल्यता (इक्विवालेंस) का विशद वर्णन किया है। तत्कालीन अभ्यासकों द्वारा अधिकतर अनदेखी रही 1800 से 1893 की अवधि का अध्ययन सबसे पहले डॉ. आंबेडकर ने किया। 1920 तक के समय को ऐतिहासिक दृष्टि से परखने के बाद डॉ. आंबेडकर उस समय के एक बहुचर्चित प्रश्न पर अपना ध्यान केंद्रित करते हैं—'भारत के योग्य मुद्रा प्रणाली कौन-सी है?' इस संबंध में विश्वविख्यात अर्थशास्त्री डॉ. जॉन मेनार्ड केन्स से भी दो-दो हाथ करने का प्रसंग आ गया था, यह बहुत ही कम लोगों को ज्ञात है।

ब्रिटिश शासन से पूर्व भारतीय रुपए का इतिहास

मुगल साम्राज्य की आर्थिक व्यवस्था की नींव अकबर ने रखी। उस समय से भारत में आमतौर पर सोने-चाँदी को मुद्रा के रूप में प्रयुक्त किया जाता था। सोने का सिक्का 'मुहर' कहलाता और चाँदी के सिक्के को 'रुपया' कहा जाता था। वजन में दोनों एक से अर्थात् लगभग 175 ग्राम ट्रॉय थे। मुगल साम्राज्य के 'दाम' नामक तांबे के सिक्के के साथ इन दोनों की विनिमय दर निश्चित की गई थी, अतएव इन सिक्कों का लेन-देन भी एक निश्चित दर से होता था। दक्षिण भारत में, जो मुगल साम्राज्य के अधीन नहीं था, मुद्रा के रूप में चाँदी प्रचलन में नहीं थी। हिंदू राजाओं के प्रदेशों में सोने का ही अधिक उपयोग होता था। प्राचीन हिंदू राजाओं के समय से चला आ रहा 'पैगोडा' नामक सिक्का ही मानक मूल्य तथा विनिमय का माध्यम हुआ करता था।

मुगल साम्राज्य के अस्त होने पर अनेक स्वतंत्र राज्यों का उदय हुआ तथा सिक्के ढालने का एकाधिकार समाप्त हो गया। प्रत्येक राज्य का अपना अलग सिक्का बनने लगा तथा सिक्कों के लेन-देन में बहुत गड़बड़ी फैलने लगी। अलग- अलग राज्य अपनी मरजी के अनुसार घटिया सिक्के प्रयुक्त करने लगे। इसके फलस्वरूप मुद्रा की प्रमुख विशिष्टता—सर्वव्यापी तथा तत्काल स्वीकार्यता—ही नष्ट हो गई। मुगल साम्राज्य के अस्त होने पर भारत में सर्वस्वीकृत वैध मुद्रा नाम की कोई चीज ही नहीं रही। इसके विपरीत, मुगल राज्य के विघटन से जो प्रदेश अस्तित्व में आए, केवल उनमें उनकी सीमा तक प्रचलित

अनेक स्थानीय मुद्राएँ पनपती गईं।

इसके फलस्वरूप अंतर राज्यीय लेन-देन का हिसाब करते समय यह आवश्यक हो गया कि इन अलग-अलग सिक्कों के 'सही' मूल्य का (स्वर्ण मूल्य का) निश्चित पता कर लिया जाए। इस कार्य में दक्ष दलालों का एक वर्ग उभरा, जो मुद्रा का विनिमय करता था। ये लोग 'सर्राफ' (श्रॉफ) कहलाते थे। सर्राफ सिक्कों पर खुदी हुई तारीख और अन्य चिह्नों से सिक्के की शुद्धता का निर्धारण करते थे।

मुद्रा की इस विविधता के आर्थिक परिणाम होने ही थे। यद्यपि ये सिक्के बाहर से एक जैसे दिखते, तो भी उनके धातु अंशों में अंतर होता। इसलिए विनिमय के समय एक ही नाम के दूसरे सिक्के के संदर्भ में इन पर बट्टा (डिस्काउंट) अथवा अधिमूल्य (प्रीमियम) तय करना जरूरी हो जाता। बट्टा अथवा अधिमूल्य की जानकारी न होने पर लोग ज्ञात तथा अपने इलाके में अधिक प्रचलित सिक्के ही स्वीकार करना पसंद करते थे। इसलिए भारतीय समाज में वस्तु-विनिमय (वस्तु देकर उतने मूल्य की अन्य वस्तु लेना) बहुत समय तक प्रचलित रहा। इसी कारण अविनिमेय घटिया मुद्रा में से उत्कृष्ट विनिमय मुद्रा तैयार करने का दायित्व ईस्ट इंडिया कंपनी को उठाना पड़ा, जो तब तक भारत में मुगल साम्राज्य का स्थान ले चुकी थी।

ब्रिटिशों द्वारा मुद्रा प्रणाली को समेकित करना

ईस्ट इंडिया कंपनी के निदेशकों ने अपनी 25 अप्रैल, 1806 की विज्ञप्ति में भारत के लिए एकल धातुमान (एक ही धातु पर आधारित मुद्रा प्रणाली) आदर्श होने का ऐलान किया तथा भविष्य में भारतीय मुद्रा के लिए 180 ग्राम ट्रॉय वजन तथा 165 ग्राम शुद्ध चाँदी से युक्त रुपए को एकक निर्धारित किया। 180 ग्राम के रुपए को मानक निश्चित करने का हेतु था—मुगल टकसालों में तैयार किए गए रुपए से यथासंभव तालमेल बनाए रखना। यह सोचा गया कि "यदि प्रचलन में लाए जानेवाले मुख्य सिक्के का वजन 180 ग्राम के बजाय कुछ और हो तो उस सिक्के के आधार पर वजन और मापों की चली आ रही प्राचीन परंपरा से अकारण ही दूर जाना पड़ेगा।" इसके अतिरिक्त यह विकल्प इसलिए स्वीकार किया गया "क्योंकि इससे अंग्रेजी वजन और मापों को भारतीय वजन और

मापों से एकरूप करना सुलभ हो जाता।[1]

1833 तक भारतीय मुद्रा प्रणाली की समरूपता लगभग पूर्ण की जा चुकी थी। ब्रिटिशों द्वारा निर्धारित रुपए को अभी स्वीकृति प्राप्त हो गई। इसके अलावा केवल 'सिक्का' रुपया (192 ग्राम ट्राय वजन का तथा प्रायः 175 ग्राम चाँदीयुक्त) और कहीं-कहीं पर प्रचलित सोने के सिक्के प्रचलन में रहे।

इसी दौरान ईस्ट इंडिया कंपनी के निदेशकों तथा मुंबई, बंगाल तथा मद्रास की महाप्रांतीय सरकारों के बीच संघर्ष उत्पन्न हुआ। इन सरकारों ने सोने के विमुद्रीकरण (सोने के सिक्कों को प्रचलन से हटाने) पर रोष प्रदर्शित किया। मद्रास महाप्रांत ने तो "रुपए के साथ-साथ सोने के सिक्के भी प्रचलन में रखने की बात रखी" तथा अपने प्रदेश में प्रचलित सोने और चाँदी के निश्चित अनुपात पर आधारित द्विमान (सोने और चाँदी दोनों पर आधारित) मुद्रा प्रणाली त्यागने से इनकार कर दिया।

परंतु 1833 में, ब्रिटिश संसद् के अधिनियम द्वारा पूर्ण भारत के लिए एक विधिमंडल तथा कार्यकारी मंडल के अंतर्गत ब्रिटिश प्रशासन की स्थापना की गई। यह साम्राज्यिक प्रशासन अपना सिक्का प्रचलन में लाने को आतुर था। अवसर पाते ही 1835 के अधिनियम द्वारा एक धातुमान पर आधारित मुद्रा प्रणाली भारत भर में स्थापित की गई। 180 ग्राम ट्राय वजन तथा 165 ग्राम शुद्ध चाँदी युक्त रुपया भारत की एकमेव वैध मुद्रा के रूप में स्थापित हो गया और इस प्रकार भारत में रजत मान की शुरुआत हुई।

चाँदी की मुद्रा के साथ-साथ कागजी मुद्रा

यद्यपि 1835 में रजत मान स्वीकृत किया गया, परंतु कुछ ही समय में यह स्पष्ट हो गया कि यह प्रणाली देश की आवश्यकताएँ पूर्ण करने में असमर्थ है। डॉ. आंबेडकर कहते हैं कि इसी दौरान अर्थव्यवस्था में कुछ महत्त्वपूर्ण संरचनात्मक परिवर्तन हुए, उदाहरणार्थ वस्तु के बदले वस्तु लेने की प्रथा कम होती गई और इसके स्थान पर पैसों में क्रय-विक्रय का व्यवहार बढ़ने लगा।

1. उदाहरणार्थ, भारतीय परंपरा के 8 रत्ती से 1 मास और 12 मास का एक तोला बनता था; अंग्रेजी परंपरा में भारतीय एक तोला 180 ट्रॉय ग्राम के बराबर था। साथ-ही-साथ 80 तोला से एक सेर और 40 सेर से बनता था एक मण, जो अंग्रेजी 100 ट्रॉय पौंड के बराबर था।

विदेशी व्यापार में भी बढ़ोतरी हुई। इन परिवर्तनों से रजत धातुमान की सीमाएँ उभरकर सामने आने लगीं।

अंग्रेजों से पहले देश में सेना सहित सभी सरकारी कर्मचारियों को वेतन वस्तु के रूप में दिया जाता था। अंग्रेजों ने इसके बदले नकदी देना शुरू कर दिया। इस वजह से सरकार को सभी प्रकार के कर भी नकद रूप से स्वीकार करने पड़ते थे। नागरिक भी नकद राशि माँगते थे, क्योंकि उन्हें इसी रूप में कर भरना होता था। परिणामतः अर्थव्यवस्था का स्वरूप नकदी अर्थव्यवस्था में बदलने लगा। इसके अतिरिक्त अंग्रेजों के पक्ष में जकात तथा अन्यायकारी नौपरिवहन कानूनों की वजह से अवरुद्ध भारत का विदेश व्यापार इन कानूनों के निरसन तथा 1842 में जकात वसूली में सुधार किए जाने पर तेजी से फैलने लगा।

इन सभी कारणों से मुद्रा की माँग बढ़ने लगी। किंतु 1850 के बाद मूल्यवान् धातुओं का बढ़ता हुआ उत्पादन भी चाँदी की मुद्रा पर विश्व की अधिक निर्भरता के कारण उनकी आवश्यकताओं को पूरा न कर सका। वैसे भी "मूल्यवान् धातुओं के लालच के विषय में भारत पहले ही से बदनाम हो चुका था।" चाँदी के सिक्कों को पिघलाकर उन्हें अन्य कामों में लगाया जाना भी बढ़ रहा था। इसलिए भारत में मौद्रिक तंगी और भी तीव्र हो गई।

यदि कर्ज उपलब्ध कराने की एक सुगठित व्यवस्था होती तो मौद्रिक तंगी महसूस नहीं होती। परंतु उस समय बैंकिंग प्रणाली का यथेष्ट विकास नहीं हुआ था। वास्तव में ईस्ट इंडिया कंपनी की नीति ही बैंकिंग प्रणाली का विकास न होने का कारण थी। ईस्ट इंडिया कंपनी स्वयं ही पैसों के व्यवहार का कार्य करती थी अतएव वह बैंकिंग संस्थाओं के विकास के लिए विशेष उत्सुक न थी। शायद इस भय से कि कहीं वे उसकी प्रतिस्पर्धी न बन जाएँ।

चाँदी की कमी तथा ऋण के रूप में धन की गुंजाइश के अभाव से व्यापार को इतनी असुविधा हुई कि 1835 के मुद्रा अधिनियम के प्रति लोगों के विचार बदलने लगे और वे कहने लगे कि बेहतर होता यदि रजत मान के बदले सुवर्ण मान अपनाया जाता। जैसे-जैसे अधिक सोना आयात कर उसके सिक्के ढाले जाने लगे, वैसे-वैसे प्रचलित भारतीय मुद्रा में उसे वैध मानने की माँग बढ़ती गई। डॉ. आंबेडकर की दृष्टि में रजत मान की अनुपयुक्तता नजर आने पर भी सुवर्णमान की स्थापना न होकर रजतमान के साथ-साथ में कागज की मुद्रा

चलाना दुर्भाग्यपूर्ण ही था।

आरंभ में प्रत्येक बैंक को अपने नोट जारी करने की स्वतंत्रता थी। तीन महाप्रांतीय[2] बैंकों के नोटों को अन्य बैंकों के नोटों की अपेक्षा ऊँचा दर्जा प्राप्त था। राजस्व भरते समय सरकार कुछ हद तक इन्हें ही स्वीकार करती। इस सुविधा के लिए प्रेसिडेंसी बैंकों को कुछ कठोर शर्तें स्वीकारनी पड़ी (जिनसे अन्य बैंक मुक्त थे)। नोटों को प्रचलन में लाने के अधिकार का बड़े पैमाने पर प्रयोग नहीं हुआ—प्रेसिडेंसी बैंकों से भी। यह अधिकार भी 1861 में हटा लिया गया तथा संपूर्ण भारत के लिए कागजी मुद्रा जारी करने का अधिकार 'कागजी मुद्रा विभाग' (डिपार्टमेंट ऑफ पेपर करेंसी) नामक सरकारी विभाग को सौंप दिया गया।

परंतु 'कागजी मुद्रा विभाग' को कागजी मुद्रा के विषय में उतना ही विवेकाधिकार प्राप्त था, जितना कि सिक्कों के विषय में टकसाल प्रमुख को। कागजी मुद्रा के समर्थन में अधिकतर समर्थन चाँदी द्वारा होता था (1862 से 1891 के दौरान 51 से 63 प्रतिशत तक) और शेष भाग को सरकारी प्रतिभूतियों में रखा जाता था, जिनका ब्याज ही सरकार के लार्भाजन का एकमेव स्रोत था।

उपयोग में लाए जानेवाले पैसों में कागजी मुद्रा का हिस्सा काफी कम था। आंबेडकर के अनुसार इसके दो कारण थे—

1. सबसे कम मूल्यवर्ग का नोट दस रुपए का नोट भी सिक्कों की तुलना में बहुत अधिक महँगे मूल्य का पड़ता था। "जिस देश में औसत अधिकतम व्यवहार एक रुपए तक का हो और अधिकांश व्यवहार एक आने अथवा उससे कम पैसों में होते हों, उस देश में कागजी मुद्रा का प्रचलन बड़े पैमाने पर होने की आशा रखना व्यर्थ है। 1871 में पहली बार प्रचलन में लाया गया पाँच रुपए का नोट भी लोगों के व्यवहार में आसानी से आ जाए, इतने कम मूल्य का नहीं था।"
2. नोटों के प्रचलन में एक और बाधा थी—उनका आसानी से नकदीकरण न होना। कागजी मुद्रा के परिचालन हेतु देश को अनेक निर्गम मंडलों में बाँटा गया था। एक परिचालन मंडल के नोट दूसरे मंडल में वैध

2. वह तीन महाप्रांतीय (प्रेसीडेंसी) बैंक थे—बैंक ऑफ बंगाल, बैंक ऑफ बॉम्बे और बैंक ऑफ मद्रास। इन तीनों बैंकों के एकत्रीकरण से 'दि इंपीरियल बैंक ऑफ इंडिया' का निर्माण हुआ 1921 में, जो कि आगे चलकर 1955 में 'स्टेट बैंक ऑफ इंडिया' बनाई गई।

नहीं माने जाते थे अथवा उन्हें भुनाने में कठिनाई होती थी। सार्वत्रिक नकदी में परिवर्तनीयता का अभाव कागजी मुद्रा के लोकप्रिय होने में एक बहुत बड़ी बाधा बन गया।

डॉ. आंबेडकर के मतानुसार रजत मान की नींव पर रची गई तथा कागजी मुद्रा द्वारा विस्तार की अपेक्षा करनेवाली यह मुद्रा प्रणाली असफल रही, क्योंकि इससे मुद्रा के मूल्य में स्थिरता नहीं आ पाई। भारतीय मुद्रा बाजार की अवस्था तूफान में फँसी नाव के समान हो गई, जिसे खूब उतार-चढ़ाव झेलने पड़े। उस समय बट्टा दर (डिस्काउंट रेट) में असामान्य रूप से अस्थिर हो गए।

डॉ. आंबेडकर द्वारा किया गया 'रुपए की समस्या' का विश्लेषण इस पुस्तक के प्रकाशित होने के 90 वर्ष बाद भी उतना ही महत्त्वपूर्ण है। मुद्रा का मूल्य समतल-समान स्तर पर स्थिर रखने के लिए उसकी माँग के अनुसार ही उसकी आपूर्ति नियंत्रित की जानी चाहिए। बट्टा दर के असामान्य उतार-चढ़ाव के कारण मुद्रा आपूर्ति की अनियमितता में खोजने होंगे।

डॉ. आंबेडकर कहते हैं कि जनसंख्या में वृद्धि, व्यापार में वृद्धि इत्यादि के कारण तथा वर्ष भर की अवधि में मौसम के उतार-चढ़ाव के कारण मुद्रा की माँग के बढ़ने में जो फर्क है, उस पर विचार करना चाहिए। 'भारत पर मौसम का प्रभाव अत्यधिक है, इसमें दो राय नहीं। ग्रीष्म ऋतु में भारतीयों की उत्पादकता सुस्त पड़ जाती है तथा सर्दी के मौसम में सभी आर्थिक, सामाजिक गतिविधियों में एक नया जोश भरा रहता है। उत्पादन, खपत तथा किसी सीमा तक वितरण, ये तीनों मौसम पर निर्भर करते हैं। इन सबके कारण धन के लिए सामाजिक माँग में एक लयबद्धता रहती है, वर्ष के किसी विशिष्ट समय में अधिक तथा फिर कभी न्यून। इसीलिए मुद्रा की मौसमी माँग के अनुरूप मुद्रा की आपूर्ति पर नियंत्रण रखना आवश्यक है। परंतु उस समय की भारतीय मुद्रा प्रणाली में इस प्रकार के लचीलेपन का सर्वथा अभाव था।

डॉ. आंबेडकर के अनुसार वर्ष-दर-वर्ष में मुद्रा की माँग में होनेवाले परिवर्तनों से (अनावर्ती) मुद्रा में स्थैर्य तथा विस्तार की आवश्यकता निर्मित होती है, जिसे धातु की मुद्रा से पूरा किया जा सकता है। इसके विपरीत पैसों की मौसमी माँग से निपटने के लिए मुद्रा प्रणाली लचीली होनी चाहिए और यह लचीलापन कागजी मुद्रा से प्राप्त किया जा सकता है।

दुर्भाग्य से कागजी मुद्रा अधिनियम में मुद्रा की माँग को ध्यान में नहीं लिया गया था और नोट छापने की मात्रा पर कठोर सीमाएँ लगाई गई थीं। डॉ. आंबेडकर के मतानुसार इसी वजह से मुद्रा के लचीलेपन पर भी प्रतिकूल प्रभाव पड़ा, जिसके कारण बट्टा दर में अनियमित उतार-चढ़ाव होते रहे। इंग्लैंड में भी जारी नोटों की संख्या पर सीमा थी, फिर भी वहाँ बट्टा दर में ऐसे बदलाव नहीं होते थे। डॉ. आंबेडकर इसका कारण बताते हुए कहते हैं कि "इंग्लैंड में बैंक कर्ज उपलब्ध कराने के लिए नोट की बजाय चेक का उपयोग करने की आदत लोगों में डालने में सफल हुए थे, परंतु भारतीय बैंक इस विषय में असफल रहे थे। इसका कारण था—देश में फैली प्रचंड अत्यधिक निरक्षरता तथा देशीय भाषा में बैंकों के व्यवहार का अभाव।

डॉ. आंबेडकर कहते हैं कि "जिस अर्थव्यवस्था में उद्यमकर्ता को पूर्ण वर्ष नहीं भी हो, पर वर्ष के दौरान कुछ समय में काफी सारा भाग कर्ज की रकम पर ही निर्भर रहना पड़ता हो, वहाँ अचानक बढ़ी बट्टा दर से उसका सारा मुनाफा नष्ट होने तथा बट्टा दर अचानक घट जाने से फायदे बढ़ जाने की संभावना बनी रहती है। पहले मामले में व्यापार घटेगा और दूसरे में बढ़ेगा। इस प्रकार के उतार-चढ़ाव से कारोबारी जोखिम बढ़ता है, खर्चे बढ़ते हैं और इन सबका बोझ अंतत: ग्राहक पर आ जाता है। इसके फलस्वरूप कीमतों में अस्थिरता होती है, सट्टेबाजी को प्रोत्साहन मिलता है तथा आतंक फैलता है।" व्यापारी वर्ग की इन कठिनाइयों का निवारण करने के लिए ब्रिटिश सरकार ने भारत में कोई ठोस प्रयास नहीं किए।

रुपया-पौंड विनिमय दर की विस्थापना

1870 से पूर्व इंग्लैंड तथा पुर्तगाल में मुद्रा पूरी तरह से सुवर्णमान पर आधारित थी और भारत तथा पश्चिम यूरोप के देशों में पूरी तरह रजतमान पर। धातुओं में अंतर होने के बावजूद रुपए और पौंड की विनिमय दर निश्चित थी अर्थात् 1 रुपया=1 शिलिंग 10 1/2 पेंस। 1873 से पूर्व सोने और चाँदी का विनिमय दर स्थिर स्वरूप का था, जो उस समय 1 एकक सोना=15 1/2 एकक चाँदी के अनुपात में था। 1873 के बाद रुपया-पौंड की विनिमय दर विस्थापित हो गया, क्योंकि सोने और चाँदी के बीच के बंधन ढीले पड़ गए। रुपए के मूल्य

का धीरे-धीरे ह्रास होता गया तथा 1892-93 में 1 रुपया=1 शिलिंग 3 पैंस तक उतर आया।

इस अनहोनी घटना का उस समय के आर्थिक विद्वानों ने दो प्रकार से स्पष्टीकरण दिया। पहला तर्क यह कि उस दौरान अनेक देशों ने रजतमान का त्याग कर दिया था, जिससे चाँदी की माँग घट गई और उसकी कीमतें गिरने लगीं।[3] दूसरा तर्क यह था कि सोने के उत्पादन की तुलना में चाँदी का उत्पादन कहीं अधिक होने लगा था। चाँदी की आपूर्ति इतनी बढ़ जाने से उसके मूल्य में गिरावट आ गई। अनेक आँकड़ों के प्रमाण एकत्रित करके डॉ. आंबेडकर ने इन दोनों तर्कों की जाँच की है।

सोने तथा चाँदी के उत्पादन आँकड़ों का तुलनात्मक परीक्षण करते हुए वे इस नतीजे पर पहुँचे कि चाँदी की अतिरिक्त आपूर्ति रुपए के अवमूल्यन का कारण नहीं थी। वे कहते हैं—"यदि 1873 के बाद चाँदी का विमुद्रीकरण न किया गया होता तो सोने और चाँदी के बीच जो अनुपात इससे पहले अस्थिरता के समय में कायम था, वही आगे भी रहता।" विश्व के प्रमुख देशों द्वारा रजतमान का त्याग किए जाने के कारण ही रुपए-पौंड की विनिमय दर विस्थापित हो गया।

विनिमय दर में यह खराबी आने की वजह से भारत पर दूरगामी आर्थिक प्रभाव पड़ा। भारत ने यद्यपि रजतमान अपनाया था, परंतु स्वर्णमान अपनानेवाले ब्रिटेन जैसे देशों से बाँधा गया था, इसलिए भारत का आर्थिक और वित्तीय जीवन उन शक्तियों पर निर्भर था, जो सोने और चाँदी मान को अपनाते थे और ये ही बातें रुपए-पौंड की विनिमय दर को प्रभावित करती थीं।

विनिमय दर की विस्थापना के परिणामों की विस्तारपूर्वक चर्चा डॉ. आंबेडकर इस प्रकार करते हैं—

1. रुपए के मूल्य में गिरावट आने से भारत सरकार पर बोझ बढ़ गया। इंग्लैंड स्वर्णमान पर आधारित था। अतएव यूरोपीय सेना के रख-रखाव का खर्च, कर्ज पर ब्याज और अन्य वस्तुओं के लिए भारत द्वारा इंग्लैंड को देय राशि सोने के रूप में देनी पड़ती। परंतु भारत का राजस्व, जिसमें से यह

3. जैसे कि जर्मनी (1871), यू.एस.ए. और स्वीडन (1875), नॉर्वे (1875), फ्रांस, इटली तथा स्विट्जरलैंड (1878)।

राशि चुकाई जाती, चाँदी के रूप में वसूल होती थी। इसलिए जिस अनुपात से सोने की तुलना में चाँदी का मूल्य घटता जाता, उतना ही भारत सरकार का बोझ बढ़ता जाता। सोना देकर अदा की जानेवाली मदें जैसे-जैसे बढ़ती गईं, परिस्थिति और गंभीर होती गई। परिणामत: सोने में प्रदेय राशियों की रुपयों में कीमत इन प्रदेय राशियों के बढ़ते चले जाने तथा सोने की मूल्य वृद्धि, दोनों कारणों से बढ़ती गई। इसके कारण सरकार को अधिक कर लगाने पड़े तथा अर्थव्यवस्था डगमगाने लगी। विशेषकर आर्थिक कठिनाइयों के कारण आवश्यक सार्वजनिक कार्यों पर खर्च करने की अक्षमता अत्यंत दयनीय थी। "अन्य गरीब देशों की तरह भारत को भी उन अमीर राष्ट्रों की ओर ताकना पड़ता था, जो उसे अतिरिक्त राशि कर्ज के रूप में दे सकते थे। दुर्भाग्य से इन सभी देशों ने स्वर्णमान को अपनाया था।" जब तक "इतना सोना इतनी चाँदी के बराबर है" कहना संभव था, तब तक इंग्लैंड के निवेशकर्ता इस बात से निश्चिंत थे कि भारत सरकार की प्रतिभूतियाँ रुपए में हैं या पौंड में। विनिमय दर विस्थापित होते ही यह परिस्थिति बदल गई। "चाँदी का मूल्य सोने की तुलना में घटते ही रुपए में जारी प्रतिभूतियों का मूल्य सोने की तुलना में घटने लगता था। जो लागत पहले सुरक्षित समझी जाती थी, वह उतनी सुरक्षित न रही। इसलिए सार्वजनिक कार्यों के लिए धन एकत्रित करना सरकार के लिए कठिन होता चला गया।" इसके दुष्परिणाम सामान्य जनता को ही झेलने पड़े।

2. भारत में नियमित रूप से अकाल की स्थितियाँ आती रहती थीं और देश की हालत दयनीय हो जाती थी। डॉ. आंबेडकर कहते हैं कि "बार-बार अकाल पड़ने और इससे होनेवाले विनाश से बचने के लिए एक मार्ग भारत को यह उपलब्ध था कि वह अपने उद्योगों में विविधता लाए। दीर्घकालीन लाभ की दृष्टि से इन उद्योगों को मजबूत पूँजी के आधार पर टिकाना आवश्यक था। इसके लिए देश में (पूँजी) आपूर्ति का प्रवाह मुक्त रूप से आना आवश्यक था। परंतु उस समय की परिस्थिति में अंग्रेज निवेशकर्ता, जो पूँजी के सबसे बड़े स्रोत थे, भारत में निवेश करने को एक बड़ा जोखिम मानते थे। उन्हें यह भय था कि रजतमानवाले

देश में पूँजी लगाने पर हर बार चाँदी की कीमत घटने पर उनका लाभांश अनिश्चित तो होगा ही, साथ ही सोने की तुलना में हिसाब लगाया तो निवेशित पूँजी का मूल्य भी कम हो जाएगा। ये निवेशकर्ता अपना हिसाब-किताब सोने के आधार पर ही किया करते थे। डॉ. आंबेडकर कहते हैं कि भारत में आनेवाली पूँजी के प्रवाह में लगी यह पाबंदी निस्संदेह ही विनिमय असंतुलन में से उत्पन्न सबसे बड़ी हानि थी।

3. डॉ. आंबेडकर यह भी कहते हैं कि "रुपए के मूल्य में कमी आने से भी अधिक चिंताजनक था, इस कमी में द्रुतगामी उतार-चढ़ाव।" इन परिवर्तनों से बाजार में भावी विनिमय दर का कोई अनुमान नहीं लगाया जा सकता था। एक निश्चित वर्ष में वास्तविक औसत विनिमय दर बजट में अपेक्षित दर से इतनी भिन्न पाई जाती थी कि सरकारी वित्त (अथवा बजट) जुए-सट्टेबाजी के समान लगने लगता।
4. रुपए का मूल्य घटने से भारत के उद्योग और व्यापार पर कुछ और ही परिणाम हुआ। 1870 के बाद भारत के विदेश व्यापार ने कुछ अर्थपूर्ण प्रगति दरशाई थी। 1870-71 से 1891-92 की अवधि में निर्यात 5.7 करोड़ रुपए से 11.1 करोड़ रुपए तक पहुँच गया तथा आयात 4 करोड़ रुपए से लेकर 8.4 करोड़ रुपए तक पहुँच गया था। भारतीय उद्योगों में भी कुछ आमूलाग्र परिवर्तन हुए। अपनी पहले की प्रवृत्ति बदलकर "भारत कृषि उत्पादन और कच्चा माल बनानेवाले देश की अपेक्षा यंत्रनिर्मित वस्तुओं के उत्पादक के रूप में उभरने लगा।" इस समय जूट तथा कपड़ा निर्माताओं को प्रोत्साहन मिला तथा सुदूर पूर्व स्थित देशों के साथ व्यापार में भारी वृद्धि हुई।

इन घटनाओं के पीछे दो प्रमुख कारण हैं। एक, रुपए के मूल्यह्रास के कारण निर्यात को प्रोत्साहन मिला तथा आयात अवरुद्ध हो गया। दूसरे, पौंड की मूल्यवृद्धि के कारण किसी अन्य की अपेक्षा ब्रिटिश उत्पादकों को चाँदी की मुद्रा का प्रयोग करनेवाले देशों में अपने प्रतिस्पर्धियों का सामना करना पड़ा। यह कारण मीमांसा डॉ. आंबेडकर पूर्णत: स्वीकार नहीं की। उन्होंने यह कहा कि चाँदी की सोने की तुलना में कीमत घटने का कारण है—दोनों देशों में सामान्य स्तर में होनेवाले भारी परिवर्तन। इंग्लैंड में कीमतें गिरती जा रही थीं,

जिससे उत्पादकों को हानि पहुँच रही थी। इसके विपरीत भारत में कीमतें बढ़ रही थीं, जिससे गरीब नौकरी-पेशा लोग त्रस्त थे। दोनों देशों में समाज के एक खास वर्ग पर अन्याय होता रहा। इसलिए मुद्रा प्रणाली को बदलने की आवश्यकता महसूस की गई।

स्वर्णमान तथा स्वर्ण विनिमय मान

स्थिर मौद्रिक स्थितियाँ लाने के लिए सबके लिए एक मूल्यमान बनाए जाने की आवश्यकता थी। विश्व के सभी प्रमुख देशों ने स्वर्णमान अपना लिया था। अतएव यह उचित होता कि भारत भी रजतमान त्यागकर स्वर्णमान अपना ले। दुर्भाग्य से कुछ ऐसे प्रसंग घटित हुए जिनके कारण भारत में स्वर्णमान के बजाय स्वर्ण विनिमय मान प्रचलित हो गया।

इस विषय में डॉ. आंबेडकर समय समय पर प्रस्तुत की गई अनेक योजनाओं की विस्तृत एवं आलोचनात्मक जानकारी देते हैं। टेंपल योजना (1872), स्मिथ योजना (1876), केंद्र सरकार की योजना (1886), हर्शेल योजना (1892), फावलर योजना (1898) आदि विविध योजनाओं का तुलनात्मक विश्लेषण करते हुए वे कहते हैं "वास्तव में स्वर्ण विनिमय मान की स्थापना करने का सरकार का हेतु न था। परंतु स्वर्णमान का सही स्वरूप कैसा होना चाहिए, इससे वे तथाकथित विद्वान् अनभिज्ञ थे, अतएव उनके हाथों अनायास स्वर्णमान के स्थान पर स्वर्ण विनिमय मान स्थापित किया गया।

इन दोनों मानकों के गुण-दोषों की विवेचना जो डॉ. आंबेडकर ने की है, आज भी सटीक है। इसलिए इन दोनों में विद्यमान अंतर जान लेना आवश्यक है।

स्वर्णमान के अंतर्गत सोने के सिक्कों का वास्तविक लेन-देन किया जाता है। इसके विपरीत स्वर्ण विनिमय मान में कागजी मुद्रा (नोट) का व्यवहार होता है, जिसके लिए निश्चित दर से सोने में परिवर्तित करने की सरकार की गारंटी (प्रत्याभूति) होती है। इन दोनों मानकों के गुण-दोषों के विषय में जो विवाद चल रहा था, उसमें डॉ. आंबेडकर को प्रो. जॉन मेनार्ड केन्स जैसे विश्वविख्यात अर्थविद से बौद्धिक मुकाबला करना पड़ा।

प्रो. केन्स का तर्क था कि स्वर्णमान एक अत्यधिक कठोर मानक है। इसके अंतर्गत किसी देश में मुद्रा की मात्रा इस बात पर निर्भर होती है कि उस

देश में कितना सोना संग्रहित है। सोने की मात्रा अधिकांश रूप से प्राकृतिक संपत्ति पर निर्भर है। इसका अर्थ है स्वर्णमान द्वारा मानवीय व्यवहार का प्रकृति के चक्र से अकारण संबंध जोड़ना। इसलिए मुद्रा उत्पादन की प्रक्रिया में लचीलापन नहीं आ सकता। प्रो. केन्स के अनुसार स्वर्ण विनिमय मान स्वाभाविक रूप से लचीला होता है, अतएव भविष्य काल भारत के लिए आदर्श सिद्ध होगा।

डॉ. आंबेडकर ने इसका तीव्र विरोध किया। उन्होंने कहा कि यह सत्य है कि स्वर्ण विनिमय मान लचीला है, परंतु लचीलापन दोधारी तलवार होता है। यह जितना लाभदायक है उतना ही हानिकारक भी। स्वर्ण विनिमय मान के अंतर्गत मुद्रा कितनी तैयार की जानी चाहिए, यह पूर्ण रूप से सरकार पर निर्भर रहता है। यदि राजनीतिज्ञ गैर-जिम्मेदार होंगे तो बेलगाम मुद्रा निर्माण की संभावना हो जाती है। इससे मुद्रास्फीति तथा महँगाई बढ़ने से आम आदमी पर भारी बोझ आ सकता है और समाज में अस्थिरता फैलने का भय उत्पन्न हो सकता है। यदि इससे बचना है तो मुद्रा निर्माण पर प्रभावशाली नियंत्रण बनाए रखना आवश्यक है। इस लिहाज से स्वर्ण विनिमय मान के स्थान पर स्वर्णमान अपनाना श्रेयस्कर होगा।

उस समय सभी भारतीय अर्थशास्त्रियों ने तथा भारत सरकार ने प्रो. केन्स का तर्क स्वीकार किया तथा डॉ. आंबेडकर के संकेतों पर ध्यान नहीं दिया। वास्तव में जिन परिस्थितियों के कारण यह विवाद उठा था, वे आज पूरी तरह बदल चुकी हैं। भारतीय अर्थव्यवस्था का स्वरूप आज सर्वथा भिन्न है। लेकिन डॉ. आंबेडकर द्वारा 90 वर्ष पूर्व दी गई चेतावनी आज भी समय की कसौटी पर खरी उतरती है।

डॉ. आंबेडकर का अनुरोध था कि एक ऐसी व्यवस्था स्थापित की जाए जो मुद्रा निर्माण पर पूरी तरह अंकुश रख सके। रिजर्व बैंक की स्थापना के लिए जिस 'हिल्टन यंग कमीशन' ने सिफारिश की उसके समक्ष अपने बयान में 1925 में भी डॉ. आंबेडकर ने यही कहा। आज 90 वर्ष पश्चात् अर्थशास्त्री उसका महत्त्व समझ रहे हैं।

1980-90 के दशक में भारत सरकार के बजट में घाटा बड़ी तेजी से बढ़ गया। इसे पूरा करने के लिए रिजर्व बैंक को भारत सरकार को बहुत बड़े पैमाने पर कर्ज उपलब्ध कराना पड़ा। इसके कारण मुद्रा निर्माण निर्बाध हो गया तथा

मुद्रास्फीति पैदा हो गई। तब देश में महँगाई का यही मूल कारण था, यह सभी अर्थशास्त्री स्वीकार करते हैं। डॉ. आंबेडकर ने उस समय क्या कहा था? आज 90 वर्षों बाद हमने उनके विचारों को स्वीकार किया है, परंतु इसका आग्रह उन्होंने अनेक वर्ष पूर्व किया था, इस ओर हम अपनी आँखें बंद किए बैठे हैं। डॉ. आंबेडकर एक प्रतिभाशाली अर्थशास्त्री थे, इस पर यथोचित ध्यान नहीं दिया जाता। क्या यह दुर्भाग्यपूर्ण नहीं?

□

4

डॉ. आंबेडकर और ग्रामीण गरीबी

पिछले तीन अध्यायों में की गई चर्चा से यह तो स्पष्ट ही हो जाता है कि डॉ. आंबेडकर एक उच्च कोटि के अर्थशास्त्री थे। परंतु उनका अर्थशास्त्रीय ज्ञान केवल पुस्तकीय नहीं था। उन्हें अपनी व्यावसायिक विद्वता को, गरीब तथा शोषित वर्गों के उद्धार और उत्थान के सामाजिक अभियानों का नेतृत्व करने में एकरूप करने का अद्वितीय गौरव भी प्राप्त है।

अर्थशास्त्र की उच्च उपाधि (डी.एस-सी.) की पढ़ाई पूरी करके तथा विधि शास्त्र में बैरिस्टर होकर डॉ. आंबेडकर अप्रैल, 1923 में स्वदेश लौटे। सन् 1926 में उन्हें तत्कालीन मुंबई विधान परिषद् का सदस्य नियुक्त किया गया। विधान परिषद् में अपने ओजपूर्ण भाषणों से तथा इसके बाहर लोक अभियानों के माध्यम से उन्होंने ग्रामीण निर्धनों के कष्टों और कठिनाइयों को एक सशक्त वाणी प्रदान की। इस संबंध में उन्होंने कृषिक्षेत्र में अल्प भू धारणा की समस्या, खोती प्रणाली, महार वतन तथा साहूकारी, इन चार समस्याओं पर उल्लेखनीय कार्य किया। इस अध्याय में इन चारों विषयों पर विचार किया गया है।

कृषिक्षेत्र में अल्प भूधारण की समस्या

अमरिका में पी-एच.डी. की उपाधि के लिए शिक्षा लेते समय डॉ. आंबेडकर ने एक शोध निबंध लिखा था, जिसका शीर्षक था—'भारत की अल्प भू धारणा की समस्या और उसका समाधान'। यह शोध निबंध 'जर्नल ऑफ इंडिया

इकोनॉमिक सोसाइटी' में प्रकाशित हुआ था (1918)। आगे चलकर 1927 में मुंबई विधान परिषद् में जब अल्प भू धारकों को राहत देने के लिए एक बिल प्रस्तुत किया गया तब नवनियुक्त सदस्य के नाते डॉ. आंबेडकर ने इस विषय पर अपने मौलिक विचार प्रदर्शित किए। डॉ. आंबेडकर का कहना इस प्रकार था[1]—

"यह बिल इस सूबे के किसानों की दो समस्याओं का हल करने का प्रस्ताव करता है। पहली समस्या बिखरे खेतों की है और दूसरी है लघु खेतों की समस्या। मैं नहीं समझता कि मेरे माननीय मित्र इस बात से इनकार करेंगे कि बिखरे खेत एक बीमारी है और जहाँ तक हो सके उस बीमारी का इलाज किया जाना चाहिए। मैं उनसे सहमत हूँ कि बिखरे खेतों के कई नुकसान हैं और जहाँ तक बिल का वह हिस्सा है, मैं भी मानता हूँ कि उन्हें इकट्ठा किया जाना चाहिए। अब छोटे खेतों के प्रश्न की बात करूँ तो इस तर्क पर कि छोटे खेत घाटे का सौदा होते हैं, मैं बिल पेश करनेवाले महानुभाव से कदापि सहमत नहीं हूँ।

"महोदय, माननीय सदस्य ने हमारे सामने उन आँकड़ों का अंबार खड़ा कर दिया है जो दिखाते हैं कि छोटे खेतों की क्या स्थिति है और कैसे छोटे खेतों की वजह से समस्याएँ खड़ी हो रही हैं। मैं यह मानता हूँ कि छोटे खेतों की वजह से समस्याएँ हैं, लेकिन मैं यह स्वीकार नहीं कर सकता कि छोटे खेत अनिवार्य रूप से घाटे का सौदा होते हैं या अनार्थिक होते हैं। महोदय, मैं कहना चाहूँगा कि खेत चाहे आर्थिक हो या अनार्थिक, यह बात उस खेत के आकार पर ही निर्भर नहीं है। उदाहरण के लिए एक किसान के पास अधिक श्रम लगाने की क्षमता है और यदि उसके पास बहुत बड़ी पूँजी निवेश करने की क्षमता नहीं है तो इसे उस लिहाज से अनार्थिक कहना मुनासिब नहीं होगा। कोई खेत लाभकर है या अलाभकर यह बात खेत के आकार पर नहीं बल्कि इस बात पर निर्भर है कि वह किसान के पास उपलब्ध पूँजी के समानुपात में है या नहीं।

"मैं यह सोचने पर मजबूर हो जाता हूँ कि वर्तमान स्थिति में खेतों को और छोटा करना ही बेहतर होगा। यही मेरी तार्किक स्थिति है और मैं ऐसा कहने से डरता नहीं हूँ। इसलिए मेरी समझ में नहीं आता कि खेतों को बड़ा करने का फायदा क्या है यदि किसान के पास उस जमीन को जोतने के साधन

1. मुंबई प्रांत के विधान परिषद् में अंग्रेजी भाषण (10 अक्तूबर, 1927), बी.ए.डब्ल्यू.एस. भाग-2, पृ. 135-7। हिंदी अनुवाद : संपादक।

ही नहीं हैं। मैं यह भी नहीं समझ पा रहा कि मिट्टी के इलाके बढ़ जाने से पैदावार कैसे बढ़ जाएगी? यदि किसान के पास न जरूरी श्रम होगा और न जरूरी पूँजी जिससे कि वह उस मिट्टी को जोत सके।

''तब हमें इस बात को भी याद रखना होगा कि हमारा देश कृषिप्रधान है और हमारी मिट्टी क्षीण पड़ चुकी है। हम इसे हजारों वर्षों से जोतते आ रहे हैं और इससे कोई फर्क नहीं पड़ता कि हम जो चाहे उपाय कर लें, हम अपने खेतों की उत्पादकता उस स्तर तक नहीं ले जा सकते जैसा कि उदाहरण के तौर पर अमेरिका में संभव है, जहाँ कि मिट्टी अछूती है। हमें इस बात को याद रखना चाहिए। चूँकि स्थिति ऐसी है तो महोदय, निदान खेतों का आकार बढ़ाने से नहीं मिलनेवाला, बल्कि इससे मिलेगा कि हमारे पास जैसे खेत हैं उनमें ज्यादा पूँजी और श्रम लगाकर गहन खेती की जाए। इसलिए महोदय, मेरा मानना है कि बिल के जिस हिस्से में खेतों को बड़ा करने की बात की जा रही है वह अनावश्यक है। लेकिन यह मानते हुए कि ये दोनों बातें अनिवार्य हैं, अर्थात् हमें अपने खेतों को संघटित करना चाहिए और हमें अपने खेतों को बड़ा भी करना चाहिए, तो मेरा मानना है कि इस बिल के जरिए हमें इस्तेमाल में लाए जानेवाले तरीकों पर ज्यादा गहराई से गौर करना चाहिए, न कि उन बातों पर जिन्हें बिल पेश करनेवाले ने उठाया है।

''महोदय, इस बिल में जिन तरीकों को मुख्य तौर पर सुझाया गया है उनमें से पहला है अचल संपत्ति के बँटवारे पर नियंत्रण तथा दूसरा है समेकित जोत की बिक्री। अब महोदय, मैं नहीं मानता कि इस मुद्दे पर कोई मतभेद हो सकता है कि यदि इन दो तरीकों को अपनाया गया तो हमारी कृषि जनसंख्या का एक बड़ा हिस्सा भूमिहीन हो जाएगा और मैं नहीं समझता कि यह देश के हित में होगा कि गरीब वर्ग को इस तरीके से और ज्यादा कंगाल बना दिया जाए।

''इस बिल की प्रक्रिया को लेकर मेरे विरोध का दूसरा आधार यह है कि यह निष्फल होगा, तथा ज्यादातर चीजों को वहीं-का-वहीं छोड़ देगा जिस हाल में वे अभी हैं। पड़ोस के छोटे जोतवाले मालिकों को इस उद्देश्य से जोत हथियाने का अधिकार दिया जाएगा कि वे छोटे जोतों को मिलाकर एक समुच्चय बना सकें। लेकिन हथियाने का अधिकार तभी लागू हो पाएगा जब मालिक बेचना चाहे, और जब पड़ोसी मालिक की शर्तों को स्वीकार करने के लिए

सहमत हो। हथियाने का यह मौका शायद आए ही नहीं, क्योंकि छोटे जोतवाले मालिक उसे अपने पास ही रखना चाहेंगे। दूसरी तरफ हथियाने का मौका आ भी सकता है, लेकिन यह विफल हो जाएगा, क्योंकि स्वामी की शर्तों को मानने की शक्ति किसी पड़ोसी में होगी ही नहीं। दोनों ही मामलों में जल्द-से-जल्द छोटे जोतों के एकत्रीकरण की इच्छा के बावजूद वर्तमान छोटे जोत अनंतकाल तक बने रहेंगे। इसके अतिरिक्त मैं सोचता हूँ कि बिल के भाग एक की प्रक्रिया बिल के उद्देश्य का ही अतिक्रमण करती है। बिल का उद्देश्य है कि वर्तमान की स्थिति की बजाय एक जोत के अंदर बड़े-बड़े जोत हों। अब मैं समझता हूँ कि यदि हमने कृषि के लिए अलग-अलग स्वामियों के छोटे-छोटे जोतों को एक साथ जोड़ दिया, तो हमें वहीं रुक जाना चाहिए और यह प्रयास नहीं करना चाहिए कि उन्हें एक व्यक्ति के स्वामित्व के अधीन लाया जाए जब तक कि यह साबित न हो जाए कि संयुक्त खेती के लिए एकल स्वामित्व अनिवार्य है। मैं इस बात को लेकर आश्वस्त हूँ कि इस बिल के द्वारा मानक आकार के सहकारी जोतों से हमें वह सबकुछ मिल जाएगा जो हम प्राप्त करना चाहते हैं और छोटे जोत के स्वामियों को बरबादी से बचाएगा। सहकारी खेत शेयरधारकों की एक कंपनी का रूप ले लेगा, जिसमें शेयरधारकों के बदल जाने से भी कंपनी वहीं-की-वहीं रहेगी। यह योजना कार्यान्वयन की दृष्टि से भी सरल है, तथा बिल के वर्तमान दोषों से भी मुक्त है।

''ऊपर दिए गए कारणों की वजह से मैं बिल के भाग एक का समर्थन नहीं कर सकता हूँ, हालाँकि मैं इसके उद्देश्यों और लक्ष्यों के खिलाफ नहीं हूँ। जहाँ तक भाग दो की बात है, तो चूँकि यह एकत्रीकरण तक सीमित है, इसलिए मुझे कोई आपत्ति नहीं है। हालाँकि मैं यह कहना चाहूँगा कि मेरी योजना के अंतर्गत एकत्रीकरण के लिए अलग से प्रावधानों की आवश्यकता नहीं होगी। एक सहकारी खेत न सिर्फ बड़ा होगा बल्कि एक समेकित जोत भी होगा।''

खोती प्रणाली

यह प्रणाली महाराष्ट्र के कोंकण प्रदेश के कुछ भागों में प्रचलित थी। 'खोती' एक प्रकार की जमीनदारी थी। खोत कहलानेवाले व्यक्तियों को जमीन के अधिकार होते थे, जिसके अधीन वे खेती करनेवाले किसानों से लगान वसूल

करते और इसका कुछ भाग सरकार को देते थे। खोती प्रणाली के अंतर्गत काम करनेवाले गरीब किसानों के साथ खोत बंधुआ मजदूरों जैसा व्यवहार करते थे, उनसे और उनके परिवार के सदस्यों से मनमानी बेगारी करवाते थे, उन्हें लगभग अपना गुलाम ही समझते। यह शोषण कई वर्षों तक पीढ़ी-दर-पीढ़ी यूँ ही चलता रहा।

14 अप्रैल, 1929 को चिपलुण (जि. रत्नागिरी) में हुए कृषि सम्मेलन में डॉ. आंबेडकर ने अपने अध्यक्षीय भाषण में पहली बार खोती प्रणाली के विरुद्ध आवाज उठाई। उन्होंने किसानों से कहा, ''मैं तुम्हारे दुःख-दर्द-कष्ट समझता हूँ। खोती प्रणाली तुम्हारा खून चूस रही है। (लीज) पट्टे की भूमि, इस व्यवस्था को समाप्त करना ही होगा। तभी आप सब चैन से रह सकेंगे और प्रगति कर सकेंगे। जब तक आपकी माँगें पूरी नहीं हो जातीं, आपको यह लड़ाई जारी रखनी होगी। जो व्यक्ति खोती प्रणाली के विरुद्ध जी-जान एक कर सकें, ऐसे ही लोगों को विधान सभा में अपना प्रतिनिधि बनाकर भेजने की जिम्मेदारी आपको उठानी होगी।'' सन् 1936 में डॉ. आंबेडकर ने 'स्वतंत्र मजदूर पक्ष' की स्थापना की। ग्रामीण गरीबों के खोती प्रणाली से होनेवाले शोषण का अंत करनेवाले मुद्दों को उन्होंने अपने घोषणापत्र में प्राथमिकता दी। 17 सितंबर, 1936 को डॉ. आंबेडकर ने खोती प्रणाली समाप्त करने के संबंध में अपना ऐतिहासिक विधेयक सदन में प्रस्तुत किया।

इस बात का विशेष ध्यान रहना चाहिए कि काश्तकार के रूप में खेती करनेवाले किसानों की गुलामी जैसी अवस्था को समाप्त करने के लिए विधेयक प्रस्तुत करनेवाले भारत के प्रथम लोक प्रतिनिधि भी डॉ. आंबेडकर ही थे। इस विधेयक का उद्‌देश्य था—काश्तकारों को दखल अधिकार प्राप्त करवाना तथा खोतों को होनेवाली हानि के बदले उन्हें उचित क्षतिपूर्ति दिलवाना। खोती प्रणाली समाप्त करने तथा उन गरीब किसानों को, जिनके पास जमीन का वास्तविक कब्जा था, भूमि राजस्व संहिता 1879 के अधीन दखलकार घोषित कर रैयत प्रणाली आरंभ करने के प्रस्ताव इस विधेयक में रखे गए थे।

'खोती उन्मूलन विधेयक' से महाराष्ट्र भर (तत्कालीन मुंबई राज्य) में अभूतपूर्व हलचल मच गई। कोंकण के खोतों ने इसके विरुद्ध आंदोलन शुरू कर दिया। एक यातना अभियान आरंभ कर दिया गया। जिसमें दलितों को

पेयजल न देना, सामाजिक बहिष्कार करना तथा शारीरिक आक्रमण करना; ये सब बातें शुरू हो गईं। उपद्रवों के इन दिनों में डॉ. आंबेडकर ने दूर-दूर तक दौरे किए तथा गरीब ग्रामीण जनता की सभाओं में अपने भाषणों से उन्हें अपने अधिकारों के प्रति सचेत करवाया। डॉ. आंबेडकर के प्रेरणादायक नेतृत्व से प्रभावित होकर गरीब तथा पद्दलित जनता ने अपना संघर्ष जारी रखा।

10 जनवरी, 1936 को डॉ. आंबेडकर मुंबई विधान परिषद् पर किसानों का एक प्रचंड जुलूस ले गए। फटे-पुराने कपड़े पहने, हाथों में डंडा लिए, कंधों पर कंबल डाले हजारों किसानों ने इस जुलूस में भाग लिया। ये लोग थाना, कुलाबा, रत्नागिरी, नासिक तथा सातारा जिलों से मुंबई आए थे। डॉ. आंबेडकर के नेतृत्व में एक प्रतिनिधिमंडल ने सरकार को एक ज्ञापन दिया। जिसमें यह माँग की गई थी कि आर्थिक दृष्टि से अपव्ययी तथा सामाजिक दृष्टि से अन्यायी खोती प्रणाली का अंत कर दिया जाए। खेतिहर मजदूरों के लिए न्यूनतम मजदूरी मानक नियत करने की भी माँग की गई। अल्प भू-धारकों के लिए सिंचाई शुल्क 50 प्रतिशत घटाए जाने की माँग भी इस ज्ञापन में की गई।

रत्नागिरी जिले के कणकवली नगर में 14 मई, 1938 को हुए दलित अधिवेशन में अध्यक्ष के रूप में भाषण देते हुए डॉ. आंबेडकर ने खोती प्रणाली समाप्त करके दलितों को इस गुलामी से मुक्त कराने के अपने दृढ़ संकल्प को दोहराया। उन्होंने दलितों से कहा कि यदि 'खोती उन्मूलन विधेयक' विधान सभा में पारित नहीं किया जाता तो वे शांतिपूर्वक सत्याग्रह आरंभ करने को तैयार रहें। इसी दौरे में डॉ. आंबेडकर ने उन समाजवादियों को भी खूब लताड़ा, जो वर्षों से जमीनदारी तथा पूँजीवाद के विरुद्ध गला फाड़ रहे थे, परंतु खोती उन्मूलन विधेयक जैसा ठोस अवसर सामने आने पर निष्क्रिय बैठे हुए थे।

सन् 1939 में चुनी हुई सरकार द्वारा सामूहिक इस्तीफा दिए जाने पर मुंबई विधान सभा बरखास्त कर दी गई। अतएव खोती उन्मूलन विधेयक पर सभा में चर्चा नहीं हो पाई। परंतु जनसामान्य में डॉ. आंबेडकर द्वारा शुरू किए गए अभियान से न केवल ग्रामीण गरीबों को अपने अधिकारों का बोध हो गया था, बल्कि वे अपने अधिकारों के लिए अविराम संघर्ष करने को तैयार हो चुके थे। इसीलिए गरीब ग्रामीण जनता के इस संघर्ष ने जातियों और जमातों की दीवारें तोड़ दीं तथा सन् 1949 में खोती उन्मूलन का लक्ष्य प्राप्त कर लिया।

महार वतन

गरीब ग्रामीण जनता का अत्यधिक शोषण करनेवाली एक और क्रूर प्रथा 'महार वतन' महाराष्ट्र में प्रचलित थी। महार नामक जाति के लोग, जो ग्रामीण जनता का एक बड़ा हिस्सा थे, इस प्रथा के शिकार थे।

वंशानुगत कार्य अधिनियम के अनुसार, निम्नस्तरीय सरकारी पदों पर काम करनेवाले महारों को किसी भी सरकारी विभाग के किसी भी कार्य के लिए आठों पहर लगभग मुफ्त काम करवाया जाता। किसी महार सेवक के अनुपस्थित होने पर उसके परिवार के सदस्यों से काम लिया जाता। इन सरकारी कर्मचारियों के कार्य स्पष्ट रूप से निर्धारित नहीं थे। परिणामतः किसी भी प्रकार का हलके दर्जे का काम इनके हवाले किया जाता, जैसे कि जानवरों के मुरदे उठवाना, सरकारी अधिकारियों के ताँगे के आगे एक जगह से दूसरी जगह दौड़ते हुए जाना। ऐसे श्रमसाध्य और निरंतर कष्ट वाले कार्यों के बदले में महारों को जमीन का एक छोटा सा टुकड़ा दिया जाता जिसे 'वतन' कहते थे। इन 'वतनदार' महारों को गाँववालों से 'बलुत' वसूल करने का अधिकार प्राप्त था। 'बलुत' का अर्थ है अनाज की वसूली। कभी-कभार उन्हें कुछ नकद वेतन भी मिल जाता। परंतु आय का यह अत्यल्प साधन भी नियमित नहीं था। जिन वर्षों में सूखा पड़ता था, सरकार किसानों को महारों को 'बलुत' देने से छूट दे देती। अच्छी फसल होनेवाले वर्षों में जमीन का कुछ हिस्सा, यह बहाना बनाते हुए कि जमीन आवश्यकता से अधिक है, सरकार वापस ले लेती।

यद्यपि महार 'वतन' महारों के अपरिमित और अमानवी शोषण का प्रतीक था, इन भोले गरीबों को यह जताया गया कि वे 'वतनदार' अर्थात् जमीनदार हैं और इसीलिए ऐसे सब काम करना उनका कर्तव्य है। झूठी शान तथा अंधविश्वास ने महारों को आत्मसंतोषी बना दिया। वे अपना आत्मसम्मान खो बैठे तथा अपनी सामर्थ्य को भूल गए। उनकी महत्त्वाकांक्षाएँ केवल इस नाममात्र की वतनदारी तक सीमित होकर रह गईं।

डॉ. आंबेडकर ने गुलामी की इन जंजीरों को तोड़ने का बीड़ा उठाया। अपने साप्ताहिक 'बहिष्कृत भारत' में 2 सितंबर, 1927 से लेकर 7 सितंबर, 1928 तक उन्होंने 'महार वतन' विषय पर चिंतनात्मक लेखों की शृंखला प्रकाशित की। 'महार वतन' की बुराइयाँ लोगों को अवगत कराने के लिए उन्होंने कई

सभाओं और सम्मेलनों का आयोजन किया। इनमें से विशेष उल्लेखनीय हैं मुंबई में कामाठीपुरा (5 नवंबर, 1927), सोलापुर (27 नवंबर, 1927) नासिक (13 नवंबर, 1928) तथा जलगाँव में आयोजित सम्मेलन जिनमें कि हजारों की संख्या में महार वतनदार उपस्थित रहे।

सोलापुर जिला वतनदार महार परिषद् में डॉ. आंबेडकर ने 'अछूतों की मुक्ति के लिए आर्थिक आधार' इस विषय को लेके जो अध्यक्षीय भाषण दिया (27 नवंबर, 1927), उसमें उन्होंने 'महार वतन' की बुराई के बारे में विस्तार से बात की।

उन्होंने कहा[2]—''महारों की दशा कैसी है? उनकी जाति का अपना कोई व्यवसाय नहीं है। उनकी जीविका पूरी तरह से सरकारी नौकरी पर निर्भर है। अब वे भी कह सकते हैं कि सरकारी नौकर होने की वजह से उन्हें भी बहिष्कार का डर नहीं है। लेकिन क्या यह संभव है जब दूसरे समुदायों से कोई संबंध नहीं हो, सिवाय सरकार के? दुर्भाग्य से वे ऐसा नहीं कह सकते हैं, मुख्य रूप से इसलिए क्योंकि महारों की सेवा एक वतन है। वतन प्रणाली की वजह से महार स्पृश्यों के अधीन हो गए हैं। वे अधीन हो गए हैं क्योंकि जिन उच्च अधिकारियों के नीचे उन्हें काम करना पड़ता है वे अनिवार्य रूप से उच्च जाति के हिंदू हैं। हिंदू न सिर्फ महारों की सेवा सरकारी नौकरी के लिए लेते हैं; बल्कि वे अपने निजी कार्यों के लिए महारों की सेवा लेकर यह भी सुनिश्चित करते हैं कि वे उनके अधीन बने रहें। शायद ही ऐसा कोई उदाहरण मिलेगा कि किसी महार को सरकारी काम में लापरवाही के लिए दंडित किया गया हो। लेकिन ऐसे हजारों उदाहरण मिल जाएँगे जब उन्हें कुलकर्णी का खेत न जोतने के लिए सजा दी गई, ऊँची जाति के व्यक्तियों को सलाम न करने के लिए सजा दी गई, खाने के लिए भीख न माँगने के लिए सजा मिली, मृत पशु का मांस खाना बंद करने पर सजा मिली, या यहाँ तक कि साफ कपड़े पहनने के लिए भी सजा मिली। अब देखा जाए तो इन चीजों का सरकारी नौकरी से कोई लेना-देना है? अगर उनकी जगह कोई मुसलमान मामलेदार या पारसी कुलकर्णी होता, तो यह वतन अपने आप में ही महारों के लिए बड़े राहत की बात होती। यदि उन्हें सजा दी जानी होती तो उन्हें सिर्फ सरकारी काम में लापरवाही के लिए सजा दी जाती। वे महारों को अच्छे कपड़े पहनने, खाने के लिए भीख न माँगने, या मरे जानवरों का मांस न खाने के लिए सजा नहीं देते। वे महारों

2. विस्तृत वृत्तांत : बी.ए.डब्ल्यू.एस. भाग-18 (1), पृ. 85-99। हिंदी अनुवाद : संपादक।

के साफ-सुथरा रहने को अपना अपमान नहीं समझते। लेकिन चूँकि मामलेदार और कुलकर्णी स्पृश्य हिंदू होते हैं, इसलिए वे यदि देखते हैं कि महार सुधरने की कोशिश कर रहे हैं तो नाराज हो जाते हैं। इसकी वजह से वे अपने अधिकार का दुरुपयोग करते हुए कलेक्टर को गलत रिपोर्ट भेजते हैं, ताकि वह उन्हें 'निलंबित' कर दे।

"असल में उच्च जाति के हिंदू अधिकारियों की झूठी शान महार वतन के लिए एक खतरा बन जाती है और महारों को झुककर ही रहना पड़ता है। महारों को अधीन रहने के लिए तथा स्पृश्यों पर निर्भर रहने के लिए सिर्फ वतन की वजह से मजबूर कर दिया जाता है। वतनदार नौकर होने की वजह से उन्हें सरकार द्वारा वेतन दिया जाता है। लेकिन उनका वेतन (महारों के मामले में) सार्वजनिक चंदे (बलूता) पर निर्भर है जो स्पृश्यों द्वारा दिया जाता है। यह वतन प्रणाली की व्यवस्था है, जिसकी वजह से महार बड़ी आसानी से अधीन कर लिये गए हैं। हालाँकि वे सरकार के लिए काम करते हैं, उन्हें बलूता अदा किए जाने का फैसला लोगों के हाथों में है और लोगों पर झूठी धार्मिक शान का नशा सवार है जिसकी वजह से यह ध्यान रखा जाता है कि महार अपनी हद को पार न करें। सिर्फ तभी उन्हें बलूता में से उनका हिस्सा दिया जाता है। इस प्रकार महारों को इस दासता को स्वीकार करने के लिए मजबूर किया जाता है जिसकी वजह क्रूर वतन प्रणाली है। यदि महार इस दासता से मुक्त होना चाहते हैं तो उन्हें हर हाल में आर्थिक स्वतंत्रता प्राप्त करनी होगी। इसलिए मैं उनसे कहता हूँ कि सबसे पहले इस महार वतन प्रणाली में सुधार आना चाहिए। यदि उचित भू-राजस्व के बदले वतन भूमि दे दी जाती है तो महारों को यह वतनी नौकरी छोड़ देनी चाहिए। एक ही झटके में उन्हें आर्थिक स्वतंत्रता मिल जाएगी और वे अधीन और परतंत्र महार नहीं रह जाएँगे। यदि यह संभव नहीं है तो उन्हें सीधे सरकार से वेतन माँगना चाहिए बजाय इसके कि लोगों से मिलनेवाला बलूता उन्हें दिया जाए। इस प्रकार वे यदि स्पृश्यों के अधीन रहे भी तो वे उन पर निर्भर नहीं रहेंगे। यदि ये सुधार कर दिए गए, तो महारों को स्पृश्यों द्वारा किए जानेवाले सामाजिक बहिष्कार की चिंता नहीं करनी होगी।

"जब मैं महारों से कहता हूँ कि वे वतन से मुक्त हो जाएँ तब वे बदले में मुझसे पूछते हैं कि उनकी आमदनी का वैकल्पिक स्रोत क्या होगा। असल में उन्हें ऐसा कोई प्रश्न पूछना ही नहीं चाहिए। क्या कोई भी व्यक्ति निश्चित

आमदनी के स्रोत के साथ पैदा हुआ है? हर कोई अपने मन के मुताबिक कोई-न-कोई व्यवसाय ढूँढ़कर अपने भोजन का इंतजाम कर लेता है। तो फिर महार ऐसा क्यों नहीं कर सकते हैं?''

19 मार्च, 1928 को मुंबई विधान परिषद् में डॉ. आंबेडकर ने मुंबई वंशानुगत कार्य अधिनियम 1874 में संशोधन हेतु एक विधेयक प्रस्तुत किया। 3 अगस्त, 1928 को विधेयक पर चर्चा की शुरुआत करते हुए उन्होंने सदन का ध्यान इस बात की ओर आकर्षित किया कि 'वतन' की जमीनें महारों को पहले के राजा-महाराजाओं ने बहाल की थीं। बाद में राज्यकर्ताओं ने बढ़ती महँगाई पर न गौर किया और न ही उन्हें अधिक जमीन दिलाई और न ही उनके अन्य सरकारी कर्मचारियों के समान वेतन बढ़ाए गए, जिससे वे बढ़ी हुई कीमतों का सामना कर पाते। पीढ़ी-दर-पीढ़ी बढ़ती जनसंख्या के कारण जमीनें छोटे-छोटे टुकड़ों में बँटकर रह गई थीं और इनसे आय न के बराबर प्राप्त होती थी। इसलिए उन्होंने सुझाव दिया कि वतन की जमीनों के मूल्य पूरी तौर से निर्धारित किए जाएँ तथा अधिकांश महारों को सेवा की शर्त से मुक्त किया जाए। जिन महारों को काम पर रखा जाए, उनका वेतन महार वतन से प्राप्त राजस्व में से तथा 'बलुतों' से वसूली में से दिया जाए, जिससे सरकारी कोष पर अतिरिक्त बोझ न पड़े।

अपने तर्कपूर्ण तथा भावपूर्ण भाषण में उन्होंने कहा, ''महार वतन एक क्रूर प्रणाली है। यह कदापि ही न्यायपूर्ण नहीं है। यदि सरकार चाहती है कि महार इस प्रणाली को चलाते रहें, काम करें तो उनके वेतन के भुगतान का दायित्व सरकार को स्वयं उठाना चाहिए। लापरवाही से अपना दायित्व किसी अन्य पक्ष पर अर्थात् रैयत पर सौंपकर गैर-जिम्मेदारी न बरतें।'' इस प्रणाली में ठीक ऐसा ही हो रहा है। उन्होंने आगे कहा ''जब सरकार शिक्षक तथा तलाठी जैसे अन्य कर्मचारियों के पारिश्रमिक देने के लिए आर्थिक उपाय करने का मनोबल, साहस तथा सहानुभूति रखती है, तो वही मनोबल, साहस तथा सहानुभूति सरकार महारों के संबंध में क्यों नहीं दिखाती?''

डॉ. आंबेडकर द्वारा प्रस्तुत यह विधेयक विधानसभा के तेईस सदस्यों की एक प्रवर समिति को सौंपा गया। परंतु समिति ने इस विधेयक में अनेक आमूल परिवर्तन करके इसका स्वरूप ही बदल डाला। निराश होकर डॉ. आंबेडकर ने

24 जुलाई, 1929 को यह विधेयक वापस ले लिया।

आठ वर्ष बाद, 17 सितंबर, 1937 को अर्थात् जिस दिन उन्होंने मुंबई विधानसभा में 'खोती उन्मूलन विधेयक' प्रस्तुत किया, उसी दिन डॉ. आंबेडकर ने 'वंशानुगत कार्य अधिनियम' में संशोधन करने के लिए एक अन्य विधेयक प्रस्तुत किया। महार वतन छोड़ देना स्वैच्छिक रखने की बात को छोड़कर यह भी 1928 में प्रस्तुत विधेयक के समान ही था।

इसी बीच डॉ. आंबेडकर तथा उनके 'स्वतंत्र मजदूर पक्ष' के प्रयत्नों से सरकार ने वतनधारी महारों के लिए सेवा शर्तें निर्धारित कर दी। महार वतन पर अपने पाँच लेख डॉ. आंबेडकर ने एक पुस्तक के रूप में संकलित करके प्रकाशित किए, जिसका नाम था, "महार और उनके वतन अथवा बीसवीं सदी में गुलामी।" अनेक सभाओं और सम्मेलनों का आयोजन करके उन्होंने अपने विधेयक के लिए जन-समर्थन प्राप्त किया। दुर्भाग्य से दूसरी बार भी यह विधेयक पारित नहीं हो सका। परंतु उनके प्रयास और परिश्रम व्यर्थ नहीं रहे। 1956 में उनका निर्वाण होने के पश्चात् सन् 1959 में 'मुंबई कनिष्ठ गाँव वतन उन्मूलन अधिनियम' द्वारा अंततः महार वतन प्रणाली समाप्त कर दी गई।

मुंबई साहूकारी विधेयक

डॉ. आंबेडकर ग्रामीण गरीबों की आवश्यकताओं और कठिनाइयों के साथ-साथ औद्योगिक मजदूरों की समस्याओं से भी भली-भाँति परिचित थे। जब साहूकारों द्वारा किए जा रहे इन गरीब लोगों के शोषण का उन्हें अंदाजा हुआ तो उन्होंने साहूकारों के दुवर्तन पर रोक लगाने के उद्देश्य से एक विधेयक तैयार किया। देश में अपने प्रकार का यह पहला विधेयक था।[3]

डॉ. आंबेडकर द्वारा सन् 1938 में तैयार किए गए इस विधेयक में आधुनिक विचारधारा की कसौटी पर खरे उतरनेवाले अनेक अभिनव सुझाव थे। उदाहरण के लिए साहूकारी करने के लिए सरकारी अनुज्ञा-पत्र, जिसका प्रतिवर्ष नवीनीकरण करवाया जाए, दिए गए कर्ज की राशियों का लेखा लिखित रूप से रखना अनिवार्य करना, कर्जदार और साहूकार के बीच होनेवाले सौदों के लिए पास-

3. वाई.डी. फडके ने अपने 'आंबेडकरी चळवळ' इस मराठी पुस्तक में बयान किया है। बी.ए.डब्ल्यू.एस. में इस ऐतिहासिक विधेयक का जिक्र नहीं किया गया है।

बुक (खाता पुस्तक) रखना अनिवार्य करना। ये सुझाव इतने पुरोगामी थे कि आज भी नवीन लगते हैं।

सारांश

एक ऐसे परिवार, जिसके सैकड़ों पूर्वजों ने कुत्ते जैसे जानवरों से भी बदतर व्यवहार को सहा, जो अस्पृश्य रखे गए तथा जिनकी छाया मात्र भी पड़ना अपवित्र समझा जाता, ऐसे परिवार में जन्म लेकर भी डॉ. आंबेडकर दुनिया की प्रतिष्ठित शिक्षा संस्थाओं से उच्चतम उपाधियाँ प्राप्त कर एक अव्वल दर्जे के अर्थशास्त्री बन गए। स्वदेश लौटने पर उन्होंने ग्रामीण गरीबों के उद्धार और उत्थान में अपनी सारी शक्ति लगा दी। सक्षम होते हुए भी उन्होंने अपने लिए अपार धनसंपदा इकट्‌ठा करने की परवाह कभी नहीं की। यही गुण उनके एक सामाजिक सहृदयता रखनवाले महान् अर्थशास्त्री होने का द्योतक है।

□

5

डॉ. आंबेडकर तथा मजदूर आंदोलन

खोती प्रणाली तथा महार वतन के विरुद्ध डॉ. आंबेडकर के संघर्ष से उनकी गरीब ग्रामीण जनता के प्रति उत्कंठा साफ जाहिर है। उनका यही दृष्टिकोण आगे चलकर अधिक व्यापक बनता गया और भूमिहीनों, काश्तकारों, किसानों तथा औद्योगिक मजदूरों के उत्थान के लिए संघर्षों में परिवर्तित हो गया।

भारतीय मजदूर आंदोलन से उनका संबंध विविध चरणों से गुजरा। सन् 1920-1930 की अवधि में भारतीय मजदूर आंदोलन में कम्युनिस्ट प्रभावशाली थे। इसी दौरान कपड़ा मिल मजदूरों की अनेक हड़तालें—सन् 1924,1925,1928 तथा 1929 में हुईं। अप्रैल 1929 की हड़ताल में 43 मिलों के 75,000 से अधिक मजदूर शामिल हुए। अप्रैल 1934 में तो सार्वजनिक हड़ताल की घोषणा की गई। डॉ. आंबेडकर के विचार में ये हड़तालें राजनीतिक उद्देश्यों से प्रेरित थीं और इनसे दलित मजदूरों को आर्थिक हानि उठानी पड़ी थी। उन्होंने अपने साप्ताहिक पत्रों 'बहिष्कृत भारत' तथा उसके बाद 'जनता' में इन हड़तालों का कड़ा विरोध किया तथा दलित मजदूरों को इनमें भाग न लेने की राय दी। इसी कारण कम्युनिस्टों ने उन्हें 'मजदूरों का शत्रु' कहना शुरू कर दिया।

सन् 1934 में डॉ. आंबेडकर 'मुंबई महानगरपालिका कर्मचारी संघ' के अध्यक्ष बने। जब भारत सरकार अधिनियम 1935 के अधीन प्रादेशिक स्वायत्तता प्रदान करना तय किया गया, तो डॉ. आंबेडकर ने सन् 1936 में 'स्वतंत्र मजदूर

पक्ष' नाम से एक नए राजनैतिक दल की स्थापना की। इसके बाद सन् 1938 में जब विरोधी पक्षों ने निर्वाचित सरकार के खिलाफ प्रथम सफल हड़ताल की, तब डॉ. आंबेडकर तथा उनके 'स्वतंत्र मजदूर पक्ष' ने उसमें महत्त्वपूर्ण भूमिका निभाई। वास्तव में हड़ताल के सफल होने में उनका बड़ा योगदान था। इसी के फलस्वरूप डॉ. आंबेडकर राष्ट्रीय स्तर के मजदूर नेता समझे जाने लगे।

जुलाई 1942 में वाइसराय के कार्यकारी परिषद् में डॉ. आंबेडकर को मजदूर प्रतिनिधि नियुक्त किया गया! इस कार्यकारी परिषद् के मई 1946 में बरखास्त किए जाने तक वे इस पद पर बने रहे। मजदूरों के प्रति ब्रिटिश सरकार के दृष्टिकोण को नई दिशा देने के लिए डॉ. आंबेडकर ने मजदूर प्रतिनिधि की हैसियत से अथक प्रयास किए।

इस अध्याय में उनके जीवन के इस महत्त्वपूर्ण चरण के कुछ पहलुओं पर प्रकाश डाला जा रहा है।

मजदूर नेता : डॉ. आंबेडकर

डॉ. आंबेडकर, जिन्होंने कि आरंभ में अर्थात् 1920-1930 के मध्य हड़तालों का तीव्र विरोध किया था, उन्होंने ही 1938 की सार्वजनिक हड़ताल को सफल बनाने में सबसे अधिक योगदान दिया। उनका यह परस्पर विरोधी व्यवहार कई लोगें का आश्चर्यजनक लगता है। इसका तर्क उनकी समझ से परे था। परंतु भारतीय मजदूर आंदोलन का वस्तुनिष्ठ विश्लेषण करने पर डॉ. आंबेडकर की भूमिका स्पष्ट हो जाती है।

डॉ. आंबेडकर मजदूरों के हड़ताल करने के अधिकार से पूरी तरह सहमत थे। लेकिन उनका विश्वास था कि यह अस्त्र केवल मजदूरों के हित के लिए बिना किसी पक्षपात के विवेकपूर्ण ढंग से प्रयुक्त किया जाना चाहिए, न कि किसी राजनैतिक लाभ या उपलब्धि के लिए। आरंभ में कम्युनिस्टों द्वारा की गई हड़तालों के प्रति विरोध डॉ आंबेडकर को इसलिए था, क्योंकि इन हड़तालों के पीछे राजनैतिक हेतु निहित थे। इसीलिए सन् 1929 में उन्होंने मिल हड़ताल के विरुद्ध प्रचार किया। अपने साप्ताहिक 'बहिष्कृत भारत' (31 मई, 1929) में उन्होंने यह तर्क प्रस्तुत किया कि पहले की हड़तालों के कारण दलित मजदूरों की हालत वैसे ही बहुत बिगड़ चुकी है तथा लेनदारों और साहूकारों की उन पर

पकड़ और भी मजबूत हो चुकी थी। ऐसी दशा में फिर से हड़ताल करना उनके हित में नहीं होगा। (साहूकारों द्वारा निर्मित समस्याओं के विषय में डॉ. आंबेडकर को गहरी चिंता थी।) साहूकारों के दुर्व्यवहार पर अंकुश लगाने के उद्देश्य से उन्होंने मुंबई विधान सभा में एक विधेयक भी प्रस्तुत किया (जिसकी चर्चा हम पिछले अध्याय में कर चुके हैं)।

डॉ. आंबेडकर का यह विचार 1938 औद्योगिक विवाद विधेयक के विरुद्ध होनेवाली हड़ताल का समर्थन करने के उनके निश्चय से पूरी तरह युक्तिसंगत है। इस विधेयक के अनुसार मजदूरों से हड़ताल करने के अधिकार छीन लिए जाने थे तथा हड़ताल गैर कानूनी घोषित की जानी थी। डॉ. आंबेडकर का कहना था कि हड़ताल एक नागरिक भूल हो सकती है न कि अपराध। किसी भी व्यक्ति से उसकी इच्छा के बिना काम करवाना मात्र उसे गुलाम बनाना है। उनके विचार से हड़ताल का अर्थ है—अपनी शर्तों पर अपनी सेवाएँ प्रदान करने की स्वतंत्रता का अधिकार। यदि लोक निर्वाचित सरकार स्वतंत्रता को दैवी अधिकार समझती है तो हड़ताल करने का अधिकार भी एक दैवी अधिकार समझा जाना चाहिए।

इसी विचारधारा के अनुरूप उन्होंने कम्युनिस्ट संघों सहित अन्य सभी दलों के साथ मिलकर औद्योगिक विवाद विधेयक के विरुद्ध जोरदार संघर्ष किया तथा हड़ताल को सफल रूप देकर उन्होंने एक नया इतिहास बनाया। इसमें न तो कोई विसंगती है न ही विरोधाभास। यदि घटनाओं को कालक्रम से देखा जाए तो डॉ. आंबेडकर का मजदूर आंदोलन में औपचारिक प्रवेश 1934 में ही हो गया था, जब वे महानगरपालिका के कर्मचारी संघ के अध्यक्ष बने थे। उनकी यह भूमिका पूरी तरह से तब निखर उठी, जब उन्होंने 1936 में 'स्वतंत्र मजदूर पक्ष' की स्थापना की। इस पक्ष का घोषणा-पत्र इतना असामान्य तथा अद्वितीय है कि वह एक ऐतिहासिक दस्तावेज बन गया है। एक प्रकार से, कालांतर से भारत में गरीबी हटाने के कई कार्यक्रमों के लिए, जिसमें 20-सूत्री आर्थिक कार्यक्रम भी शामिल है, यह घोषणा-पत्र एक प्रेरणा-स्रोत बन गया।

इस घोषणा-पत्र में डॉ. आंबेडकर ने कहा था कि गरीबी का मुख्य कारण है ग्रामीण क्षेत्रों की असीमित जनसंख्या तथा जमीन के किए जानेवाले छोटे-छोटे टुकड़े। कार्यक्षमता और निर्माण क्षमता बढ़ाने के लिए तकनीकी शिक्षा की

आवश्यकता पर भी इसमें बल दिया गया। 'जहाँ आवश्यक हो, वहाँ सार्वजनिक स्वामित्व' के सिद्धांत का भी इसमें समर्थन है।

औद्योगिक कर्मचारियों की भरती, पदोन्नति तथा बरखास्तगी को नियंत्रित करने हेतु कानून की आवश्यकता का प्रस्ताव भी इस घोषणा-पत्र में किया गया। यह सुझाव भी दिया गया कि अधिकतम कार्य घंटे तथा उचित पारिश्रमिक निर्धारित किए जाएँ, साथ ही वैतनिक छुट्टी तथा सस्ते और साफ-सुथरे आवास की व्यवस्था के लिए कानून बनाए जाएँ। ग्राम स्तर पर गृह-निर्माण तथा स्वास्थ्य के लिए योजनाओं और गाँवों के आधुनिकीकरण के प्रति सुझाव भी इसमें सम्मिलित थे।

डॉ. आंबेडकर के 'स्वतंत्र मजदूर पक्ष' से कम्युनिस्ट खुश नहीं हुए। उन्हें लगा कि इससे मजदूरों में एकता नहीं रहेगी। वर्गों के संघर्ष में दलित तथा दलितेतर मजदूरों के हित एक समान होते हैं। अतएव किसी स्वतंत्र मजदूर पक्ष की आवश्यकता नहीं है तथा मजदूर आंदोलन एक ही झंडे तले जारी रहना चाहिए, ऐसा उनका तर्क था।

'स्वतंत्र मजदूर पक्ष' की स्थापना करने के कारणों की वृहद् चर्चा डॉ. आंबेडकर ने 12 और 13 फरवरी, 1938 को नासिक जिले के मनमाड नगर में आयोजित अस्पृश्य रेलवे कर्मचारी सम्मेलन में की। उन्होंने कहा कि कम्युनिस्ट नेता मजदूरों के अधिकारों के लिए संघर्ष तो कर रहे हैं, परंतु दलित मजदूरों के मानवीय अधिकारों के प्रति वे उदासीन हैं। उदाहरणस्वरूप, कपड़ा मिलों के अधिक लाभदायक विभागों में दलितों को उनकी अस्पृश्यता के कारण काम करने का अवसर न दिए जाने के विरुद्ध उन्होंने कोई आवाज नहीं उठाई। इसकी वजह शायद यह हो सकती है कि कम्युनिस्टों को डर था कि अगर उन्होंने दलितों के मानवीय अधिकारों के लिए कोई कदम उठाया तो उन्हें सवर्ण मजदूरों का समर्थन खोना पड़े।

डॉ. आंबेडकर ने आग्रह किया कि दलित तथा दलितेतर मजदूरों को मिलनेवाली सुविधाओं और अवसरों की तुलना की जाए। उन्होंने सिद्ध किया कि रोजगार मिलने तथा उसमें पदोन्नति प्राप्त करने के अवसर दलितों को कम ही उपलब्ध थे। अस्पृश्य होने के कारण मिलों अथवा रेलवे में नियुक्ति से वंचित रहे मजदूरों के विशिष्ट उदाहरण उन्होंने प्रस्तुत किए। विश्वभर के मजदूरों की एकता

के लिए वचनबद्ध कम्युनिस्ट जब अपने आंदोलन से इन समस्याओं को दूर करने में असमर्थ हैं तो वे किस प्रकार स्पृश्य एवं अस्पृश्य मजदूरों को एक करने में सफल हो सकते हैं? आंबेडकर के इस प्रश्न का उत्तर उनके पास नहीं था।

साम्यवाद पर तीक्ष्ण आलोचना करते हुए डॉ. आंबेडकर ने कहा कि "साम्यवाद और मजदूर आंदोलन अलग-अलग बातें हैं। भारत में मजदूर आंदोलन की दशा अत्यंत दयनीय है। भयभीत, स्वार्थी अथवा पथभ्रष्ट नेतृत्व के कारण मजदूर आंदोलन अवरुद्ध और निष्प्रभ बन गया है। उसकी अवस्था एक दुर्गंध भरे कीचड़ युक्त गड्ढे के समान हो चुकी है। कम्युनिस्टों ने अपनी पहले की शक्ति का सही उपयोग न कर सकने के कारण उसे खो दिया है।"[1]

औद्योगिक विवाद विधेयक 1938 के विरुद्ध सार्वजनिक हड़ताल के समय सभी मजदूरों के हित का विचार करते हुए डॉ. आंबेडकर ने कम्युनिस्टों के साथ मिलकर मोरचा बनाया। उनके वर्णन के अनुसार इस 'बुरे, क्रूर तथा रक्तपिपासु' विधेयक के विरुद्ध जी-जान से लड़ना आवश्यक था। लेकिन इस मोरचे में शामिल होते हुए भी डॉ. आंबेडकर ने अपना 'स्वतंत्र मजदूर पक्ष' बड़ी कुशलता से कम्युनिस्ट प्रभाव से सुरक्षित और दूर रखा।

'स्वतंत्र मजदूर पक्ष' ने अपने बूते पर अनेक आंदोलन आयोजित किए। मुंबई महानगरपालिका के कर्मचारियों की अनेक समस्याओं का समाधान करवाना इसमें प्रमुख था। उस समय के मध्य केंद्रीय प्रांत और बेरार नाम से जाने जानेवाले प्रदेश के बीड़ी उद्योग के मजदूरों के अधिकारों के लिए भी 'स्वतंत्र मजदूर पक्ष' ने उल्लेखनीय कार्य किया।

श्रम-सदस्य : डॉ. आंबेडकर

भारतीय मजदूर आंदोलन में डॉ. आंबेडकर की सक्रियता ने 1942 में एक नया मोड़ लिया। वायसराय की कार्यकारी समिति में इसी वर्ष वे 2 जुलाई को श्रम-सदस्य नियुक्त हुए। मुंबई के 'संडे स्टैंडर्ड' समाचार-पत्र ने इस नियुक्ति पर टिप्पणी करते हुए कहा कि "जिस व्यक्ति ने मजदूरों को उनके अधिकार दिलवाने के लिए और दलितों के उद्धार के लिए अपना सारा जीवन समर्पित कर दिया है, उसके लिए यह पद आदर्श है।"

---

1. संदर्भ : 'डॉ. आंबेडकर लाईफ ऐंड मिशन', धनंजय कीर, द्वितीय संस्करण, 1962, पृ. 303।

इस नियुक्ति के पश्चात् एक गौरव समारोह में भाषण देते हुए डॉ. आंबेडकर ने कहा कि यद्यपि उन्हें अब यह पद प्राप्त हुआ है, फिर भी वे उस संघर्ष को नहीं छोड़ेंगे, जो उन्होंने मजदूरों के हितों की रक्षा करने और उनकी स्थिति में सुधार लाने हेतु चला रखा है। अपने इस मंत्री पद के कार्यकाल में उन्होंने वास्तव में मजदूरों के कल्याण के लिए अपने प्रयत्नों को और अधिक तीव्र कर दिया।

श्रम-सदस्य के रूप में उनके कार्य का अंदाजा दो प्रकार से स्पष्ट हो जाता है। एक तो उनके विचार प्रवर्तक भाषणों द्वारा तथा दूसरे उनके द्वारा किए गए विशिष्ट सुधारों से।

मजदूर प्रतिनिधि की हैसियत से किए गए अनेक भाषणों में मजदूर आंदोलन से संबंधित कई महत्त्वपूर्ण विषयों पर डॉ. आंबेडकर ने पहली बार चर्चा की। नई दिल्ली में आयोजित 'संयुक्त श्रम सम्मेलन' (7 अगस्त, 1942) में डॉ. आंबेडकर ने श्रम कानून में एकरूपता की आवश्यकता स्पष्ट की।[2] भारतीय मजदूर संघ की मुंबई प्रदेश समिति द्वारा 10 मई, 1943 को आयोजित बैठक में डॉ. आंबेडकर ने यह स्पष्ट किया कि भारतीय मजदूर आंदोलन आपसी फूट की वजह से खोखला तथा दुर्बल हो गया है। इसी दिन 'महाराष्ट्र चैंबर ऑफ कॉमर्स' के समक्ष अपने भाषण में डॉ. आंबेडकर ने कहा कि मानव संस्कृति के विनाश के लिए युद्ध पर प्रतिदिन 14 करोड़ रुपए खर्च करनेवाले ब्रिटेन तथा अमेरिका, शांतिकाल में गरीबी मिटाने तथा मनुष्यों के दुःख कम करने के लिए उसका आधा भी खर्च क्यों नहीं करते? यह बात समझ से परे है। इसी प्रकार नवंबर 1945 में सातवें भारतीय मजदूर सम्मेलन में अपने अध्यक्षीय भाषण में उन्होंने मजदूरों से अनुरोध किया कि वे अमीर लोगों से पूछें कि युद्ध के खर्च उठाने के लिए लगाए जानेवाले कर देते समय यदि उन्हें कोई झिझक नहीं तो मजदूरों की स्थिति सुधारने के लिए निधि जमा करने में उन्हें आपत्ति क्यों हैं? यदि युद्ध पर लगाया गया धन सार्वजनिक कल्याण कार्य के लिए खर्च किया गया होता तो कितने तो निरक्षर साक्षर हो गए होते तथा कई रोगी रोग-मुक्ति पाकर स्वस्थ जीवन का आनंद ले पाते।[3]

---

2. संपादित हिंदी अनुवाद, विस्तार से इसी पुस्तक के द्वितीय खंड, अध्याय दो में प्रस्तुत किया गया है।
3. संपादित हिंदी अनुवाद, विस्तार से इसी पुस्तक के द्वितीय खंड, अध्याय दस में प्रस्तुत किया गया है।

दिसंबर 1945 में मुंबई में प्रादेशिक मजदूर आयुक्तों के सम्मेलन का उद्घाटन करते हुए डॉ. आंबेडकर ने औद्योगिक असंतोष से बचने के लिए आवश्यक तीन बातों का जिक्र किया—एक, औद्योगिक विवाद मिटाने के लिए सुलह व्यवस्था; दूसरे, व्यापार विवाद अधिनियम में संशोधन तथा तीसरे, न्यूनतम वेतन अधिनियम। इसी भाषण में डॉ. आंबेडकर ने औद्योगिक शांति बनाए रखने के दूरगामी उपायों की विवेचना की। मात्र शक्ति के आधार पर औद्योगिक शांति बनाए रखना भविष्य मे संभव नहीं होगा। कानून बनाकर यदि यह संभव भी हुआ, तब भी विश्वसनीय नहीं। औद्योगिक शांति केवल सामाजिक न्याय के आधार पर प्राप्त की जा सकती है और कायम रखी जा सकती है। इसके लिए तीन पक्षों का समन्वयन आवश्यक है। प्रथम तो मजदूर अपने काम को अपना परम कर्तव्य समझें, कामचोर न बनें। मालिकों को चाहिए कि वे उचित वेतन दें, मजदूरों का शोषण न करें, काम करने के लिए स्वस्थ वातावरण प्रदान करें; मजदूरों के कल्याण के विषय में सोचें और सरकार तथा समाज भी इस बात का ध्यान रखें कि स्वस्थ औद्योगिक संबंध केवल मालिक और मजदूर की निजी जिम्मेदारी नहीं, बल्कि पूरे समाज की जिम्मेदारी है। यह दृष्टिकोण जितना अभिनव था, उतना ही मौलिक तथा दूरदर्शी था।

एक और स्तर पर डॉ. आंबेडकर ने मजदूर कल्याण के लिए विशिष्ट सुधारों हेतु अपने-आपको व्यस्त रखा। 7 मई, 1943 को 'स्थायी मजदूर समिति' की तीसरी बैठक की अध्यक्षता करने हुए डॉ. आंबेडकर ने रोजगार अवसरों को नियमित करने के लिए रोजगार विनिमय केंद्रों की स्थापना करने की आवश्यकता का अनुरोध किया। सितंबर 1943 में हुए 'त्रिपक्षीय मजदूर सम्मेलन' की अध्यक्षता करते हुए उन्होंने मजदूरों के लिए अनाज, वस्त्र, आवास, शिक्षा, सांस्कृतिक जरूरतों तथा स्वास्थ्य उपायों की माँगों की व्याख्या की।[4] उनसे प्रभावित होकर सम्मेलन में मजदूरी और आय संबंधी प्रश्नों पर विचार करने हेतु एक व्यवस्था तैयार करने तथा मजदूरों की सामाजिक सुरक्षा संबंधी आवश्यक जानकारी एकत्रित करने के लिए एक समिति का गठन करने के प्रस्ताव पारित किए गए। निरंतर चलनेवाले कारखानों के औद्योगिक मजदूरों के लिए वैतनिक अवकाश का

4. संपादित हिंदी अनुवाद, विस्तार से इसी पुस्तक के द्वितीय खंड, अध्याय तीन में प्रस्तुत किया गया है।

प्रावधान करनेवाला विधेयक उन्होंने अप्रैल 1944 में प्रस्तुत किया। अगस्त 1945 में उन्होंने औद्योगिक क्षेत्रों के नियम तथा मालिकों के दायित्वों पर विचार करनेवाली स्थायी मजदूर समिति के अध्यक्ष पद का सम्मान पाया।

मई 1946 में कार्यकारी समिति के बरखास्त किए जाने तक डॉ. आंबेडकर ने श्रम–सदस्य का अपना कर्तव्य पूरी कुशलता और दक्षता के साथ निभाया।

सारांश

डॉ. आंबेडकर का मजदूर आंदोलन के साथ का सफर बहुत लंबा रहा। बचपन में उन्होंने सातारा से मुंबई भाग आने और वहाँ मिल में मजदूरी करने का मन बना लिया था, परंतु अपनी बुआ के बटुए में से पैसे न ले पाने के कारण वे इस योजना में असफल रहे। यहाँ से लेकर मजदूरों के अधिकारों तथा दलितों के उद्धार के लिए अपना सारा जीवन समर्पित करनेवाले मजदूर नेता के रूप में डॉ. आंबेडकर ने ख्याति प्राप्त की। इसके आगे उन्हें जनमानस के नेता के रूप में भारत की सर्वोच्च कार्यकारी समिति का प्रथम अस्पृश्य श्रम–सदस्य बनने का गौरव भी प्राप्त हुआ। इस पद पर रहते हुए उन्होंने स्वतंत्र भारत की औद्योगिक संबंध नीति की नींव रखने का महत्त्वपूर्ण कार्य किया।

□

6

जातीयता तथा अस्पृश्यता के आर्थिक आधार

भारत में जाति प्रथा और अस्पृश्यता जैसी सामाजिक समस्याओं का आर्थिक दृष्टिकोण से विश्लेषण करनेवाले प्राय: प्रथम व्यावसायिक अर्थशास्त्री डॉ. आंबेडकर ही थे। इस विषय पर उनके ज्वलंत एवं मौलिक विचार दो पुस्तकों में समाविष्ट हैं। पहली, 'जाति प्रथा का निर्मूलन' (1936 में प्रकाशित) तथा दूसरी 'कांग्रेस ने तथा गांधी ने अस्पृश्यों के साथ क्या किया'? (1944 में प्रकाशित)।

'जाति प्रथा का निर्मूलन' डॉ. आंबेडकर द्वारा 1936 में लाहौर में 'जात-पात तोडक मंडल' के प्रथम अधिवेशन के लिए लिखा भाषण था। इस भाषण में जाति प्रथा और चातुर्वर्ण्य पर ऐसा प्रखर प्रहार किया था कि 'इस भाषण में व्यक्त किए गए विचार अधिवेशन के लिए असहनीय रहे'; अतएव अधिवेशन ही रद्द कर दिया गया। पुस्तक रूप में छपने पर इस भाषण की ओलाचना करनेवालों में महात्मा गांधी जैसे महान् व्यक्ति भी थे। उन्होंने 'हरिजन' में एक लेखमाला में (जुलाई 11, 18 तथा अगस्त 15, 1936) इस पुस्तक की तीव्र आलोचना की। गांधीजी के आक्षेपों का डॉ. आंबेडकर ने करारा जवाब दिया[1]। इन विचारों का तथा संबद्ध घटनाओं की चर्चा इस अध्याय में की गई है।

जाति प्रथा के आर्थिक आधार

पिछले शतक के आरंभ में हिंदू धर्म के परंपरागत रीति-रिवाजों के पीछे एक वैज्ञानिक आधार है, ऐसा जताकर उन्हें नए सिरे से सम्मान दिलवाने का अभियान शुरू किया गया था। इस 'प्रति सुधारवाद' का निराद चौधरी ने विशद वर्णन किया है।[1]

"हिंदुओं के चोटी रखने से सिर के पीछे एक विद्युत् चुंबकीय प्रभाव निर्मित कुंडली तैयार होती है। गंगास्नान से रोगाणु-कीटाणु तुरंत नष्ट हो जाते हैं; अमावस्या और पूर्णिमा को उपवास इसलिए करते हैं कि सूर्य और चंद्र के गुरुत्वाकर्षण से शक्तियों के प्रभाव को निष्फल किया जा सके। दीपावली में घर-घर दीये इसलिए जलाए जाते हैं कि उस संध्या को पृथ्वी से निकलनेवाली विषैली गैस को जलाकर नष्ट किया जा सके।"

इसी प्रकार के कुतर्कों से भोली-भाली जनता को भ्रमित किया जा रहा था। इसी प्रकार जाति तथा वर्ण जैसे सामाजिक रोगों को वैज्ञानिक प्रतीत होनेवाले कारणों के आधार पर सुरक्षा प्रदान की जा रही थी। इन्हीं भ्रमोत्पादक कुतर्कों के विरुद्ध डॉ. आंबेडकर ने अपनी कुशाग्र बुद्धि की सहायता से एक करारा प्रखर हमला बोल दिया। परंपरानुसार हिंदू समाज चातुर्वर्ण्य पर आधारित है। ब्राह्मण, क्षत्रिय, वैश्य और शूद्र—इन चार वर्णों में समाज को बाँटा गया है। इस विभाजन को धर्म ग्रंथों ने समाज प्रबंधन की आदर्श प्रणाली होने की मान्यता दी है।

डॉ. आंबेडकर ने दावा किया, "यह प्रणाली अत्यंत क्रूर है। ब्राह्मण ज्ञान का संवर्धन करें, क्षत्रिय शस्त्र धारण करें, वैश्य व्यापार करें तथा शूद्र सेवारत रहें, इससे प्रतीत होता है कि यह श्रम के बँटवारे की व्यवस्था है। "और वास्तव में इस श्रम विभाजन की पार्श्वभूमि पर जाति प्रथा को समर्थन प्राप्त हुआ है, क्योंकि श्रम विभाजन यह अर्थशास्त्र का विश्वमान्य मूलभूत सिद्धांत है।"'ऐसा भी तर्क दिया जाता है कि श्रम विभाजन किसी भी सभ्य समाज का आवश्यक अंग है, अतएव जाति व्यवस्था में कुछ बुरा नहीं है।"

डॉ. आंबेडकर इस कुतर्क का तीव्र विरोध करते हुए इसकी तार्किक त्रुटियाँ

1. देखिए, 'दि आटोबायोग्राफी ऑफ एन अननोन इंडियन' (1951), जिसे खुशवंत सिंह ने उद्धृत किया है ('दि नीड फॉर न्यू रिलीजन इन इंडिया ऐंड अदर एसेज')। संपादन रोहिणी सिंह (1991) पृ. 85), यू.बी.एस. पब्लिशर्स।

स्पष्ट करते हैं। वे यह दिखा देते हैं कि इसमें न केवल श्रम का विभाजन अभिप्रेत है वरन् श्रमिकों का विभाजन करना भी एक हेतु बन गया था।

"सभ्य समाज को श्रम विभाजन की आवश्यकता होती ही है। परंतु दुनिया के किसी भी अन्य सभ्य समाज में ऐसा नहीं हुआ कि श्रम विभाजन को अत्यंत अप्राकृतिक बना दिए गए श्रमिकों के विभाजन से जोड़ दिया गया हो।"

डॉ. आंबेडकर के मतानुसार जाति प्रथा एक ऐसा श्रेणीबद्ध संगठन है जिसमें श्रमिकों का वर्गीकरण किया जाता है। किसी भी अन्य देश में श्रम विभाजन को श्रमिकों के ऊँचे या नीचे होने से संबद्ध नहीं किया गया है।"

जाति प्रथा श्रम विभाजन पर आधारित है, इस तर्क का खंडन करते हुए डॉ. आंबेडकर इस प्रश्न के मर्म को छू लेते हैं। "यह श्रम विभाजन स्वतः प्रवर्तित नहीं है, और न ही ये प्राकृतिक प्रवृत्तियों पर आधारित है। इसमें न तो किसी व्यक्ति को स्वेच्छा का अधिकार है, न उसकी रुचि-अरुचि का विचार है। इस श्रम विभाजन का पूर्वजन्म के कर्मों के फलस्वरूप इस जन्म में वर्ण प्राप्त होता है, यही एक सिद्धांत हैं। उदाहरणस्वरूप, ब्राह्मण के बेटे से, चाहे वह कितना ही लफंगा हो, पढ़ने और पढ़ाने के अलावा दान-दक्षिणा प्राप्त करने के अधिकार कोई भी छीन नहीं सकता। इसके विपरीत, तथाकथित निचली जाति का व्यक्ति चाहे कितना ही बुद्धिमान क्यों न हो, उसे अपना जीवन शारीरिक श्रम करते हुए ही बिताना पड़ता था। साथ ही शिक्षा का अधिकार ही न होने से बुद्धिमत्ता सिद्ध करने का मार्ग भी बंद ही था। इसीलिए डॉ. आंबेडकर ने भारतीय समाज रचना को एक ऐसी बहुमंजिली मीनार कहा, जिसमें सीढ़ियाँ ही नहीं हैं। ऐसे ढाँचे में जो जहाँ जन्मा है, उसी मंजिल पर मृत्युपर्यंत उसे रहना पड़ता है।

प्रो. नेस्फील्ड जैसे कुछ समकालीन विद्वानों ने यह सुझाया था कि जातिप्रथा की उत्पत्ति व्यवसायों से हुई है। इसमें यह पूर्वधारणा निहित थी कि व्यवसाय का ऊँचा-नीचा माना जाना धीरे-धीरे जाति व्यवस्था में परिणत हो जाता है। डॉ. आंबेडकर ने इस बात का खंडन करते हुए कहा कि जातिप्रथा धर्मग्रंथों में दी गई कुछ मान्यताओं से उद्भूत हुई है। इसलिए जातिप्रथा व्यवसाय निर्धारण का कारण बनी, न कि व्यवसाय जाति निर्धारण का।

डॉ. आंबेडकर ने बलपूर्वक कहा कि इस देश की जाति प्रथा इसके आर्थिक विकास के मार्ग में एक बहुत बड़ी रुकावट बनी हुई है। जातिबद्ध समाज में

कोई भी व्यक्ति अपनी सामर्थ्य के अनुरूप व्यवसाय ढूँढ़ने की आकांक्षा ही नहीं करता। ''जाति व्यवस्था में किसी भी हिंदू को अपनी वंश परंपरा से हटकर अन्य व्यवसाय अपनाने की मान्यता ही नहीं मिल सकती। यदि कोई हिंदू अपनी जाति से हटकर व्यवसाय अपनाने के बदले भूखों मरना स्वीकार करता है तो इसका कारण जाति प्रथा में ही ढूँढ़ा जा सकता है।'' इन बंधनों से कर्मचारियों की गतिशीलता में कमी आ जाती हैं। जाति प्रथा के कारण पूँजी की गतिशीलता पर भी प्रतिबंध लग जाते हैं; क्योंकि व्यवसाय जाति के अनुरूप तय किए जाते हैं। कोई भी उद्योगपति अपनी पूँजी को उसी व्यवसाय में लगाता है, जो वंश-परंपरा से उसके लिए नियत की गई हो। इसके फलस्वरूप, जाति के बंधनों के कारण पूँजी एवं कर्मचारी, दोनों की गतिशीलता शिथिल हो जाती है, जिसकी वजह से निर्माण प्रक्रिया भी धीमी हो जाती है, तथा आर्थिक प्रगति थम जाती है। डॉ. आंबेडकर कहते हैं कि समाज अथवा व्यक्ति के कार्यक्षम बनने के लिए प्रत्येक व्यक्ति को अपने जीवन भर का व्यवसाय चुनकर उसे निभा पाने जितनी क्षमता खुद में बनानी होती है। जातिप्रथा इस सिद्धांत के ठीक विपरीत है। उस व्यक्ति के स्वयं विकास को तो छोड़िए, अपने माता-पिता के सामाजिक दरजे के अनुसार जन्म ही से उसका व्यवसाय तय कर दिया जाता है।'' ऐसे में व्यक्ति की कार्यक्षमता कैसे बढ़ सकती है? और ऐसे व्यक्तियों से बने हुए समाज की कुल कार्यक्षमता सीमित नहीं होगी क्या? यदि इसके परिणामस्वरूप आर्थिक विकास अवरुद्ध हो जाए तो आश्चर्य कैसा?

समग्र दृष्टि से देखा जाए तो निरंतर होते रहनेवाले परिवर्तन ही आर्थिक विकास का मूल तत्त्व हैं। आर्थिक विकास के लिए सामाजिक और आर्थिक ढाँचे में अविरत परिवर्तन करना आवश्यक होता है। इसके विपरीत जातिप्रथा के कारण आर्थिक ढाँचा ठहरे हुए पानी की तरह बन जाता है, जिससे आर्थिक विकास में बाधा आ जाती है।

डॉ. आंबेडकर यह सिद्ध करते हैं कि ''जातिप्रथा के कारण हुआ व्यावसायिक वर्गीकरण अत्यंत घातक होता है। औद्योगिक विश्व कभी स्थिर नहीं रहता। उसमें निरंतर और आकस्मिक परिवर्तन होते ही रहते हैं। इन परिवर्तनों के साथ हर व्यक्ति को अपना व्यवसाय बदलने की स्वतंत्रता होना अत्यंत आवश्यक है। हिंदू लोगों के अनेक व्यवसायों को हीन समझने के कारण कई लोगों को अपने व्यवसाय

के प्रति घृणा उत्पन्न हो जाती है। उन व्यवसायों को त्यागकर अन्य व्यवसाय अपनाने की उत्कंठा उनके दिल में बसी रहती है। यह इच्छा मुख्य रूप से हिंदू धर्म द्वारा इन व्यवसायों को अपनानेवालों को तुच्छ दर्जा दिए जाने के कारण ही उत्पन्न होती है। जिस व्यवस्था में कोई व्यक्ति जी-जान लगाकर अपना काम नहीं करेगा, वहाँ कार्य कुशलता कैसे बढ़ेगी? एक आर्थिक व्यवस्था के रूप में जातिप्रथा नितांत हानिकारक है, क्योंकि इसमें व्यक्ति की प्राकृतिक प्रवृत्तियों और रुचियों को सामाजिक रूढ़ियाँ बनाए रखने के लिए गौण माना जाता है।''

डॉ. आंबेडकर जीवन भर जातिप्रथा निर्मूलन के समर्थक रहे और इन क्रूर रीति-रिवाजों पर प्रहार करते रहे, ताकि देश की आर्थिक प्रगति और विकास गतिमान हो सकें।

गांधी-आंबेडकर विवाद

''जाति प्रथा का निर्मूलन'' पुस्तक की आलोचना करते हुए गांधीजी ने तीन प्रश्न खड़े किए—

1. डॉ. आंबेडकर की सबसे गंभीर भूल यह है कि इस भाषण में जो उद्धरण दिए हैं उनकी प्रामाणिकता और महत्त्व संदेहास्पद हैं।
2. वर्ण और आश्रम का जाति से कोई संबंध नहीं है। वर्ण-व्यवस्था बताती है कि हम सब को पेट पालने के लिए अपने पुश्तैनी व्यवसाय चलाने चाहिए। वर्ण व्यवस्था हमें अधिकार नहीं, अपने कर्तव्य सिखाती है। वर्ण-व्यवस्था का संबंध मानव जाति के हित के लिए किए जानेवाले व्यवसायों से है, अन्य किसी वस्तु से नहीं।
3. चैतन्यप्रभु, ज्ञानदेव, विवेकानंद जैसे महान् व्यक्तियों ने जिस धर्म का पालन किया, क्या वह इतना बुरा हो सकता है? धर्म की पहचान इस बात से की जानी चाहिए कि वह क्या अच्छाइयाँ ला सकता है, उसमें क्या बुराइयाँ हैं—इससे नहीं।

डॉ. आंबेडकर का इन तीनों बातों का खंडन तीक्ष्ण, ठोस तथा तार्किक दृष्टि से निरुत्तर करनेवाला था—

1. अपने लेखन में दिए गए उद्धरणों के विषय में वे कहते हैं, ''इस विषय पर मेरा पूर्ण अधिकार नहीं है, यह मैं स्वीकार करता हूँ। परंतु जो

उद्धरण मैंने दिए हैं वे लोकमान्य तिलक के लेखों से लिए गए हैं और मैं समझता हूँ कि तिलक के संस्कृत ज्ञान तथा हिंदू शास्त्रों के अभ्यास के विषय में किसी को कोई संदेह नहीं है।"

2. पुश्तैनी व्यवसाय के विषय में तो डॉ. आंबेडकर गांधीजी पर प्रश्नों की बौछार कर देते हैं, "कोई व्यवसाय पुश्तैनी है तथा व्यक्ति वह करने के लिए बाध्य है, ये कब पता चलता है? किसी व्यवसाय के लिए आवश्यक गुण अगर उसमें न हो अथवा उस व्यवसाय में लाभ न होता हो तो क्या केवल पुश्तैनी होने के कारण उसे करते रहना चाहिए? पुश्तैनी होने के नाते पेट पालने के लिए क्या किसी अनैतिक व्यवसाय को करते रहना उचित होगा? अगर किसी का दादा भड़ुआ था या किसी की नानी वेश्या थी, तो उन्हें भड़ुआगिरी और वेश्यावृत्ति केवल इसलिए करने रहना चाहिए कि यह उनका पुश्तैनी व्यवसाय है? क्या गांधीजी अपने सिद्धांतों की तार्किक पराकाष्ठा स्वीकार करने को तैयार हैं?" निजी उल्लेख के विषय में क्षमा माँगते हुए डॉ. आंबेडकर कहते हैं कि गांधीजी ने भी तो व्यापार को छुआ तक नहीं, यद्यपि यह उनका पुश्तैनी व्यवसाय था।
3. संतों के विषय में डॉ. आंबेडकर कहते हैं कि अपने अध्ययन से मुझे पता चला है कि "जातिप्रथा और अस्पृश्यता के विरुद्ध कभी किसी संत ने अभियान शुरू नहीं किया। व्यक्ति-व्यक्ति के बीच संघर्ष करवाने में उनकी रुचि नहीं थी। उनकी रुचि थी मनुष्य और ईश्वर के बीच नाता कायम करने में। संतों ने कभी यह नहीं कहा कि सभी मनुष्य समान हैं, बल्कि उन्होंने कहा कि ईश्वर की दृष्टि में सब एक समान हैं।" यह उपदेश एकदम अलग तो था ही साथ ही साथ निरुपद्रवी होने के कारण उन्हें यह कहने में कोई बाधा नहीं थी। न ही इस पर विश्वास रखने में कोई खतरा ही था।

इन खंडनों से गांधीजी निरुत्तर हो गए, ऐसा प्रतीत होता है; क्योंकि इसके आगे उन्होंने विवाद बढ़ाने में कोई रुचि नहीं दिखाई।

अस्पृश्यता के आर्थिक आधार

अस्पृश्यता के विषय में आंबेडकर कहते हैं, अस्पृश्यता को एक धार्मिक

रूढ़ी माना जाता है। लेकिन यह मात्र एक धार्मिक रूढ़ी नहीं, बल्कि इसके आर्थिक पहलू भी हैं, जिसकी वजह से यह गुलामी से भी बदतर है। दस्यु प्रथा में मालिक पर कम-से-कम दस्यु को अन्न, वस्त्र, आश्रय प्रदान करने के साथ-साथ उसे स्वस्थ रखने का दायित्व भी होता है। ऐसा न किया तो उस गुलाम का मूल्य बाजार में घट सकता था। किंतु हिंदू समाज में अछूतों के प्रति उन्हें जीवित रखने की कोई जिम्मेदारी नहीं थी। इस आर्थिक व्यवस्था मैं गैर-जिम्मेदारी के साथ शोषण करने की पूरी छूट थी। अस्पृश्यता सिर्फ आर्थिक शोषण की प्रथा नहीं, बल्कि अनियंत्रित आर्थिक शोषण की प्रथा है।

अस्पृश्यों का आर्थिक शोषण सहज संभव था, क्योंकि वे अन्य लोगों पर अपनी आजीविका के लिए निर्भर थे। डॉ. आंबेडकर लिखते हैं, "हर वस्तु के मालिक (स्पृश्य) हिंदू हैं। इस देश की भूमि के वे मालिक हैं। व्यापार उनके नियंत्रण में है, देश पर राज्य वे ही करते हैं। राजस्व तथा लाभ की हर एक मद उनके नियंत्रण में है। अन्य वर्ग, विशेषत: अस्पृश्य कहलानेवाला केवल लकड़हारे या भिश्ती। सामाजिक ढाँचा ही ऐसा था, जो हिंदुओं के एकाधिकार को बढ़ावा देता।" "शूद्रों द्वारा संपत्ति जुटाने पर हिंदुओं का पवित्र कानून उन्हें सत्ता दिलवाता है। इस प्रकार कानून द्वारा थोपी गई गरीबी अन्य कहीं देखने को नहीं मिलती।" अस्पृश्य व्यक्ति की अवस्था इतनी दयनीय है कि "संपन्नता के विषय में उसे नौकरी का अवसर सबसे बाद में दिया जाता है और विपन्नता में सबसे पहले नौकरी से हटाया जाता है।" अन्यत्र वे कहते हैं, "सामाजिक और आर्थिक दोषों से परिपूर्ण अस्पृश्यता को स्वीकार करनेवाला हिंदू समाज मानवता का दमन करने तथा गुलाम बनाने का एक अतिदुष्ट युक्तिवाद है। इसे वास्तव में घोर 'महापाप' ही कहा जाना चाहिए।

"स्वतंत्रता-प्राप्ति के बाद अस्पृश्यों के भविष्य के बारे में भी डॉ. आंबेडकर ने कुछ विचार प्रकट किए हैं। वे लिखते हैं' "इतिहास गवाह है कि जब भी नीतिशास्त्र और अर्थशास्त्र में संघर्ष हुआ है, तब अर्थशास्त्र की ही विजय हुई हैं। ऐसा कभी नहीं पाया गया कि लोगों ने अपने निहित स्वार्थों का बिना दबाव के त्याग किया हो। इस प्रकार का दबाव उत्पन्न करने की आशा अस्पृश्य नहीं कर सकते, वे निर्धन तथा असंगठित हैं। यदि वे सिर ऊँचा करके जीना चाहेंगे तो काट दिए जाएँगे। इससे यही निष्कर्ष निकलता है कि स्वराज्य मिलने पर

हिंदू अधिक बलशाली तथा अस्पृश्य अधिक निर्बल होते जाएँगे। यह भी संभव है कि स्वराज्य मिलने से होनेवाले आर्थिक लाभों के कारण अस्पृश्यता समाप्त होने की बजाय और भी दीर्घकाल तक चलती रह सकती है।''

डॉ. आंबेडकर द्वारा किए गए जातिप्रथा और अस्पृश्यता के आर्थिक पहलू के विश्लेषण से हमें यह समझने में सहायता मिलती है कि भारतीय संविधान की रचना करते समय उन्होंने अस्पृश्यता निर्मूलन तथा सरकारी नौकरियों में अनुसूचित जातियों-जनजातियों के लिए आरक्षण पर इतना बल क्यों दिया था!

□

7

डॉ. आंबेडकर और अनुसूचित जातियों की शिकायतें

डॉ. आंबेडकर को 9 जुलाई, 1942 को ब्रिटिश वायसराय की कार्यकारी परिषद् का सदस्य नियुक्त किया गया। ब्रिटिश भारत की मंत्रिपरिषद् में श्रम मंत्री के रूप में कार्य करते हुए डॉ. आंबेडकर ने 'अनुसूचित जातियों की शिकायतें' इस विषय पर एक ज्ञापन-पत्र तैयार किया[1] और 29 अक्तूबर, 1942 को गवर्नर जनरल को सौंप दिया। ज्ञापन-पत्र पर अंकित था 'गोपनीय—वितरण के लिए नहीं'। जो ज्ञापन-पत्र प्रस्तुत किया गया, उसमें विस्तृत तथ्य और आँकड़ों के साथ अनुसूचित जातियों की निम्नलिखित शिकायतें थीं : (अ) राजनीतिक शिकायतें—1. केंद्रीय विधानमंडल में अपर्याप्त प्रतिनिधित्व, 2. केंद्रीय कार्यकारिणी में अपर्याप्त प्रतिनिधित्व, 3. लोक सेवाओं में अपर्याप्त प्रतिनिधित्व, (ब) शैक्षणिक शिकायतें—4. विश्वविद्यालय और उच्च शिक्षा के लिए सहायता का अभाव, 5. तकनीकी प्रशिक्षण के लिए प्रशिक्षण का अभाव; (क) अन्य शिकायतें—6. शासकीय प्रकाशन में स्पृश्यों की उपेक्षा, 7. सरकारी संविदाओं में स्पृश्यों के लिए अवसर नहीं।

1. ज्ञापन-पत्र को पूरा पढ़ने के लिए देखें, बी.ए.डब्ल्यू.एस., भाग-10, पृष्ठ 403-32

गोपनीय ज्ञापन-पत्र के कुछ प्रमुख अंश

यह ज्ञापन-पत्र ब्रिटिश भारत में अनुसूचित जातियों की व्यवस्था को प्रदर्शित करता है और उन उपायों को सुझाता है, जो इनके समाधान के लिए आवश्यक हैं। इन शिकायतों को सूचीबद्ध करने के लिए ध्यान केवल उन्हीं शिकायतों पर केंद्रित किया गया है, जिनके समाधान का प्रयास केवल केंद्र सरकार कर सकती है।

भाग–1 राजनीतिक शिकायतें

1. केंद्रीय व्यवस्थापिका में अपर्याप्त प्रतिनिधित्व

जैसे कि वर्तमान में केंद्रीय सभा में कुल 141 सदस्य हैं। इनमें से 102 निर्वाचित हैं और 39 मनोनीत। मनोनीत सदस्यों में से 19 गैर-आधिकारिक और 20 आधिकारिक हैं। इन कुल 141 में से दो हैं, जो अनुसूचित जातियों से संबंधित हैं। इसे अनुसूचित जातियों की जनसंख्या को ध्यान में रखते हुए देखें। 1940 की जनगणना के अनुसार इनकी कुल संख्या 4 करोड़ है। इसमें कोई संदेह नहीं हो सकता कि अनुसूचित जातियों का प्रतिनिधित्व केंद्रीय विधायिका में हास्यास्पद ढंग से कम है¨अगर चुनावों के साथ-साथ मनोनय के द्वारा विभिन्न समुदायों को प्राप्त प्रतिनिधित्व के कुल विस्तार को देखें तो जो आँकड़े हैं, वे चौंकानेवाले हैं—हिंदुओं को चुनाव के द्वारा 54.9 प्रतिशत और मनोनयन के लिए आरक्षित कोटे से भी 21 प्रतिशत दिया गया है। मुसलिमों को चुनाव के द्वारा 33.3 प्रतिशत दिया गया है। यह मात्रा उससे अधिक है, जिसके वे अपनी जनसंख्या के आधार पर अधिकारी हैं। इसके अतिरिक्त उन्हें मनोनयन के लिए आरक्षित कोटे से भी 37 प्रतिशत का लाभ प्रदान किया गया था। यही मामला सिखों और पारसियों के साथ भी था। दोनों को चुनावों के द्वारा जो प्रतिनिधित्व प्राप्त था, वह उससे कहीं अधिक था, जो उनकी संख्या से न्यायसंगत था। फिर भी प्रत्येक को मनोनयन के कुल कोटे से 10.5 प्रतिशत का लाभ प्राप्त था। इसके विपरीत, यह एक नग्न तथ्य था कि अनुसूचित जातियाँ, जिनकी संख्या 4 करोड़ है और जो भारत में तीसरे सबसे बड़े समुदाय का निर्माण करती हैं, उन्हें चुनाव से कोई सीट प्राप्त नहीं है, और मनोनयन से केवल एक सीट प्राप्त है।

इन तथ्यों को देखते हुए दो टिप्पणियाँ बहुत स्पष्ट बन जाती हैं। प्रथम,

विधानमंडल एक अत्यधिक असंतुलित निकाय है। यह दोनों त्रुटियों से पीड़ित है—उन समुदायों का अति-प्रतिनिधित्व, जो सशक्त और शक्तिशाली हैं, और उन समुदायों का कम-प्रतिनिधित्व, जो कमजोर और निर्धन हैं। दूसरी टिप्पणी मनोनयन के अधिकार के गलत उपयोग से संबंधित है। मनोनयन की शक्ति प्रतिनिधित्व की असमानता को सुधारने के लिए संविधान के अंतर्गत आरक्षित थी। जहाँ तक केंद्रीय विधायिका के गठन की बात है, ऐसा लगता नहीं है कि कोई ऐसा सिद्धांत है, जो चुनाव या मनोनय को संचालित करता है। अगर कोई भी सिद्धांत है, तो यह है जो पीटर को पॉल से अधिक देता है और फिर पॉल से लूटता है, जिसके पास पीटर को समृद्ध बनाने के लिए लगभग कुछ नहीं है, जिसके पास लगभग सबकुछ है। प्रतिनिधित्व के मामले में जो गंभीर गलती अनुसूचित जातियों के साथ की गई है, उसका कोई औचित्य नहीं है। उस विधानमंडल में जिसमें मुसलिम और हिंदू अधिकारों और विशेषाधिकारों के लिए एक-दूसरे के साथ युद्ध लड़ रहे हैं और जिसमें दोनों इस बात को लेकर सतर्क हैं कि तीसरे पक्ष जैसे अनुसूचित जाति के लिए कुछ न छोड़ें। 141 सदस्यों के निकाय में अनुसूचित जाति का एक प्रतिनिधित्व क्या समर्थन कर सकता है? अनुसूचित जाति के अधिकारों के लिए वह अकेला क्या अधिकार प्राप्त कर पाएगा?

भारत सरकार के द्वारा केंद्रीय विधानसभा के गठन के प्रस्ताव में अनुसूचित जातियों के प्रति कोई उदारता नहीं दिखाई गई है। उन्होंने उन्हें मनोनय के द्वारा केवल एक सीट दी है और 1921 से लगातार यह एक ही बनी हुई है। इस थोड़े से प्रतिनिधित्व का परिणाम बहुत दुःखद है। 141 सदस्यों की सभा में अनुसूचित जातियों का एकमात्र प्रतिनिधित्व अपनी स्थिति की निरी असहायता को अनुभव करने के अलावा कुछ नहीं कर सकता है। सभा के हिंदू पक्ष की ओर से बड़ी मात्रा में जो अनुसूचित जाति विरोधी पूर्वग्रह उत्पन्न होगा, उसे उसके विरुद्ध संघर्ष करना पड़ेगा। वह मुसलिमों के समर्थन पर भी निर्भर नहीं रह सकता, जो अपने हितों को बढ़ावा देने के लिए अपनी लड़ाई लड़ रहे हैं, न ही वह आधिकारिक समूह पर निर्भर रह सकता है, जो अनुसूचित जातियों के हितों का समर्थन करने की बजाय बहुसंख्यक हिंदुओं और मुसलिमों से अपने अच्छे संबंधों को सुरक्षित रखने के प्रति अधिक सतर्क हैं। यहाँ तक कि सभा में

अनुसूचित जाति के एकमात्र और अकेले प्रतिनिधि के लिए भी यह संभव नहीं है कि वह अनुसूचित जातियों की व्यथा को प्रकट करे।

मुझे यह भी सूचित किया गया है कि विधानसभा अध्यक्ष द्वारा बनाए गए नियमों के अंतर्गत, अध्यक्ष बोलने का पहला अवसर उन माननीय सदस्यों को देगा, जो प्रतिष्ठित दल से संबंधित हैं। मैं यह भी समझता हूँ कि अध्यक्ष उस दल को मान्यता नहीं देता है, जब तक कि उसके कम-से-कम दस सदस्य न हों। इसका अर्थ है कि सामान्यतः अनुसूचित जातियों के प्रतिनिधि को सभा में बोलने का कोई अवसर प्राप्त नहीं होगा, जब तक कि वह किसी दल में सम्मिलित होने का चयन नहीं करता है। अनुसूचित जाति के प्रतिनिधि को इस प्रकार की स्थिति का सामना करना पड़ता है, जो एक प्रसन्नतादायक अनुभव नहीं हो सकता है। किसी दल में सम्मिलित होने का उसके लिए अर्थ है कि अनुसूचित जातियों के हितों को उस दल के अधीन कर देना, जिसके सिद्धांत और हित संभवतया अनुसूचित जातियों के सिद्धांतों और हितों से बहुत असंगत हो सकते हैं। दूसरी ओर, किसी दल में सम्मिलित न होने का अर्थ है कि बोलने का अधिकार खो देना...इस स्थिति को देखते हुए, यह अत्यधिक आवश्यक है कि सभा में अनुसूचित जातियों का प्रतिनिधित्व बढ़ाया जाए। निस्संदेह यह केवल तब किया जा सकता है जब मनोनीत गैर-आधिकारिक सीटों में रिक्तियाँ उपलब्ध हों। जब ये उपलब्ध हों, न्याय की यही आवश्यकता है कि इन रिक्तियों का उपयोग सभा में अनुसूचित जातियों का प्रतिनिधित्व बढ़ाने के लिए किया जाए।

केंद्रीय कार्यकारिणी में अपर्याप्त प्रतिनिधित्व

भारत सरकार केंद्रीय कार्यकारिणी में प्रतिनिधित्व के लिए अनुसूचित जातियों के अधिकारों की पहचान करने में अत्यधिक धीमी है। उनका मानना है कि अतीत में उनका जो भी राजनीतिक स्तर रहा हो, लेकिन गोलमेज सम्मेलन के पश्चात् से उनका राजनीतिक स्तर मुसलिमों के समान हो गया है, इसलिए अगर मुसलिमों को केंद्रीय कार्यकारिणी में प्रतिनिधित्व का अधिकार है, उसी प्रकार से अनुसूचित जातियों को भी है। अनुसूचित जातियाँ अनुभव करती हैं कि मंत्रिमंडल में उनका प्रतिनिधित्व बहुत कम है। 15 सदस्यों के मंत्रिमंडल में अनुसूचित जातियों का केवल एक प्रतिनिधि है, जबकि मुसलिमों के तीन

सदस्य हैं। शिकायतें इस कारण के द्वारा उत्पन्न हुई हैं कि विभिन्न समुदायों को जो प्रतिनिधित्व प्रदान किया गया है, वह उनकी आवश्यकताओं और उनकी संख्या के अनुरूप नहीं है। अगर जनसंख्या को ही एकमात्र मानदंड माना जाए, तब इसमें कोई संदेह नहीं है कि जनसंख्या के मामले में अनुसूचित जातियाँ मुसलिमों के बहुत निकट हैं। इसलिए यह कहना उचित होगा कि अगर 15 सदस्यों के मंत्रिमंडल में मुसलिमों के तीन सदस्य हैं, अनुसूचित जातियों के कम-से-कम दो सदस्य तो होने चाहिए। इन तथ्यों को देखकर ऐसा लगता है कि मंत्रिमंडल का जातीय निर्माण किसी सिद्धांत के द्वारा संचालित होता नहीं दिखता है ।

लोक सेवाओं में अपर्याप्त प्रतिनिधित्व

अनुसूचित जातियों के साथ इससे बड़ा कोई अन्याय नहीं हो सकता, जितना लोकसेवाओं में उनके रोजगार के मामले में हो रहा है। वे सेवाएँ, जिनसे केंद्र सरकार विशेष रूप से संबंधित है, ये दो वर्गों में आती हैं—अ. आई.सी.एस. ब. केंद्रीय सेवाएँ—1. जिनकी नियुक्तियाँ अखिल भारतीय स्तर पर की जाती हैं, और 2. जिनकी स्थानीय स्तर पर की जाती हैं। कोई भी जो इन सेवाओं की जातीय संरचना को जाँचेगा, उसके पास संदेह करने का कोई कारण नहीं रहेगा कि कितनी कड़ाई से इन दोनों सेवाओं से अनुसूचित जातियों को बाहर रखा गया है... आई.सी.एस. के लिए चयनित कुल 1,056 में से अनुसूचित जातियों से केवल एक सदस्य है। केंद्रीय सेवाओं में नियुक्ति के मामले में भी अनुसूचित जातियों की स्थिति समान रूप से खराब है। अनुसूचित जातियों को इस प्रकार बाहर करने का कारण क्या है? इसका कारण उन सिद्धांतों और पद्धतियों में खोजा जा सकता है, जो भारत सरकार ने अनुसूचित जातियों और दूसरे अल्पसंख्यकों के लिए अंतरजातीय प्रतिनिधित्व को सुरक्षित रखने के लिए भारत में अपनाया है।

यह स्पष्ट है कि भारत सरकार द्वारा लोक सेवा में अनुसूचित जातियों और दूसरे अल्पसंख्यक समुदायों की नियुक्ति को सुरक्षित बनाने के लिए बनाए गए प्रावधानों में अत्यधिक विरोधाभास है। इस विरोधाभास को एक वाक्य में अभिव्यक्त किया जा सकता है। दूसरे समुदायों की नियुक्ति प्रस्ताव (क्रमांक

एफ. 14-17-8-33 जुलाई 4, 1934 का) के द्वारा होती है, इसे विवेक के मामले के रूप में नहीं छोड़ा गया है। इसे दायित्व का मामला बनाया गया। नियुक्ति करनेवाले अधिकारी को रिक्त पद को उस समुदाय से संबंधित एक व्यक्ति की नियुक्ति के द्वारा अवश्य ही भरना चाहिए, जिसके लिए इस रिक्त पद को आरक्षित किया गया है। दूसरी ओर अनुसूचित जातियों की नियुक्ति को विवेक का मामला बनाया गया। नियुक्ति करनेवाला प्राधिकरण अनारक्षित रिक्त पद को अनुसूचित जातियों से किसी व्यक्ति की नियुक्ति करके भर सकता है। यह अवश्य और संभावित के मध्य में अंतर के कारण हुआ कि मुसलिम और दूसरे समुदायों को लोकसेवाओं में इतना अच्छा प्रतिनिधित्व दिया गया तथा अनुसूचित जातियों को पूर्ण रूप से बाहर रखा गया।

इससे बेहतर कोई परिणाम भी संभव नहीं हो सकता है जब तक कि भारत सरकार ने लोक सेवा में अनुसूचित जातियों की नियुक्ति के मामले को नियुक्त करनेवाले अधिकारी के विवेक और सद्भाव पर छोड़ रखा है। ये अधिकारी या तो यूरोपियन थे या हिंदू या मुसलिम। यूरोपियन अनुसूचित जातियों की आवश्यकताओं के प्रति अनभिज्ञ हैं और उन्होंने अनुसूचित जातियों के हितों की सुरक्षा को कभी अपनी विशेष चिंता नहीं बनाया। जब तक कि उसका सामान्य प्रभुत्व बना रहता है, वह अपने हिंदू या मुसलिम अधीनस्थों के परामर्श का अनुसरण करने के लिए तैयार रहता है। मुसलिम स्वाभाविक तौर पर अपनी स्वयं की स्थिति को सशक्त बनाने का प्रयास कर रहे थे। वे यह देखने के लिए चिंतित रहते थे कि जितने अधिक-से-अधिक रिक्त पद हों, मुसलिमों को जाने चाहिए—किसी भी मूल्य पर वे सभी, जो उनके लिए आरक्षित हैं। हिंदू जिनका अब तक लोक सेवाओं में एकाधिकार था और जो कभी नहीं जानते थे कि जीवन की अच्छी चीजों को दूसरों के साथ कैसे साझा किया जाए, वे उनके साथ संतुलन बनाए रखना चाहते थे। उनके स्व-हित जब उनके अनुसूचित जातियों के प्रति सदियों पुराने पूर्वग्रह से मिल गए, हिंदू उनके प्रति कभी न्यायपूर्ण नहीं रहे। यह केवल भ्रम था कि इस प्रकार के अधिकारियों के विवेक पर अनुसूचित जातियों की नियुक्ति के प्रश्न को छोड़ दिया जाए और आशा की जाए कि अनुसूचित जातियाँ इसके परिणामस्वरूप अपने प्रतिनिधित्व का उचित भाग प्राप्त कर लेंगी। लोक सेवा में प्रवेश का प्रश्न सभी अल्पसंख्यक समुदायों

के लिए एक महत्त्वपूर्ण प्रश्न है। लेकिन अनुसूचित जातियों के लिए यह एक अत्यावश्यक प्रश्न है, जीवन और मृत्यु का प्रश्न।

कई कारण हैं, क्यों यह अवश्य ऐसा होना चाहिए। प्रथम स्थान में, यह अनुसूचित जाति के युवाओं के लिए एक कॅरियर खोलने का प्रश्न है, जो अनुसूचित जाति के युवाओं के लिए बंद हैं। यह केवल सरकारी सेवाओं में ही है कि वे कॅरियर ढूँढ़ सकते हैं। इसका एक और आयाम है, जो इसके प्रभाव से संबंधित है, एक समुदाय में शिक्षा के प्रसार को प्रोत्साहित करने में सरकारी संरक्षण प्रदान करना। हिंदू समुदाय का मामला इसपर बिल्कुल फिट है। तीव्र प्रगति, जो हिंदू समुदाय ने की है, वह निस्संदेह बहुत असाधारण है। लेकिन इस कारण को बहुत कम ही लोगों के द्वारा समझा गया कि क्यों शिक्षा ने हिंदू समाज में इतनी गहरी जड़ें जमा ली हैं। यह पूर्णरूप से इस आश्वासन के कारण हुआ है कि शिक्षा सरकारी सेवा में प्रवेश के द्वारा एक कॅरियर खोलती है। कॅरियर का इस प्रकार का आश्वासन अनुसूचित जातियों के मामले में अत्यंत आवश्यक है, जो शिक्षा में इतने पिछड़े हुए हैं। तीसरा तर्क उन दोनों तर्कों से अधिक महत्त्वपूर्ण है, जिनका ऊपर उल्लेख किया गया है। यह अनुसूचित जाति के लोगों की सामान्य जनसंख्या के हितों से संबंधित है, जो अनुसूचित जातियों के शिक्षित वर्ग के हितों से अलग है। यह स्पष्ट हो जाएगा, अगर यह समझ लिया जाए कि सार्वजनिक प्रशासन जनकल्याण के दृष्टिकोण से कितना महत्त्वपूर्ण है। अगर प्रशासन बुरा है, अच्छे कानून उपयोगी साबित नहीं हो सकते हैं। इसलिए अनुसूचित जातियों के लिए प्रशासन एक महत्त्वपूर्ण प्रश्न है, जिनकी अच्छे कानूनों की तुलना में अच्छे प्रशासन में अधिक रुचि है।

क्या वर्तमान प्रशासन अच्छा प्रशासन है? वर्तमान समय के प्रशासन के बारे में अनुसूचित जातियाँ क्या सोचती हैं? इसमें कोई संदेह नहीं हो सकता कि वह दृष्टिकोण, जिसे सामान्य रूप से माना गया है, वह यह है कि संपूर्ण भारत में पूरा प्रशासन तंत्र अपने दृष्टिकोण में अनुसूचित जातियों के प्रति विरोधी, अन्यायपूर्ण और दुराग्राही है। निस्संदेह अनुसूचित जातियों की जनसंख्या की अधिक पीड़ाएँ और प्रताड़नाएँ इस तथ्य से उत्पन्न होती हैं कि लोक सेवकों में जो विवेक निहित है, लगभग सभी मामलों में वह अनुसूचित जातियों के हितों के विरुद्ध कार्य करता है और इस उद्देश्य के साथ कि उन्हें निम्न स्तर पर

बनाए रखना है। हिंदू और मुसलिम अधिकारियों की अनुसूचित जातियों के प्रति यही मानसिकता है। यह ऐसा लगातार चलता रहेगा, जब तक कि प्रशासन के कर्मचारी उस वर्ग से लिये जाएँगे, जो अनुसूचित जातियों के विरोधी हैं और जो उनके दमन में विश्वास करते हैं। अनुसूचित जातियों की आम जनसंख्या के लाभ और कल्याण के लिए इससे अधिक शक्तिशाली तर्क नहीं हो सकता कि इस विचार को सबसे महत्त्वपूर्ण माना जाए कि लोक सेवा में अनुसूचित जातियों का प्रवेश अत्यधिक आवश्यक है।

ये सभी तथ्य दिखाते हैं कि कैसे अनुसूचित जातियों की स्थिति शोचनीय बनी हुई है और कैसे सरकार जो दूसरे समुदायों का ध्यान रखनेवाली होने का प्रयास कर रही है, वह अनुसूचित जातियों के प्रति उचित होने का प्रयास भी नहीं कर रही है, वह इस परिणाम के लिए उत्तरदायी है। अनुसूचित जातियों की स्थिति शोचनीय ही नहीं है बल्कि वह असहनीय भी है। यह भारत सरकार की वर्तमान नीति का परिणाम है, जिसके अंतर्गत अनुसूचित जातियों की नियुक्ति का आँकड़ा लोक सेवा में नियम के द्वारा निश्चित करने की बजाय जैसा कि दूसरे समुदायों के मामले में किया गया है, नियुक्त करनेवाले प्राधिकार के विवेक पर छोड़ा गया है। नियुक्त करनेवाले अधिकतर अधिकारी उच्चतर जाति के हिंदू हैं, इसलिए उनसे यह अपेक्षा करना संभव नहीं है कि वे इस विवेक का लाभ अनुसूचित जातियों को दें। इसमें मुझे कोई संदेह नहीं है कि अनुसूचित जातियों के हितों कि आगे भी उपेक्षा की जाएगी और उनके हितों का त्याग दूसरे समुदायों के हितों को पोषित करने के लिए किया जाएगा। जब तक यह वर्तमान व्यवस्था जारी रहेगी, तब तक अनुसूचित जातियों की स्थिति में कोई परिवर्तन संभव नहीं है।

भारत सरकार को बिना और अधिक विलंब किए अनुसूचित जातियों की स्थिति को दूसरे समुदायों के समान कर देना चाहिए और 1. घोषणा करे कि वे सेवाओं के उद्देश्य के लिए दूसरे समुदायों के समान ही अल्पसंख्यक हैं। 2. आई.सी.एस. और दोनों केंद्रीय सेवाओं में वार्षिक रिक्त पदों का 13.5 प्रतिशत अनुसूचित जातियों के लिए नियत कर देना चाहिए, जिनमें अखिल भारतीय स्तर पर नियुक्तियाँ की जाती हैं और स्थानीय स्तर पर भी उन्हें उतने पदों पर नियुक्त करना चाहिए, जिसके वे अधिकारी हैं। उनके लिए उतने पदों को आरक्षित करना चाहिए, जो समानता व न्याय पर आधारित हों। जब तक यह नहीं किया जाता,

तब तक अनुसूचित जातियों को लोक सेवाओं में कभी भी अपना यथोचित भाग नहीं मिलेगा। समस्या इसमें निहित है कि अनुसूचित जातियों की अल्पसंख्यकों के रूप में घोषणा नहीं की गई है। यह आवश्यक है कि उनके मार्ग में जो बाधा है, उसे दूर किया जाना चाहिए। कारण यह है कि 4 जुलाई, 1934 के प्रस्ताव में यह कहा गया है कि जब किसी समुदाय को अल्पसंख्यक घोषित कर दिया जाता है, केवल तभी वह लोकसेवा में आरक्षण के लाभों का अधिकारी होता है।

यह समझना कठिन है कि अनुसूचित जातियों को अल्पसंख्यक घोषित करने में सरकार को क्या आपत्ति हो सकती है। अल्पसंख्यक शब्दावली एक राजनीतिक शब्दावली है और जो भी इसकी कानूनी तौर पर परिभाषा हो सकती है। वही इसकी तथ्यत: परिभाषा भी है, यह कभी भी संदेह में नहीं हो सकती है। इस मामले का निपटारा जातीय पारितोषिक शब्दावलियों से किया गया, ताकि कोई समुदाय, जो कि महामहिम सरकार के सांप्रदायिक 'कम्युनल अवार्ड' के अंतर्गत आता है, अवश्य ही उसे अल्पसंख्यक होना चाहिए। निस्संदेह यही आधार है, जिसपर भारत सरकार घोषणा कर सकती है कि मुसलिम, सिख, भारतीय ईसाई और एंग्लो-इंडियंस अल्पसंख्यक हैं। अगर ये समुदाय अल्पसंख्यक हैं और ये अल्पसंख्यक हैं, क्योंकि यह सांप्रदायिक अवार्ड के अंतर्गत आते हैं—तब यह देखना कठिन है कि किस प्रकार से अनुसूचित जातियों के अल्पसंख्यक होने के दावे की घोषणा से मना किया जाएगा, क्योंकि वे भी इस समान अवार्ड के अंतर्गत ही आते हैं। दूसरा, अगर सरकार इससे बँधी हुई है कि उनके अल्पसंख्यक होने की घोषणा करे, तब यह इसके स्वाभाविक परिणाम के रूप में आएगा कि सरकार सेवा में उनके भाग को परिभाषित करने और इसे समान माध्यमों और पद्धतियों से उपलब्ध कराने को संभव बनाने के लिए बाध्य है, जिस प्रकार से दूसरे समुदायों के भाग को उनके लिए सुरक्षित बनाया गया है। न ही कोई उस भाग का विरोध कर सकता है, जिसके वे अनुसूचित जाति के वैध अंश के रूप में अधिकारी हैं।

यह दिखाया गया है कि ब्रिटिश भारत में उनकी जनसंख्या 13.6 प्रतिशत है और 13.6 प्रतिशत अंश से कुछ भी अधिक का दावा उनके लिए नहीं किया गया है। यह हिंदुओं को किसी भी प्रकार से क्षति नहीं पहुँचा सकता, क्योंकि उनकी जनसंख्या 50 प्रतिशत है और उन्हें 63 प्रतिशत प्राप्त हो रहा है, जो उनके

यथोचित अधिकार से 13 प्रतिशत अधिक है। अनुसूचित जातियों के इस दावे का विरोध बहुत विचित्र और अप्रत्याशित स्थान से आता है। यह हिंदुओं से आना चाहिए। लेकिन यह नहीं हो सकता। अनुसूचित जातियों और हिंदुओं के पारस्परिक अधिकार पूना समझौते के द्वारा परिभाषित हैं, जिसका निर्माण 1932 में किया गया। यह एक समझौता था, जिसमें हिंदुओं ने यह स्वीकार किया कि अनुसूचित जातियाँ अल्पसंख्यक हैं और देश की लोक सेवा में अपना पर्याप्त अंश प्राप्त करने की अधिकारी हैं। यह सत्य है कि 'पर्याप्त' शब्दावली को मात्रात्मक अभिव्यक्ति नहीं दी गई थी। यह इसलिए हुआ, क्योंकि यह श्रीमान गांधी को मृत्यु के पंजों से बचाने के लिए हड़बड़ी में किया गया था। लेकिन इसमें कोई संदेह नहीं हो सकता है कि 'पर्याप्त' का अभिप्राय कभी भी जनसंख्या के अनुपात से कुछ भी कम नहीं था। इसलिए हिंदू अनुसूचित जातियों के दावे का विरोध नहीं कर सकते और सत्य है कि वे नहीं करते हैं। वह दल जो अनुसूचित जातियों के दावे का विरोध कर रहा है, वह भारत सरकार है और कोई और नहीं···

यह कहानी का सबसे जादुई भाग है। भारत सरकार ने कहा है कि वे अनुसूचित जातियों के कल्याण के संरक्षक हैं। संरक्षक के रूप में उन्हें अनुसूचित जातियों के अधिकारों को सुरक्षित रखने के लिए दूसरे अल्पसंख्यकों के अधिकारों के संरक्षण की तुलना में और अधिक तत्पर रहना चाहिए। भारत सरकार के पास अनुसूचित जातियों को लोकसेवा में नियुक्ति के उनके अधिकार को आवंटित करने से हिचकिचाने के लिए कुछ बहाने हैं, अगर उनके मार्ग में हिंदुओं द्वारा कोई अवरोध रखा जाए। लेकिन ऐसा कोई बहाना नहीं है। क्या यह गलत है, अगर ऐसा कहा गया जाए कि अनुसूचित जातियों के शत्रु हिंदू नहीं हैं, उनकी वास्तविक शत्रु तो भारत की सरकार है?

···इसके अतिरिक्त जो दो उपाय सुझाए गए हैं, वे हैं—1. उन्हें अल्पसंख्यक घोषित करना और 2. वार्षिक रिक्त पदों पर उनके अनुपात को निश्चित करना। अनुसूचित जातियों के लिए सेवाओं में उनके उचित भाग को सुरक्षित करने के लिए दूसरे उपायों को अनुमोदित करना आवश्यक होगा। ये हैं—

1. आयुसीमा बढ़ाना, 2. परीक्षा फीस कम करना, 3. अनुसूचित जाति के एक अधिकारी की नियुक्ति करना यह देखने के लिए कि अनुसूचित जातियों

के हितों के लिए जो प्रावधान बनाए गए हैं, उन्हें सभी संबंधित विभागों के द्वारा लागू किया जा रहा है।

भाग–2 शैक्षणिक समस्याएँ

1. आधुनिक शिक्षा के लिए सहायता की आवश्यकता

अनुसूचित जातियों के लड़कों में उच्च शिक्षा के विकास को देखते हुए, निम्नलिखित निष्कर्ष निकाले जा सकते हैं—1. कला और कानून में शिक्षा संतोषजनक रूप से प्रगति कर रही है, 2. विज्ञान और अभियांत्रिकी में शिक्षा ने कोई प्रगति नहीं की है; 3. विदेशी विश्वविद्यालयों में उच्च शिक्षा बहुत दूर की कौड़ी है। आवश्यकता है कि इस दु:खद स्थिति को उचित रूप से समझा जाए¨।

अनुसूचित जातियों के स्तर और स्थिति में केवल तभी सुधार आएगा, जब अनुसूचित जातियों के प्रतिनिधि कार्यकारी पदों पर बैठेंगे, जो मंत्री संबंधी पदों से अलग हैं। कार्यकारी पद रणनीतिक पद हैं, पद जिनसे राज्य के मामलों को नई दिशा दी जा सकती है। यह स्पष्ट है कि कार्यकारी पद को प्राप्त करने में उच्च शिक्षा की आवश्यकता होती है। इस प्रकार के पद उन लोगों के अलावा दूसरों को नहीं प्राप्त हो सकते, जिन्होंने उच्च शिक्षा प्राप्त नहीं की है। कला और विधि में शिक्षा का अनुसूचित जातियों के लिए अधिक महत्त्व नहीं है, यह इन्हें या लोगों को स्रोत बना सकती है। इसका हिंदुओं के लिए भी बहुत अधिक महत्त्व नहीं है। विज्ञान और तकनीक में उच्च प्रकार की शिक्षा अनुसूचित जातियों की क्या सहायता करेगी। लेकिन यह स्पष्ट है कि विज्ञान और तकनीक में शिक्षा अनुसूचित जातियों के साधनों के परे है और इसीलिए उनमें से बहुत सारे अपने बच्चों को कला और विधि में शिक्षा लेने के लिए भेजते हैं। बिना सरकारी सहायता के, विज्ञान और तकनीक में उच्च शिक्षा का क्षेत्र कभी अनुसूचित जातियों के लिए नहीं खुलेगा। केवल यही उचित और उपयुक्त है कि केंद्र सरकार को इस मामले में उनकी सहायता करने के लिए आगे आना चाहिए। इस समस्या का समाधान हो जाएगा, अगर निम्नलिखित प्रस्ताव भारत सरकार के द्वारा स्वीकार कर लिया जाएगा—

1. अनुसूचित जाति के जो विद्यार्थी भारत के विश्वविद्यालयों या दूसरी तकनीकी प्रशिक्षण संस्थाओं में विज्ञान और तकनीक के पाठ्यक्रमों में प्रवेश ले

रहे हैं, उनकी छात्रवृत्तियों के लिए दो लाख रुपए का वार्षिक अनुदान दिया जाए।

2. एक लाख रुपए की वार्षिक छात्रवृत्ति अनुसूचित जातियों के उन विद्यार्थियों को दी जाए, जो इंग्लैंड, उपनिवेशों, यूरोप और अमेरिका के विदेशी विश्वविद्यालयों में विज्ञान और तकनीक के पाठ्यक्रम में प्रवेश ले रहे हैं। ऐसा कुछ भी नहीं है, जो भारत सरकार को इस उत्तरदायित्व के निर्वाह से रोके। यह सत्य है कि शिक्षा विधायिका के उद्देश्य से केंद्रीय विषय नहीं है। फिर भी, गवर्मेंट ऑफ इंडिया ऐक्ट की धारा 150 (2) कहती है कि केंद्र सरकार किसी भी उद्देश्य के लिए अनुदान दे सकती है, यद्यपि यह कि उद्देश्य उनमें से एक भी न हो, जिनके आधार पर केंद्रीय विधायिका कानून बना सकती है। इस शक्ति का उपयोग भारत सरकार द्वारा शैक्षणिक संस्थाओं के समर्थन में उपयोग किया जा सकता है¨विश्वविद्यालयों को जो अनुदान दिया जाता है, वह वास्तव में हिंदू-मुसलिम समुदाय के विद्यार्थियों की उच्च शिक्षा को समर्थन देने के लिए दिया जाता है। ऐसा कोई कारण नहीं है कि क्यों केंद्र सरकार को अनुसूचित जातियों में उच्च शिक्षा को बढ़ावा देने के लिए तीन लाख रुपए का अनुदान देने का उत्तरदायित्व नहीं लेना चाहिए।

अगर सरकार की रुचि अनुसूचित जातियों का स्तर ऊँचा उठाने में है, जिसकी वे हमेशा घोषणा करते हैं कि उनका कर्तव्य है, यही वह समय है कि केंद्र सरकार के द्वारा शिक्षा बजट में उनके लिए इसी प्रकार के प्रावधान बनाए जाएँ। अगर इस योजना को कार्यान्वित किया गया तो यह अनुसूचित जातियों की स्थिति और स्तर में क्रांति ला देगी। वे तो इसके लिए भी तैयार हैं कि इस योजना में अनुदानों के बजाय ऋण की व्यवस्था की जाए। अनुसूचित जातियों के लड़के जिन्हें ये छात्रवृत्तियाँ प्राप्त होंगी, वे इसका लाभ लेने में प्रसन्न होंगे, यहाँ तक कि अगर उन्हें तब सरकार से प्राप्त राशि को वापस लौटाना पड़े, जब उन्हें नौकरी मिल जाए या उन्हें नियत अवधि के लिए कम वेतन वाली सरकारी सेवा में नियुक्ति मिल जाए। इन प्रस्तावों को स्वीकार करने में सरकार को कोई आपत्ति नहीं होनी चाहिए। अनुसूचित जातियों के विद्यार्थियों की विज्ञान और तकनीक की उच्च शिक्षा में सहायता के उद्देश्य के लिए मैं दो और प्रस्तावों का निर्माण कर रहा हूँ।

2. तकनीकी प्रशिक्षण शिक्षा के लिए सुविधाओं की अपेक्षा

आर्थिक स्थिति सुधारने के दृष्टिकोण से, विद्यार्थियों के लिए साहित्यिक शिक्षा की तुलना में तकनीकी शिक्षा अधिक महत्त्वपूर्ण है। लेकिन तकनीकी शिक्षा बहुत महँगी होती है और अनुसूचित जातियों के बच्चों के लिए यह संभव नहीं है कि वे तकनीकी शिक्षा ग्रहण करें, और बिना तकनीकी शिक्षा के उनकी आर्थिक स्थिति में सुधार नहीं आएगा। हिंदुओं की सामाजिक व्यवस्था के कारण, अनुसूचित जातियों को भारतीय अर्थव्यवस्था में बहुत निम्न स्थान प्राप्त है। समृद्धि के समय में वे अंतिम होते हैं, जिनको नियुक्त किया जाता है और मंदी के समय में नौकरी से निकाले जानेवालों में वे सबसे पहले होते हैं। यह निस्संदेह, हिंदुओं के सामाजिक पूर्वग्रह का परिणाम है, जो उनके विरुद्ध कार्य करता है। लेकिन और दूसरी कठिनाइयाँ भी हैं, जो उनके मार्ग में खड़ी हैं और इसीलिए वे सामान्य तौर पर एक अकुशल श्रमिक होते हैं, जिन्हें कोई तकनीकी ज्ञान नहीं होता है। मुझे ऐसा लगता है कि भारत सरकार उन्हें तकनीकी दक्षता में सक्षम बनाकर, जो उन्हें अभी प्राप्त नहीं है, इस मामले में बड़ा कार्य कर सकती है। और इसे अनुसूचित जातियों के लड़कों के लिए उन संस्थाओं में प्रवेश देकर, जो सरकार द्वारा चलाई जाती हैं या नियंत्रित की जाती हैं, जिनमें इस प्रकार का तकनीकी प्रशिक्षण दिया जा सकता है, आसानी से कर सकती है। मैं केवल दो का उल्लेख कर रहा हूँ—1. सरकारी प्रिंटिंग प्रेस में प्रशिक्षुता, 2. रेलवे वर्कशॉप में प्रशिक्षुता। इसलिए मैं प्रिंटिंग प्रेस और रेलवे वर्कशॉप में प्रशिक्षुता की योजना का सुझाव देता हूँ, जहाँ प्रतिवर्ष अनुसूचित जातियों के लड़कों को बड़ी संख्या में प्रशिक्षण दिया जाना चाहिए। इसपर खर्च भी बहुत अधिक नहीं आएगा।

भाग–3 अन्य शिकायतें

सरकारी संविदाओं में कोई अवसर नहीं

सार्वजनिक क्षेत्र में सरकार द्वारा जो कार्य किए जाते हैं, उनका एक बड़ा भाग विभागों द्वारा नहीं बल्कि संविदाओं के द्वारा किया जाता है। ऐसा ही सामान्य समयों में होता है। युद्ध के समय में संविदा की व्यवस्था के द्वारा जो कार्य सरकार के लिए किए जाते हैं, वे कई सौ गुना बढ़ जाते हैं। मैं केवल सेंट्रल पब्लिक वर्क्स

डिपार्टमेंट के बारे में बोल सकता हूँ। सेंट्रल पब्लिक वर्क्स डिपार्टमेंट के द्वारा अनुमोदित संविदाकारों की जो सूची जारी की गई है, उसमें 1,171 नाम हैं। इनमें से, मुझे बताया गया कि केवल एक संविदाकार अनुसूचित जाति से है, बाकी हिंदू, सिख और मुसलिम हैं। सरकार के लिए यह संभव होना चाहिए कि वह चीजों की व्यवस्था इस ढंग से करे कि संविदा व्यवस्था में भी सभी समुदायों के लिए दरवाजे खुले हों, ताकि उन्हें इसके द्वारा लाभ मिले। अनुसूचित जातियों के कई व्यक्ति हैं, जिन पर सरकारी संविदाओं को पूरा करने के लिए विश्वास किया जा सकता है। पहले से ही अनुसूचित जातियों के कई सदस्य हिंदू, मुसलिम या सिख संविदाकारों के साथ वेतनभोगियों के रूप में कार्य कर रहे हैं। इसका परिणाम यह निकल रहा है कि हिंदू, मुसलिम या सिख संविदाकार लाभ प्राप्त कर रहे हैं, जबकि अनुसूचित जातियों के लोग केवल मजदूरी पर कार्य कर रहे हैं। यह करने में अधिक समस्या नहीं आएगी कि अनुसूचित जातियों से निश्चित संख्या में पुरुषों को लिया जाए, जिन्हें संविदाकारों की अनुमोदित सूची पर रखा जाए। लेकिन जो अधिक महत्त्वपूर्ण है, वह यह है कि इन्हें संविदा प्राप्त करने में सक्षम बनाया जाए। सरकारी संविदाओं के मामले में दो नियम हैं—1. यह कि संविदा उस संविदाकार को दी जाती है, जिसका टेंडर न्यूनतम है; 2. यह कि सरकार न्यूनतम टेंडर को स्वीकार करने के लिए बाध्य नहीं है। इसलिए यह एक विवेक का मामला है, जिसका प्रयोग उस अधिकारी के द्वारा किया जाता है, जिस पर यह प्रभार होता है कि एक संविदा एक विशेष संविदाकार को जाएगी या नहीं। इस विवेक का उपयोग अनुसूचित जाति के संविदाकार के पक्ष में कभी नहीं जाता। उसका टेंडर संभवतः न्यूनतम हो, लेकिन जातीय पूर्वग्रह के कारण वह इसे स्वीकार नहीं कर पाता और दूसरे नियम पर निर्भर रहता है कि वह न्यूनतम को स्वीकार करने के लिए बाध्य नहीं है। अगर उसका टेंडर न्यूनतम से अधिक होगा, वह इसे स्वीकार नहीं करेगा, हालाँकि वह ऐसा करने के लिए स्वतंत्र है। वह दो नियमों में से पहले पर निर्भर रहेगा। किसी भी प्रकार से उसके पास अनुसूचित जाति के संविदाकारों के टेंडर को रद्द करने के अपने औचित्य होंगे। निस्संदेह, जातीय आधार के विरुद्ध कोई उपचार नहीं है। एक बात जो मुझे समझ में आती है, वह यह है कि हम नियम को सुधारने का प्रयास कर सकते हैं। अगर अनुसूचित जाति के संविदाकार का टेंडर न्यूनतम से पाँच प्रतिशत अधिक है, उसे न्यूनतम माना जाए। निस्संदेह, इसमें

आर्थिक हानि सम्मिलित है और वित्त विभाग को इससे सहमत होना पड़ेगा। मैं इस बारे में कोई राय नहीं दे सकता कि इस अनुमोदन का अनुमानित मूल्यांक होगा। लेकिन मैं इस बात को लेकर आश्वस्त हूँ कि यह ऊँट की पीठ को तोड़ने जितना भारी नहीं होगा।

विषादग्रस्त लोगों के प्रति सरकार के कर्तव्य

अनुसूचित जातियों के प्रति ब्रिटिश सरकार की जो नीति है, वह पूर्णरूप से और निरंतर उपेक्षा की रही है। यह बहुत पहले से ही प्रारंभ हो गया था, जब ब्रिटिश सरकार ने अनुभव किया कि उसका कर्तव्य केवल कानून और व्यवस्था बनाए रखना नहीं है, और इसका विस्तार लोगों को शिक्षा देने और लोगों के कल्याण के लिए कार्य करने...1882 में भारत सरकार ने शैक्षणिक नीति की जाँच करने के लिए हंटर कमीशन की नियुक्ति की। इस आयोग ने मुसलिमों में शिक्षा के प्रसार के लिए कई महत्त्वपूर्ण प्रस्तावों का निर्माण किया। अस्पृश्यों के लिए इसने कुछ नहीं किया। जो कुछ इसने किया, वह यह कि एक विचार अभिव्यक्त किया, 'सरकार को यह प्रस्ताव स्वीकार कर लेना चाहिए कि किसी को भी सरकारी कॉलेजों या स्कूलों में केवल जाति के आधार पर प्रवेश देने से मना नहीं किया जा सकता,' लेकिन इसे यह कहकर आर्हत (Qualified) बनाया गया कि सिद्धांत को 'यथोचित सर्तकता के साथ लागू किया गया।'

यह वैर-भाव समाप्त हो गया, इसका स्थान उपेक्षा और उदासीनता ने ले लिया। यह उपेक्षा और उदासीनता न केवल शिक्षा के क्षेत्र में दृष्टिगोचर होने लगी, बल्कि दूसरे क्षेत्रों में भी दिखाई देने लगी, विशेष रूप से सेना में। ईस्ट इंडिया कंपनी की पूरी सेना दमित वर्ग से बनी थी। लेकिन दमित वर्गों की सेना से ब्रिटिश कभी भी भारत को जीतने में सफल नहीं हो सके। अस्पृश्य 1892 तक लगातार सेना में भरती होते रहे। 1892 में अचानक उनके सेना में प्रवेश पर रोक लगा दी गई और उन्हें अत्यधिक दुर्दशा में रास्ते पर फेंक दिया गया; कोई शिक्षा नहीं और सम्माननीय तरीके से आजीविका कमाने का और कोई दूसरा मार्ग नहीं। कौन अनुसूचित जातियों को दुर्दशा से उठा सकता है, जिसमें वे अब रेंग रही हैं? यह निश्चित है कि वे इसे अपने स्वयं के प्रयासों से नहीं कर सकती। उनके संसाधन इतने सीमित हैं कि वे अपने आप को उठाने में समर्थ नहीं हैं। वे हिंदुओं की

परोपकारिता पर निर्भर नहीं रह सकते।

हिंदुओं की परोपकारिता प्रश्नों के परे है, इसके क्षेत्र में सांप्रदायिकता है और इसके लाभ उन लोगों तक सीमित हैं, जो दाताओं के समुदाय से संबंधित हैं। हिंदू दाता या तो व्यवसायी हैं या उच्च पदों पर बैठे सरकारी अधिकारी। दुःखद बात यह है कि वे अपना पैसा आम जनता से बनाते हैं। लेकिन जब परोपकारिता करने का प्रश्न आता है, तब वे आम जनता को भूल जाते हैं और केवल अपनी जाति और समुदाय को याद रखते हैं। अनुसूचित जातियों के पास कभी ये संसाधन उपलब्ध नहीं रहे हैं और उन्हें कड़ाई से दोनों के द्वारा स्थापित परोपकारिता से बाहर रखा गया है। इसलिए केवल एक स्रोत जिस पर वे निर्भर रह सकते हैं, वह है सरकार से प्राप्त आर्थिक सहायता। मैं यह कहने की पहल कर सकता हूँ कि यह केंद्र सरकार का कर्तव्य है कि वह लोगों के बचाव में आए, जो बिना अपनी किसी गलती के कष्ट में हैं, जैसा कि अनुसूचित जातियों के मामले में है। केंद्र सरकार इससे आबद्ध है कि वह अनुसूचित जातियों के वैध दावे की माँग और अपने प्रतिद्वंद्वियों से अधिक समान शर्तों पर प्रतिस्पर्धा करने में उनकी सहायता करे।

□

8

डॉ. आंबेडकर तथा मार्क्सवाद और राष्ट्र समाजवाद

डॉ. आंबेडकर को यह तीव्र अनुभूति थी कि भारत की आर्थिक प्रगति के लिए गरीबी एवं विषमता का निर्मुलन और सामान्य जनता के शोषण का अंत अत्यावश्यक है। 1930-1940 के बीच तथा इसके आगे भी कुछ वर्षों तक उन्होंने अपने लेखन तथा भाषणों में जितना बल आम जनता को शोषण से मुक्त किए जाने पर दिया है, उससे ऐसा लगने लगता है कि उनका झुकाव मार्क्सवाद के प्रति होता जा रहा था। वामपंथी विचारकों ने भी इस धारणा को रीतिबद्ध प्रोत्साहन दिया है। परंतु वास्तविक स्थिति बहुत अलग है।

मार्क्सवाद के प्रति अपना दृष्टिकोण डॉ. आंबेडकर ने अपने निबंध 'बुद्ध या कार्ल मार्क्स' में स्पष्ट किया है। 1956 में काठमांडू (नेपाल) में आयोजित 'बौद्ध विश्व फेलोशिप' के चौथे सम्मेलन में उन्होंने यह निबंध प्रस्तुत किया।[1] उसके काफी पहले 'आर्थिक विकास में सरकार की भूमिका' इस विषय में उन्होंने 'राष्ट्र एवं अल्पसंख्यक' नाम से 1947 में छपी एक पुस्तिका में 'राष्ट्र समाजवाद' पर अपने विचार प्रदर्शित किए थे। यह पुस्तिका मुख्यत: उनके द्वारा 'अखिल भारतीय अनुसूचित जाति महासंघ' (शेडयूल्ड कास्टस् फेडरेशन) की ओर से तब प्रस्तावित संविधान सभा को दिया गया एक ज्ञापन ही थी।

1. संदर्भ : बी.एस.डब्ल्यू.एस., भाग-3।

डॉ. आंबेडकर की मार्क्सवाद आलोचना

डॉ. आंबेडकर कार्ल मार्क्स को आधुनिक समाजवाद अथवा साम्यवाद का जनक मानते थे। उनके अनुसार मार्क्स का मूल उद्देश्य यह सिद्ध करना था कि उनका साम्यवाद का सिद्धांत मात्र एक कपोल-कल्पना नहीं बल्कि वैज्ञानिक कसौटी पर सच्चा साबित होनेवाला एक यथार्थवादी व्यावहारिक सिद्धांत है। "वैज्ञानिक समाजवाद से मार्क्स का तात्पर्य था कि उनके द्वारा प्रतिपादित समाजवाद अनिवार्य तथा अटल है। समाज उसकी ओर बढ़ता जा रहा है और इसे कुछ भी रोक नहीं पाएगा।"

डॉ. आंबेडकर मार्क्स के विचारों को संक्षेप में इस प्रकार प्रस्तुत करते हैं।[1]

1. दर्शन या फलसूफी का उद्‍देश्य विश्व की पुनर्रचना करना है, उसके उद्‍भव की विवेचना करना नहीं।
2. इतिहास को आकार देनेवाली शक्तियाँ मुख्यत: आर्थिक होती हैं।
3. समाज दो वर्गों में बाँटा जाता हैं—मालिक और मजदूर।
4. इन दोनों वर्गों में सदैव संघर्ष जारी रहता है।
5. मजदूरों के परिश्रम से उत्पन्न होनेवाले अधिशेष (अतिरिक्त मूल्य) को मालिक गबन कर लेते हैं तथा मजदूरों का शोषण करते हैं।
6. उत्पादन के संसाधनों के राष्ट्रीयकरण से (अर्थात् निजी स्वामित्व समाप्त करके) यह शोषण रोका जा सकता है।
7. इस शोषण के कारण श्रमिक वर्ग अधिकाधिक निर्धन होता जाता है।
8. बढ़ती हुई गरीबी से श्रमिकों में क्रांति की भावना निर्मित होती है, जिससे वर्ग संघर्ष वर्ग-संग्राम में परिणत हो जाता है।
9. श्रमिक, मालिकों की अपेक्षा संख्या में अधिक ही होते हैं, अत: यह अनिवार्य हो जाता है कि श्रमिक सत्ता छीनकर अपना शासन अर्थात् मजदूरों का आधिपत्य स्थापित करें।
10. इस घटनाचक्र को कोई भी रोक नहीं सकता, अतएव साम्यवाद अटल है।

डॉ. आंबेडकर के मतानुसार "साम्यवाद अटल है' यह मार्क्स का दावा पूर्णत: व्यर्थ सिद्ध हो चुका है। मार्क्स का ग्रंथ 'दास पूँजी' (कैपिटल), जो समाजवाद की गीता माना जाता है, उसके प्रकाशन के सत्तर वर्ष बाद यानी 1917

में रूस जैसे केवल एक राष्ट्र में सबसे पहले मजदूरों का आधिपत्य स्थापित हुआ। रूस में भी साम्यवाद-श्रमिक आधिपत्य का दूसरा नाम, जब स्थापित हुआ तो यह अनिवार्यत : मानवी प्रयत्नों से परे इतर कारणों से नहीं हुआ। वहाँ क्रांति हुई तथा इसके लिए जान-बूझकर हिंसा और रक्तपात कराए गए। विश्व का शेष भाग अब भी श्रमिकों के आधिपत्य का इंतजार कर रहा है।''

मार्क्स का यह आधार वाक्य तथा आर्थिक संबंध ही मानव जीवन के सर्वस्व होते हैं, डॉ. आंबेडकर ने स्वीकार नहीं किया। इसी प्रकार ''आर्थिक प्रेरणा ही सभी मानवीय व्यवहारों को गतिमान बनाती है।'' उन्हें मान्य नहीं हुआ। वे कहते हैं कि ''आज कोई भी इस बात को नहीं मानता कि इतिहास का आर्थिक स्पष्टीकरण ही एकमात्र स्पष्टीकरण है। श्रमिक वर्ग अधिकाधिक निर्धन होता गया है, ऐसी भी कोई मान्यता नहीं।''

शोषण करने के आर्थिक, सामाजिक, धार्मिक तथा राजनीतिक पक्ष भी होते हैं तथा भारत के विषय में तो सामाजिक और धार्मिक शोषण आर्थिक शोषण से कहीं अधिक था, इस बात पर डॉ. आंबेडकर पर्याप्त बल देते हैं।

डॉ. आंबेडकर कहते है—''मैं आपके सामने बौद्ध धर्म तथा मार्क्सवाद या साम्यवाद की कुछ मुख्य बातें रखता हूँ ताकि आप समझ सकें कि कहाँ बौद्ध धर्म एवं मार्क्सवाद के आदर्शों में समानता दिखती है और कहाँ इन दोनों में विभेद पैदा होता है। तथा तीसरी बात, क्या बौद्ध धर्म को अपनाकर जीवन के लक्ष्य तक पहुँचा जा सकता है, या उस लक्ष्य तक पहुँचने के लिए साम्यवाद का रास्ता सही है? क्योंकि तब तक किसी रास्ते पर चलना सार्थक नहीं, जब तक कि वह रास्ता लक्ष्य तक न पहुँचा दे।

''आप देखिए कि कार्ल मार्क्स के द्वारा उठाए गए बिंदुओं पर बुद्ध का क्या कहना था। जैसा कि मैंने बताया, कार्ल मार्क्स की शुरुआत वहाँ से होती है जिसे गरीबों का शोषण कहा जाता है। बुद्ध का क्या कहना है? उनकी शुरुआत कैसे होती है? किन आधारों पर उन्होंने अपने धर्म के ढाँचे को खड़ा किया है? आज से 2000 या 2400 साल पहले बुद्ध ने भी ठीक यही बात कही थी। उन्होंने कहा था, ''विश्व में दुःख है।'' उन्होंने शोषण शब्द का इस्तेमाल नहीं किया, लेकिन उन्होंने अपने धर्म की नींव इस शब्द पर रखी जिसे उन्होंने दुःख कहा। विश्व में दुःख है। बेसंदेह दुःख शब्द की व्याख्या किस प्रकार से की गई

है? इसकी व्याख्या पुनर्जन्म के रूप में की गई, यानी जीवन चक्र के रूप में जिसे दु:ख कहा गया। मैं इससे सहमत नहीं हूँ। मैं समझता हूँ कि बौद्ध साहित्य में कई जगहों पर बुद्ध ने दु:ख शब्द का इस्तेमाल गरीबी के लिए किया है। इसलिए जहाँ तक नींव की बात है, तो दोनों में कोई अंतर नहीं है।

''बौद्धों को आधार पाने के लिए कार्ल मार्क्स के पास जाने की जरूरत नहीं है। वह आधार तो उनके पास है ही, और अच्छी तरह बनाया गया है। असल में जो मायने रखता है वह है बुद्ध का पहला उपदेश—धम्म चक्र प्रवर्तन सुत्त। इसलिए जो लोग कार्ल मार्क्स के प्रति आकर्षित हैं, उन्हें मैं कहूँगा कि 'धम्म चक्र प्रवर्तन सुत्त' पढ़ें और जानें की बुद्ध ने क्या कहा था। और इस सवाल पर आपको संतोषजनक जवाब मिल जाएगा। बुद्ध ने अपने धर्म की नींव न भगवान पर रखी, न आत्मा पर और न ही इन जैसी किसी अन्य अलौकिक चीज पर। उन्होंने अपनी नजर जीवन के सत्य पर रखी—लोग कष्ट में जी रहे हैं। इसलिए जहाँ तक मार्क्सवाद या साम्यवाद की बात है, बौद्ध धर्म के पास बहुत कुछ है। और बुद्ध ने मार्क्स के पैदा होने से 2000 साल पहले ही यह बात कह दी थी। संपत्ति के सवाल पर आपको एक बार फिर बुद्ध के द्वारा दिए गए सिद्धांत और कार्ल मार्क्स के सिद्धांत में काफी निकटता दिखाई देगी। बुद्ध ने कहा था कि शोषण रोकने के लिए राज्य को सारी संपत्ति का मालिक बन जाना चाहिए ताकि कोई भी निजी मालिक हस्तक्षेप न करे और श्रमिक से उसकी मेहनत से मिले फायदे को न छीन ले। मार्क्सवाद का भी यही कहना है।

''अब हम इस मुद्दे के दूसरे पहलू पर आते हैं, और वह पहलू है—साम्यवाद लाने के लिए कार्ल मार्क्स या कम्यूनिस्ट किन तौर-तरीकों को अपनाते हैं? यह एक महत्त्वपूर्ण प्रश्न है। साम्यवाद लाने के लिए कम्यूनिस्ट जो जरिया अपनाएँगे, जिसे मैं दु:ख की पहचान, और संपत्ति का उन्मूलन मानता हूँ, वह हिंसा और विरोधियों की हत्या है। यही बुद्ध और कार्ल मार्क्स के बीच मौलिक अंतर है। लोगों को अपने सिद्धांतों को अपनाने के लिए बुद्ध का जरिया अनुनय, नैतिक शिक्षा और प्यार था। वे अपने विरोधी को जीतने के लिए उसके अंदर इस सिद्धांत को पैदा करना चाहते थे कि किसी को भी शक्ति से नहीं बल्कि प्यार से जीता जा सकता है। यहीं एक मौलिक अंतर आ जाता है—कि बुद्ध हिंसा की इजाजत नहीं देते थे, और कम्यूनिस्ट देते थे। बेसंदेह कम्यूनिस्टों को तुरंत परिणाम प्राप्त हो

जाता था, क्योंकि जब आप मनुष्यों के संहार का तरीका अपनाएँगे तो वे आपका विरोध करने के लिए लोग बचेंगे ही नहीं। आप अपनी विचारधारा के साथ बढ़ते चले जाते हैं, आप अपनी मरजी से सबकुछ करते चले जाते हैं। जबकि बुद्ध का रास्ता, जैसा कि मैंने कहा, लंबा है, शायद कुछ लोग कहेंगे कि यह उबाऊ भी है। लेकिन मुझे संदेह नहीं कि यह पक्का रास्ता है।

''कुछ दो या तीन सवाल हैं जिन्हें मैंने अकसर अपने कम्यूनिस्ट दोस्तों से पूछा है और मैं बेझिझक कह सकता हूँ कि वे उनका जवाब नहीं दे सके हैं। वे जिसे सर्वहारा वर्ग की तानाशाही कहते हैं उसे हिंसा से स्थापित करते हैं। वे उन सभी लोगों के राजनीतिक अधिकार छीन लेते हैं जिनके पास संपत्ति है। उन्हें विधायिका में प्रतिनिधित्व नहीं मिल सकता। उन्हें वोट देने का अधिकार नहीं मिल सकता, उन्हें राज्य में दोयम दरजे का नागरिक बनकर रहना पड़ता है, शासित के रूप में रहना पड़ता है और सत्ता में अधिकार नहीं मिलता। जब मैंने उनसे पूछा, ''क्या आप इस बात से सहमत हैं कि तानाशाही लोगों पर शासन करने की अच्छी पद्धति है?'' वे कहते हैं, ''नहीं, हम तानाशाही को पसंद नहीं करते।'' फिर हम कहते हैं, ''आप इसकी इजाजत क्यों देते हैं?'' ''लेकिन'', वे कहते हैं, ''यह शुरुआती अवधि है जिसमें तानाशाही होनी चाहिए।'' आप आगे बढ़ते हैं और उनसे पूछते हैं, ''यह शुरुआती अवधि कब तक चलेगी? कितनी लंबी? बीस वर्ष? चालीस वर्ष? पचास वर्ष?'' कोई जवाब नहीं। वे सिर्फ यही कहते रहते हैं कि सर्वहारा वर्ग की तानाशाही खत्म हो जाएगी, अपने आप गायब हो जाएगी। बहुत अच्छा, चलिए मान लेते हैं कि तानाशाही गायब हो जाएगी। तो फिर एक सवाल है, ''क्या होगा जब तानाशाही खत्म हो जाएगी? इसकी जगह कौन लेगा? क्या लोगों को किसी प्रकार के सरकार की आवश्यकता नहीं होगी?'' उनके पास कोई जवाब नहीं होता।

''बुद्ध ने विश्व को जो सबसे बड़ी बात कही है, वह यह है कि दुनिया को लोगों की मानसिकता और सोच को बदले बिना बदला नहीं जा सकता है। यदि दिमाग बदल जाता है; यदि दिमाग साम्यवादी प्रणाली को स्वीकार कर लेता है और इसके प्रति प्यार से समर्पित हो जाता है तथा इसे आगे बढ़ाता है, इसे स्थायी बना देता है; मनुष्य को अनुशासन में रखने के लिए उसे किसी पुलिस अफसर या सैनिक की जरूरत नहीं होती है। आखिर क्यों? इसका उत्तर

है : बुद्ध ने आपकी सोच को इस प्रकार ऊर्जा दी है कि वह एक प्रहरी का काम करती है और आपको सही रास्ते पर ले जाती है। दिमाग बदल जाता है तो कोई समस्या नहीं रह जाती, सोच स्थायी हो जाती है।

''साम्यवादी प्रणाली ताकत पर आधारित है। मान लें कि कल रूस में तानाशाही विफल हो जाती है, और हमें उसकी विफलता के संकेत मिलते हैं, तो क्या होगा? मैं सचमुच जानना चाहता हूँ कि साम्यवादी प्रणाली का क्या होगा? जैसा कि मैं देख सकता हूँ, रूस के लोगों के बीच राज्य की संपत्ति को हथियाने के लिए खूनी जंग होगी। क्यों? क्योंकि उन्होंने साम्यवादी प्रणाली को अपनी इच्छा से स्वीकार नहीं किया है। वे उसका पालन कर रहे हैं क्योंकि उन्हें फाँसी पर चढ़ा दिए जाने का डर है। इस प्रकार की प्रणाली जड़ें नहीं जमा सकती और इसलिए मेरा मानना है कि जब तक कम्यूनिस्ट इन सवालों के जवाब नहीं दे पाते कि ताकत के हटते ही उनकी प्रणाली का क्या होगा, तब तक इस प्रणाली के पीछे भागने का कोई फायदा नहीं है। क्योंकि यदि दिमाग नहीं बदलता है, तो ताकत की आवश्यकता सदैव रहेगी और यही मैं अपने निष्कर्ष में कहना चाहता हूँ कि बौद्ध धर्म में एक सबसे बड़ी चीज है कि इसकी प्रणाली लोकतांत्रिक है।

''इसलिए मैं कहता हूँ कि मैं राजनीति का छात्र रहा हूँ; मैं अर्थशास्त्र का छात्र रहा हूँ, मैं अर्थशास्त्र का प्रोफेसर रह चुका हूँ, और मैंने कार्ल मार्क्स, साम्यवाद तथा उन सभी के बारे में पढ़ने में काफी वक्त बिताया है। साथ ही मैंने बुद्ध के धम्म को भी अच्छा-खासा पढ़ा है। इन दोनों की तुलना करने पर मैं इस निष्कर्ष पर पहुँचा कि बुद्ध के मुताबिक दुनिया की सबसे बड़ी समस्या, यानी दुनिया में दुःख है, दुःख को दूर किया जाना चाहिए, और इस पर बुद्ध का तरीका सबसे सुरक्षित एवं पक्का है।''

डॉ. आंबेडकर के मतानुसार साम्यवाद स्थापित करने के दो मार्ग हैं। प्रथम है हिंसा। केवल हिंसा द्वारा विद्यमान ढाँचा नष्ट किया जा सकता है। दूसरा है श्रमिक वर्ग का आधिपत्य। इसी के द्वारा नया शासन, अर्थात् साम्यवादी सरकार चलाई जा सकती है। इसका मतलब है साम्यवाद पुनर्रचना की अपेक्षा क्रांति का ही अधिक समर्थन करता है। पूँजीपतियों के विरोध पर विजय पाकर श्रमिक वर्ग के आधिपत्य को स्थापित करने के लिए साम्यवाद क्रांतिकारी मार्ग का पुरस्कार

करता है। इस विचारधारा में श्रमिक क्रांति की सफलता के लिए किया गया हर कार्य नैतिक होता है। मनुष्य जीवन का इसमें कोई मोल नहीं है।

डॉ. आंबेडकर पूछते हैं, ''अपने बहुमूल्य लक्ष्य प्राप्त करने में (साम्यवाद स्थापित करने में) अन्य लोगों के बहुमूल्य लक्ष्यों का विनाश उन्होंने नहीं किया, क्या साम्यवादी यह कह सकते हैं? निजी संपत्ति उन्होंने नष्ट की। अपना उद्‌देश्य पूरा करने में उन्होंने कितनी हत्याएँ कीं? क्या मनुष्य जीवन का कोई मूल्य नहीं है? किसी के प्राण लिए बिना क्या उसकी संपत्ति छीन लेना उनके लिए असंभव था?

लोकतंत्र तथा मानवाधिकारों के प्रबल समर्थक होने के नाते डॉ. आंबेडकर किसी भी एकाधिपत्य के सख्त विरोधी थे। उनके अनुसार फ्रांसीसी क्रांति द्वारा 'स्वतंत्रता, समता, बंधुत्व' इन तीन सिद्धांतों के आधार पर समाज रचना करने का प्रयास किया गया। रूसी क्रांति में केवल 'समता' लाने का प्रयास किया गया है। लेकिन ''समता स्थापित करने में स्वतंत्रता और बंधुत्व को बलि चढ़ा देना उचित नहीं है। यदि स्वतंत्रता और बंधुत्व ही न रहें, तो ऐसी समता निरर्थक हो जाएगी।'' समाज रचना में परिवर्तन लाने के लिए हिंसा का उपयोग डॉ. आंबेडकर को अप्रिय था। वांछित परिवर्तन करने के लिए संवैधानिक प्रावधान और लोकतंत्रीय व्यवस्था का उपयोग करने में उनका पूर्ण विश्वास था।

'राष्ट्र' एक अस्थायी संस्था है तथा इसकी आवश्यकता समाप्त होने पर यह अपने आप विलीन हो जाएगी। मार्क्स की इस भविष्यवाणी को डॉ. आंबेडकर स्वीकार नहीं करते। इस संबंध में वे लिखते हैं। ''साम्यवादियों को दो प्रश्नों के उत्तर देने होंगे। 'राष्ट्र' का विलय कब होगा?' तथा इसके विलय के बाद इसका स्थान कौन लेगा? पहले प्रश्न में निश्चित अवधि वे बताते नहीं। दूसरे प्रश्न का भी वे संतोषजनक उत्तर नहीं देते। डॉ. आंबेडकर कहते हैं कि यदि राष्ट्र शासन का स्थान अराजकता लेनेवाली हो तो साम्यवादी राष्ट्र का निर्माण ही निरर्थक हो जाएगा। यदि पाशविक बल के उपयोग के बगैर वह चल ही न सकता हो, और उसके इस बल का आधार समाप्त होने पर अराजकता फैलने की आशंका हो, तो ऐसे साम्यवादी राष्ट्र की स्थापना से क्या लाभ? डॉ. आंबेडकर का वर्ग व्यवस्था रहित समाज में विश्वास अवश्य था, किंतु राष्ट्ररहित समाज में उनका विश्वास न था। जब तक मनुष्य समाज रहेगा, तब तक राष्ट्र का अस्तित्व

बना रहेगा, यह उनकी ठोस मान्यता थी।

उत्पादन के सभी संसाधनों पर नियंत्रण का समर्थन करनेवाले मार्क्स के सर्वात्मक सत्तावाद को भी डॉ. आंबेडकर ने स्वीकार नहीं किया। निजी स्वामित्व समाप्त होने पर अभावग्रस्त वर्ग की दरिद्रता और कठिनाइयाँ अपने आप समाप्त हो जाएँ, इस मार्क्सवादी धारणा को भी उन्होंने स्वीकारा नहीं।

इसका अर्थ यह नहीं कि डॉ. आंबेडकर मानते थे कि आर्थिक विकास की प्रक्रिया में सरकार सहयोगी न बने। उनकी मान्यता थी कि देश के आर्थिक विकास में सरकार को एक क्रियाशील किंतु निर्धारित स्वरूप की भूमिका अपनानी होगी। इस विषय पर उनके विचार राष्ट्र समाजवाद की उनकी संकल्पना में अंतर्भूत हैं। 'राष्ट्र एवं अल्पसंख्यक' नामक अपनी पुस्तिका में उन्होंने इसका विस्तृत रूप से प्रतिपादन किया है।

डॉ. आंबेडकर तथा राष्ट्र समाजवाद

डॉ. आंबेडकर का दृढ़ विश्वास था कि "निजी उद्यमशीलता की बलि न देते हुए अधिकाधिक उत्पादन वृद्धि प्राप्त हो तथा संपदा के न्यायोचित वितरण की व्यवस्था हो, इन दो कसौटियों पर समाज के आर्थिक जीवन की दिशा निश्चित करने का दायित्व सरकार को उठाना होता है।"

इसी के अनुरूप उन्होंने समाज के कमजोर वर्गों के आर्थिक शोषण से बचाव के लिए उचित आर्थिक नीति की रूपरेखा प्रस्तुत की—

क. कृषि को राष्ट्रीय उद्योग माना जाएगा

ख. महत्त्वपूर्ण उद्योग राष्ट्र के स्वामित्व में होंगे तथा सरकार इन्हें चलाएगी। इसके अतिरिक्त मूलभूत उद्योग भी राष्ट्रीयकृत बन जाएँगे तथा सरकार अथवा सरकारी निगमों द्वारा चलाए जाएँगे।

ग. प्रत्येक वयस्क व्यक्ति के लिए जीवन बीमा अनिवार्य होगा (उसकी आय के अनुरूप) बीमा व्यवसाय पर राष्ट्र का एकाधिकार होगा।

घ. निजी स्वामित्व के खेती के मालिक, काश्तकार अथवा बंधकग्राही विद्यमान अधिकारों को तथा मुख्य और मूलभूत उद्योग एवं बीमा व्यवसाय के स्वामित्व को सरकार प्राप्त कर लेगी और जिसकी क्षतिपूर्ति के रूप में इन्हें ऋणपत्र (डिबेंचर) जारी करेगी। इन ऋणपत्रों

पर विधिक प्रावधान और सरकार द्वारा निर्धारित पद्धति से ब्याज दिया जाएगा। ये ऋणपत्र हस्तांतरणीय होंगे तथा दाय-योग्य होंगे।

एकत्रित की गई भूमि के निश्चित आकार के खंड बनाकर उन्हें किसी भी जाति वर्ग का भेदभाव न मानते हुए ग्रामवासियों को कृषि हेतु किराये पर दिया जाएगा। भूमि का न तो कोई मालिक होगा और न ही कोई भूमिहीन मजदूर। सामूहिक रूप से खेती की जाएगी। पानी की आपूर्ति, हल-बैल, औजार, खाद, बीज इत्यादि के लिए आवश्यक लागत सरकार द्वारा उपलब्ध कराई जाएगी। भूमि राजस्व तथा ऋण-पत्रधारकों को ब्याज देने के लिए और कृषि आवश्यक वस्तुओं की लागत जुटाने के लिए सरकार किराए के रूप में कृषि उत्पादन पर कर वसूली करेगी। शेष उत्पादन सरकार द्वारा निर्धारित रूप से जमीन जोतनेवालों में बाँट दिया जाएगा।

इस प्रकार डॉ. आंबेडकर की योजना "सामूहिक कृषि के साथ-साथ भूमि का राष्ट्रीयकरण तथा उद्योगों के लिए संशोधित राष्ट्र समाजवाद का समर्थन करती है। कृषि और अन्य उद्योगों के लिए लागत की आपूर्ति का दायित्व भी सरकार को ही सौंपती है।"

डॉ. आंबेडकर के अनुसार "भूमि का समेकन (कन्सोलिडेशन) तथा काश्तकारी कानून (टेनन्सी लेजिसलेशन) नितांत निरुपयोगी हैं, ये कृषि में संपन्नता नहीं ला सकते। भूमि समेकन अथवा काश्तकारी कानून छह करोड़ अस्पृश्यों के लिए निरर्थक हैं। क्योंकि इनके पास जमीन ही नहीं है, वे मात्र भूमिहीन मजदूर हैं। प्रस्तावित किए गए सुझावों के आधार पर सामूहिक कृषि ही उन्हें लाभदायक हो सकती है।" इस प्रकार वे कहते हैं, "भारत के शीघ्र औद्योगीकरण के लिए राष्ट्र समाजवाद की आवश्यकता है। केवल निजी उद्यमों से यह प्राप्त नहीं होगी और हुई भी तो जिस प्रकार यूरोप के देशों में निजी पूँजीवाद के कारण आर्थिक विषमता उत्पन्न हुई है, वैसी भारत में भी होगी।" बीमा उद्योग के राष्ट्रीयकरण के दोहरे लाभ हैं। इससे जनता को अधिक सुरक्षा तो मिलेगी ही, साथ ही सरकार को आर्थिक कार्यक्रमों के लिए आवश्यक वित्तीय संसाधन भी उपलब्ध होंगे। यदि इस प्रकार साधन उपलब्ध न हुए तो सरकार को ऋण बाजार से अधिक ब्याज देकर साधन जुटाने होंगे।

डॉ. आंबेडकर की योजना की दो विशिष्टताएँ विशेष रूप से विचारणीय हैं।

1. राष्ट्र समाजवाद के कार्यान्वयन का दायित्व वे विधिक मंडल को नहीं सौंपते। राष्ट्र समाजवाद की स्थापना का प्रावधान वे संविधान में ही करना चाहते हैं। इसलिए विधिमंडल अथवा कार्यकारी मंडल इसमें हस्तक्षेप नहीं कर सकते। इस प्रावधान के पीछे जो कारण हैं, उन्हें डॉ. आंबेडकर इस प्रकार बताते हैं—"राष्ट्र समाजवाद जैसे मूलभूत प्रावधान को यदि सामान्य कानून का दर्जा दिया गया तो विधिक मंडल इसे साधारण बहुमत द्वारा बदल सकेगा, और ऐसे बहुमत के पीछे हमेशा विवेकपूर्ण विचार होना आवश्यक नहीं। दूसरा मार्ग हैं तानाशाही का। राष्ट्र समाजवाद को सफल बनाने के लिए आवश्यक शक्ति तानाशाही में अवश्य होती है, पर जिन्हें व्यक्ति की स्वतंत्रता पर विश्वास है, वे तानाशाही का तीव्र विरोध करते हैं और स्वतंत्र समाज के लिए संसदीय लोकतांत्रिक सरकार की आवश्यकता पर बल देते हैं। प्रश्न यह है कि तानाशाही के बगैर राष्ट्र समाजवाद कैसे स्थापित किया जाए? संसदीय लोकतंत्र तथा राष्ट्र समाजवाद का संबंध कैसे जोड़ा जाए? इस कठिनाई को सुलझाने का एक ही मार्ग नजर आता है और वह है लोकतंत्र कायम रखते हुए राष्ट्र समाजवाद को संविधान में अंतर्विष्ट करना। इस प्रकार संसद् साधारण बहुमत से इसके कार्यान्वयन को ठप नहीं कर सकेगा, इसमें परिवर्तन नहीं कर सकेगा, इसे निरस्त नहीं कर सकेगा। इस तरह से तीन बड़े उद्देश्यों की पूर्ति होगी—राष्ट्र समाजवाद की स्थापना, संसदीय लोकतंत्र की निरंतरता तथा तानाशाही से बचना।"
2. डॉ. आंबेडकर यद्यपि आर्थिक जीवन के कुछ महत्त्वपूर्ण क्षेत्रों में राष्ट्र समाजवाद का समर्थन करते थे, किंतु मार्क्स द्वारा प्रस्तावित समग्र राष्ट्रीयकरण के पक्ष में वे नहीं थे। वे आर्थिक विकास पर बहुत अधिक बंधन लगाए जाने के विरुद्ध थे। यद्यपि राष्ट्र के आर्थिक जीवन के मार्गदर्शन और अनुशासन का दायित्व सरकार पर था, तथापि "निजी उद्यमों को पूरा प्रोत्साहन देकर ही," उन्हें यह लक्ष्य प्राप्त करना था। उद्यमशीलता के निजी प्रयत्नों को त्यागने के लिए आंबेडकर तैयार न थे।

साम्यवाद की स्थापना रूस, चीन तथा कुछ यूरोपीय देशों में हुई। निजी

क्षेत्र की उद्यमशीलता की पूरी उपेक्षा करके उन्होंने उत्पादन के सभी संसाधनों का संपूर्ण राष्ट्रीयकरण कर दिया। इसके परिणाम में उनकी आर्थिक दुर्दशा ही हुई। कुछ साल पहले रूस में किए गए 'पेरेस्त्रॉयका' (पुनर्रचना) के प्रयत्न व्यक्तिगत प्रयत्नों और निजी उद्यमों को प्रोत्साहन देने की दिशा में ही किए गए है। नवनिर्मित सोवियत लोकतांत्रिक राष्ट्रों, चीन तथा पूर्वी यूरोपीय देशों में व्यक्तिगत उद्यमों को बड़े पैमाने पर प्रोत्साहन दिए जा रहे हैं। यह सब देखते हुए डॉ. आंबेडकर द्वारा अनेक दशक पूर्व की गई भविष्यवाणी सत्य ठहरी यह सिद्ध होता है और उनकी दूरदर्शिता का प्रमाण मिलता है।

□

9

भारतीय संविधान के आर्थिक आयाम

भारतीय संविधान में दूसरे प्रजातांत्रिक गणराज्यों की तुलना में स्पष्टतया ऐसे प्रावधान अधिक हैं, जिनकी प्रकृति आर्थिक और वित्तीय है। इस तथ्य को देखते हुए कि भारतीय संविधान के प्रमुख रचनाकार आवश्यक रूप से एक अर्थशास्त्री थे, यह मुश्किल से ही आश्चर्यचकित करनेवाली बात लगती है।

यह अध्याय इसी संदर्भ में भारतीय संविधान की दो अनूठी विशेषताओं का विश्लेषण करता है—

1. भारत का वित्त आयोग
2. राज्यनीति के नीति-निर्देशक सिद्धांत

भारत का वित्त आयोग

भारत के वित्त आयोग की स्थापना भारतीय संविधान के अनुच्छेद 280 के अंतर्गत प्राथमिक रूप से केंद्र और राज्य के मध्य वित्त संबंधों को परिभाषित करने के लिए की गई है। यह विषय डॉ. आंबेडकर के हृदय के बहुत निकट था। यहाँ इस बात का उल्लेख भी किया जा सकता है कि कोलंबिया विश्वविद्यालय में डॉ. आंबेडकर के शोध का जो विषय था, वह इससे बहुत ही निकट से जुड़ा हुआ था—'भारत में प्रांतीय वित्त व्यवस्था का विकास[1]'।

1. अध्याय 2 में इस शोध की विस्तार से समीक्षा की गई है।

भारत के वित्त आयोग की नियुक्ति प्रत्येक पाँच वर्ष में की जाती है, जिसमें एक अध्यक्ष और पाँच अन्य सदस्य होते हैं। इसके कार्यों में निम्नलिखित सम्मिलित हैं—

1. करों से प्राप्त कुल आय का केंद्र और राज्यों के मध्य वितरण।

2. उन कारकों का निर्धारण करना, जो राज्यों को केंद्र से अनुदान के रूप में मिली सहायता को नियंत्रित करते हैं और उनकी मात्रा, और सिफारिशें (जो राष्ट्रपति से की जाती है) उन उपायों के संबंध में, जो एक राज्य के संघटित कोष (Consolidated Fund) को बढ़ाने के लिए आवश्यक हैं, ताकि उस राज्य के पंचायत और नगर निगम के संसाधनों की कमी को पूरा किया जा सके।

ऐतिहासिक दृष्टि से 1951 में जब से पहले वित्त आयोग की नियुक्ति की गई थी, 14 वित्त आयोगों का गठन किया गया है। अंतिम तीन की अध्यक्षता डॉ. सी. रंगराजन (12वाँ वित्त आयोग), डॉ. विजय केलकर (13वाँ वित्त आयोग) और डॉ. वाई.वी. रेड्डी (14वाँ वित्त आयोग) ने की थी। 14वें वित्त आयोग ने अपनी रिपोर्ट दिसंबर 2014 में पेश की।

भारतीय संविधान में कई संशोधन किए गए। 80वाँ संशोधन सन् 2000 में किया गया, जिसमें राजस्व को साझा करने के लिए नई योजना (10वें वित्त आयोग की सिफारिशों के अनुसार—अध्यक्ष के.सी. पंत) को कार्यान्वित करने के लिए अनुच्छेद 269, 270 और 272 में संशोधन किए गए। केंद्र और राज्य के मध्य राजस्व के अंतरण की संशोधित योजना के अंतर्गत, आयकर, उत्पाद शुल्क, विशेष उत्पाद शुल्क और रेल यात्री भाड़े पर लगनेवाले कर के स्थान पर मिलनेवाले अनुदान में उनके वर्तमान भाग के स्थान पर केंद्रीय करों और शुल्क की सकल आय का 26 प्रतिशत राज्यों के लिए नियत किया गया है।[2]

राजनीति के निर्देशक सिद्धांत (Directive Principles)

प्रत्येक संविधान विशिष्ट रूप से उस राज्य की राजनीतिक, सामाजिक और आर्थिक विचारधारा को प्रतिबिंबित करता है। चूँकि डॉ. आंबेडकर संविधान के द्वारा सामाजिक और आर्थिक सुधारों को बढ़ावा देने की आवश्यकता पर

2. एस.सी. कश्यप (2001), ऑवर कॉन्स्टीट्यूशन एन इंट्रोडक्शन टू द इंडियन कांस्टीट्यूशन ऐंड कॉन्स्टीट्यूशनल लॉ, नेशनल बुक ट्रस्ट, दिल्ली (पृष्ठ 400)

बल देते थे, भारतीय संविधान का उद्देश्य सामाजिक–आर्थिक प्रजातंत्र को वांछनीय उद्देश्य के रूप में प्रोत्साहित करना है। इसे पूरा करने का प्रयास राज्य में सकारात्मक निर्देश के रूप में राज्य नीति के निर्देशक सिद्धांतों का समावेश करके किया गया।[3]

डॉ. आंबेडकर ने संविधान का मसौदा (315 अनुच्छेद और 5 अनुसूचियाँ) 4 नवंबर, 1948 को संविधान सभा में प्रस्तुत किया। जबकि इससे संबंधित वाद-विवाद पर प्रतिक्रिया देते हुए संविधान सभा में 19 नवंबर, 1948 को डॉ. आंबेडकर ने सारभूत स्थिति का जो वर्णन किया, वह निम्नानुसार है[4]—

"...हमारा संविधान प्रक्रिया के एक भाग के रूप में जिसे निर्धारित करता है, उसे संसदीय प्रजातंत्र कहा जाता है। संसदीय प्रजातंत्र से हमारा अभिप्राय है एक व्यक्ति, एक मत। हमारा यह भी आशय है कि प्रत्येक सरकार को अपने दैनिक मामलों और एक निश्चित काल के समाप्त होने के पश्चात् निहाई पर होना चाहिए, जब मतदाताओं और निर्वाचक दोनों को सरकार के द्वारा किए गए कार्यों का मूल्यांकन करने का अवसर दिया जाएगा। वह कारण कि क्यों हमने इस संविधान में राजनीतिक प्रजातंत्र की स्थापना की है; क्योंकि हम नहीं चाहते थे कि किसी भी माध्यम से किसी भी प्रकार की एक सतत तानाशाही लोगों के किसी विशेष निकाय के द्वारा लागू की जाए। जबकि हमने राजनीतिक प्रजातंत्र की स्थापना की है। यह भी इच्छा है कि हमें इसे अपने आदर्श आर्थिक प्रजातंत्र के रूप में स्थापित करना चाहिए।

"हम केवल एक ऐसी व्यवस्था को स्थापित नहीं करना चाहते हैं, जो लोगों को सक्षम बनाए कि वे आएँ और सत्ता हथिया लें। संविधान यह भी चाहता है कि वह उन लोगों के सामने एक आदर्श स्थापित करे, जो सरकार बनाने जा रहे हैं। वह आदर्श आर्थिक प्रजातंत्र है, जिसके द्वारा, जहाँ तक मेरा संबंध है, मैं एक व्यक्ति, एक मत का आशय समझता हूँ। प्रश्न है—क्या हमारे पास एक निर्दिष्ट विचार है कि कैसे हमें आर्थिक प्रजातंत्र लाना चाहिए?

3. सुरेश माने (2010), द मैन हू कोडिफाईड इंडियन इंडिपेंडेंस, बहुजनवर्था पब्लिकेशन, तिरुवनंतपुरम, पृष्ठ 141-153

4. कॉन्स्टीट्यूशन असेंबली डिबेट्स, बुक 2, वॉल्यूम 7, पृष्ठ 494-5। पूरे वक्तव्य के लिए, जाधव नरेंद्र (2013) की 'आंबेडकर स्पीक्स' वॉल्यूम 2 देखें, पृष्ठ 482-484

"कई उपाय हैं, जिनमें लोगों का विश्वास है कि इनसे आर्थिक प्रजातंत्र लाया जा सकता है; ऐसे भी लोग हैं, जिनका विश्वास है कि व्यक्तिवाद आर्थिक प्रजातंत्र का सर्वश्रेष्ठ रूप है; ऐसे भी लोग हैं, जिनका मानना है कि समाजवादी राज्य आर्थिक प्रजातंत्र का सर्वश्रेष्ठ रूप है; कई लोग साम्यवादी विचारधारा को आर्थिक प्रजातंत्र का सबसे परिपूर्ण रूप मानते हैं।

"अब इस तथ्य को देखते हुए कि ऐसे विभिन्न उपाय हैं, जिनके द्वारा आर्थिक प्रजातंत्र लाया जा सकता है, हमने जान-बूझकर उस भाषा में परिचय कराया है, जो हमने निर्देशक तत्त्वों में उपयोग की है, कुछ जो स्थिर या कठोर नहीं हैं। हमने आर्थिक प्रजातंत्र के आदर्शों तक पहुँचने को ध्यान में रखते हुए अलग-अलग प्रकार से सोचनेवालों के लिए अपने ही ढंग से प्रयास करने के लिए पर्याप्त स्थान छोड़ा है। निर्वाचन वर्ग को मनाने के लिए कि आर्थिक प्रजातंत्र तक पहुँचने का यह सर्वश्रेष्ठ मार्ग है, उन्हें उस ढंग से कार्य करने के पूर्ण अवसर दिए गए हैं, जिसमें वह कार्य करना चाहते हैं।

"श्रीमान, यही कारण है कि भाग चार के अनुच्छेदों की भाषा उस ढंग से छोड़ी गई है, जिसमें इस प्रारूप समिति ने सोचा कि उसे इस प्रकार से छोड़ना सर्वश्रेष्ठ रहेगा। इसकी कोई उपयोगिता नहीं है कि किसी चीज को जो कठोर नहीं है, एक निश्चित कठोर रूप दिया जाए, जो सारभूत रूप से बदल रहा है और अवश्य ही, इस बात को ध्यान में रखते हुए कि परिस्थितियाँ और समय लगातार बदलता रहता है। इसलिए यह कहने का कोई प्रयोजन नहीं है कि निर्देशक तत्त्वों का कोई मूल्य नहीं है।

"मेरे विचार में, निर्देशक तत्त्व का बहुत मूल्य है, क्योंकि ये स्थापित करते हैं कि हमारा आदर्श आर्थिक प्रजातंत्र है। क्योंकि हम विभिन्न उपायों के द्वारा, जो संविधान में उपलब्ध कराए गए हैं, सरकार का केवल संसदीय रूप स्थापित करना नहीं चाहते हैं, बिना किसी दिशा के जैसे कि हमारे आर्थिक आदर्श क्या हैं, हमारी सामाजिक व्यवस्थाएँ कैसी होनी चाहिए, हमने सोच-विचारकर निर्देशक सिद्धांतों को अपने संविधान में सम्मिलित किया है। मैं सोचता हूँ, वे मित्र जो इस प्रश्न पर उत्तेजित हो गए हैं, मैंने जो अभी-अभी कहा है, उसे ध्यान में रखें। इस संविधान का निर्माण करने में हमारा उद्‌देश्य वास्तव में दोहरा है—

1. राजनीतिक प्रजातंत्र का रूप स्थापित करना, और

2. यह स्थापित करना कि हमारा आदर्श आर्थिक प्रजातंत्र है और यह भी निर्धारित करना कि प्रत्येक सरकार, जो भी सत्ता में हो, उसे आर्थिक प्रजातंत्र लाने का प्रयास करना चाहिए। अधिकतर असम्मतियाँ, जिनके कारण अधिकतर सदस्य परेशान हो रहे हैं, दूर हो जाएँगी।

''मेरे मित्र श्रीमान त्यागी ने मुझसे अनुरोध किया था कि मैं 'प्रयास' शब्द को हटा दूँ। शब्द प्रयास, जो संविधान के प्रारूप में है, मेरी धारणानुसार बहुत महत्त्वपूर्ण है। हमने इसका उपयोग किया है, क्योंकि हमारा उद्देश्य है कि जब कभी ऐसी परिस्थितियाँ आएँ, जो सरकार को निर्देशक तत्त्वों को लागू करने से रोकें या सरकार के मार्ग में बाधा बनें, तब सरकार को कठोर और प्रतिकूल परिस्थितियों में भी, हमेशा इन निर्देशकों को पूरा करने का 'प्रयास' करना है। इसलिए हमने प्रयास शब्द का उपयोग किया है। वरना किसी भी सरकार के पास यह कहने का विकल्प उपलब्ध रहेगा कि परिस्थितियाँ इतनी बुरी और संसाधन इतने अपर्याप्त थे कि हम उस दिशा में प्रयास भी नहीं कर पाए, जिसमें संविधान ने हमें जाने की बात कही है। मैं सोचता हूँ कि मेरे मित्र श्रीमान त्यागी देखेंगे कि शब्द प्रयास इस संदर्भ में अत्यधिक महत्त्व का है और इसे हटाना बहुत गलत होगा।''

राजनीति के निर्देशक तत्त्वों को भारतीय संविधान के भाग चार, अनुच्छेद 36-51 में सम्मिलित किया गया है, यह भारतीय संविधान की अनूठी विशेषता है। यहाँ तक कि जबकि व्यक्ति-विशेष के आधारभूत नागरिक और राजनीतिक अधिकार की सुरक्षा की जा रही है, डॉ. आंबेडकर के नेतृत्व में भारतीय संविधान के निर्माता चाहते थे कि संविधान सामाजिक क्रांति के लिए एक प्रभावकारी साधन बन जाए।[5]

व्यक्ति के अधिकारों और समुदायों की आवश्यकता के संभावित संघर्ष का समाधान खोजा गया है—एक ओर आवश्यक प्रतिबंधों के द्वारा सार्वजनिक हित में आधारभूत अधिकारों की व्यवस्था आदि करके और दूसरी ओर अधिक सकारात्मक राज नीति के निर्देशक सिद्धांत पर एक अध्याय सम्मिलित करके।

5. सुरेश माने (2010), उपरोक्त। इस विभाग की चर्चा का आधार यह पुस्तक है।

अनुच्छेद 37 घोषणा करता है कि निर्देशक सिद्धांत किसी देश की शासन प्रणाली में आधारभूत हैं और यह देश का कर्तव्य होगा कि वह कानून बनाने में इन्हें लागू करे। इसलिए यह स्पष्ट है कि इन संवैधानिक निर्देशक का आशय केवल नैतिक बोध नहीं है, बल्कि इन्हें सकारात्मक आदेशपत्र के रूप में प्रस्तुत किया गया और संविधान के मानव अधिकारों के प्रावधानों का भाग माना गया। हालाँकि, निर्देशक सिद्धांत अपने उल्लंघन के लिए कोई कानूनी अधिकार नहीं देते हैं कि कोई व्यक्ति इन्हें लागू कराने का उपाय देख सके, न ही ये विधान मंडल को कोई शक्ति प्रदान करते हैं। इसके साथ ही किसी भी कानून को इन सिद्धांतों से असंगत होने के आधार पर शक्तिबाह्य घोषित नहीं किया जा सकता है।

इन आदेशपत्रों को अदालतों के द्वारा लागू करने योग्य नहीं बनाया गया है और सोच-विचारकर उन शब्दावलियों में वर्णन किया गया, जो विधानमंडल पर छोड़ती हैं कि इस आदेश का निर्धारण कैसे किया जाए, इन्हें पूरा करने का समय और पद्धति क्या रहेगी, क्योंकि इनका क्रियान्वयन कई अतिसूक्ष्म कारकों पर निर्भर करता है, जैसे कि अपेक्षित संसाधनों की उपलब्धता, सामाजिक-आर्थिक परिवर्तनों को स्वीकार करने की समाज की तत्परता आदि।

संविधान सभा में बोलते हुए डॉ. आंबेडकर ने स्पष्ट रूप से कहा था कि निर्देशक सिद्धांतों का आशय केवल पवित्र घोषणाएँ करना नहीं है। इसके बजाय इनकी प्रकृति निर्देशों के एक साधन के समान है और जो भी सत्ता में आएगा, उसे इनका सम्मान करना पड़ेगा। पहले 4 नवंबर, 1948 को जब डॉ. आंबेडकर ने संविधान का मसौदा प्रस्तुत किया था, तब उन्होंने कहा था—

"यह सभा का अभिप्राय है कि भविष्य में विधायी और कार्यकारी दोनों इन सिद्धांतों के प्रति जो इस भाग में निरूपित किए गए हैं, केवल दिखावटी प्रेम न दिखाएँ, बल्कि इन्हें सभी कार्यकारी और विधायी कार्यों का आधार बनाया जाना चाहिए, जो इसके पश्चात् इस देश का शासन प्रबंध चलाने में लिए जाएँ।"

अनुच्छेद 37 में न्यायिक बाध्यता न होने की जो धारा है, केवल इस बात को स्पष्ट करती है कि न्यायपालिका नीति-निर्देशक के अंतर्गत देश को कर्तव्य निभाने के लिए विवश नहीं कर सकती है, क्योंकि जैसा डॉ. आंबेडकर ने कहा था—

"एक देश जो अभी-अभी स्वतंत्रता से जागा है, इसके कई प्रमुख कार्य संभवत: पराधीनता के भार तले कुचल दिए गए, जब तक कि यह व्यवस्था, समय, स्थान और उन्हें पूरा करने की पद्धति का निर्णय करने के लिए स्वतंत्र था।"

निर्देशक सिद्धांत संविधान के एक क्रियात्मक भाग का निर्माण करते हैं और ये इसके एक महत्त्वपूर्ण भाग हैं, जिनके द्वारा संविधान प्रजातंत्रीय जन कल्याणकारी राज्य को प्राप्त करना चाहता है, जो इसकी प्रस्तावना में स्थापित किए गया है और सामाजिक व आर्थिक क्रांति लाना जिसका स्वप्न हमारे गणराज्य के निर्माताओं ने देखा था।

जैसा न्यायाधीश के.एस. हेगड़े ने सारगर्भित ढंग से प्रस्तुत किया था[6]—

"मौलिक अधिकारों का उद्देश्य एक समानतावादी समाज की स्थापना करना है, सभी नागरिकों को समाज के द्वारा लगाए प्रतिबंध के उत्पीड़न से मुक्त करना और सभी के लिए स्वतंत्रता उपलब्ध कराना है। निर्देशक सिद्धांतों का उद्देश्य कुछ निश्चित सामाजिक और आर्थिक उद्देश्यों की तुरंत प्राप्ति के लिए अहिंसक सामाजिक क्रांति लाना है। इस प्रकार की सामाजिक क्रांति के द्वारा संविधान आम आदमी की आधारभूत आवश्यकताओं को पूरा करना और हमारे समाज की संरचना को परिवर्तित करना चाहता है। इसका उद्देश्य भारतीय जनसमूह को सकारात्मक भाव में स्वतंत्र बनाना है।"

1970 के पश्चात् से उच्चतम न्यायालय के निर्णयों ने निर्देशक सिद्धांतों के सकारात्मक आयामों पर बल दिया है। इन्हें कल्याणकारी राज्य के उद्देश्य को प्राप्त करने के लिए मौलिक अधिकारों का पूरक माना गया है। संसद् के द्वारा नीति-निर्देशक के क्रियान्वयन के लिए मौलिक अधिकारों में संशोधन भी किया जा सकता है और इस प्रकार के कानून वैध माने जाएँगे, जब तक कि यह संविधान की किसी आधारभूत विशेषता का उल्लंघन नहीं करते हैं। उच्चतम न्यायालय के द्वारा अनुच्छेद 38, 39 और 46 के अंतर्गत यह माना गया है। यह स्थानीय निकायों का कर्तव्य है—पंचायत, जिला पंचायत और नगर निगम एक

---

6. माने (2010) से उद्धृत।

योजनाबद्ध रूप में नीति-निर्देशक सिद्धांतों को लागू करना, वार्षिक बजटों के द्वारा निर्धनों के लिए आवास का अधिकार उपलब्ध कराकर।

निर्देशक सिद्धांत एक वास्तविक कल्याणकारी राज्य के निर्माण के आदर्शों की ओर निर्देशित हैं और देश को यह कर्तव्य सौंपा गया है कि वह आर्थिक शोषण, स्तब्धकारी असमानताओं और पक्षपात का अंत करे तथा एक न्यायपूर्ण सामाजिक व्यवस्था की स्थापना करे। इसलिए अनुच्छेद 38, जो निर्देशक तत्त्वों का मूलतत्त्व या केंद्रबिंदु है, ने निर्धारित किया है—

''देश लोगों के कल्याण को बढ़ावा देने का प्रयास करेगा, उतने प्रभावकारी ढंग से, जितना वह कर सकता है। एक सशक्त और सुरक्षित सामाजिक व्यवस्था के द्वारा, जिसमें न्याय, सामाजिक, आर्थिक और राजनीतिक, राष्ट्रीय जीवन की सभी संस्थाओं को सूचित करेगा।''

अनुच्छेद 39 कहता है कि देश अपनी नीति को इस प्रकार से निर्देशित करेगा कि वह सुनिश्चित करे कि सभी पुरुष और महिलाओं को अधिकार है कि उनके पास जीविका के पर्याप्त साधन हों, समुदाय के भौतिक संसाधनों का स्वामित्व और नियंत्रण का वितरण इस प्रकार से किया जाए कि वे सामान्य वस्तुओं के सर्वश्रेष्ठ सहायक हो सकें; यह कि आर्थिक व्यवस्था को अनुमति नहीं दी जाती है कि वह संपत्ति और उत्पादन के साधनों का इस प्रकार केंद्रीयकरण करे कि सामान्य वस्तुओं को क्षति पहुँचे, यह कि पुरुष और महिलाएँ दोनों के लिए समान कार्य के लिए समान वेतन हो, श्रमिकों, महिलाओं और बच्चों की कोमल आयु का दुरुपयोग न हो, नागरिकों को आर्थिक आवश्यकताओं के द्वारा विवश न किया जाए कि वे ऐसे कार्यों में प्रवेश करें, जो उनकी आयु या शक्ति के लिए अनुपयुक्त हों और यह कि बच्चों को अवसर और सुविधाएँ दी जाएँ कि वे स्वतंत्र और गरिमापूर्ण वातावरण में स्वस्थ ढंग से विकसित हों और यह कि बचपन एवं युवावस्था को शोषण से बचाया जा सके।

अनुच्छेद 41, राज्य की आर्थिक क्षमता और विकास की सीमाओं के अंतर्गत चाहता है कि वह कार्य करने और शिक्षा प्राप्त करने के लिए प्रभावकारी प्रावधान बनाए तथा बेरोजगारी, बुढ़ापा, बीमारी और विकलांगता या अनर्जित अपेक्षाओं के दूसरे मामलों में सार्वजनिक सहायता उपलब्ध कराए। अनुच्छेद 42 और 43 उद्यमियों के लिए शर्त रखता है कि वह कर्मचारियों के लिए उचित वेतन, कार्य

की मानवीय स्थितियाँ, जीवन का एक गरिमामयी स्तर और खाली समय का संपूर्ण आनंद तथा सामाजिक व सांस्कृतिक अवसर उपलब्ध कराए।

कुछ महत्त्वपूर्ण निर्देशक अनुसूचित जाति, अनुसूचित जनजातियों और दूसरे कमजोर वर्गों (अनुच्छेद 46) के शैक्षणिक और आर्थिक हितों को बढ़ावा देने से संबंधित हैं। देश का यह कर्तव्य है कि वह पोषण और जीवन का स्तर बढ़ाए तथा सार्वजनिक स्वास्थ्य को सुधारे (अनुच्छेद 47); कृषि और पशुपालन का व्यवस्थापन और गौवध निषेध (अनुच्छेद 48); ग्राम पंचायतों का निर्माण (अनुच्छेद 40); न्यायपालिका को कार्यपालिका से अलग रखना (अनुच्छेद 50); संपूर्ण देश के लिए एक समान नागरिक संहिता को लागू करना; राष्ट्रीय स्मारकों की सुरक्षा (अनुच्छेद 49); और अंतरराष्ट्रीय शांति और सुरक्षा को बढ़ावा देना, राष्ट्रों के मध्य न्यायपूर्ण और सम्माननीय संबंध, अंतरराष्ट्रीय कानून और समझौते के दायित्वों के लिए सम्मान और अंतरराष्ट्रीय झगड़ों का मध्यस्थता के द्वारा निपटारा (अनुच्छेद 51)।

हालाँकि इनके साथ न्यायिक बाध्यता को नहीं जोड़ा गया है, लेकिन निर्देशक सिद्धांत केंद्र और राज्य विधायिकाओं को सामाजिक सुधार के विधायक बनाने के लिए मार्गदर्शन देते हैं। न्यायालयों ने संवैधानिक प्रावधानों की अपनी व्याख्या के समर्थन में इन्हें उद्धृत किया है और योजना आयोग ने इन्हें राष्ट्रीय पुनर्निमाण और कायाकल्प में अपना दृष्टिकोण निर्धारित करने के लिए उपयोगी दिशा-निर्देशों के रूप में स्वीकार किया है।

□

10

डॉ. आंबेडकर और सामाजिक आर्थिक लोकतंत्र

डॉ. आंबेडकर मानवाधिकारों तथा लोकतंत्र के प्रबल समर्थक थे। 'अखिल भारतीय डिप्रेस्ड क्लासेस' के अधिवेशन में भाषण करते हुए उन्होंने कहा "मैं यह मानता हूँ कि मनुष्यों के बीच संबंधों का निर्धारण करनेवाला 'लोकतंत्र' का सिद्धांत इस दुनिया से लुप्त न हो जाए, यह देखने का महत्वपूर्ण दायित्व हम सभी को उठाना है। यदि हम लोकतंत्र में विश्वास रखते हैं तो हमें इसके प्रति ईमानदार और निष्ठावान् रहना होगा। केवल लोकतंत्र के संबंध में विश्वास रखने से काम नहीं चलेगा। अपने किसी भी कृत्य से लोकतंत्र के शत्रुओं द्वारा स्वतंत्रता, समता और बंधुत्व जैसे लोकतंत्र के आधारस्तंभों को हानि पहुँचाने से भी सुरक्षित रखना होगा। यह हम सभी का परम कर्तव्य है।"[1]

डॉ. आंबेडकर की लोकतंत्र की संकल्पना राजनीतिक स्वतंत्रता, समता तथा बंधुत्व की आम संकल्पना से अधिक व्यापक थी। उन्होंने लोकतंत्र के आर्थिक और सामाजिक पहलुओं पर बल दिया और यह कहा कि यदि आर्थिक और सामाजिक लोकतंत्र न हुआ तो केवल राजनीतिक लोकतंत्र सफल नहीं हो पाएगा।

इस अध्याय में उनके लेखों, भाषणों और संवैधानिक समिति के समक्ष किए गए बयानों के आधार पर उनके द्वारा प्रतिपादित सामाजिक-आर्थिक संकल्पना का विवरण दिया गया है।

---

1. तीसरा सत्र, नागपुर (जुलाई 1942)।

लोकतंत्र की परिभाषा

डॉ. आंबेडकर ने अनेक दार्शनिकों, समाजशास्त्रियों तथा राजनीतिज्ञों द्वारा की गई लोकतंत्र की परिभाषाओं का उल्लेख किया है। वॉल्टर बॅगेहोट की परिभाषा 'चर्चा के माध्यम से शासन' तथा लिंकन की परिभाषा 'जनता का, जनता के लिए जनता द्वारा किया जानेवाला शासन' वे विशेष रूप से याद करते हैं। तथापि इन बहुश्रुत और रूढ़ परिभाषाओं से भिन्न वे लोकतंत्र को "रक्तपात पर निर्भर न करते हुए जनता के आर्थिक और सामाजिक जीवन में क्रांतिकारी परिवर्तन लानेवाली शासन प्रणाली" कहते हैं। वे कहते हैं कि "जिस शासन प्रणाली में शासकों द्वारा जनता के आर्थिक और सामाजिक जीवन में आमूल परिवर्तन लाना संभव हो तथा जिन्हें जनता भी रक्तपात से मुक्त बिना शिकायत स्वीकार कर ले, उसे मैं लोकतंत्र मानता हूँ। यही इसकी असली परीक्षा है। यह परीक्षा अत्यंत कठिन हो सकती है। परंतु जब आप किसी वस्तु के गुण-दोषों का मूल्यांकन करते हैं तो आपको कड़ी-से-कड़ी कसौटी का प्रयोग करना ही चाहिए।"[2] इससे स्पष्ट है कि डॉ. आंबेडकर लोकतंत्र को एक अंतिम लक्ष्य नहीं बल्कि वांछित सामाजिक और आर्थिक परिवर्तन लाने का एक प्रभावशाली साधन मानते थे। "सामाजिक और आर्थिक लोकतंत्र तो राजनीतिक लोकतंत्र की कोशिकाओं और तंतुओं (टिश्यू ऐंड फाइबर) के स्थान हैं। कोशिकाओं और तंतु जितने बलवान होंगे उतना ही शरीर भी बलवान होगा,"[2] यह उनका दृढ़ विश्वास था। सामाजिक और आर्थिक लोकतंत्र न रहने पर राजनीतिक लोकतंत्र सफल हो ही नहीं सकता। डॉ. आंबेडकर कहते हैं कि इस सिद्धांत को न समझ पाने के कारण अनेक स्थानों पर संसदीय लोकतंत्र को व्यर्थ माना गया है।

बाद में 20 मई, 1956 को डॉ. आंबेडकर ने 'वॉयस ऑफ अमेरिका' द्वारा आयोजित एक वार्त्ता में 'भारतीय लोकतंत्र का भविष्य' पर भाषण दिया। इसमें उन्होंने कहा "लोकतंत्र का अर्थ मात्र गणराज्य अथवा संसदीय सरकार नहीं है। लोकतंत्र का मूल शासन प्रणाली अथवा संसदीय या किसी अन्य प्रणाली में नहीं है।" वे आगे कहते हैं, "लोकतंत्र का अर्थ है साथ-साथ जीवन बिताने की एक प्रणाली। लोकतंत्र की जड़ें उन लोगों के सामाजिक संबंधों में ही नजर आती हैं जो एक समाज में साथ-साथ जीवन बिताते हों।"

---

2. पुणे डिस्ट्रिक्ट लॉ लाइब्ररी द्वारा आयोजित भाषण, पुणे (22 दिसंबर, 1952)।

लोकतंत्र के प्रबल समर्थक डॉ. आंबेडकर की दृष्टि में एक विशाल चित्र था, जिसमें मनुष्य-मनुष्य के बीच के राजनीतिक, आर्थिक और सामाजिक संबंधों के विविध रंग एकरूप होकर एक परिपूर्ण सामाजिक-आर्थिक दृश्य निर्मित करते हैं।

सामाजिक आर्थिक लोकतंत्र के लिए अत्यावश्यक मदें

राजनीतिक समता तथा विचार और कार्य करने की स्वतंत्रता किसी भी लोकतंत्र की आधारशिलाएँ मानी जाती हैं। परंतु डॉ. आंबेडकर ने इस पर अधिक बल दिया कि ''लोकतंत्र का संबंध मात्र राजनीतिक अधिकारों तक सीमित नहीं होना चाहिए बल्कि सामाजिक और आर्थिक विषयों में भी समान अवसर प्रदान करना ही लोकतंत्र का सही अर्थ है।''

डॉ. आंबेडकर का कहना था कि यदि स्वतंत्रता के साथ-साथ लोगों को सामाजिक और आर्थिक विकास में भाग लेने के समान अवसर प्राप्त न हों तो वह स्वतंत्रता ही नष्ट हो जाएगी।

जिन लोगों का आर्थिक जीवन उनकी जाति के आधार पर निर्धारित किया गया हो और जिनकी सौदा करने की शक्ति छीन ली गई हो, उनके लिए व्यापार या व्यवसाय अथवा अनुबंध करार करने की स्वतंत्रता निरर्थक है। समताविहीन स्वतंत्रता का अर्थ है, ''जमींदारों को किराए बढ़ाने की स्वतंत्रता, पूँजीपतियों को काम का समय बढ़ा देने और मजदूरी घटा देने की स्वतंत्रता'' ऐसी स्थिति में गरीब, निरक्षर, बेरोजगार लोगों को जो समाज का निचला वर्ग कहलाते हैं अपना पेट पालने के लिए आर्थिक स्वतंत्रता गिरवी रख देनी पड़ती है। इसीलिए डॉ. आंबेडकर ने आर्थिक विषयों में सरकारी हस्तक्षेप का समर्थन किया। उन्होंने इस बात पर बल दिया कि समाज के गरीब, दलित और दुर्बल वर्ग की आर्थिक स्वतंत्रता बनाए रखने के लिए सरकार समान आर्थिक अवसर उपलब्ध कराने का पूर्ण आश्वासन दे।

लोकतंत्र को सफलतापूर्वक स्थापित करने के लिए अत्यावश्यक बातों की चर्चा करते हुए डॉ. आंबेडकर कहते हैं कि पहली शर्त यह है कि ''समाज में ऊँच-नीच की भावना नहीं रहनी चाहिए। समाज में उत्पीड़ित वर्ग नहीं होना चाहिए, शोषित वर्ग नहीं होना चाहिए। सभी सुख-सुविधाएँ प्राप्त एक वर्ग और

केवल दु:खों, अभावों को भोगनेवाला एक वर्ग, ऐसी स्थिति नहीं होनी चाहिए। रक्तरंजित क्रांति के बीज इस प्रकार विभाजित समाज में मौजूद होते हैं और लोकतंत्र ऐसी क्रांति को रोक नहीं सकेगा।[3]

इसी भाषण में डॉ. आंबेडकर ने भविष्यवाणी की—"समाज के भिन्न-भिन्न वर्गों के बीच की यह गहरी खाई लोकतंत्र की सफलता के मार्ग में सबसे बड़ी बाधा सिद्ध होगी। लोकतंत्र में सभी को समान मतदान करने का अधिकार हो, चाहे वह उत्पीड़ित हो या दलित, उसके अधिकार छिन गए हों या वह बोझ ढोता हो, चाहे वह सधन हो या निर्धन। और संभवत: सधनों की अपेक्षा निर्धनों की संख्या कहीं अधिक होती है। अगर हमने बहुतों की आवाज को निर्णायक नियुक्त किया है तो ऐसा भी संभव है कि यदि अल्पसंख्यक 'सधन' वर्ग स्वेच्छा से अपने आप अपनी विशेष सुविधाएँ नहीं छोड़ दे तो उसमें और समाज के निचले स्तर के वर्ग में अंतर बढ़ता जाएगा, जिससे लोकतंत्र नष्ट होकर उसके स्थान पर कुछ और ही खड़ा हो जाएगा। यदि आप विश्व के अलग-अलग स्थानों में लोकतंत्र के इतिहास का निरीक्षण करें तो यह ज्ञात होगा कि इन सामाजिक शर्तों की पूर्ति न होने के कारण वहाँ लोकतंत्र का विनाश हुआ है। इस संबंध में मेरे मन में रत्तीभर भी संदेह नहीं है।"

अन्यत्र वे विश्व के अन्य भागों में संसदीय लोकतंत्र की असफलता के कारणों की मीमांसा करते हुए कहते हैं[4] कि "अनुबंध करने की स्वतंत्रता अनेक कारणों में से एक है। इस धारणा ने आगे चलकर एक पवित्रता प्राप्त कर ली, जिसे स्वतंत्रता के रूप में समर्थन प्राप्त हुआ। न तो अनुबंध करनेवाले दोनों पक्षों की आर्थिक स्थिति और सौदा करने के सामर्थ्य को संसदीय लोकतंत्र ने विचार में लिया और न ही अनुबंध स्वतंत्रता से इन दो पक्षों पर होनेवाले परिणामों पर ही ध्यान देने का कष्ट किया। अनुबंध की स्वतंत्रता से दुर्बल पक्ष को ठगने का सबल पक्ष को अवसर मिलता है, इसका भी ख्याल उसने नहीं रखा। परिणामस्वरूप, संसदीय लोकतंत्र ने स्वतंत्रता को पुष्ट तो किया, लेकिन इसके साथ-साथ गरीब, दलित तथा वंचित लोगों की आर्थिक कठिनाइयों में वृद्धि की। अनेक देशों में स्वतंत्रता की आशा जाग्रत् हुई। परंतु समता का महत्त्व समझने में वे असफल रहे तथा समता और स्वतंत्रता का तालमेल नहीं बिठा

3. पुणे डिस्ट्रिक्ट लॉ लाइब्रेरी द्वारा आयोजित भाषण, पुणे (22 दिसंबर, 1952)।

पाए। इसीलिए स्वतंत्रता समता पर हावी हो गई और लोकतंत्र एक 'फार्स' बनकर रह गया।''[4]

स्वतंत्रता के समान ही 'बंधुत्व' की स्थिति। डॉ आंबेडकर के मतानुसार 'बंधुत्व' यह लोकतंत्र का दूसरा नाम है। अतएव सामाजिक अत्याचार, जातीयता, बेगारी, दुर्व्यवहार और असुरक्षितता, ये सब लोकतंत्र की स्थापना को बाधा पहुँचाते हैं।

'न्यायशीलता का अभाव' लोकतंत्र के मार्ग में एक और बाधा है, यह भी डॉ. आंबेडकर ने पहचाना था। उनके मतानुसार समाज यदि यथार्थ और आदर्श के बीच संतुलन बनाए रख सके तो न्यायशीलता प्राप्त की जा सकती है। यदि समाज यथार्थ को आदर्श मानने लगे (जैसे, अलग-अलग वर्गों का अस्तित्व) तो न्याय के सिद्धांत में बाधा पड़ेगी। इसीलिए चातुर्वर्ण्य में अंतर्निहित सामाजिक और आर्थिक बंधनों को अस्वीकार करना आर्थिक न्याय के लिए पूर्व शर्त है और आर्थिक लोकतंत्र की सिद्धि के लिए एक अत्यावश्यक मद है।

डॉ. आंबेडकर कहते हैं कि लोकतंत्र के लिए एक 'सार्वजनिक अंत:करण' (पब्लिक कॉन्शस) की आवश्यकता होती है। उन्होंने एक जगह कहा है[5] कि ''...हम लोग दक्षिण अफ्रीका की बात करते हैं, परंतु मुझे मन-ही-मन आश्चर्य होता है कि अफ्रीका में भेदभाव के विषय में बोलते समय क्या हमें यह स्मरण रहता है कि अपने यहाँ गाँव-गाँव में एक दक्षिण अफ्रीका है? यह सत्य परिस्थिति है। खुद जाकर देखें तो समझ पाएँगे। इसका कारण है अपने यहाँ सार्वजनिक अंत:करण का अभाव। अन्याय से उत्पीड़ित अल्पसंख्यकों को इस अन्याय से बचाने के लिए किसी से भी सहायता नहीं मिल पाती। इसीलिए क्रांतिकारी प्रवृत्तियाँ पनपती हैं और लोकतंत्र के लिए खतरा उत्पन्न हो जाता है।''

इस प्रकार सामाजिक और आर्थिक मदों में समान अवसर, बंधुभाव पर आधारित समाज व्यवस्था, न्याय मिलने का विश्वास और सार्वजनिक अंत:करण इन सब को डॉ. आंबेडकर सामाजिक-आर्थिक लोकतंत्र के लिए अत्यावश्यक

---

4. 'दि इंडियन फेडरेशन ऑफ लेबर', दिल्ली द्वारा आयोजित 'ट्रेड यूनियन वर्कर्स स्टडी कैंप' में दिया गया अंग्रेजी भाषण (8-17 दिसंबर, 1943), बी.ए.डब्ल्यू.एस., भाग-10, पृ. 106-12। हिंदी अनुवाद : संपादक।
5. 'ट्रेड यूनियन वर्कर्स स्टडी कैंप' में दिया गया अंग्रेजी भाषण, (8-17 सितंबर, 1943), उपर्युक्त।

पूर्व शर्तें मानते हैं, जो उनका स्वप्न था।

इस पृष्ठभूमि में डॉ. आंबेडकर द्वारा प्रस्तावित संवैधानिक प्रावधानों को परखना अत्यंत आवश्यक है।

संवैधानिक सतर्कताएँ

1947 में डॉ. आंबेडकर ने संविधान समिति को एक ज्ञापन प्रस्तुत किया जिनमें उन्होंने बताया कि अनुसूचित जातियों की सुरक्षा के लिए संविधान में क्या-क्या प्रावधान होने आवश्यक हैं। इस ज्ञापन का शीर्षक था 'राष्ट्र एवं अल्पसंख्यक'। इस ज्ञापन में उन्होंने संसदीय लोकतंत्र को बरकरार रखने की आवश्यकता पर बल देने के साथ यह भी सुझाव दिया कि संसद् को यह अधिकार न हो कि वह साधारण बहुमत से राष्ट्र समाजवाद पर रोक लगाए, उसमें परिवर्तन करे या उसे निरस्त कर दे, इसलिए राष्ट्र समाजवाद का कार्यान्वयन राष्ट्र के संविधान के माध्यम से ही होना चाहिए। डॉ. आंबेडकर की धारणा थी कि केवल ऐसा होने पर ही संसदीय लोकतंत्र बनाए रखने, समाजवाद की स्थापना करने और तानाशाही से बचने के तीन लक्ष्य प्राप्त किए जा सकेंगे।

बाद में संविधान समिति के समक्ष भाषण करते हुए उन्होंने कहा कि नया संविधान बनाने के दो ध्येय थे—

1. राजनीतिक लोकतंत्र का स्वरूप निश्चित करना।
2. आर्थिक लोकतंत्र यही हमारा उद्देश्य है, ऐसा ऐलान करना। कोई भी सरकार सत्ता में हो, वह आर्थिक लोकतंत्र स्थापित करने के लिए कटिबद्ध रहे, यह घोषित करना। इस प्रकार आर्थिक लोकतंत्र की संकल्पना भारत के संविधान में आरंभ ही से अंतर्भूत की गई थी।

इस संकल्पना को स्पष्ट करते हुए डॉ. आंबेडकर कहते हैं, ''लोगों का यह विश्वास है कि आर्थिक लोकतंत्र अनेक प्रकार से स्थापित किया जा सकता है। कुछ लोग समझते हैं कि परम व्यक्तिवाद लोकतंत्र की सर्वश्रेष्ठ प्रकार है, तो कुछ यह मानते हैं कि समाजवादी राष्ट्र द्वारा ही लोकतंत्र प्राप्त किया जा सकता है। आर्थिक लोकतंत्र की स्थापना का एकमेव मार्ग साम्यवाद ही है, ऐसा कुछ और लोगों का मत है। परंतु ''एक तरल और प्रवाही धारणा को जकड़कर रखने के प्रयास ठीक नहीं है। आर्थिक लोकतंत्र एक परिवर्तनशील संकल्पना है, जो

समय और परिस्थिति के साथ-साथ बदलती रहती है।''इसीलिए आर्थिक लोकतंत्र की नींव रखने के लिए उन्होंने इसे राष्ट्र के मार्गदर्शक सिद्धांतों के अंतर्गत संविधान में सम्मिलित कराए जाने का आग्रह किया।

राष्ट्र के मार्गदर्शक सिद्धांतों का संविधान में समावेश आवश्यक तो था, लेकिन आर्थिक लोकतंत्र की स्थापना के लिए काफी नहीं, इसे डॉ. आंबेडकर अच्छी तरह समझते थे। इसीलिए संविधान को अपनाते समय किए गए अपने भाषण में उन्होंने कहा था—

''26 जनवरी, 1950 को हम एक परस्पर विरोधी स्वरूप की जीवनप्रणाली अपनाने जा रहे हैं। हमारे राजनीतिक जीवन में समता होगी, परंतु आर्थिक और सामाजिक जीवन में विषमता होगी। राजनीति में एक व्यक्ति एक मत है और प्रत्येक मत का मूल्य एक-सा है, यह हम स्वीकार कर लेंगे; किंतु अपना सामाजिक ढाँचा कुछ ऐसा है कि सभी लोग समान हैं, यह हम स्वीकार नहीं कर पाएँगे। कब तक हम ऐसा परस्पर विरोधी जीवन जीते रहेंगे? कब तक हम अपने आर्थिक और सामाजिक जीवन में समानता को ठुकराते रहेंगे? यदि बहुत समय तक यह जारी रहे तो अपना राजनीतिक लोकतंत्र संकट में पड़ जाएगा। इस असंगति को यथाशीघ्र मिटाना होगा, वरना असमानता का शिकार वर्ग द्वारा राजनीतिक लोकतंत्र की इमारत को ही तहस-नहस कर दिया जाएगा।''[6]

□

6. संविधान सभा में अंग्रेजी भाषण (संविधान का अंतिम मसौदा (ड्राफ्ट) पेश करते हुए), (25 नवंबर, 1949)।

11

डॉ. आंबेडकर का आर्थिक दर्शन

भारतीय आर्थिक समस्याओं के हल खोजने में तथा भारतीय अर्थशास्त्रीय विचार को विकसित करने में डॉ. आंबेडकर का महान् योगदान रहा है। यह बात पिछले कुछ अध्यायों से स्पष्ट हो जाती है। निस्संदेह ही डॉ. आंबेडकर के आर्थिक विचारों पर ध्यान न देकर भारतीय समाज ने स्वयं पर अन्याय किया है।

भारतीय अर्थव्यवस्था में डॉ. आंबेडकर का योगदान काफी वैविध्यपूर्ण है। मोटे तौर पर देखा जाए तो उनके इस कार्य में एकसूत्रता का अभाव झलकेगा। एक ओर 'ईस्ट इंडिया कंपनी : प्रशासन तथा अर्थ प्रबंध'', ''ब्रिटिश भारत में प्रादेशिक वित्त का विकास'' जैसे उनके विद्वतापूर्ण शोधकार्य सार्वजनिक वित्त के अंतर्गत आते हैं तो दूसरी ओर 'रुपए की समस्या : उद्‌गम तथा समाधान' यह मौलिक कार्य मौद्रिक अर्थशास्त्र तथा अंतरराष्ट्रीय अर्थशास्त्र शाखाओं के अंतर्गत आते हैं। 'खोती प्रणाली' और 'महार वतन' के निर्मूलन के संबंध में डॉ. आंबेडकर द्वारा किया महत्त्वपूर्ण कार्य उन्हें एक सक्रिय कृषि अर्थशास्त्री के स्वरूप में प्रस्तुत करता है तो मजदूरों के लिए उनके द्वारा किया गया संघर्ष उन्हें एक मजदूर नेता की भूमिका में प्रदर्शित करता है। जाति व्यवस्था और अस्पृश्यता के आर्थिक पहलू पर प्रकाश डालकर उन्होंने अर्थशास्त्र और समाजशास्त्र के संबंधों को स्पष्ट किया है। इससे वे एक प्रकांड पंडित के रूप में उभरते हैं। भारतीय आर्थिक विकास में अपनी योजनाओं के द्वारा वे एक उच्च कोटि के

अर्थविद् माने जा सकते हैं।

भारतीय अर्थशास्त्री विचार तथा भारत के आर्थिक प्रश्नों के संबंध में उनके इस विविधरंगी और विस्तृत कार्य के कारण इन प्रश्नों के आपसी सूक्ष्म संबंध कुछ अस्पष्ट से हो गए हैं। इसलिए ऊपरी तौर से भिन्न लगनेवाले उनके योगदान में एक गहरी एकसूत्रता है, यह मानना आवश्यक हो जाता है। वास्तव में डॉ. आंबेडकर के सभी विविध योगदानों के पीछे एक सुस्पष्ट और सुसंबद्ध आर्थिक दर्शन है। इस अध्याय में डॉ. आंबेडकर के लेखन के मुख्य अंशों की चर्चा तथा उनके द्वारा मार्गदर्शित विविध सामाजिक जन आंदोलन की आर्थिक पृष्ठभूमि का विश्लेषण करके उनके आर्थिक दर्शन पर कुछ प्रकाश डालने का प्रयास किया गया है।

डॉ. आंबेडकर का अर्थशास्त्रीय लेखन

यद्यपि 'ईस्ट इंडिया कंपनी : प्रशासन और अर्थ प्रबंध' इस पहले निबंध में उन्होंने 1792 से 1858 तक की दीर्घ अवधि में ईस्ट इंडिया कंपनी के प्रशासन और अर्थ प्रबंध में हुए परिवर्तनों की ऐतिहासिक चर्चा प्रस्तुत की थी, तथापि उनके लेखन में अधिक बल इस बात पर दिया गया कि किस प्रकार अंग्रेजों ने भारतीय जनता पर आर्थिक अन्याय किए। डॉ. आंबेडकर कहते हैं कि किसी भी देश की आर्थिक नीति का मूल्यांकन उस देश में रेलवे, सड़क, नहरों के निर्माण इत्यादि जैसी सार्वजनिक उपयोग की सेवा तथा विकासात्मक वस्तुओं पर किए गए खर्च के आधार पर किया जाना चाहिए। 1834 से 1848 तक की अवधि में भारत जैसे खंडप्राय देश में ईस्ट इंडिया कंपनी द्वारा सार्वजनिक कार्यों पर किया गया कुल खर्च इंग्लैंड के मैनचेस्टर नगर द्वारा मात्र उसकी पानी आपूर्ति के लिए किए गए खर्च से भी कम था। यह दिखाकर डॉ. आंबेडकर ने अंग्रेजों का भारतीय जनता के प्रति अन्याय सिद्ध कर दिया है। 1858 में ईस्ट इंडिया कंपनी का अंत होने पर निर्धनता के बोझ तले छटपटाती हुई भारतीय जनता पर किस प्रकार ऋण का पहाड़ जितना बोझ लादा गया, उसका भी डॉ. आंबेडकर ने वर्णन किया है। इससे वे सिद्ध करते हैं कि भारत के इंग्लैंड के प्रति किए गए प्रचंड योगदान की तुलना में इंग्लैंड द्वारा भारत के लिए किया गया आर्थिक योगदान कितना नगण्य है!

शोषित और उत्पीड़ित भारतीय जनता के संबंध में डॉ. आंबेडकर ने जो चिंता अपनी पहली पुस्तक में व्यक्त की, वही उनकी दूसरी पुस्तक 'ब्रिटिश भारत में प्रादेशिक वित्त का विकास' में भी स्पष्ट झलकती है। यद्यपि इस पुस्तक में 1833 से 1921 तक ब्रिटिश हुकूमत के दौरान केंद्र सरकार और उस समय के प्रदेशों के बीच आर्थिक संबंधों के विकास की चर्चा की गई है, तथापि इस पुस्तक में अधिक बल दिया गया है अंग्रेजों द्वारा स्थापित दोषपूर्ण वित्त प्रबंध तथा विशाल अनुत्पादक खर्च किए जाने पर। प्रादेशिक वित्त की अर्थव्यवस्था के विकेंद्रीकरण द्वारा आम जनता का जीवन-स्तर कैसे सुधारा जा सकता है, यही प्रश्न डॉ. आंबेडकर के मस्तिष्क में गूँजता रहता होगा।

कुछ वर्षों बाद डॉ. आंबेडकर 'रुपए की समस्या' जैसी महान् पुस्तक लिखकर 1800 से 1921 तक भारतीय रुपए का विनिमय साधन के रूप में किस प्रकार विकास होता गया, इसकी चर्चा करते हुए भी आम व्यक्ति को ही अपने आर्थिक विश्लेषण का केंद्रबिंदु बनाए रखते हैं। भारत के लिए आदर्श मुद्रा प्रणाली कौन सी हो, इस प्रश्न के उनके सम्यक् विश्लेषण से यह स्पष्ट हो जाता है।

भारत के लिए आदर्श मुद्रा प्रणाली कौन सी हो, उस समय के इस ज्वलंत प्रश्न पर प्रो. जॉन मेनार्ड केन्स तथा अन्य विश्वविख्यात अर्थशास्त्रियों ने स्वर्ण विनिमय मान का समर्थन किया था। उनका कहना था कि यह प्रणाली लचीली है। इस प्रणाली में अर्थव्यवस्था में कितनी मुद्रा का निर्माण करना चाहिए, यह उस देश के सोने के संग्रह पर निर्भर नहीं करता और यह लचीलापन भविष्य में भारत के लिए उचित साबित होगा। इसका कड़ा विरोध डॉ. आंबेडकर ने किया। डॉ. आंबेडकर का तर्क था कि स्वर्ण विनिमय मान का लचीलापन एक दोधारी अस्त्र है। लचीलापन जिस प्रकार अच्छा हो सकता है, उसी प्रकार अर्थव्यवस्था के लिए हानिकारक भी हो सकता है। देश में मुद्रा-निर्माण से मुद्रास्फीति हो सकती है, जिससे महँगाई अत्यंत बढ़ सकती है। इससे आम आदमी को कठिनाइयाँ झेलनी पड़ेंगी तथा सामाजिक-आर्थिक स्थिरता संकट में आ सकती है। यह चेतावनी कितनी सही थी, यह हम आज की बढ़ती हुई महँगाई की ओर देखकर महसूस कर सकते हैं। स्पष्ट है कि भारत के लिए आदर्श मुद्रा प्रणाली की खोज जैसे तांत्रिक प्रश्नों पर विचार करते समय भी डॉ. आंबेडकर का ध्यान साधारण जनता पर इसके संभावित परिणामों की ओर बना रहता था।

विदेश से उच्च शिक्षा से विभूषित होकर 1923 में स्वदेश लौटने पर डॉ. आंबेडकर के आम जनता की आर्थिक समस्याओं के समाधान ढूँढ़ने के प्रयत्न लगातार जारी रहे। वास्तव में, बाद के समय में उनके द्वारा छेड़े गए अनेक जन आंदोलनों से सामान्य जनता की आर्थिक खुशहाली के लिए अर्थव्यवस्था को सुदृढ़ बनाने का उनका प्रयास अधिक बलवान होता गया।

डॉ. आंबेडकर के जन आंदोलनों के प्रमुख क्षेत्र

डॉ. आंबेडकर द्वारा 'खोती प्रणाली' के विरुद्ध छेड़े गए अभियान की सफलता से ग्रामीण भागों के हजारों परिवारों को आर्थिक शोषण से मुक्ति मिली। 'महार वतन' के विरुद्ध उनके संघर्ष से ग्रामीण क्षेत्रों में असंख्य परिवार गुलामी की जंजीरें तोड़कर आजाद हो गए। ग्रामीण इलाकों में बसी निर्धन और निरक्षर जनता को साहूकारों के बंधन से मुक्त करवाने के लिए प्रादेशिक विधिक मंडल का विधेयक भी डॉ. आंबेडकर ने ही तैयार किया।

यद्यपि डॉ. आंबेडकर को केवल दलितों का नेता कहा जाता है और लोकमान्य तिलक को 'राष्ट्रनेता' के रूप में पहचाना जाता है, फिर भी गरीबों के लिए उनकी भूमिकाओं की तुलना की जाए तो एक अलग ही चित्र उभरकर सामने आता है। 1903 में अंग्रेज सरकार ने कानून में उचित परिवर्तन करके खोतों के अधिकार सीमित करने के प्रयत्न का लोकमान्य तिलक ने कड़ा विरोध किया। इससे पहले जब 1899 में अंग्रेज सरकार ने खोतों के विरुद्ध कदम उठाने शुरू किए थे, तब लोकमान्य तिलक ने 'केसरी' में ओजपूर्ण लेखों के द्वारा अंग्रेजों का तीव्र विरोध तथा खोतों का सशक्त समर्थन किया था। लोकमान्य तिलक स्वयं एक खोत परिवार में पैदा हुए थे। शायद इसीलिए उन्होंने अंग्रेजों के विरुद्ध खोतों के अधिकारों की सुरक्षा के लिए संघर्ष किया। परंतु उस समय उन्हीं खोतों के हाथों आम ग्रामीण जनता का जो शोषण हो रहा था, उसके विरुद्ध एक भी शब्द कहने की आवश्यकता उन्होंने महसूस नहीं की। इसके विपरीत डॉ. आंबेडकर ने खोतों के विरुद्ध गरीब ग्रामीण जनता की ओर से संघर्ष किया। लोकमान्य तिलक का ध्यान स्वराज्य पर केंद्रित था, लेकिन डॉ. आंबेडकर को यह चिंता थी कि स्वराज्य में सुराज कैसे स्थापित किया जाए? यही इन दो महापुरुषों के दृष्टिकोण का अंतर है। फिर भी तिलक 'लोकमान्यता' प्राप्त करते हैं और डॉ. आंबेडकर मात्र 'दलितों के नेता'

कहलाए जाते हैं। यही भाग्य का खेल है!

ग्रामीण गरीबों के लिए जैसे डॉ. आंबेडकर ने परिश्रम किए, वैसे ही उन्होंने औद्योगिक मजदूरों के लिए भी महत्त्वपूर्ण कार्य किया। श्रमिक अभियानों के विषय वे यह मानते थे कि यद्यपि कर्मचारी संगठन श्रमिकों के अधिकारों के लिए संघर्षरत हैं, फिर भी उनमें अस्पृश्य कर्मचारियों की 'मनुष्य' होने के नाते जो समस्याएँ थीं उनके प्रति वे उदासीन थे। 1936 में डॉ. आंबेडकर ने 'स्वतंत्र मजदूर पक्ष' की स्थापना की। इसमें 'स्वतंत्र' शब्द उस समय के साम्यवादी मजदूर अभियानों से उनके भिन्न होने का द्योतक था। डॉ. आंबेडकर द्वारा स्थापित 'स्वतंत्र मजदूर पक्ष' का घोषणा-पत्र आज भी भारत के शोषित, उत्पीड़ित जनता के आर्थिक विमोचन का आर्थिक कार्यक्रम के रूप में सराहनीय है। 1970 के दशक में चलाए गए बीस सूत्रीय कार्यक्रम जैसे गरीबी दूर करने के कई कार्यक्रमों का मूल स्रोत 'स्वतंत्र मजदूर पक्ष' का यह घोषणा-पत्र ही है।

डॉ. आंबेडकर ने मजदूर नेता के रूप में मजदूरों के अधिकारों के लिए संघर्ष तो किया ही, इसके साथ उन्होंने 1942-1946 में वायसराय के प्रथम राष्ट्रीय मंत्रिमंडल में मजदूर प्रतिनिधि के रूप में मजदूरों के कल्याण के लिए अथक प्रयत्न किए। रोजगार विनिमय केंद्रों की स्थापना, काम के घंटे निधारित करना, वेतनमान निर्धारित करना, औद्योगिक कर्मचारियों को सवेतन अवकाश दिलवाने जैसे अनेक विधि-प्रावधानों को अस्तित्व में लाने का अधिकांश श्रेय डॉ. आंबेडकर को ही जाता है। भारत में मालिक-मजदूर के संबंधों की नींव डॉ. आंबेडकर ही ने डाली।

एक अर्थशास्त्री के रूप में डॉ. आंबेडकर ने एक अप्रतिम कार्य यह किया कि भारत में जाति प्रथा और अस्पृश्यता जैसी सामाजिक समस्याओं का उन्होंने आर्थिक दृष्टि से विश्लेषण किया। श्रम विभाजन के विश्वमान्य सिद्धांत के आधार पर जाति प्रथा के समर्थन में जो प्रयास उस समय किया जा रहा था, उस पर डॉ. आंबेडकर की तीक्ष्ण आलोचना उनके बुद्धि कौशल का एक उत्कृष्ट उदाहरण है।

डॉ. आंबेडकर ने यह सिद्ध किया कि चातुर्वण्य प्रथा में किया जानेवाला श्रम विभाजन प्रत्येक व्यक्ति की अपनी रूचि-अरूचि अथवा अंतर्निहित कौशल पर आधारित न होकर उस व्यक्ति का जन्म किस जाति में हुआ है, इस पर पूरी

तरह निर्भर था। भारतीय समाज रचना को उन्होंने एक बहुमंजिली इमारत कहा, जो एक ऐसी मीनार की तरह है जिसमें एक मंजिल से दूसरी तक जाने के लिए सीढ़ियाँ न हों। इस ढाँचे में जो व्यक्ति जिस मंजिल पर पैदा होता है, आजीवन वहीं पर जीवन बिताना उसकी नियति बन जाता है। डॉ. आंबेडकर ने सिद्ध कर दिखाया कि यह विभाजन श्रम का विभाजन नहीं, बल्कि श्रमिकों का विभाजन है। श्रम विभाजन अनुचित नहीं, परंतु श्रमिकों का विभाजन करनेवाला भारत एकमेव देश है, जिसके कारण उसकी भयंकर आर्थिक हानि हुई है।

डॉ. आंबेडकर द्वारा जाति प्रथा पर हमला केवल तथाकथित उच्च वर्गीयों के वर्चस्व को चुनौती देने के लिए नहीं था, बल्कि इसमें आर्थिक प्रगति और विकास का विचार अंतर्भूत था। उन्होंने यह बताया कि जाति प्रथा के कारण श्रमिक और पूँजी, दोनों ही की गतिशीलता कम हो जाती है। किसी भी अर्थव्यवस्था में यदि प्रत्येक व्यक्ति अपनी सामर्थ्य और रुचि के अनुसार या अपनी प्रवृत्तियों के अनुरूप व्यवसाय अपनाता है तो उस व्यक्ति की उत्पादकता अधिकाधिक होती है। इसी से देश का आर्थिक विकास होता है और लोगों का जीवन स्तर ऊँचा उठता है। जाति प्रथा में यह मूलभूत सिद्धांत ही कुचला जाता है, क्योंकि किसी व्यक्ति को उसकी योग्यता के बजाय उसकी जाति के अनुरूप व्यवसाय अपनाना पड़ता है। इस कारण पूँजी एवं श्रमिक इन दोनों संसाधनों का समुचित निवेश नहीं हो पाता। अतएव उत्पादन प्रक्रिया मंद पड़ने लगती है और आर्थिक विकास अवरुद्ध हो जाता है। बदलती हुई परिस्थितियों के साथ-साथ सामाजिक और आर्थिक संरचना में परिवर्तन करते रहना आर्थिक विकास के लिए अत्यावश्यक है। डॉ. आंबेडकर कहते हैं कि इसके ठीक विपरीत जाति प्रथा सामाजिक आर्थिक ढाँचा कायम रखने का प्रयास करती है और इसीलिए आर्थिक विकास के मार्ग में बाधा बन जाती है।

'राष्ट्र एवं अल्पसंख्यक' इस पुस्तक में डॉ. आंबेडकर ने यह सुझाया है कि भारतीयों के आर्थिक विकास की योजना कैसे बनाई जाए। उन्होंने कहा है कि योजना ऐसी होनी चाहिए जिसमें निजी उद्यमशीलता पर आँच न आने देते हुए राष्ट्रीय उत्पादकता को अधिक-से-अधिक बढ़ावा मिले। साथ ही राष्ट्र की आर्थिक संपत्ति का समानतापूर्वक बँटवारा होना चाहिए। उन्होंने इस बात पर भी बल दिया कि समाज के निचले वर्गों को आर्थिक शोषण से मुक्त रखने के लिए विशेष

प्रावधानों का इसमें समावेश होना चाहिए।

कानून के प्रकांड पंडित के रूप में भारतीय संविधान की रूपरेखा तैयार करते समय भी डॉ. आंबेडकर के भीतर का अर्थशास्त्री जाग्रत् था। उन्होंने इस बात का आग्रह किया कि लोग न केवल स्वतंत्रता, समता और बंधुत्व जैसे लोकतंत्र के मूल सिद्धांतों को केवल राजनीतिक अधिकारों के संपादन में ही उपयोग में लाएँ, बल्कि आर्थिक-सामाजिक लोकतंत्र की स्थापना में सदैव प्रयत्नशील रहें। सामाजिक आर्थिक लोकतंत्र के बगैर राजनीतिक लोकतंत्र टिक नहीं सकता, यह उनकी दृढ़ मान्यता थी। इसके लिए उन्होंने भारतीय संविधान में अनेक आवश्यक प्रावधान भी किए।

डॉ. आंबेडकर का आर्थिक दर्शन

डॉ. आंबेडकर के बहुमुखी और अनुपम अर्थशास्त्रीय कार्य के पीछे है उनका आर्थिक दर्शन। उन्हीं के शब्दों में कहा जाए तो उनके आर्थिक दर्शन का मूलमंत्र है—'बहुजन हिताय, बहुजन सुखाय।'

डॉ. आंबेडकर के आर्थिक दर्शन का आधार हैं, उनके सामाजिक, धार्मिक और नैतिक विचार। उनके आर्थिक दर्शन का केंद्रबिंदु है समाज का शोषित और उत्पीड़ित वर्ग। यह दर्शन राजनीतिक, सामाजिक और आर्थिक दृष्टिकोणों की व्यापकता से स्वतंत्रता, समता तथा बंधुत्व—इन तीन सूत्रों का समर्थन करता है। जाति-पाति का विचार न करते हुए दीनहीन को आधार देते हुए सभी भारतवासियों को स्वतंत्रता, समता और न्याय उपलब्ध करवाना डॉ. आंबेडकर के दर्शन का मूल उद्देश्य है। प्रज्ञा, शील और करुणा पर आधारित, जाति-भेद रहित, वर्ग-रहित और लोकतांत्रिक समाज का निर्माण डॉ. आंबेडकर के आर्थिक दर्शन का अंतिम लक्ष्य है।

डॉ. आंबेडकर के आर्थिक विचारों की उपेक्षा करके भारतीय समाज ने उन पर तो अन्याय किया ही है, साथ ही अपनी भी असीम हानि कर ली है। डॉ. आंबेडकर का आर्थिक दर्शन केवल कुछ विशिष्ट वर्गों के लिए नहीं बल्कि समूचे देश के हित के लिए था। उनको केवल दलितों का नेता मानना उनका अपमान करने जैसा तो है ही, साथ ही राष्ट्र के लिए भी दुर्भाग्य है। भारतीय समाज अब भी अपनी इस भूल को सुधार सकता है। इसके लिए इस असाधारण भारतीय

अर्थविद् के आर्थिक विचारों का अध्ययन करना और उस पर तर्कसंगत चर्चा करना आवश्यक होगा।

भारतीय अर्थव्यवस्था पर डॉ. आंबेडकर द्वारा किए गए लेखन और भाषणों से और जन अभियानों के माध्यम से किए गए उनके सृजनशील अर्थशास्त्रीय योगदान का देखते हुए यह मानने में कोई झिझक नहीं रहती कि वे भारत के सर्वश्रेष्ठ अर्थशास्त्रीय विद्वानों में से एक थे।

□

खंड-दो

चुनिंदा आर्थिक भाषण

1

मुंबई प्रांत का बजट : 1939-40
दारूबंदी बनाम शिक्षा की समस्या*

अध्यक्ष महोदय,

यह तीसरा बजट है जो माननीय वित्त मंत्री ने इस सदन में पेश किया है। मैं समझता हूँ कि इसमें कोई अतिश्योक्ति नहीं होगी यदि मैं कहूँ कि इससे पहले उन्होंने जो दो बजट पेश किए थे वे संतोषजनक नहीं थे। शायद, पहले दो बजटों के असंतोषजनक होने के लिए कई बहाने भी थे। लेकिन मुझे यकीन है कि इस प्रकार की कोई बहानेबाजी इस बार के बजट पर लागू नहीं की जा सकती है। यह जरूर कहा जाना चाहिए कि यह बजट ऐसा है जिसे गंभीर विचार-विमर्श के बाद तैयार किया गया है। बेसंदेह इसमें काफी कुछ शामिल किया गया है, मसलन, कराधान के लिए मंत्रालय की विस्तृत योजना, साथ ही व्यय का प्रस्तावित लेखा-जोखा, जो उनके विचार से तत्काल ध्यान दिए जानेवाले मुद्दे हैं। इसलिए मैं समझता हूँ कि इस बजट की जाँच-पड़ताल गहराई से की जानी चाहिए।

जब मैंने इस बजट के राजस्व और उसके साथ-साथ व्यय के पहलू को

---

* मुंबई विधानसभा में दिया गया अंग्रेजी भाषण, मुंबई विधानसभा की चर्चा, भाग-5, भाग-1 (फरवरी 1939), पृ. 903-16, विवरण : बी.ए.डब्ल्यू.एस., भाग-2, पृ. 21-34, संक्षेप और हिंदी अनुवाद : संपादक।

देखा तो मेरे विचार से इस बजट का सही वर्णन इस प्रकार किया जा सकता है कि राजस्व के पहलू से यह एकदम गैर-जिम्मेदार बजट है एवं व्यय के पहलू से मूर्खतापूर्ण बजट है। यहाँ इसका मौका नहीं है कि इस बजट के एक हिस्से के रूप में तैयार वित्त विधेयक में जो प्रस्ताव हैं, उनकी किसी प्रकार से चर्चा की जाए; इन प्रस्तावों की विस्तृत आलोचना तभी की जानी चाहिए जब उन्हें इस सदन के समक्ष पेश किया जाए। हालाँकि वित्त विधेयक में मंत्रीजी के द्वारा कराधान के जो प्रस्ताव हैं, उन पर साधारण तौर पर कोई टिप्पणी करना अनुचित नहीं होगा।

वित्त विधेयक में ऐसे छह अलग-अलग प्रस्ताव हैं। सबसे पहले, यह बिल स्टांप शुल्क तथा कोर्ट की फीस के प्रस्ताव को एक और साल तक बढ़ाना चाहता है। दूसरा, यह बिजली की खपत पर ड्यूटी को बढ़ानेवाला है। तीसरा, यह कुछ चुनिंदा शहरों और शहरी इलाकों में अचल संपत्ति के हस्तांतरण पर स्टांप शुल्क को बढ़ानेवाला है। चौथा, यह अचल संपत्ति को लीज पर दिए जाने में कर लगाता है। पाँचवाँ, यह बंबई, बंबई उपनगरीय जिले और अहमदाबाद शहर में इमारतों के वार्षिक किराए के मूल्य पर 10 प्रतिशत का कर लगाता है तथा छठा, यह तीन वस्तुओं पर सवा छह प्रतिशत तक का बिक्री कर लगाता है जिनमें शामिल हैं : लुब्रिकेंट का वाहन ईंधन, तैयार कपड़ा और सिल्क का कपड़ा। जैसा कि मैंने कहा, मैं कराधान के प्रस्तावों की चर्चा नहीं करूँगा। फिलहाल, सामान्य सिद्धांतों के आधार पर मैं संक्षेप में उन बातों पर कुछ आलोचना रखना चाहूँगा जो मेरी समझ में आई हैं।

जहाँ तक स्टांप शुल्क और कोर्ट फीस को जारी रखने की बात है तो मैं माननीय वित्त मंत्रीजी को यह याद दिलाना चाहूँगा कि यह वही कर था, जो मुझे यदि ठीक से याद है तो, जिसका विरोध पुराने विधान परिषद् में कांग्रेसी हमेशा से ही करते थे। महोदय, मुझे एक भी बजट सत्र याद नहीं जिसे कांग्रेसियों ने एक जंग में तब्दील न किया हो, जिसमें एक तरफ वित्त के सदस्य और दूसरी तरफ कांग्रेसी हुआ करते थे। वह कर जिस पर हर साल घमासान छिड़ता था एवं जहाँ खुद कांग्रेसी नहीं चाहते थे कि इस कर को जिंदा रखा जाए, उसे ही अब कांग्रेस के मंत्रियों ने लगाने की बात सोची है और वह भी अनंत काल के लिए, साल-दर-साल। इस प्रकार यदि कहा जाए कि कांग्रेस अब उसी नीति को मान रहे

हैं—चूँकि अब उन्हें सत्ता मिल गई है, अर्थात्, जो बात तब बुरी थीं अब अच्छी हो गई हैं, क्योंकि अब सरकार कांग्रेस चला रही है। सोच में इस प्रकार के बदलाव के और भी कई उदाहरण दिए जा सकते हैं।

अब मैं बिजली पर ड्यूटी की बात करता हूँ। मेरे खयाल से यह सिद्धांत रूप में एक बुरा कर है। मैं उन लोगों में से हूँ जो मानते हैं कि बिजली के इस्तेमाल को बढ़ावा दिया जाना चाहिए। इसकी बजाय लोग मिट्टी का तेल जलाते हैं जिससे धुआँ होता है, जो स्वास्थ्य के लिए हानिकारक होता है तथा जिसके इस्तेमाल को हर संभव तरीके से रोका जाना चाहिए। मिट्टी के तेल के इस्तेमाल से लोगों को रोकने का एक ही तरीका है कि बिजली को जितना हो सके सस्ता कर दिया जाए। और इसलिए, मेरा आग्रह है कि सामान्य सिद्धांतों के मुताबिक यह एक बुरा कर है।

अब कराधान के तीसरे पहलू की बात करूँ जो हस्तांतरण पर लगनेवाला स्टांप शुल्क है, तो उसमें बढ़ोतरी मेरे हिसाब से एकदम नाजायज है। बंबई शहर में, माननीय वित्त मंत्री का प्रस्ताव है कि कर को साढ़े तीन प्रतिशत से बढ़ाकर चार प्रतिशत कर दिया जाए। पूना और अहमदाबाद में उन्होंने कर को ढाई प्रतिशत से बढ़ाकर तीन प्रतिशत करने का प्रस्ताव रखा है तथा बाकी शहरों में इसे डेढ़ प्रतिशत से बढ़ाकर दो प्रतिशत करने की बात है। वित्त विधेयक के साथ संलग्न माननीय मंत्रीजी के उद्देश्यों और कारणों के बयान को पढ़ने के बाद मुझे इस कराधान में वृद्धि को सही ठहरानेवाला कोई स्पष्टीकरण नहीं मिला। माननीय मंत्री ने बस यह कहना मुनासिब समझा कि "ऐसी इच्छा है कि हस्तांतरण पर स्टांप शुल्क ग्रामीण इलाकों की तुलना में शहरीं इलाकों में ज्यादा होना चाहिए।" आखिर ऐसी इच्छा क्यों है? शहरी इलाकों का पाप ज्यादा क्यों है कि उन्हें इससे ज्यादा कर अदा करना पड़ेगा जो वे अब तक चुकाते आ रहे थे? माननीय मंत्रीजी की तरफ से हमें कोई जवाब नहीं मिला। यह साधारण रूप से एक मनमानी काररवाई है जिसमें बिना किसी वजह के कह दिया गया है कि टैक्स बढ़ा दिया जाना चाहिए।

अब हम पाँचवें प्रस्ताव पर आते हैं जो संपत्ति कर है। यह निस्संदेह रूप से पूरे कराधान के प्रस्तावों का मूल है। मेरे मुताबिक यह प्रस्ताव कई दृष्टिकोण से आपत्तिजनक है। मेरे माननीय मित्र जमनादास मेहता ने इस उपाय को लेकर एक आपत्ति पहले ही जता दी है, और आपत्ति यह है कि सरकार अब कराधान के उस

आधार पर ही कब्जा कर रही है जिसे म्यूनिसिपल सरकारों के लिए छोड़ दिया गया था। बंबई नगरपालिका अपने राजस्व का एक बड़ा हिस्सा संपत्ति कर से प्राप्त करती है। न सिर्फ बंबई नगरपालिका संपत्ति कर से अपना राजस्व वसूलती है, बल्कि इसी प्रकार सारी नगरपालिकाओं को भी संपत्ति कर लगाने की अनुमति है। महोदय, मुझे यकीन है कि सरकार के द्वारा कराधान के इस क्षेत्र में प्रतियोगिता करना जो नगरपालिकाओं के लिए आरक्षित है, स्थानीय स्वशासन के विकास के लिए भारी नुकसानदेह साबित होगा। मैं उस बिंदु पर अब इससे ज्यादा और कुछ नहीं कहूँगा। लेकिन मैं इस प्रस्ताव के अन्य पहलुओं पर चर्चा करना चाहूँगा और यह है पहला पक्ष। बंबई शहर के वासी इस बात को लेकर आंदोलन कर रहे हैं कि बंबई शहर में किराया बेहिसाब है तथा उन्हें कम किया जाना चाहिए। महोदय, अब यदि सरकार जैसा करने जा रही है कि संपत्ति के मूल्य का 10 प्रतिशत हिस्सा कराधान की इस प्रक्रिया से छीन लिया जाएगा तो वह किस मुँह से मकान मालिक से यह कहेगी कि चूँकि किराया कम करने के लिए जोर-शोर से आंदोलन हो रहा है तो वह किराया कम कर दे। इसलिए सरकार जो कर रही है वह बंबई शहर के लोगों के साथ धोखाधड़ी से ज्यादा और कुछ नहीं है। इसी प्रकार अहमदाबाद एवं पूना में भी लोगों से उनका हक छीना जा रहा है और मैं समझता हूँ कि यह सबसे गंभीर आपत्ति है जो इस उपाय के खिलाफ उठाई जा सकती है। दूसरा, यह संपत्ति जिसे सरकारी प्रस्ताव के तहत कराधान के अधीन लाया जा रहा है उसे अब कर से मुक्त नहीं कहा जा सकता, न ही कि यह वह संपत्ति है जिस पर मामूली कर लगाया गया है, इस वजह से इस पर और भारी कर का बोझ डाला जा सकता है।

अब मैं माननीय मंत्रीजी से पूछना चाहूँगा कि न्यायसंगत सिद्धांतों को, जिन्हें अकसर आयकर की सामान्य प्रक्रिया का हिस्सा माना जाता है, उन्हें इस कर का हिस्सा क्यों नहीं बनाया गया है? यहाँ दो बातों का जिक्र होना चाहिए। एक चीज यह बताई जानी चाहिए कि आयकर की प्रत्येक योजना में छूट का एक आधार होता है। एक न्यूनतम सीमा के नीचे आप कर नहीं लगा सकते। आजकल लगाए जा रहे आयकर में न्यूनतम सीमा मैं समझता हूँ कि 2,000 रुपए है। यदि यह आयकर है, और मैं जोर देकर कहता हूँ कि यह आयकर के सिवाय कुछ और नहीं है तो फिर इसमें किसी प्रकार की कोई छूट क्यों नहीं है? एक ही डंडे से सभी मकान मालिकों को हाँकने का कोई फायदा नहीं है। मैं हिंदू कॉलोनी में

रहता हूँ; वहाँ ऐसे कई लोग हैं जिन्होंने सरकार से अपनी ग्रैच्यूटी ली है; ऐसे भी कई लोग हैं जिन्होंने भविष्य निधि की जमा रकम प्राप्त की है। इन लोगों ने छोटे-छोटे मकान बना रखे हैं। घर के एक-एक हिस्से में वे खुद रहते हैं, और बाकी हिस्से में उनके किराएदार रहते हैं। ये लोग जमीन का किराया देते हैं, नगरपालिका को टैक्स देते हैं। क्या उनके लिए कोई सोच-विचार नहीं किया गया है? फिर, ऐसे भी कई लोग हैं जिन्होंने इमारतों में लाखों-लाख रुपए लगाए हैं तथा वे कुछ और नहीं कर रहे, बस इन इमारतों से कमाई कर रहे हैं। मैं कहूँगा कि इन दोनों में एक अंतर और एक प्रकार के मकान मालिक तथा दूसरे प्रकार के मकान मालिक के बीच अंतर किया जाना चाहिए। यहाँ वह अंतर क्यों नहीं किया गया है? एक और तर्क लीजिए। इनमें से कई संपत्तियाँ, जिनकी संख्या कितनी है यह मैं भी नहीं जानता, लेकिन उनकी एक बड़ी संख्या है जो धर्मार्थ संगठनों की संपत्ति है। बंबई शहर का ही उदाहरण लीजिए। यहाँ सोशल सर्विस लीग है, सर्वेंट्स ऑफ इंडिया सोसायटी है तथा ऐसे कई संगठन हैं जिनका नाम लिया जा सकता है जो दान में मिले पैसों से गरीब विधवाओं, अनाथ बच्चों एवं उन लोगों की मदद करते हैं जिन्हें शिक्षा नहीं मिली, तथा उन्हें चिकित्सा सुविधा मुहैया कराते हैं। मैं समझ नहीं पा रहा हूँ कि इस सरकार ने जिसने तमाम सामाजिक सेवाओं से जुड़ी अपनी जिम्मेदारी त्याग दी है—कैसे यह मैं आगे बताऊँगा—और सारा बोझ जनता पर डाल दिया है कि इन सेवाओं को वह दान-पुण्य से मुहैया कराए, वह धर्मार्थ संगठनों को किसी प्रकार की छूट क्यों नहीं दे रही है? यहाँ तक कि आयकर अधिनियम का सेक्शन 4 भी कहता है कि दान-पुण्य से होने वाली आय कराधान के तहत नहीं आनी चाहिए। मैं नहीं समझ पाता कि क्यों माननीय वित्त मंत्री ने इन विचारों पर गौर नहीं किया है? मुझे यकीन है कि जब हम विधेयक पर चर्चा करेंगे तब शायद वे कुछ-न-कुछ जवाब जरूर देंगे।

अब बिक्री कर की बात करते हैं, निजी तौर पर मैं इसे पसंद नहीं करता हूँ। मैं जानता हूँ कि ऐसे लोग हैं जो मानते हैं कि यह एक अच्छा कर है, तथा इसे लगाया जा सकता है। मेरा विचार इससे भिन्न है। मेरे खयाल से, यह उसी प्रकार का कर है जो हम भारतीय मिलों पर लगाते थे, तथा जिन्हें हम कपास निर्माताओं पर उत्पाद शुल्क कहते थे और जो सन् 1894 से लगाया जा रहा था। यह इसके सिवाय और कुछ नहीं हो सकता है। यदि यह निर्माता या बिक्रीकर्ता के द्वारा

ग्राहकों पर डाला गया तो इसका असर निश्चित तौर पर होगा; इससे उसके जीवन के स्तर पर बुरा असर पड़ेगा। यदि यह ग्राहकों पर नहीं डाला गया तो यह उस उद्योग को प्रभावित करेगा जिस पर इसे लगाया गया है। दोनों ही मामलों में यह कराधान का संतोषजनक प्रकार नहीं है।

अब महोदय, मैं उन लोगों में से हूँ जिनकी अकसर यह धारणा रही है कि अच्छी चीजें देवताओं के भेट की तरह स्वर्ग से नहीं बरसती हैं; दुनिया में कहीं भी ऐसा नहीं हुआ है। दरअसल आपको यदि जीवन में अच्छी चीजें चाहिए तो उनके लिए आपको पैसे चुकाने पड़ेंगे। जब तक कि आप उनके लिए पैसे नहीं चुकाएँगे, आप उन्हें नहीं पा सकते हैं। इसलिए मैं उन लोगों में से एक हूँ जिन्हें कराधान पर कभी नैतिक आपत्ति नहीं हो सकती है, क्योंकि मैं उन लोगों में से एक हूँ जो यह मानते हैं जीवन में अच्छी चीजें होनी चाहिए और मानते हैं कि उनके लिए पैसे चुकाने पड़ते हैं। अब जिस सवाल पर हमें गौर करना है, वह यह है कि यह सारा कराधान आखिर किसलिए है? इसका मकसद क्या है? कर लगाने से सरकार किस प्रकार के अच्छे काम करना चाहती है?

यह याद रखना आवश्यक है कि वित्त मंत्री अपनी कराधान की प्रणाली से कुल 169 लाख रुपए का राजस्व जुटाने का प्रस्ताव रख रहे हैं। महोदय, अब बजट की बात करें तो इस बजट में व्यय की कौन-कौन से मदें शामिल हैं? मैंने अब इस बजट से व्यय की कुछ मदों को पूरी तरह हटा दिया है जो महज प्रशासनिक विभागों का जिक्र करते हैं, और जिन्हें हम जनता का कल्याण कहते हैं, उस लिहाज से सीधे तौर पर कोई फायदा नहीं मिलता है। मैंने बजट से व्यय के ऐसे कुछ नए मद उठाए हैं जिन्हें मेरे विचार से लोगों के सार्वजनिक कल्याण पर असर डालनेवाले मद कहा जा सकता है। मैंने गौर किया है कि सिंचाई के लिए बजट साढ़े सात लाख रुपए प्रदान करता है। शिक्षा के लिए 16.5 लाख। इस 16.25 लाख में से 5 लाख रुपए प्राथमिक शिक्षा के विस्तार के लिए, 5 लाख भवनों के लिए, तथा 1.81 लाख उनके लिए दिए गए हैं जिन्हें बुनियादी कारीगरी कहते हैं। पुनः सार्वजनिक स्वास्थ्य के तहत, बताने लायक कुछ नहीं है सिवाय 5 लाख रुपयों के जो गाँवों में जलापूर्ति के लिए दिए गए हैं; कृषि के लिए कुछ नहीं है; सहकारी के लिए 7 लाख की रकम है; जबकि ग्रामीण विकास के लिए भी प्रस्ताव है जो 7,000 भ्रमणकारियों को रोजगार देने के सिवाय और कुछ भी

नहीं है जो पूरे सूबे में घूम-घूम कर एक प्रकार का प्रचार करते हैं एवं माननीय मंत्री मानते हैं कि उससे लोगों को फायदा होगा। दूसरा, 2 लाख रुपए कर्ज माफी के लिए प्रस्तावित हैं।

एक बात जो मैं यहाँ कहना चाहूँगा वह यह है कि नए व्यय के लिए नए करों की जरा भी जरूरत नहीं है। जैसा कि माननीय मंत्रीजी ने खुद भी अपने बजट भाषण में कहा है, कुल कराधान के 169 लाख रुपयों में से सिर्फ 44 लाख रुपए दो योजनाओं के लिए आवश्यक हैं। अर्थात् एक ग्रामीण शिक्षा के विस्तार के लिए और एक ग्रामीण आर्थिक विकास के लिए। इसके अतिरिक्त, व्यावहारिक रूप से, मंत्रालय ने जो नए व्यय का मन बनाया है उनके लिए 125 लाख रुमयों की जरूरत नहीं है, यह 125 लाख रुपए मंत्रालय को किसी खास मकसद के लिए नहीं बल्कि मद्य निषेध की नीति की वजह से होनेवाले घाटे की भरपाई के लिए चाहिए; तथा इसी वजह से एक विचारणीय प्रश्न जो उठ रहा है वह एक साधारण प्रश्न है। क्या शराब पीना एक समस्या है तथा शराब पीना एक समस्या है, तो क्या यह तात्कालिक समस्या है? जब तक कि यह सदन इन दोनों प्रश्नों पर सकारात्मक जवाब नहीं देती है, तब तक वित्त मंत्री के द्वारा प्रस्तावित कराधान पर मतदान कराने को जायज नहीं ठहराया जा सकता है।

महोदय, अब इस स्थिति का विश्लेषण करने में किसी प्रकार की चूक नहीं करनी चाहिए। यह कोई प्रश्न नहीं है कि शराब पीना एक बुराई है और इसके बुरे नतीजे होते हैं; लेकिन शराब पीना एक बुराई है इससे यह नहीं मान लिया गया है कि यह एक समस्या है; न ही यह इस प्रकार की स्वीकारोक्ति है कि यह तात्कालिक समस्या है।

महोदय, अब इस स्थिति पर तुलनात्मक रूप से नजर डालते हैं। बंबई सूबे की स्थिति क्या है? हमें हर वक्त पूरे भारत से अपनी तुलना करने की जहमत नहीं उठानी चाहिए, क्योंकि हम बंबई मंत्रिमंडल के बजट की बात कर रहे हैं। जहाँ तक शराब का प्रश्न है तो बंबई सूबे की स्थिति क्या है और बाकी देशों में कैसी स्थिति है?...

मेरी तकरार इस बात को लेकर है कि मंत्रालय का यह कहना गलत है कि यह एक ऐसी समस्या है जिससे हमें निपटना चाहिए। मेरा तर्क है कि हमारे देश में इस प्रकार की समस्या हो ही नहीं सकती और इसके दो अच्छे कारण हैं। एक

बड़ी वजह यह है कि भारत के सभी धर्म व्यक्तियों पर कुछ निषेध लगाने पर बल देते हैं : उनके मुताबिक शराब पीना एक पाप है। धर्म ने कई शरारतपूर्ण कार्य किए होंगे लेकिन इसमें कोई संदेह नहीं कि एक अच्छी चीज जो भारतीय धर्मों ने की है, जिसमें हिंदू, मुसलमान, पारसी पंथ भी शामिल हैं, कि वे ऐसे निषेध लगाते हैं जिनका पालन हमारे ज्यादातर लोग पूरी निष्ठा से करते हैं।

दूसरी विशिष्टता जो हमारे देश को दूसरे देशों से अलग करती है, तथा जो शराब को लेकर कोई भी समस्या पैदा होने नहीं दे सकती है, वह यह है कि शराब की खरीद-बिक्री पर सरकार का नियंत्रण है। अमेरिका की तरह या अन्य यूरोपीय देशों की तरह यह निजी मुनाफाखोरों के हाथों में नहीं है। सरकार एक जिम्मेदार संस्था है, उसे सार्वजनिक राय की परवाह है, उस पर सदन की राय का भी असर पड़ता है, और इस वजह से वह ऐसी कोई शरारत नहीं कर सकती जैसा कि निजी मुनाफाखोर कर सकते हैं। जैसा कि मैंने कहा, किसी भी दृष्टिकोण से देखा जाए तो मैं यह मानने के लिए तैयार नहीं कि यह एक ऐसी समस्या है जिससे तुरंत निपटने की जरूरत है।

फिर महोदय, अगला प्रश्न जो मैं पूछना चाहता हूँ, वह यह है कि क्या यह इतनी तात्कालिक समस्या है कि हम बाकी सारी चीजों को ताक पर रखकर पहले इससे निपटें? इस सवाल का उत्तर देने के लिए हमें यह ध्यान में रखना आवश्यक है कि इस प्रांत के लोगों की क्या-क्या जरूरतें हैं। क्या उन जरूरतों की पूर्ति कर दी गई है? क्या वे उचित रूप से संतुष्ट हैं, और यदि वे संतुष्ट हैं तो उन्हें एक तरफ छोड़कर हम इस इकलौती समस्या को सुलझाने में लग जाएँ?

चलिए मैं कुछ बातें विस्तार से बताता हूँ। सबसे पहले शिक्षा के प्रश्न को लेते हैं। वयस्क शिक्षा के संदर्भ में हमारी स्थिति कुछ इस प्रकार है। जहाँ तक पुरुषों की बात है, पुरुषों की सिर्फ 14.3 प्रतिशत आबादी साक्षर है। जहाँ तक महिलाओं की बात है तो सिर्फ 2-4 प्रतिशत महिला आबादी साक्षर है। इसका मतलब यह हुआ कि व्यावहारिक रूप से 86 प्रतिशत पुरुष आबादी और 98 प्रतिशत महिला आबादी को अब भी बुनियादी शिक्षा दिए जाने की जरूरत है ताकि वे अपने जीवन का निर्वाह बिना अन्य वर्गों की चालबाजियों में फँसकर करते रहें। हमने इस मुद्दे पर रिपोर्ट तैयार करने के लिए एक सरकारी समिति का गठन किया था। लेकिन मैंने इस बजट में समिति के द्वारा सुझाए गए उपायों

को लागू करने के लिए इस बजट में कोई प्रस्ताव नहीं देखा है। बच्चों की शिक्षा को ही ले लीजिए। इस प्रांत की स्थिति क्या है? इस प्रांत में एक बात से बिलकुल इनकार नहीं किया जा सकता है कि इस सरकार ने कॉलेज की शिक्षा की जिम्मेदारी से पल्ला झाड़ लिया है। मैं समझता हूँ इस मुद्दे पर संदेह की कोई गुंजाइश नहीं है। यह सरकार मानती है कि इस प्रांत के लड़कों को उच्च शिक्षा देना उसका काम नहीं है। यह काम सरकार के द्वारा निजी एजेंसियों के हवाले कर दिया गया है।

जहाँ तक माध्यमिक शिक्षा की बात है, उसकी भी स्थिति लगभग वैसी ही है। सरकार अपने ऊपर कोई जिम्मेदारी नहीं लेती, उल्टा निजी एजेंसियों को सरकारी खजाने से पैसे जुटाने में मदद भी करती है। इसलिए जहाँ तक शिक्षा की बात है, हमारी गतिविधि का दायरा सचमुच बेहद सीमित है। फिर प्राथमिक शिक्षा का भी प्रश्न है। सरकार ने प्राथमिक शिक्षा को लेकर क्या किया है? कल मैंने जो आँकड़े जुटाए हैं, उनके आधार पर स्थिति कुछ इस प्रकार है। प्राथमिक शिक्षा उन बच्चों पर लागू होती है जिनकी उम्र 6 से 11 साल के बीच है। 6 से 11 साल के बच्चों की कुल संख्या 24,79,000 है। इन बच्चों में से, मैं समझता हूँ कि 7,54,000 स्कूलों में हैं; और बाकी स्कूलों में नहीं हैं। यह अनुपात लगभग ऐसा है कि तीन बच्चों में से एक बच्चा स्कूल में है और दो अब भी स्कूल से दूर है। इस प्रश्न को सरकार की ओर से प्राथमिक शिक्षा के लिए मुहैया कराई जानेवाली मदद के दृष्टिकोण से भी परखिए। सरकारी आँकड़े बताते हैं कि इस प्रांत के शहरों में 184 प्राथमिक स्कूल हैं। यहाँ सिर्फ शहरों की बात कर रहा हूँ। इस संबंध में गाँवों में क्या स्थिति है? इस प्रांत में गाँवों की कुल संख्या 21,484 है। इनमें से केवल 8,599 गाँवों में स्कूल हैं; और 12,885 गाँवों में एक भी स्कूल नहीं है। यही स्थिति है। प्राथमिक शिक्षा कानून के प्रावधानों का पालन करने के साथ-साथ सरकारों को उन्हें सुविधाएँ मुहैया कराने की भी चिंता नहीं है।

महोदय, एक बात मुझे काफी हद तक परेशान कर रही है, मैं नहीं जानता कि माननीय वित्त मंत्री इससे जरा सा भी परेशान हैं या नहीं कि प्राथमिक शिक्षा को अनिवार्य बनाने में कितना खर्च आएगा? प्राथमिक शिक्षा समिति के द्वारा निकाले गए आँकड़ों के मुताबिक प्राथमिक शिक्षा को अनिवार्य बनाने पर बंबई की सरकार पर 130 लाख रुपए का खर्च आएगा।

अब महोदय, यह उतनी ही राशि है जो माननीय वित्त मंत्री अपने कराधान के प्रस्तावों से जुटा रहे हैं। कराधान के प्रस्ताव अच्छे हैं या बुरे, इसे छोड़कर मैं अपना ध्यान इस बात पर केंद्रित करूँ कि इस पैसे को सबसे बेहतर तरीके से किस प्रकार खर्च किया जाएगा तो जो प्रश्न मैं माननीय वित्त मंत्री से पूछना चाहूँगा वह यह है कि क्या यह अनिवार्य है कि आप इस पैसे को पियक्कड़ों को सुधारने में खर्च करेंगे? या आपको इस पैसे को उन बच्चों को शिक्षित बनाने पर खर्च करना चाहिए जो उससे वंचित हैं? आप इनमें से किसे चुनेंगे? कुल मिलाकर यही बड़ा सवाल है। क्या बच्चों की शिक्षा ज्यादा जरूरी है? क्या 17 से 18 लाख बच्चों की शिक्षा इतनी जरूरी नहीं है जितना कि शहर के 10 लाख शराबियों को सुधारना जरूरी है? महोदय, मैं इसमें यकीन नहीं रखता। मैं शराब को हाथ तक नहीं लगाता, और मैं चाहता हूँ कि हर कोई ऐसा करे। लेकिन समस्या दरअसल यह नहीं है। यदि आप मुझे एक शिक्षित व्यक्ति देते हैं जो सुशील भी है, तो मैं उसका स्वागत करूँगा। लेकिन आप मुझे कहेंगे कि एक सुशील व्यक्ति को ले लूँ जो मूर्ख है, मूढ़ है, जो कुछ समझता नहीं है, तो जहाँ तक मेरी बात है, तो मैं ऐसे व्यक्ति को अग्रक्रम दूँगा जो पीता है लेकिन कुछ जानता है। मैं यही सोचता हूँ। मैं समझता हूँ कि यही बात माननीय वित्त मंत्री को भी सोचनी चाहिए जब वे इस प्रांत पर भारी कराधान का प्रस्ताव रखते हैं।

एक और वैकल्पिक विषय लेते हैं। मैं सार्वजनिक स्वास्थ्य की बात कर रहा हूँ। यह प्रांत सार्वजनिक स्वास्थ्य पर कुल मिलाकर 31,48,000 रुपए की तुच्छ रकम खर्च करता है। यह हमारे कुल व्यय का करीब ढाई प्रतिशत है। अब महोदय, गाँवों में जलापूर्ति की घोर कमी है; सैकड़ों गाँव हैं जहाँ जलापूर्ति है ही नहीं। कोई भी जो इस प्रांत के गाँवों में जाता है वह देख सकता है कि इन गाँवों में गोबर के ढेरों के सिवाय और कुछ भी नहीं है। उन्हें गाँव कहना भी सही नहीं है, उन्हें इनसानों के रहने की जगह कहना भी एक भूल है। इस अस्वास्थ्यकर स्थिति तथा गाँवों में व्याप्त रोष को ठीक करना इस प्रांत की ज्वलंत समस्या है। सैकड़ों लोग मलेरिया और अन्य कई तरह की बीमारियों से मारे जा रहे हैं। वहाँ बामुश्किल ही कोई दवाखाना है। वहाँ दवाएँ बाँटने या चिकित्सा मुहैया कराने का शायद ही कोई प्रावधान है। जैसा कि मैंने कहा, वहाँ किसी प्रकार की जलापूर्ति नहीं है। पिछले साल 10 लाख रुपए का एक प्रस्ताव किया गया था। मैं नहीं

जानता वह पैसा किस प्रकार खर्च किया गया। इस वर्ष मैं देखता हूँ कि करीब 8,55,000 रुपए का प्रावधान है। भारी जरूरतों के आगे इस रकम से भला क्या होगा? सैकड़ों लोग इस वजह से मौत के मुँह में समा रहे हैं, क्योंकि वहाँ कोई चिकित्सा सुविधा नहीं है, साफ पानी नहीं है। ऐसे में वित्त मंत्री ने आत्माओं को चंगा करने के लिए और अगर बाइबिल की अभिव्यक्ति करूँ तो आत्माओं का इलाज करने के लिए—यानी उन 10 लाख पियक्कड़ों की आत्माओं का उद्धारक बनकर खर्च करने का फैसला किया है जो बंबई एवं अहमदाबाद में रहते हैं।

फिर महोदय, एक और मुद्दा लीजिए। यह मुद्दा उठाया जा चुका है कि हम शहर में रहनेवालों पर कर लगाते जा रहे हैं; हम शहरी आबादी पर कर बढ़ा रहे हैं। आखिर हम शहरी आबादी पर कर क्यों लगा रहे हैं? क्या इसकी वजह यह है कि हम शहरी आबादी पर टैक्स इसलिए लगा रहे हैं क्योंकि हम गाँव के लोगों को सुविधाएँ देना चाहते हैं। क्या इस बजट में इस प्रकार का कोई कदम उठाया गया है? यदि माननीय मंत्रीजी सचमुच ऐसा कुछ कर रहे होते, जिस पर मेरे कुछ मित्रों ने चिंता जताई है, तो मैं बहुत खुश होता। यह 169 लाख का कर किन लोगों पर खर्च हो रहा है? वे उन पियक्कड़ों पर खर्च कर रहे हैं जो शहरों में रहते हैं। गाँव में रहनेवाले गरीबों को इसमें से कोई फायदा नहीं मिल रहा है।

उदाहरण के तौर पर एक मद को लेते हैं, जो भू-राजस्व है। इस प्रांत में कुल भू-राजस्व 3,38,63,000 रुपए का है। इसमें से पिछले साल दस लाख रुपए की छूट दी गई थी। हालाँकि यह स्थायी कटौती नहीं है। बजट में यह संकेत दिया गया है कि कुल मिलाकर करीब 40 लाख रुपए की स्थायी कटौती की जाएगी। इसका अर्थ यह हुआ कि ग्रामीण आबादी को अब भी करीब 3 करोड़ रुपए का भू-राजस्व सहना होगा। वित्त मंत्री से मैं जो सवाल पूछना चाहता हूँ वह यह है कि क्या वह 169 लाख रुपए का टैक्स शहर के लोगों पर लगाना चाहते हैं? आखिर क्यों वह इस भू-राजस्व को पूरी तरह खत्म नहीं कर देते? निजी तौर पर मैं बेहद खुश होता; मैं कराधान के इन सभी उपायों से अपना विरोध वापस ले लेता यदि वे इस पूरी रकम को भू-राजस्व को खत्म करने के लिए इस्तेमाल करते। क्या वे ऐसा कर रहे हैं? क्यों वे ऐसा नहीं कर रहे हैं?

अब महोदय, सिर्फ एक या दो मुद्दे हैं जिन्हें मैं रखना चाहूँगा। इस बजट में लगता है माननीय वित्त मंत्री दो चीजों का श्रेय लेना चाहते हैं। एक यह है कि

वह सारे कर शहरी इलाकों पर लगा रहे हैं। और दूसरा, कि कुल मिलाकर देखें तो कोई अतिरिक्त बोझ नहीं डाला गया है, क्योंकि जो नया कर लगाया गया है वह मद्य निषेध के द्वारा माफ कर दिया गया है, यानी कुल मिलाकर हिसाब बराबर हो गया।

अब पहले प्रश्न के लिहाज से मैं कुछ महत्त्वपूर्ण आँकड़ों की ओर ध्यान दिलाना चाहूँगा। जहाँ तक इस प्रांत की बात है, कृषि पर सबसे अधिक दबाव है। इस बयान के समर्थन में मैं कुछ आँकड़े पेश कर रहा हूँ। पहली बात यह है कि क्षेत्रफल के हिसाब से बंबई एक छोटा प्रांत है। इस प्रांत का कुल क्षेत्रफल 76,735 वर्गमील है; जो मद्रास सूबे का आधा है; पंजाब तथा मध्य प्रांतों का दो तिहाई है, और बिहार तथा उड़ीसा से थोड़ा छोटा है। अब इस तथ्य को ध्यान में रखते हुए अनाज उपजाने के लिए कृषि योग्य भूमि की तुलना करते हैं। बंबई में बुआई की कुल भूमि 3,28,01,971 एकड़ है। अब जैसा कि मैंने कहा, हालाँकि हमारा प्रांत रकबे के हिसाब से छोटा है, हमारे इलाके में बुआई की जमीन लगभग मद्रास के बराबर है जो बंबई से दोगुना बड़ा है तथा वही बात संयुक्त प्रांत के हिसाब से भी लागू होती है। बिहार और उड़ीसा तथा मध्य प्रांतों की तुलना में यहाँ 8 लाख एकड़ ज्यादा जमीन पर बुआई होती है, तथा पंजाब में जितनी बुआई होती है उससे 6 लाख एकड़ ज्यादा जमीन पर बुआई होती है। मेरा तर्क यह है कि यह बुआईवाली खेती हमारे प्रांत में इतना अधिक भीड़-भाड़वाला उद्योग है कि उपयोग किए जा सकनेवाले इलाके का एक-एक इंच पहले ही इस्तेमाल किया जा चुका है। यही नहीं, इसकी वजह से लोगों को कृषि की ओर मोड़ने का कोई फायदा नहीं है। अब एक और तुलना करते हैं जो कृषि योग्य बंजर भूमि की है। संयुक्त प्रांत में 10 लाख एकड़ कृषि योग्य भूमि है; पंजाब में 14 लाख एकड़; और बंबई में यह सिर्फ 6 लाख एकड़ है।

महोदय, ऐसी स्थिति में मेरा दृष्टिकोण यह है—और मैं यह पूरा सोच-विचार कर कह रहा हूँ—कि इस प्रांत का उद्धार तथा यदि मैं कहूँ कि पूरे भारत का उद्धार अधिक-से-अधिक शहरीकरण पर निर्भर है। हमें अपने शहरों को पुनर्जीवित करने, अपने उद्योगों का निर्माण करने एवं गाँवों से अपनी आबादी के बड़े हिस्से को शहरों तक लाने का प्रयास करना चाहिए। गाँवों में क्या रखा है? हमारे गाँववासियों के पास अपनी खेती के लिए पूँजी नहीं है, जबकि उसके

बिना खेती बेहतरीन तरीके से नहीं की जा सकती है। हर संदेह में आबादी बढ़ रही है और जब-जब एक व्यक्ति एवं उसके उत्तराधिकारी आते हैं, जमीन का बँटवारा होता चला जाता है। हर कहीं, जितना सोचा जा सकता है, स्थिति उतनी बुरी है। गाँवों में लोगों के रहन-सहन के स्तर को बेहतर करने का जो एकमात्र तरीका आप सोच सकते हैं वह चरखा जैसे बीते जमाने का उपकरण देना नहीं है। न ही ऐसा कपड़ा बुनने के लिए उन पर दबाव डालना है जिसे वे प्रतियोगितावाले बाजार में बेच ही नहीं सकते। जीवन स्तर को सुधारने का तरीका उद्योगों को और शहरों में सेवाओं के अन्य राजस्वों को नष्ट करना तथा उन्हें गाँवों की ओर पलायन के लिए मजबूर करना नहीं है। इसके विपरीत दिशा में जाने से ही उपाय निकलेगा, अर्थात्, गाँवों से आप जितना ज्यादा-से-ज्यादा लोगों को निकालकर शहरों की ओर ले जा सकते हैं; उन्हें उद्योगों में रोजगार दे सकते हैं तथा बेहतर आर्थिक जीवन के तरीके स्थापित कर सकते हैं। यह वह रास्ता है। महोदय, मुझे यह कहने में कोई संकोच नहीं है कि जो व्यक्ति इस छोटे से उद्योग को तबाह करने पर, थोड़ा-बहुत शहरीकरण जो हमारे देश में बचा है उसे नष्ट करने पर तुला है, वह लोगों का मित्र नहीं हो सकता है; यदि मैं कहूँ तो मैं उसे जनता का दुश्मन मानता हूँ।

□

2

श्रम कानून में एकरूपता की आवश्यकता*

इस त्रिपक्षीय श्रम सम्मेलन में आप सभी का स्वागत करते हुए मुझे बेहद खुशी हो रही है। हमारे निमंत्रण पर त्वरित प्रतिक्रिया देने, तथा आज की सुबह यहाँ उपस्थित होने का आप सभी ने जो कष्ट उठाया है, उससे खुद मैं और भारत सरकार कितनी कृतज्ञता महसूस कर रहे हैं, यह बताने के लिए मेरे पास शब्द नहीं हैं। मुझे उम्मीद है और पूरा भरोसा भी है कि आप सभी के द्वारा व्यक्त इस त्वरित प्रतिक्रिया के जैसे ही हमें आपका सकारात्मक सहयोग भी मिलेगा जिससे कि हम इस सम्मेलन को सफल बना सकें, तथा इस मकसद को उसके अंजाम तक पहुँचा सकें। मैं आप लोगों को ज्यादा देर तक रोकना नहीं चाहता; क्योंकि ये गंभीर आपात स्थिति के दिन हैं, और मुझे लगता है कि सभी को जल्द-से-जल्द अपने काम पर लौट जाना चाहिए। इसलिए मैं कोई लंबा-चौड़ा भाषण नहीं दूँगा बल्कि कुछ बिंदुओं का जिक्र करूँगा जिससे कि मैं आप सभी को इस सम्मेलन का महत्त्व समझा सकूँ तथा इसके लक्ष्यों एवं उद्देश्यों को बता सकूँ।

---

* संयुक्त श्रम सम्मेलन, नई दिल्ली (7 अगस्त, 1942) में श्रम सदस्य के रूप में दिए गए भाषण, 'भारतीय सूचना' से लिया गया (15 सितंबर, 1942), बी.ए.डब्ल्यू.एस., में पुन:प्रकाशित, भाग-10, पृ. 10-8, संक्षेप और हिंदी अनुवाद : संपादक।

दो विशिष्ट खूबियाँ

जैसा कि आप जानते हैं, नई दिल्ली में भारत सरकार के श्रम विभाग के तत्त्वावधान में तीन श्रम सम्मेलन हो चुके हैं। पहला 22 और 23 जनवरी, 1940 में हुआ था; दूसरा 27 और 28 जनवरी, 1941 में तथा तीसरा 30 और 31 जनवरी, 1942 में। इसलिए यह चौथा सम्मेलन उसी क्रम का हिस्सा है। यदि मैं संक्षेप में इस सम्मेलन की कुछ विशेष बातों को आपके सामने रखूँ जो पिछले सम्मेलनों से इसे अलग बनाते हैं, तो आप इस सम्मेलन के महत्त्व को बेहतर तरीके से समझ पाएँगे। सबसे पहले, हालाँकि पिछले सम्मेलन एक निश्चित अवधि पर हुआ करते थे, फिर भी उन सम्मेलनों में स्थायित्व जैसी कोई बात नहीं थी। यह संभव था कि उनकी निरंतरता टूट सकती थी, और किसी नियम, या परंपरा को तोड़े बगैर उस प्रक्रिया को खत्म भी किया जा सकता था। वर्तमान सम्मेलन में स्थायित्व इसके एक हिस्से के रूप में है। हम जिस प्रकार के संगठन की स्थापना करना चाहते हैं उसमें स्थायी समिति के जैसा स्थायित्व होगा, जो सदैव आवश्यक कार्य के लिए तैयार रहेगा।

इस सम्मेलन में इस खूबी से भी अहम एक दूसरी विशेषता है जिसकी ओर मैं आप सबका ध्यान खासतौर पर आकर्षित करना चाहता हूँ। यह सम्मेलन के गठन से जुड़ी है। पिछले सम्मेलनों में सिर्फ सरकार के प्रतिनिधि हुआ करते थे—केंद्र सरकार के, प्रांतीय सरकारों के, और कुछ संस्थानों के—जो सम्मेलन के एकमात्र घटक थे। जो सबसे आवश्यक और सबसे महत्त्वपूर्ण घटक होते हैं, यानी नियोक्ता एवं कर्मचारी, उनका इन सम्मेलनों में कोई प्रतिनिधित्व नहीं था। हालाँकि इस बात का खयाल रखा जाता था कि उन संगठनों से संपर्क बनाया जाए और उनसे सलाह-मशवरा किया जाए जो नियोक्ताओं एवं कर्मचारियों का प्रतिनिधित्व करते हैं। उदाहरण के लिए मेरे गणमान्य सहयोगी माननीय सर ए. रामास्वामी मदलियार जब श्रम का कार्यभार सँभाल रहे थे, तब उन्होंने कलकत्ता जाकर श्रमिकों तथा नियोक्ताओं के प्रतिनिधियों से मुलाकात की थी।

इसी प्रकार मेरे गणमान्य सहयोगी माननीय सर फिरोज खान नून, जिनकी बदौलत हमें वर्तमान सम्मेलन की परियोजना मिली है, उन्होंने श्रम सदस्य रहते हुए अपने कार्यकाल में नियोक्ताओं और कर्मचारियों के संगठनों के विचार जानने का प्रयास किया था। हालाँकि इन श्रम सम्मेलनों के इतिहास में पहली

बार ऐसा हुआ है कि नियोक्ताओं एवं कर्मचारियों के प्रतिनिधियों को संयुक्त सम्मेलनों के घेरे में आमने-सामने लाया गया है।

मेरे खयाल से इस सम्मेलन की यह ऐसी विशेषता है जिसका सभी संबद्ध पक्षों के द्वारा, तथा विशेष तौर पर कर्मचारियों के प्रतिनिधियों की ओर से तत्काल स्वागत किया जाना चाहिए। भारत में श्रमिकों के बारे में जब से विटली कमीशन ने अपनी रिपोर्ट में प्रस्ताव रखा है कि भारत में एक औद्योगिक परिषद् जैसे स्थायी अंग की स्थापना की जानी चाहिए, तभी से श्रमिकों के प्रतिनिधियों ने उस सिफारिश को लागू किए जाने के लिए संघर्ष छेड़ दिया है। कई कारणों से अब तक औद्योगिक परिषद् के आदर्श को अमल में लाना संभव नहीं हो सका है। मैं यह दावा नहीं करता हूँ कि जिस प्रस्ताव को लेकर यह सम्मेलन आयोजित किया गया है उससे उस अभिलाषित आदर्श को पूरी तरह प्राप्त कर लिया जाएगा। लेकिन इसमें कोई संदेह नहीं कि यह सम्मेलन उस आदर्श की प्राप्ति का मार्ग प्रशस्त करता है, और मुझे विश्वास है कि आप इसे अतिशयोक्ति नहीं समझेंगे यदि मैं कहूँ कि यह उस लक्ष्य की ओर ले जाने के रास्ते पर एक लंबी छलाँग है।

श्रम कानून

अब मैं इस सम्मेलन के लक्ष्यों और उद्देश्यों पर कुछ शब्द कहूँगा। आप में से कुछ जो पिछले सम्मेलनों की कार्यवाहियों से अवगत हैं वे जानते हैं कि उन सम्मेलनों को कार्यान्वित करनेवाले कुछ उद्देश्यों में से एक प्रमुख उद्देश्य जो एक सबसे बड़ी इच्छा थी कि श्रम कानून में विविधता से पैदा होनेवाले खतरे को टालना। श्रम कानूनों की प्रांतीय स्वतंत्रता के नतीजों से इस देश को भी खतरा पैदा हो गया था। जब तक भारत सरकार एक एकल (यूनिटरी) सरकार थी, श्रम कानूनों में एकरूपता लाना कोई मुश्किल काम नहीं था। लेकिन सन् 1935 के भारत सरकार अधिनियम द्वारा बने संघीय संरचना में श्रम कानून को समवर्ती विधायी सूची में डाल दिए जाने से एक बेहद गंभीर स्थिति पैदा हो गई थी। इस बात का डर था कि यदि कोई केंद्रीय कानून नहीं होगा तो प्रत्येक प्रांत अपनी सुविधा के मुताबिक अपना श्रम कानून बना लेगा, लेकिन वह पड़ोसी राज्य से अलग होगा जिसकी वजह से प्रांतीय सोच-विचार को सामान्य और राष्ट्रीय लिहाज से ज्यादा महत्त्व दिया जाएगा।

तीन मुख्य उद्देश्य

इस प्रवृत्ति को सुधारने के लिए सबसे आवश्यक सुझाव देने के लिए, तथा प्रांतीय सरकारों में श्रम कानूनों में एकरूपता के सिद्धांत पर सहमति बनाने के लिए सम्मेलन बुलाए गए। इस सम्मेलन के गठन में मेरा भी यह प्रस्ताव नहीं है कि श्रम कानूनों में एकरूपता लाने के इस मकसद को त्याग दिया जाए जो पिछले तीन सम्मेलनों की भी मुख्य चिंता का विषय था। यह इस सम्मेलन के मुख्य उद्देश्यों में से एक होगा जिसकी दिशा में प्रयास किए जाएँगे। लेकिन इसमें मैं दो अन्य उद्देश्यों को जोड़ना चाहूँगा, अर्थात्, औद्योगिक विवादों के निपटारे की एक प्रक्रिया, तथा अखिल भारतीय महत्त्व के सभी मुद्दों की चर्चा जैसे श्रमिकों और पूँजी के बीच संबंध। इसलिए हमारे सम्मेलन के तीन मुख्य लक्ष्य और उद्देश्य होंगे :

(1) श्रम कानूनों में एकरूपता को बढ़ावा देना;
(2) औद्योगिक विवादों के निपटारे की प्रक्रिया तैयार करना; तथा
(3) नियोक्ताओं और कर्मचारियों के बीच अखिल भारतीय महत्त्व के सभी मुद्दों पर चर्चा।

जहाँ तक पहले उद्देश्य की बात है, यह कहना आवश्यक नहीं कि हमने इसे अपने लक्ष्यों और उद्देश्यों में क्यों शामिल किया है। भारत जैसे विशाल देश में श्रम कानूनों में एकरूपता को कभी भी महत्त्वहीन मुद्दा नहीं कहा जा सकता है, जहाँ इतने प्रशासनिक और प्रांतीय शासन हैं। इसलिए जिस प्रकार यह मुद्दा पहले महत्त्वपूर्ण था उसी प्रकार हमें भविष्य में भी इस पर ध्यान देना होगा।

जहाँ तक औद्योगिक विवाद की बात है तो पहले श्रम और पूँजी के बीच युद्ध हुआ करता था, लेकिन अब व्यवहार भी जिम्मेदारी भरा हो गया है, तथा जितनी संख्या में हड़तालें हुई हैं वे बहुत व्यापक नहीं रही हैं या उनसे ज्यादा नुकसान नहीं हुआ है। हालाँकि इस साल की शुरुआत में औद्योगिक अशांति में बढ़ोतरी देखने को मिली थी। लेकिन डिफेंस ऑफ इंडिया रूल 81-ए के तहत विवादों के निपटारे की प्रक्रिया का विधान किए जाने के बाद हाल के महीनों में उनमें कमी आई है। मुझे उम्मीद है कि वह प्रक्रिया एक असरदार और भरोसेमंद ढाँचे के रूप में काम करेगी, लेकिन इस सम्मेलन में हमारा एक लक्ष्य और उद्देश्य है कि हम औद्योगिक विवादों के निपटारे की एक प्रक्रिया तय करें।

अपने लक्ष्यों और उद्‌देश्यों में शामिल आखिरी विषय की संरचना में हमने जानबूझकर एक व्यापक भाषा का इस्तेमाल किया है ताकि सम्मेलन की विवेचना के दौरान श्रम और पूँजी के महत्त्व के किसी भी विषय को बाहर न रखें। लेकिन मैं आप सभी से यह कहना चाहूँगा कि 'अखिल भारतीय महत्त्व के मुद्‌दों' की व्यापक अभिव्यक्ति को अपनाने के पीछे हमारी मंशा क्या थी। हम इसमें श्रमिक कल्याण तथा श्रमिकों के मनोबल को बनाए रखने के सभी विषयों को शामिल करना चाहते थे। इसलिए आपने यह समझ लिया तो मुझे यह कहने की जरूरत नहीं कि सबसे आखिर में रखने के बावजूद इसे सबसे अधिक महत्त्वपूर्ण माना जा सकता है। निश्चित रूप से हम इसे अत्यावश्यक मानते हैं। यह तीव्र इच्छा, मुझे कहनी नहीं चाहिए, लेकिन मौजूदा संघर्ष की वजह से है।

वर्तमान युद्ध आपूर्ति का युद्ध है, तथा आपूर्ति औद्योगिक शांति पर निर्भर है। आज हमारे सामने सबसे ज्वलंत समस्या है कि उद्योग में शांति कैसे बहाल की जाए। यदि मैं कहूँ कि उद्योग में शांति दो बातों पर निर्भर है तो मैं शायद गलत नहीं हूँ। सबसे पहले, यह एक आसानी से उपलब्ध संरचना पर निर्भर है जिसके तहत औद्योगिक विवादों का तुरंत निपटारा किया जा सके। दूसरा, यह इस बात पर निर्भर है कि उद्योग की उस दशा या हालत को तुरंत हटा लिया जाए जिनसे गुस्सा भड़कता है, और जिससे जुड़े लोगों का मनोबल गिरता है। लेकिन ऐसे कई छोटे-छोटे प्रश्न भी हैं जो इतने बड़े हो जाते हैं कि औद्योगिक विवाद पैदा होते हैं और नाराजगी फैल जाती है। उनमें से ज्यादातर मुद्‌दे जिनसे गुस्सा भड़कता है, ऐसे हैं जिन्हें बोलचाल की भाषा में समाज कल्याण पर असर डालनेवाले मुद्‌दे कहे जाते हैं। इन समस्याओं को निपटाने के लिए हमारे पास कोई ढाँचा नहीं है, और एक ऐसा ढाँचा उपलब्ध कराना नितांत आवश्यक है जो सरकार को यह सुझाव दे सके कि कैसे इन मामलों को शांतिपूर्वक तथा संतोषजनक रूप से सुलझाना चाहिए। इसी वजह से सरकार ने इस सम्मेलन का भी प्रस्ताव रखा था।

आगे की चुनौती

इस सम्मेलन का यही महत्त्व है, तथा यही इसके लक्ष्य और उद्‌देश्य हैं। अब जहाँ तक इस सम्मेलन से पहले की चुनौती की बात है, आपको अपनी कार्यसूची एकदम मामूली लगेगी। इसमें ज्यादा कुछ नहीं है। लेकिन इसे अनदेखा

नहीं कर सकते। हमने आपके सामने जो कार्यसूची रखी है, उससे अलग कोई दूसरी कार्यसूची तब तक नहीं रख सकते जब तक कि हम उस शुरुआती सवाल पर कोई फैसला नहीं कर लेते कि क्या हम ऐसे एक सम्मेलन की आवश्यकता पर सहमत हैं, तथा इसकी संरचना कैसी होनी चाहिए। इस स्थिति में आज मैं आपसे यही कह सकता हूँ कि आप इन निम्नलिखित मुद्दों पर फैसला कीजिए—

(1) स्थायी संगठन के रूप में एक श्रम सम्मेलन को जो साल में कम-से-कम एक बार बुलाया जाए, उसे स्थापित करने की वांछनीयता;

(2) इस सम्मेलन की एक स्थायी सलाहकार समिति का गठन करने की वांछनीयता, ताकि सरकार आवश्यकता पड़ने पर उसके साथ बैठक कर सके, और जो सरकार के समक्ष मुद्दों पर सलाह दे सके; तथा

(3) इन संस्थाओं के गठन की सामान्य प्रक्रिया को परिभाषित करना।

जहाँ तक इन संस्थाओं के गठन की बात है, तो मेरी इच्छा है कि मैं आपके सामने एक ऐसी योजना पेश करूँ जो इस प्रकार के त्रिपक्षीय सम्मेलन के उद्देश्यों के लिए सर्वाधिक उपयुक्त हो।

पूर्ण सम्मेलन

हम दो अंगों के गठन का प्रस्ताव करते हैं :

(1) एक पूर्ण सम्मेलन तथा

(2) एक स्थायी सलाहकार समिति।

पूर्ण सम्मेलन के सदस्यों में केंद्र सरकार, प्रांतों, संस्थानों, नियोक्ताओं तथा कर्मचारियों के प्रतिनिधि शामिल होंगे। सामान्य तौर पर, प्रत्येक प्रांत या बड़े संस्थान को प्रतिनिधित्व मिलेगा तथा जिन संस्थानों को व्यक्तिगत तौर पर प्रतिनिधित्व नहीं मिलेगा उनकी नुमाइंदगी चैंबर ऑफ प्रिंसेज द्वारा नामित प्रतिनिधि करेगा। नियोक्ताओं तथा कर्मचारियों के प्रमुख संघों को भी प्रतिनिधित्व मिलेगा, साथ ही सरकार को यह अधिकार होगा कि वह उन नियोक्ता या कर्मचारी वर्गों के प्रतिनिधियों को नामित करे जिनका प्रतिनिधित्व, उसकी राय में, पर्याप्त रूप से नहीं हुआ है। पूर्ण सम्मेलन के मामले में यह सुनिश्चित करना संभव नहीं होगा कि नियोक्ताओं तथा कर्मचारियों का प्रतिनिधित्व सरकार के प्रतिनिधियों के समतुल्य हो।

स्थायी सलाहकार समिति

स्थायी सलाहकार समिति का गठन कुछ ज्यादा सख्ती से होगा तथा जैसा कि आप अपने समक्ष आनेवाले प्रस्ताव के लेख में देख सकेंगे कि हमने प्रतिनिधित्व का बँटवारा कुछ इस प्रकार किया है :

(1) भारत सरकार के प्रतिनिधि;

(2) प्रांतों के प्रतिनिधि;

(3) संस्थानों के प्रतिनिधि;

(4) नियोक्ताओं के प्रतिनिधि तथा

(5) कर्मचारियों के प्रतिनिधि, जिनकी अध्यक्षता केंद्र सरकार के श्रम सदस्य करेंगे।

इस स्थायी सलाहकार समिति के गठन का प्रस्ताव रखने के दौरान हमने जितना संभव हो सका उस हद तक राष्ट्र संघ के तहत गठित अंतरराष्ट्रीय श्रम कार्यालय (ILO) के 'गवर्निंग बॉडी' में निहित तत्त्वों का अनुकरण करने का प्रयास किया है। मेरे मुताबिक उस संरचना के तहत तीन सिद्धांत दिए गए हैं। पहला, सरकारी और गैरसरकारी प्रतिनिधित्व के बीच समानता। इसका वर्णन अनुच्छेद-7 के खंड एक में है, जिसके मुताबिक 32 प्रतिनिधियों में से 16 नियोक्ताओं और कर्मचारियों का प्रतिनिधित्व करते हैं। हमने सरकार को 10 सीट और 10 सीट उद्योग को देकर इस सिद्धांत को फलीभूत किया है।

दूसरा सिद्धांत नियोक्ताओं और कर्मचारियों के समान प्रतिनिधित्व का है। यह भी उसी धारा के तहत प्रतिपादित है जिसके मुताबिक 16 गैरसरकारी सीटों को नियोक्ताओं और कर्मचारियों के बीच समान रूप से बाँट दिया गया है। हमने इसे मानते हुए उद्योग के लिए तय की गई 10 सीटों में नियोक्ताओं और कर्मचारियों को आधी-आधी सीटें दे दी हैं।

तीसरा सिद्धांत कुछ हितों को आरक्षण के द्वारा प्रतिनिधित्व देने का आश्वासन है। इसे अनुच्छेद-7 में देखा जा सकता है, जिसके खंड (2) के मुताबिक सरकार की 16 सीटों में से 6 सीट गैर-यूरोपीयों के लिए आरक्षित हैं, तथा खंड (4) के मुताबिक नियोक्ताओं के कोटे से दो सीटें गैर-यूरोपीय संस्थानों के लिए आरक्षित रखी गई हैं। हम इस सिद्धांत को नियोक्ताओं और कर्मचारियों के कोटे में से केंद्र सरकार के श्रम सदस्य द्वारा एक-एक प्रतिनिधि को नामित किए

जाने के प्रावधान को पारित करने का प्रस्ताव रख रहे हैं। इससे नियोक्ताओं और कर्मचारियों के प्रमुख संगठनों के प्रतिनिधित्व के अलावा भी कुछ हितों के प्रतिनिधित्व को सुनिश्चित किया जा सकेगा। मुझे उम्मीद है कि इन प्रस्तावों के औचित्य और निष्पक्षता से आप आकर्षित होंगे और उनका अनुमोदन करने में आपको कोई हिचक भी नहीं होगी। हम इन अंगों की स्थापना केंद्र में कर रहे हैं; किंतु जैसा कि आप अच्छी तरह जानते हैं, श्रम का ताल्लुक केंद्र सरकार के मुकाबले प्रांतीय सरकार से कहीं ज्यादा है और मुझे लगता है कि शीर्ष पर स्थापित एक अंग को निचले स्तर से भी समर्थन की जरूरत होगी, इसलिए प्रांतीय सरकार यदि चाहे तो अपनी इच्छा से इस प्रकार के अंगों की स्थापना कर सकती है जिनसे केंद्रीय संगठन संपर्क में रहेगा। केंद्र सरकार की ओर से मैं आपको आश्वासन देता हूँ कि हम इस प्रकार के किसी भी सुझाव को पूरा प्रोत्साहन देंगे।

□

3

सामाजिक सुरक्षा तथा श्रम का प्रतिनिधित्व*

महाशयो,

मैं आप सभी का पूर्ण श्रम सम्मेलन में स्वागत करता हूँ। तेरह महीने पहले, पिछले साल 7 अगस्त को, प्रांतीय सरकारों के प्रतिनिधियों, भारतीय संस्थानों, नियोक्ताओं और कर्मचारियों को भारत सरकार के द्वारा दिल्ली में एक त्रिपक्षीय सम्मेलन में शामिल होने के लिए आमंत्रित किया गया था। इस सम्मेलन के आयोजन के पीछे दोहरी मंशा थी। लंबे समय बाद यह बात समझ आने लगी थी कि औद्योगिक समस्याएँ तथा श्रम कल्याण की समस्याओं को तब तक नहीं सुलझाया जा सकता जब तक कि तीन पक्ष—सरकार, नियोक्ता और कर्मचारी—एक-दूसरे के प्रति जिम्मेदारी की भावना न पैदा करें, एक-दूसरे के विचारों के लिए अधिक सम्मान न व्यक्त करें, तथा लेने और देने की भावना से काम न करें; तथा तब तक इस प्रकार के परस्पर आदर और बढ़ती जिम्मेदारी की भावना में कोई बदलाव नहीं आना चाहिए जब तक एक-दूसरे के साथ बातचीत चल रही है। इस उद्देश्य की पूर्ति के लिए दोनों को एक-दूसरे के साथ लानेवाली

---

* पूर्ण श्रम सम्मेलन, दिल्ली (6 सितंबर, 1943) में अंग्रेजी में दिया भाषण, रिपोर्ट : भारतीय सूचना (15 सितंबर, 1943), पृ. 143-4, बी.ए.डब्ल्यू.एस., भाग-10, पृ. 100-6 में पुनःप्रकाशित, संक्षेप और हिंदी अनुवाद : संपादक।

योजना बनाने की आवश्यकता महसूस की गई ताकि टेबल के आर-पार बैठकर दोनों एक-दूसरे से बातचीत कर सकें।

हालाँकि इस प्रकार के त्रिपक्षीय संगठन का विचार पहले से ही था, फिर भी इसमें संदेह है कि क्या यह इतनी जल्दी आकार ले लेता यदि युद्ध की वजह से श्रमिकों के मनोबल को बनाए रखना तत्काल और अतिआवश्यक नहीं हो गया होता। युद्ध ने त्रिपक्षीय संगठन को लागू किए जाने को एक और तरीके से तेज कर दिया। युद्ध के तनाव के बीच भारत सरकार से कहा गया कि वह श्रम कल्याण की औद्योगिक समस्याओं से तीव्र गति से निपटे, तथा मुझे यह कहते हुए गर्व हो रहा है कि सरकार ने एक ठोस कारखाई करने में जरा भी हिचकिचाहट नहीं दिखाई। अकुशल लोगों को तकनीकी प्रशिक्षण देना तथा अनेक प्रशिक्षण स्कूलों की स्थापना करना ये सरकार ने स्वीकार किया। वर्तमान श्रम कानून में दो नए सिद्धांतों की शुरुआत की जिनके दूरगामी महत्त्व हैं तथा जो परंपरा से आगे जाने के महत्त्व को चिन्हित करते हैं। सरकार ने सही वेतन निर्धारण तथा सेवा की सही शर्तों को लागू किए जाने को अपने कर्तव्य और दायित्व के रूप में लिया।

सरकार ने नियोक्ताओं तथा कर्मचारियों पर अपने विवादों को निपटारे के लिए सौंपने के लिए मजबूर करने को अपना कर्तव्य और दायित्व माना। इतना ही नहीं हुआ। भारत सरकार ने श्रमिकों के कल्याण को सुनिश्चित करने की जिम्मेदारी ली और इसके लिए सिर्फ यह निर्देश ही नहीं दिया कि श्रमिकों की भलाई के लिए क्या किया जाना चाहिए, बल्कि उसने अपनी एक एजेंसी भी तैनात की जो यह देखती थी कि जारी निर्देशों का पालन हो रहा है या नहीं। यह निर्भय नीति सरकार ने अपनी पहल और सोच-समझ से अपनाई। हालाँकि यह महसूस किया गया कि भारत सरकार की श्रम नीति के लिए यह बेहतर होगा यदि एक ऐसे तंत्र की स्थापना की जाए जिसके लिए प्रांतीय तथा संस्थानों, नियोक्ताओं और कर्मचारियों से सलाह लेना संभव हो, ताकि यह अपने ऊपर आए नए कर्तव्यों का निर्वहन पूरे आत्मविश्वास के साथ कर सके। इस दोहरे मकसद से ही त्रिपक्षीय श्रम सम्मेलन का आयोजन किया गया। इसका फैसला सम्मेलन पर छोड़ दिया गया कि क्या श्रम कल्याण की औद्योगिक समस्याओं की चर्चा के लिए एक स्थायी तथा प्रतिनिधि संस्था की स्थापना का समय आया है या नहीं, चाहे विधायक और प्रशासनिक लिहाज से, तथा जो भारत सरकार को उन समस्याओं से निपटने में संतोषजनक

कारवाई का रास्ता सुझा सके। उस समय जो प्रतिनिधि उपस्थित थे, उन्होंने एकमत से इस प्रस्ताव को स्वीकार किया, तथा दो अंगों के गठन की प्रतिबद्धता जताई, उनमें से बड़े अंग को पूर्ण श्रम सम्मेलन कहा गया, तथा छोटे को स्थायी श्रम समिति नाम दिया गया।

त्रिपक्षीय श्रम सम्मेलन की जड़ें युद्ध की मजबूरियों में छिपी हैं। लेकिन मुझे यह कहते हुए खुशी हो रही है कि यह युद्ध के बाद भी चलता रहेगा। यह एक ऐसी संस्था होगी जिसका देश के आर्थिक ढाँचे में एक स्थायी स्थान होगा।

मुझे यकीन है कि किसी को भी औद्योगिक तथा श्रम की समस्याओं पर चर्चा के लिए ऐसे प्रतिनिधि मंच की स्थापना के पक्ष में लिये गए फैसले की उपयुक्ता पर शंका नहीं होगी। ऐसी किसी भी शंका को दूर करने के लिए पिछले 13 महीने के दौरान किए गए कार्यों का सर्वेक्षण पर्याप्त होगा।

7 अगस्त, 1942 के बाद, जब ये दो अंग वजूद में आए, तब स्थायी श्रम समिति की तीन बैठकें हुईं। स्थायी श्रम समिति की पहली बैठक के मसौदों में ये विषय थे, जैसे युद्धकालीन श्रम विधान, उत्पादन की समस्याएँ, विवादों का निपटारा, अनुपस्थिति, काम के घंटे, औद्योगिक थकान, स्वास्थ्य, शोध बोर्ड, श्रमिकों की आमदनी, महँगाई भत्ता, लाभ बोनस, बचत, कल्याण के प्रश्न, सस्ते-राशन की दुकान, ए.आर.पी. के लिए संयुक्त समिति और छोटे सिक्कों की कमी को देखते हुए वेतन को पूरी रकम में देना। दूसरी बैठक के मसौदे में इस प्रकार के विषय थे, जैसे : श्रमिकों को अनिवार्य खाद्य पदार्थों की आपूर्ति, भारत की सुरक्षा के नियम 81-ए के तहत संयुक्त अधिनिर्णय तथा अस्थगित बोनस। तीसरी बैठक में सरकारी ठेकों में उचित वेतन की शर्त, संयुक्त उत्पादन समितियों, औद्योगिक उपक्रमों में श्रम अधिकारियों की नियुक्ति, भारत की सुरक्षा के नियम 81-ए का कार्य करना, रोजगार कार्यालयों की स्थापना तथा औद्योगिक सांख्यिकीय अधिनियम के तहत आँकड़े जुटाना, यह विषय मसौदे में थे।

इससे स्थायी श्रम समिति के द्वारा जिन विभिन्न प्रकार के विषयों पर चर्चा की गई है उसका पता चलेगा। जिन मुद्दों पर चर्चा की गई है उन पर एकमत से फैसला लेना संभव नहीं हो सका है। लेकिन चर्चा बेहद उपयोगी रही है, तथा भारत सरकार को उनसे काफी फायदा हुआ है। मतैक्य के अभाव में ही भारत सरकार उनमें से कई विषयों पर सकारात्मक कदम नहीं उठा सकी, जिन पर

चर्चा हुई। लेकिन जहाँ मतैक्य हुआ वहाँ भारत सरकार उन फैसलों को स्वीकार करने में और उन्हें लागू करने में सुस्त नहीं रही। उदाहरणार्थ, युद्ध में चोट लगने की घटनाओं (क्षतिपूर्ति बीमा) का कानून तथा राष्ट्रीय सेवा (तकनीकी कर्मियों का संशोधन) अधिनियम। अन्य उदाहरण हो सकते हैं जैसे औद्योगिक सांख्यिकीय कानून तथा रोजगार कार्यालय योजना। इन दोनों के तहत सम्मेलन में लिये गए निर्णयों के मुताबिक जल्द ही कदम उठाए जाएँगे।

ऐसे कई लोग होंगे जिन्हें यह प्रगति बहुत मामूली नजर आएगी। उन्हें मैं कहूँगा कि उनका नजरिया गलत है। प्रगति के लिए कोई शॉर्टकट नहीं होता और यह भी निश्चित नहीं होता कि शॉर्टकट ही सही कट होगा। शांतिपूर्ण जरियों से हासिल प्रगति हमेशा धीमी प्रगति होती है और मेरे जैसे अधीर आदर्शवादियों के लिए यह कष्टकारी धीमी होता है। भारत जैसे पुराने देश में जहाँ सामूहिक काररवाई की कोई परंपरा नहीं है, और न ही सामाजिक चेतना के सबूत हैं, वहाँ प्रगति का धीमा होना निश्चित है। किसी को भी इस बात से हतोत्साहित नहीं होना चाहिए। क्योंकि मैं मानता हूँ कि प्रगति की रफ्तार से कहीं अधिक मायने रखता है नजरिया। त्रिपक्षीय सम्मेलन की ओर इस नजरिए से देखने पर मुझे यह कहने में कोई संकोच नहीं कि त्रिपक्षीय सम्मेलन की महान् उपलब्धि इस मायने में है कि इसने सरकार तथा नियोक्ताओं और कर्मचारियों में श्रम समस्याओं को लेकर एक मौलिक परिवर्तन ला दिया है। इन सम्मेलनों में जिसने भी हिस्सा लिया है उसने इस बात को जरूर देखा होगा। नजरिए में एक स्वस्थ और सही बदलाव लाकर हम पूरे विश्वास के साथ यह उम्मीद कर सकते हैं कि हमारी प्रगति की रफ्तार तेज होगी।

कार्यसूची के विषय

इस पूर्ण श्रम सम्मेलन की कार्यसूची में आठ विषय हैं। ये हैं :

(1) कोयला और कच्चे माल आदि की कमी से अनैच्छिक बेरोजगारी

(2) सामाजिक सुरक्षा, न्यूनतम वेतन।

(3) महँगाई भत्ता तय करने के सिद्धांत तय करना।

(4) बंबई औद्योगिक विवाद अधिनियम के प्रावधानों की तर्ज पर बड़ी औद्योगिक इकाइयों में स्थायी आदेशों के प्रावधान।

(5) पूर्ण सम्मेलन के लिए प्रक्रिया के नियम का अंगीकरण।

(6) प्रांतों में त्रिपक्षीय संगठनों की स्थापना।

(7) श्रम का 'लेजिसलेचर' तथा अन्य अंगों में प्रतिनिधित्व।

(8) भविष्य निधि के मानक नियम।

इन विषयों में, दो ऐसे हैं जिनके महत्त्व को आप नजरअंदाज नहीं कर सकते। मैं सामाजिक सुरक्षा तथा श्रम के प्रतिनिधित्व की बात कर रहा हूँ। उन्हें एक-दूसरे से अलग नहीं किया जा सकता है। लेकिन महत्त्वपूर्ण यह है कि उन्हें छोड़ा भी नहीं जा सकता है। दुनिया भर में ये दोनों गंभीर चर्चा के विषय हैं तथा बेवरीज रिपोर्ट इसका एक नमूना है कि कैसे दुनिया भर में इस समस्या ने आमतौर पर दिलचस्पी पैदा कर दी है। हम भारत में इसकी तरफ आँखें नहीं मूँद सकते हैं। मुझे यह आपको बताने की जरूरत नहीं कि आप इस समस्या से कैसे निपटें, या उनके लिहाज से आपके लिए सही रवैया क्या होगा? लेकिन आप मुझे इस बात की अनुमति दें कि मैं दो विचार पेश करूँ जो उन मुद्दों के लिए उचित हैं जिनसे उनका संबंध है। जो लोग पूँजीवादी व्यवस्था पर आधारित औद्योगिक संरचना में और संसदीय लोकतंत्र पर आधारित राजनीतिक संगठन में रहते है, उन्हें उनकी प्रणालियों के विरोधाभास को समझना चाहिए।

पहला विरोधाभास बेशुमार दौलत तथा घोर गरीबी में है जो अपने साधारण रूप में नहीं, बल्कि देखा जाए तो गंभीर रूप में होती है। उन लोगों के पास दौलत होती है जो काम नहीं करते, तथा जो काम करते हैं वे गरीब होते हैं। दूसरा विरोधाभास राजनीतिक तथा आर्थिक प्रणाली में होता है—राजनीति में समानता और अर्थव्यवस्था में असमानता। एक व्यक्ति एक वोट, एक वोट एक मूल्य हमारा राजनीतिक नियम होता है। अर्थशास्त्र में हमारा सिद्धांत होता है राजनीतिक नियम को नकार देना। हो सकता है इन विरोधाभासों को खत्म करने के मुद्दे पर विचारों में फर्क हो। लेकिन इस विषय पर कोई मतभेद नहीं हो सकता कि इस प्रकार के विरोधाभास होते हैं। यह भी सच है कि ऐसे विरोधाभास हालाँकि स्पष्ट होते हैं, फिर भी लोग उनकी तरफ ध्यान नहीं देते। लेकिन आज स्थिति बदल गई है और जिन विरोधाभासों से सबसे बुद्धिमान भी अवगत नहीं था, अब उन्हें सबसे मंदबुद्धि व्यक्ति भी समझ रहा है।

जो दूसरा विचार मैं रखना चाहता हूँ, वह यह है कि जब से सामाजिक

जीवन का आधार हौसियत (स्टेट्स) की बजाय अनुबंध हुआ है, जीवन की असुरक्षा एक सामाजिक समस्या बन गई है तथा इसके समाधान ने उन सभी लोगों का ध्यान अपनी ओर खींचा है जो मानव जीवन की बेहतरी में यकीन करते हैं। मनुष्य के अधिकारों तथा विभिन्न प्रकार की स्वतंत्रताओं के प्रतिपादन में बेहिसाब ऊर्जा खर्च हुई है जिन्हें हर हाल में उनका जन्मसिद्ध अधिकार माना जाए। निस्संदेह, यह सब काफी अच्छा और खुशी मनानेवाला है। पैसिफिक रिलेशंस कॉन्फ्रेंस के 'आर्थिक समूह की रिपोर्ट' के शब्दों का इस्तेमाल करूँ तो मैं यह कहना चाहता हूँ कि तब तक कोई सुरक्षा नहीं होगी जब तक कि ये अधिकार उन संदर्भों में परिवर्तित नहीं कर दिए जाएँ जिन्हें आम आदमी समझता है; अर्थात् शांति, एक मकान, पर्याप्त कपड़ा, शिक्षा, अच्छी सेहत और इनसे ज्यादा दुनिया के सबसे ऊँचे रास्तों पर गरिमा के साथ चलने का अधिकार जहाँ गिरने का डर न हो।

भारत में हम इन समस्याओं को न तो मानने से इनकार कर सकते हैं और न अनदेखा ही कर सकते हैं। हमें मूल्यों के पुनर्मूल्यांकन के लिए तैयार रहना चाहिए। यह काफी नहीं होगा कि हम भारत के औद्योगिक विकास को अपना लक्ष्य मान लें। हमें तैयार रहना होगा कि ऐसा कोई भी औद्योगिक विकास सामाजिक रूप से वांछनीय स्तर पर बनाए रखना चाहिए। यही काफी नहीं होगा कि हम भारत में और ज्यादा दौलत इकट्ठा करने में अपनी ऊर्जा लगा दें। हमें न सिर्फ उस दौलत को सभी भारतीयों के बीच बाँटने के मूल अधिकारों को मान्यता देने पर सहमत होना होगा जिससे वे सभ्य और गरिमामय जीवन जी सकें, बल्कि उसे असुरक्षा के प्रति सुरक्षित रखने के तरीके भी सुनिश्चित करने होंगे।

इससे पहले कि मैं अपनी बात समाप्त करूँ, एक विषय है जिसका मैं जिक्र करना चाहूँगा। हमारी बैठकों में होनेवाली चर्चा कभी-कभी असंबद्ध और गैर-व्यावहारिक हो जाती है। इस मामले में मेरा उद्देश्य अतिआलोचनावादी होने का नहीं है, लेकिन मैं प्रतिनिधियों से अपेक्षा करूँगा कि जितना संभव हो वे संक्षेप में अपनी बात रखें, और उसे विषय तक ही सीमित रखें। मैं किसी भी प्रतिनिधि को इस अवसर से वंचित नहीं करना चाहता कि वह चर्चा में शामिल होकर अपने विचार न रख सके, लेकिन मैं आपसे यह याद रखने को कहूँगा कि हम प्रतिनिधियों के विचार क्या हैं हम यही जानना चाहते हैं। उसका स्वागत है

कि वह अपने विचार रखे। लेकिन यह जरूरी नहीं कि उसके विचारों के बयानों में तर्क की एक लंबी-चौड़ी श्रृंखला हो। मुझे यकीन है कि मेरी तरह ही आप सभी इस बात को लेकर उत्सुक होंगे कि हमारी कार्यवाही पूरी तरह व्यावहारिक हो और इसलिए, अपने आपको उस आरोप से बचाएँ जो कार्लाइल ने हाउस ऑफ कॉमन्स पर लगाया था।

□

4

भारतीय ट्रेड यूनियन (संशोधन) विधेयक*

महोदय, मैं प्रस्ताव रखता हूँ :

कि भारतीय ट्रेड यूनियन ऐक्ट, 1926 को और संशोधन के लिए उसके संदर्भ में राय जानने के लिए उसे परिचालित किया जाए। यह प्रस्ताव सिर्फ इस कदम के लिए सार्वजनिक राय जानने के लिए परिचालित किया जा रहा है। इसलिए मुझे इस बिल में शामिल प्रावधानों पर विस्तार से चर्चा करना इस सदन के समय को देखते हुए अनावश्यक लग रहा है। मैं समझता हूँ कि इतना काफी है कि सदन को बता दिया जाए कि विधेयक की मुख्य विशेषताएँ क्या हैं तथा सरकार ने किस वजह से इस विशेष विधेयक को चुना है।

इस विधेयक की तीन मुख्य बातें हैं। सबसे पहले, यह बिल किसी भी नियोक्ता को ट्रेड यूनियन को मान्यता देने पर विवश करता है। दूसरा, यह विधेयक किसी ट्रेड यूनियन पर कुछ शर्तें लागू करता है, ताकि यदि मैं कहूँ तो वह इस लायक बन सके कि नियोक्ता उसे मान्यता दे। इस विधेयक की तीसरी खूबी यह है कि एक ऐसा ट्रेड यूनियन जिसने इस कदम के मुताबिक निर्धारित

---

* केंद्रीय विधानसभा में दिया अंग्रेजी भाषण, विधानसभा की चर्चा (केंद्रीय), भाग-4 (1943) (13 नवंबर, 1943), पृ. 252-4, बी.ए.डब्ल्यू.एस., में पुन:प्रकाशित भाग-10, पृ. 113-9, संक्षेप और हिंदी अनुवाद : संपादक।

सभी शर्तों को लागू किया है और जिनके बाद वह मान्यता के योग्य है, यदि किसी भी नियोक्ता ने उसे अमान्य किया तो उसके खिलाफ कानून के तहत काररवाई होगी।

जैसा कि मैंने कहा, इस कदम की खूबियों की चर्चा अनावश्यक है। यह प्रस्ताव सभी के पास भेजा गया है और इसका मतलब है कि विधेयक में सरकार के द्वारा शामिल किए गए प्रस्ताव वर्तमान स्तर पर अस्थायी ही हैं। इनके विषय में अभी कुछ तय नहीं है तथा सरकार की मंशा यह नहीं है कि इन प्रावधानों को तब तक अंतिम नहीं माना जाए जब तक कि श्रमिकों के नेताओं, नियोक्ताओं, प्रांतीय सरकारों तथा इस कदम से संबंधित अन्य पक्षों के विचार नहीं मिल जाते। इसलिए यह बिल जैसा अभी है, तब काफी भिन्न होगा जब सरकार उन तमाम सुझावों पर अपनी ओर से सोच-विचार करेगी जो उसे इस विधेयक को चारों तरफ भेजने के बाद प्राप्त होने की उम्मीद है।

कुल मिलाकर मैं इस सदन में जो कहना चाहता हूँ वह है कि आखिर क्यों भारत सरकार ने अपने कंधों पर यह जिम्मेदारी ली है। सदन को यह याद होगा कि इस विषय पर विचार हुआ था और नियोक्ताओं द्वारा ट्रेड यूनियनों को मान्यता देने के प्रश्न पर ध्यान खींचने की पूरी कोशिश हुई थी तथा अन्य सभी माननीय सदस्यों ने, जिन्होंने श्रम के बारे में रॉयल कमीशन की रिपोर्ट पढ़ी है उन्हें यह अहसास होगा कि रॉयल कमीशन ने ट्रेड यूनियनों की मान्यता पर कितना जोर दिया था, ताकि ट्रेड यूनियनों का अच्छी तरह विकास हो सके और नियोक्ताओं एवं मजदूरों का संबंध सौहार्दपूर्ण रहे।

सदन को यह भी याद होगा कि उस स्तर पर रॉयल कमीशन ने कहा था कि यह उनकी हार्दिक इच्छा होगी कि नियोक्ताओं की स्वेच्छापूर्ण रजामंदी बिना किसी कानूनी दायित्व के हासिल की जाए। सदन को यह भी स्मरण होगा कि रॉयल कमीशन ने सन् 1929 में कहा था कि व्यावहारिक रूप से 12 वर्ष बीत गए हैं और नियोक्ताओं में अब तक यह इच्छा दिखाई नहीं देती कि वे स्वेच्छा से ट्रेड यूनियनों को मान्यता दें। निस्संदेह रूप से रॉयल कमीशन के सामने नियोक्ताओं ने ट्रेड यूनियनों की मान्यता का विरोध करने के लिए जिन आपत्तियों का जिक्र किया था, उन्हीं आपत्तियों की वजह से आज भी नियोक्ता ट्रेड यूनियनों को अमान्य करने पर जोर दे रहे हैं। नतीजा यह कि स्थिति में सुधार नहीं हुआ है। जैसा कि

माननीय सदस्यों को याद होगा, यह प्रश्न सन् 1937 के बाद उठा था जब प्रांतीय स्वायत्तता मिलने के बाद कई प्रांतीय सरकारों ने नए ऐक्ट के तहत सरकार की कमान सँभाली। उस समय न सिर्फ निजी स्तर पर बल्कि मंत्रियों द्वारा भी नियोक्ताओं के द्वारा ट्रेड यूनियनों की मान्यता के लिए कदम उठाए गए। उदाहरण के लिए, मद्रास में एक निजी विधेयक पेश किया गया, साथ ही उस समय के मंत्रिमंडल द्वारा सरकार का एक प्रस्ताव भी आया।

बंबई में सरकार ने एक कानून बनाया जिसे बंबई ट्रेड यूनियन डिस्प्यूट्स ऐक्ट नाम दिया गया। मध्य प्रांत में एक कानून की परिकल्पना हुई और एक मसौदा तैयार किया गया तथा ऐसा ही संयुक्त प्रांत में भी किया गया। दुर्भाग्य से बंबई को छोड़कर, अन्य प्रांतों की सरकारों ने अपनी परियोजना के कानूनी रूप लेने से पहले ही इस्तीफा दे दिया। हालाँकि प्रांतीय स्वायत्तता मिलने के बाद भारत सरकार ने केंद्र एवं प्रांतों के बीच सहयोग की एक प्रणाली शुरू की और सहयोग के लिए अपनाए गए एक उपाय को श्रम मंत्रियों का सम्मेलन नाम दिया गया।

श्रम मंत्रियों का पहला सम्मेलन सन् 1940 में हुआ जब इस विषय पर प्रांतीय सरकारों तथा केंद्र सरकारों के बीच चर्चा हुई। यह उसी दौरान तय किया गया कि सम्मेलन के समक्ष पर्याप्त सामग्री नहीं है कि वह इस विषय पर किसी ठोस नतीजे तक पहुँचे और सम्मेलन ने केंद्र सरकार को यह निर्देश दिया कि इस मुद्दे को प्रांतीय सरकारों के पास भेजा जाए ताकि प्रांतीय सरकारों के साथ-साथ श्रमिक नेताओं तथा नियोक्ताओं का विचार जाना जा सके और फिर उन विचारों को दूसरे श्रम मंत्रियों के सम्मेलन में रखा जाए जिसे सन् 1941 में आयोजित करने का प्रस्ताव रखा गया। इसी प्रकार भारत सरकार ने प्रांतीय सरकारों को एक चिट्ठी लिखकर विभिन्न पक्षों से इस मुद्दे पर राय इकट्ठा करने को कहा तथा प्रांतीय सरकारों द्वारा अच्छी-खासी तादाद में विचार इकट्ठे हुए और उन्हें प्रांतों के विचार के साथ केंद्र सरकार को भेज दिया गया।

इन सभी को सन् 1941 में हुए श्रम मंत्रियों के सम्मेलन के समक्ष रखा गया तथा उस समय यह निष्कर्ष निकला था कि केंद्र सरकार को ऐसा कानून बनाना चाहिए कि वह कानून शुद्ध रूप से प्रांतीय न हो और वह मसौदा प्रांतीय सरकारों तथा उन विभिन्न पक्षों से प्राप्त उत्तरों के आधार पर तैयार किया जाना चाहिए, जो उस मुद्दे से जुड़े हुए थे।

इसका नतीजा यह हुआ कि भारत सरकार ने यह कार्य सँभाला तथा वर्तमान विधेयक दरअसल विभिन्न पक्षों के द्वारा अभिव्यक्त विचारों के जरिए मिली सूचनाओं के केंद्र सरकार द्वारा छाँटने से बना है। यह इस उपाय का मूल है। इससे यह स्पष्ट होगा कि क्यों श्रम पर कानून के प्रांतीय मुद्दा होने के बावजूद केंद्र सरकार ने यह कदम उठाया है। मैं नहीं समझता कि मेरे लिए इस विषय पर इससे ज्यादा कुछ भी कहना आवश्यक है। जैसा कि मैंने कहा है, ये प्रस्ताव अस्थायी है, इनके बारे में कुछ तय नहीं है और तब तक अंतिम रूप से कुछ भी नहीं होगा जब तक कि हम विधेयक के वर्तमान मसौदे पर राय इकट्ठा नहीं कर लेते। कुल मिलाकर मैं इतना ही कह सकता हूँ कि यह विधायिका जिस कानून के लिए बुलाई गई है वह अब तक का सबसे महत्त्वपूर्ण कदम है। यह एक अनोखा उपाय भी है। अमेरिका और स्वीडन को छोड़कर बाकी देशों में ट्रेड यूनियनों की मान्यता को स्वैच्छिक प्रयासों के भरोसे छोड़ दिया गया है। मुझे उम्मीद है कि यह विवादास्पद मुद्दा नहीं बनेगा। किसी भी सूरत में मैंने जो कुछ कहा है उससे अधिक कुछ और नहीं कहना चाहूँगा, क्योंकि इससे पहले कि बिल में मौजूद किसी भी प्रस्ताव के लिए मैं खुद को जिम्मेदार बनाऊँ मैं चाहता हूँ कि बिल को सार्वजनिक जाँच के लिए सौंप दिया जाए।

महानुभावो, वह बिल जिसे चारों तरफ भेजने के लिए पेश करने का जो सम्मान मुझे प्राप्त हुआ है, उसे लेकर विवाद हो गया है। हालाँकि यह अनपेक्षित नहीं है। जैसा कि मैंने कहा है कि मेरे विचार से यह बिल निस्संदेह रूप से एक विवादास्पद मुद्दा है। लेकिन जैसा कि मैंने अपने शुरुआती टिप्पणियों में कहा है कि मैं आज किसी विवाद में नहीं पड़ना चाहता और न ही मैंने जो मुद्दे उठाए हैं उन पर कोई जवाब देना चाहता हूँ। मैं ऐसा किसी अन्य भावना की वजह से या उन माननीय सदस्यों के प्रति असभ्यता का परिचय देने के लिए नहीं कर रहा जिन्होंने इस बहस में हिस्सा लिया और अपने विचार प्रकट किए। मैं उन्हें आश्वस्त करता हूँ कि मैं उनकी बातों को दिमाग में रखूँगा तथा उनकी वैधता पर जरूरत पड़ने पर विचार करूँगा। जैसा कि मैंने कहा कि इस स्तर पर यदि मैं खड़ा हो जाऊँगा तो उन बातों का जवाब देने के लिए नहीं जिन्हें मैंने कहा है, बल्कि मैं यह महसूस करता हूँ कि मेरी कुछ हद तक उन बातों के लिए आलोचना भी की जाएगी जो मेरे माननीय मित्र मिस्टर ग्रिफिथ्स ने कही थी। उन्होंने एक तर्क दिया

था जिस पर यदि वह मुझे जवाब देने की इजाजत देंगे तो मैं कहूँगा कि वह तर्क एकदम गलत था। उन्होंने कहा कि मैं जो कदम उठा रहा हूँ वह कुछ हद तक स्पष्ट नहीं है तथा अगर मैं इस उक्ति का इस्तेमाल करूँ तो उसमें खोखली धाराएँ हैं। उनकी आलोचना यह थी कि मैं न्यायसंगत नहीं हूँ तथा मेरी ओर से ज्यादती है कि मैं सदन से एक ऐसे विधेयक पर विचार करने की अपील करूँ जो इतना अस्पष्ट तथा खोखली धाराओं वाला विधेयक है।

मैं इस आलोचना को स्वीकार नहीं करता तथा मैं कहता हूँ कि यह पूरी तरह से गलत और निराधार है। पहले तो मैं यह मानता ही नहीं कि इस विधेयक में कोई भी ऐसी धारा है जो अस्पष्ट है या इस विधेयक में ऐसी धाराएँ हैं जो खोखली हैं, इतनी खोखली हैं कि कोई समझ ही नहीं सकता कि विधेयक का उद्देश्य क्या है। लेकिन थोड़ी देर के लिए मान भी लें कि कुछ ऐसी धाराएँ हैं जिनमें कुछ सामग्री डाली जानी है, तो मैं नहीं मानता कि उसकी आलोचना करना सही है। यदि मैंने सदन से पूछा कि जिस रूप में प्रस्ताव को पेश किया गया है उस पर कार्यवाही आगे बढ़ाए और उसे पारित कर दे, तो मैं उस आलोचना को समझ सकता था, लेकिन मैं ऐसा कुछ नहीं कर रहा हूँ। मैं तो सिर्फ इस सदन से इस बात की इजाजत चाहता हूँ कि यह विधेयक जिस रूप में है उस पर राय जानने के लिए इसे सबके पास भेजे, ताकि सरकार को उन पक्षों से मार्गदर्शन मिले जो मार्गदर्शन कर सकते हैं तथा अंत में सरकार उन खाली स्थानों को भर सके, जो अस्पष्ट हैं उन्हें पुख्ता कर सके। इसलिए मेरा कहना है कि मि. ग्रिफिथ्स ने जो आलोचना की है उसमें दम नहीं है।

मि. ग्रिफिथ्स ने यह भी कहा है कि सिद्धांतों के लिहाज से विधेयक कमजोर है। ऐसा है तो यह अपने अपने विचार की बात है। मैंने दूसरे पक्ष के बीच लोगों को यह कहते हुए सुना है कि इस विधेयक में एक पूरी तरह से ठोस सिद्धांत है और इसे कानून में भी शामिल किया जाना चाहिए। इसलिए मैं उस आलोचना के बिंदु पर और कुछ नहीं कहूँगा।

दूसरा तर्क जो उन्होंने दिया वह यह था कि मैंने यह नहीं बताया कि एक प्रतिनिधि ट्रेड यूनियन क्या होता है। उन्हें किसी प्रकार की ठेस पहुँचाए बिना यदि मैं कहूँ तो या तो उन्होंने विधेयक की धाराएँ पढ़ी नहीं हैं, या पढ़ी हैं तो उन्हें समझा नहीं है। इस विधेयक के प्रावधानों में यह पूरी तरह स्पष्ट है कि इसमें दो

प्रमुख शर्तें रखी गई हैं। पहला है कि—मान्यता प्राप्त करने से पहले एक ट्रेड यूनियन को कुछ शर्तें पूरी करनी होगी। दूसरी शर्त यह है कि—केवल शर्तों को पूरा कर देना ट्रेड यूनियन को मान्यता देने के लिए काफी नहीं है। उन शर्तों को पूरा करने के अलावा, एक बोर्ड के द्वारा प्रमाणित किए जाने की परीक्षा से गुजरना होगा। दरअसल, यदि मैं कहूँ तो इस विधेयक का सिद्धांत—जो इसका मौलिक हिस्सा है—वह यह है कि विधेयक का प्रतिनिधित्व करनेवाला चरित्र (कैरेक्टर) प्रमुख रूप से प्रमाण-पत्र की उन शर्तों पर निर्भर करेगा जिसे श्रम का प्रतिनिधित्व करनेवाला एक त्रिपक्षीय बोर्ड, सरकार तथा नियोक्ता तय करेंगे।

सरकार की स्थिति एकदम स्पष्ट है और उसे संक्षेप में बताया जा सकता है। सन् 1941 में हमें जिन विचारों से अवगत कराया गया था उनके आधार पर तथा उन विचारों के आधार पर जो हमें श्रम और पूँजी का प्रतिनिधित्व करनेवाले संगठनों से मिले थे, उनके आधार पर सरकार इस नतीजे पर पहुँची कि उन्होंने जो सकारात्मक शर्तें रखी हैं वे पर्याप्त हैं। लेकिन सरकार इस विषय को लेकर ढोंग नहीं करना चाहती है, और सरकार यह महसूस करती है कि कुछ शर्तें हो सकती हैं जिन्हें प्रांतीय सरकार या श्रम या पूँजी के नियोक्ता इस विधेयक में मान्यता देने से पहले शामिल करना आवश्यक समझते होंगे। आकस्मिक हालातों में इसे प्रांतीय बनाने के लिए हमने इन धाराओं को शामिल किया है, जिनमें लिखा है कि जहाँ आवश्यकता हो आगे की परिस्थितियों को निर्धारित किया जाए। यह एक खाली स्थान है, यह एक अवसर है जिसे हमने छोड़ा है, तथा किसी भी मिलनेवाली सलाह से लाभ उठाने की गुंजाइश रखी है। निश्चित रूप से कहीं कोई अस्पष्टता नहीं है, तथा विधेयक के प्रावधानों को लेकर अनिश्चितता नहीं है कि प्रतिनिधि स्वरूप का अर्थ क्या है।

मि. ग्रिफिथ्स और उनके साथ बोलनेवाले अन्य सदस्यों ने कहा कि सरकार न्यायपूर्ण नहीं है या उनके शब्दों में कहें तो अनुच्छेद 27 (जे) लगाने के मामले में अतार्किक हो गई है जिसमें सरकारी उपक्रमों को इस विधेयक के परिचालन से अलग कर दिया गया है।

महोदय, अब इस विवाद पर जो मैं पहला तर्क रखना चाहूँगा कि 'जीवन में हमेशा तर्क ही नहीं होता'। ऐसे कई मौके आते हैं जब तार्किकता हमें अतिवाद की ओर धकेल देती है और मैं नहीं मानता कि कोई भी व्यक्ति अतार्किक होने की

बजाय अतिवादी होने को कबूल करेगा। निजी तौर पर मैं भी सोचता हूँ कि यदि अनुच्छेद 28 (जे) के विषय में कुछ कहा जा सकता है तो वह ये है कि सरकार डरपोक नहीं है, सरकार अतार्किक नहीं है; सरकार बुद्धिमान है तथा सरकार सचेत है।

मैं समझता हूँ कि इस धारा को कुछ हद तक गलत समझा गया है। सरकार को इस विधेयक से दूर रखने की कोई मंशा नहीं है। जो कुछ कहा गया है वह इतना भर है कि एक तिथि निर्धारित की जाएगी जब इस विधेयक के प्रावधान सरकारी उपक्रमों पर भी लागू होंगे। इसलिए यदि सरकार के पक्ष में किसी प्रकार का भेदभाव किया गया है, तो यह विधेयक के कार्यान्वयन के सिलसिले में नहीं है, बल्कि उस तिथि को लेकर है कि यह सरकार पर कब लागू होगा।

□

5

श्रम के प्रति सरकार की नीति*

"मैं समझता हूँ कि मुझे यह कहना चाहिए कि श्रम के मुद्दे पर भारत सरकार के संबंध में एक बात पूरे दावे के साथ कही जा सकती है कि श्रम के प्रति सरकार के रवैए में एक नया परिवर्तन आया है और यह रवैया श्रम के प्रति आदर का है।" यह बात माननीय डॉ. बी.आर. आंबेडकर ने कही थी।

श्री जोशी ने इतने व्यापक पैमाने पर कई इलाकों का दौरा किया है तथा इतने मुद्दे उठाए हैं कि मुझे लगता है कि उन्होंने जो कुछ कहा उस पर श्रम विभाग का प्रतिनिधि होने के नाते, मेरे लिए हर एक पर विशेष रूप से चर्चा करना संभव नहीं होगा। समय की कमी को देखते हुए मैं ऐसे बिंदुओं को चुनने के लिए मजबूर हूँ जिन पर इस सदन में हुई बहस के दौरान मेरे लिए उत्तर देना आवश्यक हो जाता है।

श्रम की स्थितियाँ

महोदय, श्री जोशी ने अपने भाषण की शुरुआत एक सामान्य बयान से किया कि भारत में श्रमिकों की स्थिति पूरी दुनिया के मुकाबले बेहद असंतोषजनक है। महोदय, यह कहना मेरा काम नहीं है कि मैं कहूँ कि मैं इस बात से असहमत हूँ। निस्संदेह ये बात सच है। मैं सिर्फ इतना कहना चाहता हूँ कि श्रमिकों की स्थिति

---

* श्रम के प्रश्नों पर श्रम विभाग की नीति पर कटौती प्रस्ताव का जवाब (अंग्रेजी में)। भारतीय सूचना (15 अप्रैल, 1944) पृ. 410-13, विधानसभा के बहस (केंद्रीय) (16 मार्च, 1944), भाग-2, पृ. 1187-91, बी.ए.डब्ल्यू.एस., भाग-10, पृ. 149-158। संक्षेप और हिंदी अनुवाद : संपादक

संतोषजनक नहीं है तो यह भारत सरकार की जिम्मेदारी नहीं है, जबकि श्री जोशी ने इसका वर्णन कुछ इसी प्रकार किया है। महोदय, भारत में श्रमिकों की स्थिति काफी हद तक इस देश के औद्योगिक विकास पर निर्भर है, जिसपर इस सरकार का बमुश्किल ही कोई नियंत्रण है और इसलिए यदि स्थितियाँ असंतोषजनक हैं तो भारत सरकार पर आरोप लगाने का कोई फायदा नहीं है। श्री जोशी ने कहा कि भारत सरकार के रवैए की वजह से ही उन्हें लगा कि भारत सरकार उपेक्षा या अकर्मण्यता की दोषी है। यह डरपोक थी और जो कुछ भी उसने किया वह अपर्याप्त था। मैं कहना चाहता हूँ कि यह निर्णय देते समय श्री जोशी यह अंतर करने में नाकाम रहे, जो मैं सोचता हूँ कि बेहद महत्त्वपूर्ण है।

कुछ ऐसी श्रम समस्याएँ हैं जिन पर कोई विवाद नहीं है। कुछ ऐसी श्रम समस्याएँ हैं जिनका वित्त पर कोई असर नहीं पड़ता। अब मैं श्री जोशी से यह जानना चाहता हूँ कि क्या किसी श्रम समस्या पर, जिस पर संबंधित पक्षों के बीच कोई विवाद नहीं था, या जिन पर वित्त के लिहाज से कोई प्रश्न नहीं उठा, उन पर भारत सरकार ने उतनी ही आवश्यक मुस्तैदी के साथ कारवाई नहीं की जो उस मामले में अपेक्षित थी? महोदय, मुझे यह कहने में कोई संकोच नहीं है कि ऐसे सभी मामलों में जहाँ पूर्ण सहमति रही है या लगभग सहमति रही है और जहाँ किसी वित्तीय बोझ की बात नहीं रही है, भारत सरकार ने अपेक्षा के मुताबिक पूरी मुस्तैदी से कारवाई की है।

युद्धकाल के उपाय

फिर श्री जोशी ने कहा है कि युद्ध के दौरान श्रमिकों की स्थिति में भारी गिरावट आई, क्योंकि सरकार ने काम के घंटे के मामले में फैक्टरी ऐक्ट के कुछ प्रावधानों से छूट दे दी थी और उसने श्रमिकों के हड़ताल के अधिकार पर पाबंदी लगाते हुए 15 दिनों का नोटिस देना अनिवार्य कर दिया था। उन्होंने इस तथ्य का भी जिक्र किया कि सरकार ने राष्ट्रीय श्रम सेवा अध्यादेश तथा तकनीकी कर्मियों का अध्यादेश लागू किया जिनके चलते लोगों को न चाहते हुए भी कुछ कार्यों को करना पड़ा।

मुझे यह कहते हुए गर्व हो रहा है कि श्री जोशी ने निष्पक्षता से यह कबूल किया कि युद्ध के दौरान इस प्रकार की पाबंदियाँ उचित थीं और मैं अपनी ओर

से कहूँगा कि जहाँ कहीं भी युद्ध के दौरान लागू इन उपायों पर कोई शिकायत मेरी जानकारी में आई है, मैंने उस शिकायत को दूर करने के लिए तुरंत कदम उठाए हैं। मैं इसका सिर्फ एक उदाहरण दूँगा। मुझे याद है कि श्री जोशी ने एक मुद्दा उठाया था कि अध्यादेश के तहत नियोक्ता को कर्मचारी को दंडित करने का दिया गया अधिकार श्रमिकों का उत्पीड़न था। मैंने सहर्ष उस शिकायत को स्वीकार किया था और मुझे याद है कि हमने अध्यादेश में एक संशोधन किया जिससे नियोक्ता के हाथों से दंडित करने की शक्ति छीनकर शाही अभियोजकों के हाथों में दे दी गई।

महोदय, जैसा कि मैंने कहा, मैं इन मामलों का लंबा-चौड़ा जिक्र नहीं कर सकता बल्कि मैं पूरी स्थिति को संक्षेप में इस प्रकार बता सकता हूँ कि जब मैं युद्ध काल के भारत सरकार के कानून को देखता हूँ, जिसमें बेसंदेह श्रमिकों की स्वच्छंदता पर पाबंदी लगाने की शक्ति थी, तो मैं सोचता हूँ कि इससे दो सिद्धांत सामने आए हैं। पहला यह है कि भारत सरकार ने पहली बार अपने ऊपर यह जिम्मेदारी ली है और यह तय किया है कि किन परिस्थितियों में श्रमिकों को नौकरी पर रखा जाएगा। मैं सोचता हूँ कि कुल मिलाकर यह एक नया सिद्धांत है जिसका अब तक हमारे श्रम कानून में कोई स्थान नहीं था, और मुझे यकीन है कि युद्ध काल के कानून में स्थान पानेवाले इस सिद्धांत को देश के श्रम कानून में स्थायी रूप से शामिल किया जाएगा।

युद्ध काल के इस कानून में जो दूसरा महत्त्वपूर्ण सिद्धांत शामिल है, वह है—अनिवार्य मध्यस्थता का सिद्धांत। महोदय, मेरे दोस्त श्री जोशी और श्री जमनादास मेहता मुझे यह कहने की अनुमति देंगे कि मुझे श्रम का कुछ व्यक्तिगत अनुभव भी है। मैं जानता हूँ और मैंने देखा भी है कि कैसे नियोक्ताओं से कुछ लाभ प्राप्त करने के लिए श्रमिक फिजूल में हड़ताल करते रहे हैं। और मैं समझता हूँ कि इसमें कोई अतिशयोक्ति नहीं कि शायद ही कोई ऐसा मामला रहा है जहाँ श्रमिकों को एक लंबे, कठिन, दर्दनाक एवं बरबाद करनेवाले संघर्ष के बाद, जो कई महीनों तक चला, नियोक्ताओं के आगे समर्पण करना पड़ा हो तथा अपनी पुरानी शर्तों या स्थितियों में लौटना पड़ा हो जो पहले से ज्यादा बदतर हो गई हों। महोदय, डिफेंस ऑफ इंडिया रूल्स के नियम 81 में ऐसे प्रावधान हैं जो सरकार को अनिवार्य मध्यस्थता की शक्ति देते हैं, जो मेरे हिसाब

से श्रमिकों के लिए सबसे अधिक फायदेमंद बात है।

जहाँ तक मैं जानता हूँ, ऐसे कुछ ही मामले हैं जिनमें यह शक्ति, जब इसे लागू किया तब श्रमिकों को वह नहीं मिला हो जिसके लिए उन्होंने संघर्ष किया। जहाँ तक मैं जानता हूँ, बेहद कम हड़ताल ऐसी हुई हैं जो श्रमिकों के हक में सफलतापूर्वक खत्म नहीं हुई हो। जो शिकायत श्री जोशी सेक्शन 81 के प्रावधानों को लेकर कर रहे हैं वह यह है कि हमने नियम 81 को हर मामले में लागू नहीं किया। उनका दावा जो मैं अब तक समझ सका हूँ, वह यह है कि जहाँ श्रमिकों ने विवाद शुरू किया, उनमें से हर मामले में और हमेशा ही सरकार ने इस सेक्शन को लागू करने की इच्छा नहीं दिखाई है। महोदय, इस मुद्दे को लेकर मेरी गहरी सहानुभूति है, लेकिन यह स्पष्ट है कि श्री जोशी का दावा स्वीकार नहीं किया जा सकता है।

इस मुद्दे पर, जैसा कि मैंने कहा है कि हम इस सिद्धांत को नहीं मान सकते कि जैसे ही किसी ट्रेड यूनियन ने नियोक्ता को नोटिस भेजा या हड़ताल पर जाने की धमकी दी, हम तत्काल नियम 81 को लागू कर दें। हमारे पास इसका अवसर होना चाहिए, हमारे कंधों पर यह जिम्मेदारी होनी चाहिए कि हम यह जाँच करें कि शिकायतें वाजिब हैं या नहीं। नहीं तो हर बात पर हड़ताल शुरू हो जाएगी, जिसे मैं समझता हूँ कि इस सदन में कोई भी स्वीकार करने के लिए तैयार नहीं होगा।

श्री जोशी ने एक और मुद्दा उठाया है कि श्रम विभाग श्रमिकों की समस्याओं से सही तरीके से नहीं निपट सकता है। उनका तर्क था कि इसके लिए एक अलग और विशिष्ट श्रम मंत्री होना चाहिए, तथा उसके तहत अफसरों को नियुक्त किया जाना चाहिए—एक वृद्धावस्था पेंशन पर रिपोर्ट के लिए, दूसरा अस्वस्थता बीमा तथा तीसरा कुछ तत्काल श्रम समस्याओं की जानकारी के लिए। महोदय, अब यह मेरा काम नहीं है जो श्री जोशी ने कहा है, हालाँकि उन्होंने जो कहा है व्यक्तिगत रूप से मैं उससे सहानुभूति रखता हूँ।

श्रम विभाग का विस्तार

कुल मिलाकर इस मुद्दे पर मैं यह कहना चाहता हूँ कि जिन परिस्थितियों में हम रह रहे हैं और अपना प्रशासन चला रहे हैं, उसे देखते हुए यह नहीं कहा

जा सकता है कि श्रम विभाग ने जिस प्रकार इसका गठन किया गया था, वह पैदा होनेवाली समस्याओं से नहीं निपट सकता है। महोदय, पहली गौर करनेवाली बात यह है कि श्रम विभाग किसी अन्य विभाग से संलग्न विभाग नहीं है। एक समय था जब यह या तो वाणिज्य विभाग या उद्योग विभाग से जुड़ा था। अब ऐसा नहीं है। यह एक अलग और स्वतंत्र विभाग है। यह सच है कि यह एक विशिष्ट विभाग नहीं है। साथ ही, कोई यह भी नहीं कह सकता है कि यह एक स्वतंत्र और उन तमाम विभागों के समूह में सबसे प्रभावी विभाग है जिसके नियंत्रण प्रत्येक का प्रभार सँभाल रहे माननीय सदस्यों के पास है।

महोदय, फिर हमने हाल ही में विभाग का अच्छा-खासा विस्तार किया है। सन् 1942 से पहले हमारे पास श्रम के मामलों से श्रम विभाग में सिर्फ एक अंडर सेक्रेटरी हुआ करता था। अब हमारे पास एक डिप्टी सेक्रेटरी तथा दो अंडर सेक्रेटरी हैं। इसके अतिरिक्त हमारे पास एक श्रम सलाहकार भी है, श्रम कल्याण सलाहकार, आठ सहायक श्रम कल्याण सलाहकार भी हैं। हमने अपने विभाग में एक सांख्यिकीविद् भी नियुक्त किया है जो सभी श्रम संबंधित आँकड़े जुटाता है, और इसके अतिरिक्त हमारे पास बहुत बड़ी संख्या में कर्मचारी हैं। दरअसल इतने कर्मचारी हैं जो तकनीकी प्रशिक्षण से जुड़े हैं, और मुझे यकीन है कि यह श्रमिकों के सामान्य हित की बात है।

महोदय, जहाँ तक विशेष अधिकारियों की नियुक्ति की बात है, तो यह ऐसा मुद्दा नहीं है जिसके विषय में विभाग को जानकारी नहीं है। सच कहूँ तो हमने अस्वस्थता बीमा पर एक विशेष अधिकारी नियुक्त कर इस दिशा में एक शुरुआत की थी। वह थे प्रो. अदारकर। हमारी यह इच्छा थी और प्रस्ताव भी था कि हम इस प्रकार की समस्याओं पर ऐसे ही अधिकारियों की नियुक्ति करें जो हमें रिपोर्ट दे सकें तथा ऐसे उपाय और तरीके बता सकें जिनसे हम उसे कानून का रूप दे सकें। लेकिन हुआ यह कि पिछले अगस्त में जब त्रिपक्षीय सम्मेलन हुआ, हमने उनके समक्ष यह रिपोर्ट पेश की। कमेटी और त्रिपक्षीय सम्मेलन ने एकमत से एक प्रस्ताव पास किया कि भारत सरकार एक कमेटी नियुक्त करेगी जो सामाजिक कल्याण के उपायों पर गौर करेगी तथा ऐसे उपाय सुझाएगी जिनसे भारत के कर्मचारी वर्गों पर सामाजिक सुरक्षा के सिद्धांत को लागू किया जा सके।

मुझे गर्व है कि हमने उस प्रस्ताव को तत्काल प्रभावी बनाया तथा एक

कमेटी गठित की जो फिलहाल उस विषय पर काम कर रही है। महोदय, स्पष्ट रूप से, इस विभाग के लिए यह पूरी तरह गलत होता कि हम विभिन्न विषयों पर अधिकारी नियुक्त कर देते। हमें कमेटी द्वारा रिपोर्ट पेश किए जाने का इंतजार करना पड़ा। मैं अपने सम्मानित सदस्यों को यकीन दिलाता हूँ कि विशेष समस्याओं की जाँच-पड़ताल के लिए विशेष अधिकारियों की नियुक्ति की जो परियोजना है उसे छोड़ा नहीं गया है, बल्कि उसे फिर से शुरू किया जाएगा जब कमेटी की रिपोर्ट सरकार के समक्ष पेश कर दी जाती है। महोदय, मैं सोचता हूँ कि मैंने इस मुद्दे पर जो कुछ कहा है, उस पर गौर करते हुए श्री जोशी भी मानेंगे कि जहाँ तक श्रम समस्याओं से निपटने के लिए भारत सरकार के तंत्र का प्रश्न है, इसे अपर्याप्त नहीं कहा जा सकता है।

त्रिपक्षीय श्रम सम्मेलन

श्री जमनादास मेहता ने त्रिपक्षीय सम्मेलन पर कुछ टिप्पणियाँ की हैं। उन्होंने कहा कि त्रिपक्षीय सम्मेलन को अंतरराष्ट्रीय श्रम कार्यालय के स्तर का कर दिया जाना चाहिए। श्री जोशी ने कहा कि इसका अलग सचिवालय होना चाहिए और श्री मेहता ने भी सुझाव दिया कि श्रम विभाग का प्रभारी सदस्य, जो सामान्य तौर पर सम्मेलन की कार्यवाही की अध्यक्षता करता है, उसे उस प्राधिकरण से खुद को अलग कर लेना चाहिए। श्री मेहता ने यह भी कहा कि कमेटी की रिपोर्ट को सुधार के लिए विधायिका में पेश किया जाना चाहिए।

महोदय, मेरे माननीय मित्रों श्री मेहता और श्री जोशी ने जो कुछ कहा उससे बहुत सहानुभूति रखता हूँ। मैं प्रत्युत्तर में यह कहना चाहूँगा। जैसा कि दोनों ही जानते हैं, कमेटी की कार्यवाही का फैसला करना कमोबेश सम्मेलन का ही अधिकार है। क्या सम्मेलन का एक अलग सचिवालय होना चाहिए, इस प्रश्न पर उस वक्त चर्चा हुई थी जब सम्मेलन का उद्घाटन हुआ था और मैं समझता हूँ कि मैं सही-सही कह रहा हूँ कि सम्मेलन ने एकमत से फैसला किया था कि एक निश्चित समय पर एक अलग सचिवालय होना चाहिए, लेकिन आगे के सम्मेलन में इसे बदल दिया गया तथा हमें एक नई दिशा प्राप्त हुई। मुझे यह कहने में कोई संकोच नहीं कि उस विषय पर फिर से विचार किया जाएगा।

महोदय, सिर्फ एक और बात है जो मैं यहाँ कहना चाहूँगा और यदि मैं

सही-सही अंदाजा लगा पा रहा हूँ तो दोनों, श्री मेहता और श्री जोशी ने त्रिपक्षीय सम्मेलन को कुछ दिनों तक चलनेवाला करार दिया था जिसका कोई मोल नहीं है। महोदय, मैं इससे सहमत नहीं हूँ, क्योंकि मैं सोचता हूँ कि श्रम सम्मेलन एक इतना महत्त्वपूर्ण कार्य करता है कि इसके महत्त्व को बढ़ा-चढ़ाकर बताना एकदम नामुमकिन है।

मैं अहम बात यहाँ कहना चाहूँगा, और मैं चाहूँगा कि सदन के सदस्य इस पर गौर करें वह यह है कि यदि कोई भी उस सूची की जाँच करना चाहे जो त्रिपक्षीय श्रम सम्मेलन या स्थायी श्रम समिति के समक्ष रखी गई है, तो मैं समझता हूँ कि हमें यह मानना होगा कि चर्चा और विचार के लिए पेश किए गए विषय उस वक्त के सबसे महत्त्वपूर्ण विषय रहे हैं, हालाँकि मैं अपनी याददाश्त से कह रहा हूँ, लेकिन वे तमाम विषयों पर थे जो श्रमिकों की दुनिया के सबसे महत्त्वपूर्ण प्रश्न थे।

मैं यह कहना चाहूँगा। क्या त्रिपक्षीय सम्मेलन से बाहर के किसी भी श्रम प्रतिनिधि के लिए यह संभव था कि वह किसी नियोक्ता से संपर्क कर उन परियोजनाओं पर विचार करने या बात करने को कह सके? मुझे यकीन है कि भारतीय श्रम के आज के अव्यवस्थित माहौल में कोई भी नियोक्ता दो पैसे का भी ध्यान उन समस्याओं पर देगा जिन्हें कर्मचारियों के प्रतिनिधि उनके सामने लाते हैं। "मैं त्रिपक्षीय सम्मेलन का श्रेय लेता हूँ कि यदि हमने ज्यादा नहीं किया है तो कम-से-कम एक चीज की है, अर्थात् कर्मचारियों के प्रतिनिधियों को यदि प्रेरित नहीं किया है तो मजूबर ही किया है कि वे नियोक्ताओं के प्रतिनिधियों से मिलें और अत्यावश्यक एवं गंभीर महत्त्व के मुद्दे पर चर्चा कर सके।"

मैं समझता हूँ कि त्रिपक्षीय सम्मेलन देश के मजदूर वर्गों के लिए एक महान् काम कर रहा है।

कोयला खदानों में महिलाएँ

मेरी माननीय मित्र श्रीमती सुब्बरायण ने अपने भाषण में प्रमुख रूप से खदानों में महिलाओं के काम की शुरुआत का मुद्दा उठाया। मुझे उनकी भावनाओं की गंभीरता पर कोई संदेह नहीं जो उनके मुताबिक इस प्रकार के प्रश्न पर उनके लिए स्वाभाविक है। महोदय, लेकिन मैं फिर से वही बात नहीं दोहराना चाहता हूँ, क्योंकि

सदन को याद होगा कि इस विषय का जिक्र स्थगन प्रस्ताव पर चर्चा के दौरान हो चुका है। मैं फिर से दोहराना चाहता हूँ कि मैं इस बात को लेकर बेहद दुःखी हूँ कि हमारे कोयला खदानों में मजदूरों की घोर कमी है और हमें हर संभव कदम उठाकर उनमें मजदूरों की संख्या को बढ़ाना है तथा कोयले का उत्पादन इतना बढ़ाना है, ताकि मैं पहले की भाँति ही उस पाबंदी को फिर से तथा जल्द-से-जल्द लगा सकूँ। जैसा कि मैंने कहा कि यह आपातकालीन स्थिति थी और हमें उसके सबसे आपात फैसले से निपटना पड़ा। उनके द्वारा उठाए गए एक मुद्दे पर मैं एक बात कहना चाहूँगा, अर्थात् उनका कहना है कि भारत सरकार श्रमिकों की शिकायतों को दूर करने की बजाय, श्रमिक नेताओं को गिरफ्तार करने में जुटी थी। महोदय, यह विषय ऐसा नहीं है जिसका मुझसे या मेरे विभाग से विशेष तौर पर कोई सरोकार है। कल हमारी इस पर काफी चर्चा हुई। न तो कल और न ही आज मुझे किसी श्रमिक नेता की गिरफ्तारी के बारे में कोई विशेष जानकारी दी गई है।

इसके अलावा भी श्रमिकों के कई वर्ग हैं। मैं श्रमिक नेताओं की गिरफ्तारी के प्रश्न का उत्तर दे रहा था। जहाँ तक मेरी बात है, मैं श्रमिक नेताओं को जितना जानता हूँ, उसके मुताबिक सोचता हूँ कि समस्या यह है कि श्रमिक नेता एक से ज्यादा रोल अदा करते हैं। कभी वे श्रमिक नेता बन जाते हैं, कभी वे कम्युनिस्ट बन जाते हैं, कभी वे राष्ट्रीय नेता बन जाते हैं, कभी वे कांग्रेस के सदस्य बन जाते हैं; और कभी-कभी वे हिंदू महासभा या किसी अन्य संगठन के सदस्य बन जाते हैं। यह बता पाना बेहद मुश्किल है कि श्रमिक नेता जो इतने रोल अदा करते हैं उन्हें सिर्फ श्रमिक नेता होने की वजह से गिरफ्तार किया गया है, या इस वजह से कि उन्होंने इससे कोई अलग रोल अदा किया, मसलन किसी कम्युनिस्ट, कांग्रेस सदस्य या हिंदू महासभा का सदस्य होने की वजह से। दरअसल, यदि मैं पूरी विनम्रता से कहूँ तो, मेरे विचार से यदि श्रमिक नेता खुद को पूरी तरह श्रमिकों की समस्याओं के प्रति समर्पित कर दें न कि खुद को किसी राजनीतिक पार्टी या किसी अन्य का औजार बनाएँ, तो वे अपने आपको न सिर्फ नियम 26 के चंगुल से अलग कर लेंगे, बल्कि वे श्रमिकों की भी बेहतरीन सेवा कर पाएँगे। दुर्भाग्य से इस देश में ऐसे श्रमिक नेता हैं ही नहीं जो पूरी तरह से खुद को श्रमिकों के प्रति समर्पित कर दें।

□

6

फैक्टरी ऐक्ट, 1934*

भाषण क्रमांक : एक

महोदय, मैं प्रस्ताव रखता हूँ कि :

''फैक्टरी ऐक्ट, 1934 में और संशोधन करने पर विचार किया जाए।''

यह विधेयक कानून का एक साधारण सा हिस्सा है तथा कानून का एक अविवादित हिस्सा भी है। इस विधेयक से हम चार संशोधन करने का प्रस्ताव रखते हैं तथा जिन धाराओं को संशोधित किया जाना है वे हैं धारा 9, 19, 23, 45 और 54।

धारा 9 वह धारा है जो यह विधान करती है कि किसी फैक्टरी का मालिक, फैक्टरी शुरू करने से पहले, फैक्टरियों के इंस्पेक्टर को कुछ जानकारियाँ देते हुए एक नोटिस भेजेगा। अब यह पाया गया है कि इस धारा के तहत फैक्टरियों के इंस्पेक्टर को फैक्टरी के मालिक से ऐसी जानकारी माँगने का अधिकार नहीं है जो वह समझता है कि उसके पास होनी चाहिए। न ही फैक्टरी मालिक उसे ऐसी जानकारी देने के लिए बाध्य है। हाल ही में यह पाया गया है कि फैक्टरी का अधिकारी, जो उस फैक्टरी को चलाना चाहता है, उसने फैक्टरियों के इंस्पेक्टर को ऐसी जानकरी नहीं दी जो उसे चाहिए थी। इस दिक्कत को दूर

* केंद्रीय विधानसभा में अंग्रेजी भाषण, विधानसभा की बहस (केंद्रीय), 1944 (4 अप्रैल, 1944) भाग-3 1929, बी.ए.डब्ल्यू.एस., भाग-10, पृ. 165-68 में पुन:प्रकाशित। संक्षेप और हिंदी अनुवाद : संपादक।

करने के लिए धारा 9 में संशोधन किया जाता है तथा यह संशोधन सरकार को शक्ति देता है कि वह ऐसी जानकारी माँग सके जो उस उद्देश्य के लिए इंस्पेक्टर को चाहिए।

धारा 19 का ताल्लुक जलापूर्ति और फैक्टरी में धुलाई की जगह से जुड़ा है। इस धारा के मुताबिक धुलाई की जगह का प्रावधान सिर्फ उन कारखानों तक सीमित है जहाँ मजदूरों का संपर्क खतरनाक और अप्रिय चीजों से होता है। यह बताया गया है कि इस पाबंदी को हटा दिया जाना चाहिए, क्योंकि धुलाई की जगह की आवश्यकता सभी प्रकार के श्रमिकों को पड़ती है न कि सिर्फ हानिकारक और आपत्तिजनक चीजों के संपर्क में आनेवालों के लिए। इसलिए इस संशोधन से धुलाई की जगह के प्रावधान को सभी फैक्टरियों के लिए बाध्यकारी बना दिया गया है।

धारा 23 का संबंध फैक्टरी में आग लगने पर भागने के रास्ते से है। यहाँ एक बार फिर यह पाया गया है कि इस धारा में खामी है। इस धारा में यह बात फैक्टरी के मालिक पर छोड़ दी गई है। यह सरकार को यह तय करने की शक्ति देती कि किसी विशेष फैक्टरी में आग लगने पर बचने के लिए भागने के कम-से-कम कितने रास्ते होने चाहिए? नतीजा यह हुआ कि वर्तमान विधेयक से धारा 23 में संशोधन किया गया जिससे सरकार को यह अधिकार दिया गया कि फैक्टरी इंस्पेक्टर की सिफारिश के मुताबिक वह किसी विशेष फैक्टरी में आग लगने पर भागने के कितने रास्ते होने चाहिए, उसे तय कर सके।

महोदय, फिर, धारा 45 और 54 की बात करूँ तो स्थिति इस प्रकार है। ये धाराएँ दो मुद्दों से संबंधित हैं। इनका संबंध काम के घंटों से है कि एक महिला और एक बच्चे को फैक्टरी में कितनी देर काम करना चाहिए। वर्तमान संशोधन किसी भी मायने में बच्चे या महिला के फैक्टरी में काम के अपेक्षित घंटे के प्रावधान को नहीं बदलता है, न ही किसी प्रकार से 13 घंटे की उस परिव्याप्त अवधि से कोई छेड़छाड़ करता है जिसे इन प्रावधानों के द्वारा तय किया गया है। वर्तमान संशोधन कुल मिलाकर यह करता है कि परिव्याप्त अवधि को बदलकर शाम 7-30 बजे के बजाय शाम 8-30 बजे कर देता है। यह बदलाव दो वजहों से आवश्यक हो गया था। पहला, यह मानक समय में परिवर्तन की वजह से जरूरी हो गया और दूसरा, रोशनी की बचत के लिए ऐसा किया गया।

महोदय, मैं यह कहना चाहूँगा कि यह विधेयक भारत भर में फैक्टरी इंस्पेक्टरों के सम्मेलन में की गई सिफारिशों का परिणाम है। उन्होंने ही कहा कि जिस प्रकार इस विधेयक का आधार रखा गया वह आधार ही दोषपूर्ण है। सरकार ने सिर्फ इतना किया है कि पूरे भारत से आए फैक्टरी इंस्पेक्टरों की सर्वसम्मत सिफारिशों को लागू किया है। मुझे इसका अंदाजा नहीं है और न ही मेरे पास कोई कागजात हैं, जिनसे मैं यह कह सकूँ कि क्या वाणिज्य मंडलों से विचार-विमर्श किया गया है। लेकिन मुझे यह सोचना चाहिए था कि वाणिज्य मंडल किसी लिहाज से ऐसा अंग नहीं है जिससे फैक्टरियों पर कानून बनाते समय राय ली जा सके। लेकिन मैं समझता हूँ कि कर्मचारियों के संगठनों से सलाह-मशवरा किया गया है।

भाषण क्रमांक : दो*

महोदय,

बिल के प्रावधान दो हिस्सों में हैं और मैं समझता हूँ कि प्रस्तुति में सरलता के लिहाज से यह अपेक्षित होगा यदि मैं सदन में विधेयक का वर्णन दो अलग-अलग रूपों में करूँ। विधेयक का भाग एक अनिवार्य छुट्टियों के नुकसान की भरपाई करने की बात करता है। सदस्यों को इस बात का अहसास होगा कि फैक्टरी ऐक्ट की धारा 35 में फैक्टरी के मालिक या मैनेजर का दायित्व है कि वह प्रत्येक वयस्क मजदूर को एक दिन की अनिवार्य छुट्टी दे। धारा 35 में दिया गया यह प्रस्ताव धारा 43 तथा 44 के प्रावधानों के अधीन है। धारा 43 और 44 में प्रावधान है कि फैक्टरियों के इंस्पेक्टर धारा 35 में लागू दायित्वों से फैक्टरी के मैनेजर या मालिक को छूट दे सकते हैं। यहाँ सोच इस प्रकार की है कि जब इस प्रकार की छूट दी जाती है, तो उनकी प्रतिपूर्ति दूसरे अवकाशों से, और उतने दिनों के अवकाश से की जानी चाहिए। मजदूरों के स्वास्थ्य और कुशलता के लिए अपेक्षित है कि उन्हें कानून में जितने दिन निर्धारित किए गए हैं, उतनी छुट्टी दी जाए। जहाँ तक कानून की बात है,

---

* केंद्रीय विधानसभा में अंग्रेजी भाषण (1 नवंबर, 1944) बी.ए.डब्ल्यू.एस., भाग-10, पृ. 200-09। संक्षेप और हिंदी अनुवाद : संपादक।

उसमें प्रतिपूरक अवकाशों का (कॉम्पेनसेटरी) कोई प्रावधान नहीं है। इसके बाद ही इस कमी को पूरा करने के लिए विधेयक में खंड 2 को जोड़ा गया। अब यह प्रांतीय सरकारों पर है कि वे धारा 35 में जो छूट दी गई है उसके मुताबिक कुछ समायोजन के साथ कानून बनाएँ; जैसे श्रमिकों को उतनी ही संख्या में प्रतिपूरक अवकाश दिए जाएँ।

यह विधेयक के प्रावधानों का पहला हिस्सा है।

श्रम सम्मेलन

विधेयक के दूसरे हिस्से की बात करें तो इसमें शामिल प्रावधान छुट्टियों और वेतन से संबंधित हैं। यह जानने की इच्छा सदन को भी होगी कि इस विधेयक के इस हिस्से की उत्पत्ति कैसे हुई। सदन के कई सदस्यों को याद होगा कि सन् 1936 में अंतरराष्ट्रीय श्रम सम्मेलन में छुट्टियों और वेतन से संबंधित एक संविदा (कन्वेंशन) पारित की गई थी। भारत सरकार जिसका प्रतिनिधित्व अंतरराष्ट्रीय श्रम सम्मेलन में किया गया था, वह संविदा को स्वीकार करने तथा अपनाने के लिए तैयार नहीं थी। 26 जुलाई, 1937 को असेंबली में एक सरकारी प्रस्ताव पेश किया गया, जिसमें संविदा को अस्वीकृत करने का सुझाव था। इस प्रस्ताव को चर्चा के लिए स्वीकार कर लिया गया, लेकिन जहाँ सरकार की स्थिति यह थी कि वह संविदा को स्वीकार नहीं करना चाहती थी वहीं प्रस्ताव को पेश करनेवाले सदस्य ने कह दिया कि सरकार संविदा को लागू करने की संभावनाओं की तलाश और उनका परीक्षण करेगी, यदि पूरी तरह से नहीं तो कुछ हद तक, इस एक हिस्से में ही सही तथा प्रांतीय सरकारों एवं नियोक्ताओं और कर्मचारियों का प्रतिनिधित्व करनेवाले सभी संघों से विचार-विमर्श करने का भरोसा दिया, ताकि यह पता लगाया जा सके कि इस संविदा को लेकर किस हद तक आम सहमति है।

प्रस्तावों के भाग दो में, जो छुट्टियों और वेतन से जुड़ा है, वह इसी परीक्षण और विचारों के आदान-प्रदान के बाद तैयार किया गया है, जो कई वर्षों तक चलता रहा। अब विधेयक की ओर लौटें तो यह प्रतीत होगा कि विधेयक फैक्टरियों पर लागू होता है और यह सभी फैक्टरियों पर नहीं बल्कि सिर्फ बारहमासी कारखानों पर लागू होता है। इसमें कोई संदेह नहीं कि सन् 1936 के

सम्मेलन में शामिल प्रावधानों के मुकाबले इस विधेयक का दायरा सीमित है। अन्य प्रावधानों के लिहाज से मैं समझता हूँ कि यह बेहतर होगा यदि मैं अपनी टिप्पणियों को चार हिस्सों में बाँट दूँ, ताकि चार बिंदुओं को अलग-अलग बता सकूँ जिनसे छुट्टियों और वेतन पर बनाए जानेवाला कानून अनिवार्य रूप से जुड़ा है—(1) छुट्टियों की अवधि, (2) छुट्टी के अधिकार के लिए योग्यता की शर्तें, (3) शर्तों की सीमा तथा (4) छुट्टी के दौरान वेतन।

पहले मुद्दे की बात करें, यानी छुट्टियों की अवधि की तो इस विषय का जिक्र नई धारा 49-बी में है जिसे यह विधेयक फैक्टरी ऐक्ट में जोड़ने का प्रस्ताव करता है। इस धारा के मुताबिक कुल सात दिनों को छुट्टी किसी कर्मचारी के एक वर्ष में लगातार काम करने पर लागू होती हैं। यह पूछा जा सकता है कि क्यों हमने सात ही दिन लिये, इससे ज्यादा क्यों नहीं। इसका जवाब है कि इन अवधि को तय करते समय हमने सन् 1936 के जिनेवा समझौते के प्रावधानों को माना है जिसने छुट्टी के लिए छह दिनों की सीमा रखी है। उसमें हमने सातवाँ दिन जोड़ दिया है जो एक अनिवार्य साप्ताहिक अवकाश का दिन होता है, जो कर्मचारी को फैक्टरी ऐक्ट की धारा 35 के मुताबिक दिया जाता है। जहाँ तक उस योग्यता की शर्त का सवाल है कि कब एक कर्मचारी सात दिनों का एक अवकाश प्राप्त कर सकेगा तो विधेयक में शामिल प्रावधान इस प्रकार हैं : दरअसल, सिर्फ एक शर्त है और वह यह है कि कर्मचारी ने 12 महीने की लगातार सेवा की हो। इसके अलावा कोई और शर्त नहीं है।

जहाँ तक इस प्रश्न की बात है कि बारह महीने की लगातार सेवा क्या है, तो विधेयक में उन बातों का जिक्र है जिन्हें रुकावट कहा जाता है और यह घोषणा है कि कुछ रुकावटों की वजह से छुट्टियों और वेतन के दावे को अमान्य नहीं ठहराया जा सकता है। विधेयक में जिन रुकावटों का जिक्र है, वैसी रुकावटें बीमारी, दुर्घटना, अधिकृत छुट्टी, तालाबंदी की अवधि तथा हड़ताल, बशर्ते हड़ताल वैध हो, उनकी वजह से आती हैं।

अनैच्छिक बेरोजगारी

विधेयक में एक और प्रावधान है जो इसी विषय से संबंधित है तथा वह प्रश्न है फैक्टरी के मालिक की इच्छा से फैक्टरी बंद करने की वजह से पैदा

हुई बेरोजगारी। हमने इसे 30 दिनों की सीमा में बाँध दिया है। यदि फैक्टरी मैनेजर द्वारा पैदा की गई अनैच्छिक बेरोजगारी 30 दिनों से ज्यादा नहीं होती, तो इससे मजदूर का छुट्टियों और वेतन का अधिकार अमान्य नहीं होता। हालाँकि यह बताना अनिवार्य होगा कि क्यों हमने सिर्फ 30 दिन की अवधि निर्धारित की है। इसकी वजह यह है : छुट्टियों और वेतन के लिहाज से मैनेजर और फैक्टरी के पैसे अदा करने की क्षमता को भी ध्यान में रखा जाना चाहिए और विधेयक में यह दृष्टिकोण रखा गया है कि यदि मैनेजर या फैक्टरी मालिक 30 दिनों से अधिक समय तक फैक्टरी बंद रखने पर मजबूर है तो मैं समझता हूँ कि यह मान लेना सही है कि उसे जितना फलना-फूलना चाहिए था वह नहीं हो पा रहा है, इसलिए वह छुट्टियाँ और वेतन देने में समर्थ नहीं है। लेकिन अनैच्छिक अवधि यदि 30 दिन से ज्यादा नहीं होती, तो यह माना जाएगा कि वह अब भी खर्च वहन करने के योग्य है और उसे खर्च उठाना चाहिए। विधेयक में छुट्टियों और वेतन को लेकर सीमित करनेवाली एक शर्त भी है जो छुट्टियों के संचय के प्रश्न से जुड़ी है। विधेयक में प्रावधान है कि एक कर्मचारी जो अपनी छुट्टियाँ अर्जित करने के योग्य हो गया है, वह अपनी छुट्टियों का संचय दो वर्षों की अवधि तक कर सकता है और उसकी कुल अवधि 14 दिनों की होगी।

छुट्टियों के दौरान वेतन के प्रश्न पर लौटें तो कुछ ऐसी बातें हैं जिनकी ओर मैं सदन का ध्यान आकर्षित करना चाहूँगा। पहला यह है कि हालाँकि छुट्टियों की कुल अवधि सात है, सिर्फ छह भुगतानवाली छुट्टियाँ हैं। सातवाँ, जैसा कि मैंने कहा, दरअसल धारा 35 के द्वारा दिया गया साप्ताहिक अवकाश है। सातवें दिन के लिहाज से विधेयक नियोक्ता को इसके लिए वेतन देने पर बाध्य नहीं करता है। लेकिन इसके साथ ही यह विधेयक कर्मचारी से वेतन माँगने का अधिकार नहीं छीनता है, यदि नौकरी के अनुबंध के मुताबिक वह छुट्टी उसे मिलनी चाहिए तो वह वेतन के साथ मिलेगी। इसे नौकरी के अनुबंध पर छोड़ दिया गया है। तीसरी बात इन छह दिनों के अवकाश के भुगतान की है। हमने विधेयक में जो नियम अपनाया है वह अपरिष्कृत है तथा मैं मानता हूँ कि न्यायसंगत नियम है और वह है कि एक कर्मचारी को उसके पिछले तीन महीने की औसत आय के मुताबिक वेतन मिलना चाहिए तथा इसमें ओवरटाइम शामिल

नहीं है। मैं समझता हूँ कि यह एक न्यायसंगत सिद्धांत है।

विधेयक में यह भी प्रावधान है कि किसी कर्मचारी को छुट्टी लेने के योग्य होने के लिए उसे कुछ सुविधाएँ दी जानी चाहिए, ताकि जिस दिन वह अपनी छुट्टी पर जा रहा है उस दिन उसके पास नगद पैसे होने चाहिए। इसी का नतीजा है कि विधेयक में प्रावधान है कि छुट्टियों पर जानेवाले कर्मचारी को देय राशि में से आधी रकम छुट्टी पर जाते समय दी जानी चाहिए।

इसी से जुड़ा एक अन्य प्रासंगिक मुद्दा भी है, और वह महत्त्वपूर्ण भी है, यह है कि यह विधेयक कुछ कारखानों को अपनी शर्तों से छूट दे सकता है बशर्ते यह पता चले कि उस कारखाने में वेतन के साथ छुट्टियों का प्रावधान है जो बिल के प्रावधानों से मिलता-जुलता है तथा वह इतना संतोषजनक है कि प्रांतीय सरकार उसे प्रमाणित कर सके। इस खंड का निहित उद्देश्य यह है कि यदि नियोक्ता और कर्मचारियों के बीच एक स्वैच्छिक व्यवस्था है जिसमें कर्मचारी को वही सुविधाएँ दी गई हैं जिनका प्रावधान कानून में है, ऐसे में विधेयक का दृष्टिकोण यह है कि आपसी समझौता ऐसा होना चाहिए कि कानून को दखल देने की आवश्यकता न हो।

महोदय, यह बिल के मुख्य प्रावधान हैं। दो अन्य मुद्दे भी हैं जिनका जिक्र मैं बैठने से पहले कर देता हूँ। पहला है नियोक्ता द्वारा किसी कर्मचारी को सेवामुक्त कर देना ताकि वह उसे छुट्टी अर्जित करने से रोक सके। दूसरा प्रश्न है कि नियोक्ता कर्मचारी से यह कहे कि वह अपनी छुट्टी न ले जबकि उसने छुट्टियाँ अर्जित कर ली हैं। ये ऐसे प्रश्न हैं, जिनका मैं बेझिझक होकर कहूँगा कि विधेयक में कोई जिक्र नहीं है। ऐसा नहीं है कि सरकार इन प्रश्नों से अवगत नहीं है, लेकिन सरकार का रुख यह है कि वर्तमान में किसी भी हाल में यह मान लेने का कोई कारण नहीं है कि इस प्रकार की समस्या खड़ी होगी। यदि अनुभव ऐसा रहा कि इस प्रकार के मामले असाधारण रूप से बढ़े तो उनकी पुनरावृत्ति को रोकने के लिए अधिनियम में बदलाव किए जाएँगे। फिलहाल मेरा विचार है कि विधेयक में पर्याप्त प्रावधान हैं जो इसके प्रमुख मकसद, अर्थात् मजदूरों को छुट्टियाँ और वेतन दिए जाने को पूरा कर सकेंगे।

भाषण क्रमांक : तीन*

अध्यक्ष महोदय, मैं प्रस्ताव रखता हूँ कि :

"फैक्टरी ऐक्ट, 1934 को और संशोधित करने के लिए इस विधेयक पर विचार किया जाए।"

इस विधेयक में कुल मिलाकर सात परिच्छेद हैं, लेकिन इन सात परिच्छेदों में से सिर्फ दो मौलिक हैं। वे हैं इस विधेयक के परिच्छेद 2 और परिच्छेद 7। ये दो परिच्छेद दो विभिन्न प्रश्नों से संबंधित हैं। परिच्छेद 2 काम के घंटों की कमी से संबंधित है और परिच्छेद 7 ओवरटाइम के भुगतान की दर से जुड़ा है। पहले प्रश्न पर यानी, काम के घंटों में कमी पर गौर करें तो मैं सदन को बताना चाहूँगा कि वर्तमान स्थिति क्या है। वर्तमान स्थिति यह है कि फैक्टरी ऐक्ट की धारा 34 के तहत बारहमासी कारखानों में हर हफ्ते 54 घंटे काम की अवधि तय की गई है, जबकि गैर-बारहमासी कारखानों या मौसमी कारखानों में काम के लिए 60 घंटे तय किए गए हैं। विधेयक के खंड-2 में धारा 34 के द्वारा तय किए गए अधिकतम काम के घंटों में बदलाव किया गया है तथा बारहमासी कारखानों में इसे 48 घंटे और मौसमी कारखानों में 54 घंटे तय किए गए हैं।

सदन को यह बताना भी आवश्यक है कि क्यों सरकार ने इस तरह के संशोधन किए हैं। जैसा कि सदन के कुछ सदस्यों को याद होगा, कारखानों में काम के घंटे का सवाल सबसे पहले सन् 1919 में वाशिंगटन में हुए सम्मेलन में उठा था। उस सम्मेलन ने कारखानों में अधिकतम काम की अवधि को 40 घंटे तय किया था, लेकिन भारत में विशेष परिस्थितियों को देखते हुए सम्मेलन ने भारत को 60 घंटे की अधिकतम सीमा लागू रखने की अनुमति दे दी, जो उस वक्त जारी थी। इसके बाद भारत सरकार ने भी 60 घंटे की समय सीमा को मंजूरी दे दी। फिर इस विषय की जाँच श्रम पर रॉयल कमीशन ने की और कमीशन ने सिफारिश की कि यद्यपि अंतरराष्ट्रीय सम्मेलन ने भारत सरकार पर वाशिंगटन में स्थापित मानदंडों को फैक्टरी कानून के साथ तालमेल बिठाते हुए लागू करने की बाध्यता पर जोर नहीं दिया, फिर भी उनकी सिफारिश थी कि भारत में श्रमिकों के लिए काम के 54 घंटे तय कर दिए जाएँ। भारत सरकार ने

* केंद्रीय विधानसभा में अंग्रेजी भाषण (21 फरवरी, 1946)। संक्षेप और हिंदी अनुवाद : संपादक।

उस सिफारिश को स्वीकार कर लिया तथा सन् 1934 में एक संशोधन विधेयक लाया गया, जिसके तहत धारा 34 के द्वारा तय की गई वर्तमान अधिकतम अवधि को कम किया गया। भारत सरकार अब सोचती है कि समय और परिस्थितियाँ अब ऐसी हो चुकी हैं कि भारतीय कारखाना के मजदूरों को वाशिंगटन सम्मेलन द्वारा तय किए गए कार्य के अधिकतम घंटों का फायदा मिल सके; और यही वजह है कि इस विधेयक को लाया गया है।

मुझे यह बताने की जरूरत नहीं कि क्यों सरकार इस विषय को इतना आकस्मिक मानती है। लेकिन मैं संक्षेप में उन बातों का यहाँ जिक्र कर सकता हूँ जिनकी वजह से भारत सरकार ने इस कदम को उठाया है। मैं समझता हूँ कि अन्य बातों को छोड़कर इस बात पर सब सहमत होंगे कि अगर सिर्फ देश की जलवायु की स्थिति पर गौर किया जाए तो कोई ऐसा कारण नहीं कि भारत जैसे देश में अन्य देशों के मुकाबले काम के घंटे कम नहीं होने चाहिए। एक अन्य कारण भी है, अर्थात् युद्ध के दौरान अध्यादेश की धारा 8 के तहत, हमने प्रांतीय सरकारों को फैक्टरी ऐक्ट के कई प्रावधानों से छूट दी थी जिनकी वजह से काम के घंटे बढ़ा दिए गए थे तथा भारत सरकार यह सोचती है कि युद्ध के दौरान काम के घंटे बढ़ने से पैदा हुआ तनाव इतना जबरदस्त था कि स्वास्थ्य कर्मचारियों के हित में यह आवश्यक है कि उन्हें अब भरपूर राहत मिलनी चाहिए। मैं सदन में भी यह जिक्र करना चाहूँगा कि सरकार यह भी सोचती है कि इस उपाय का बेरोजगारी खत्म करने की दिशा में कुछ लाभप्रद परिणाम भी होगा जो छँटनी की वजह से बढ़नेवाली है। यदि वर्तमान विधेयक में काम के 48 और 54 घंटे तय कर दिए गए हैं तो मैं समझता हूँ कि यह तर्कसम्मत है कि अब के मुकाबले और ज्यादा लोगों को रोजगार दिया जाएगा, और उसकी वजह से युद्ध के बाद की हमारे सामने पैदा हुई मुश्किलों से कुछ राहत मिलेगी। कुछ सदस्य सोचते हैं कि यह बेहद क्रांतिकारी उपाय होगा। मैं उनकी इस गलतफहमी को दूर करना चाहूँगा। वर्तमान में जो काम करने के तरीके चले आ रहे हैं विधेयक उनमें कोई क्रांतिकारी बदलाव नहीं कर रहा है और मैं सदन के समक्ष कुछ आँकड़े रखना चाहूँगा, ताकि यह बता सकूँ कि बारहमासी फैक्टरियों में 48 घंटे तथा मौसमी फैक्टरियों में 54 घंटे अब आमतौर पर अपनाए जा रहे हैं।

मौसमी और गैर–मौसमी फैक्टरियों को मिलाकर कुल कामगारों की संख्या

करीब 25,20,251 है। यह सन् 1945 के ताजातरीन आँकड़े हैं। जो लोग उन फैक्टरियों में काम करते हैं जहाँ 48 से 54 घंटे काम होता है उनकी संख्या 9,47,000 है, जो कुल कामगारों का 37 प्रतिशत है। इसलिए यह देखा जाए तो पहले से ही भारी संख्या में बारहमासी और मौसमी फैक्टरियों हैं जिन्होंने व्यावहारिक रूप में अधिकतम को अपनाया है जिसे विधेयक में तय कर दिया गया है तथा उस दृष्टिकोण से यह नहीं कहा जा सकता है कि विधेयक आज की परिस्थितियों में कोई क्रांतिकारी बदलाव कर रहा है।

विधेयक के आलोचकों के द्वारा एक और मुद्दा भी उठाया गया है जिस पर मैं उत्तर देना चाहूँगा। यह कहा गया है कि इस विधेयक से उत्पादन पर असर पड़ेगा और इससे उत्पादन घट जाएगा तथा इस मुद्दे पर, यदि मैं कहूँ तो सूती कपड़ा मिलों का उदाहरण देकर जोर दिया जा रहा है। उनका दावा है कि उनके दृष्टिकोण से और देश के दृष्टिकोण से यह एक गलत समय पर किया गया निर्णय है। देश में कपड़े की भारी कमी है।

दरअसल एक तरह से कपड़ों का अकाल है और वे कहते हैं कि अगर आज किसी चीज की सबसे अधिक जरूरत है, तो वह है मिल। खासतौर पर सूती मिल, जिनमें काम के घंटों के मामले में अधिक छूट होनी चाहिए ताकि कपड़ों के उत्पादन में आई कमी को पूरा किया जा सके। अब मुझे श्रमिकों के काम के घंटे कम किए जाने का उत्पादन पर पड़नेवाले असर की जाँच करानी पड़ी। खासतौर पर सूती मिलों में जहाँ श्रम विभाग ने जाँच की तथा मेरे सामने कुछ दिलचस्प आँकड़े आए।

मेरे पास भारी संख्या में आँकड़े हैं, लेकिन मैं उनसे इस सदन को थकाना नहीं चाहता हूँ। मैं महज कपास की खपत, करघा, तकली में बढ़ोतरी का जिक्र करूँगा, ताकि सदन को एक अंदाजा मिल जाए। अब मैं सन् 1934 का एक आँकड़ा लेता हूँ, यानी उस वर्ष का जिसमें काम के घंटे में आखिरी बार परिवर्तन किया गया। उन्हें 60 से घटाकर 54 किया गया था। अब सन् 1934 में स्थिति इस प्रकार थी। उस समय 352 मिल थे। 96,13,174 तकलियाँ, 1,94,388 करघे, 3,84,938 कामगार थे तथा 27,03,994 कपास के गट्ठों की खपत हुई थी। गट्ठों की खपत बढ़कर 31,23,418 हो गई। अब मैं आखिरी साल की बात करूँगा जो सन् 1938 है। मिलों की कुल संख्या बढ़कर 380 हो गई थी। तकलियों की संख्या

बढ़कर 10,20,275 हो गई। इसलिए मेरा सुझाव यह है कि जहाँ तक पहले के अनुभव भविष्य के नतीजे पर असर डालते दिखते हैं तो मुझे यकीन है कि इस प्रकार की कोई भी आशंका निराधार है। हालाँकि भारत सरकार इस बात को नहीं मानती है कि किसी प्रकार का कपड़ों का अकाल है। हाँ, कपड़े की कमी है और इन परिस्थितियों में कुछ प्रावधान बनाना आवश्यक हो गया है, ताकि अगर जरूरत पड़े तो मिलों और अन्य संस्थानों को जरूरत पड़ी तो काम के घंटे बढ़ाने की छूट होगी। इसी प्रकार विधेयक में एक खंड को डाला गया है, जो खंड-5 है और जो धारा 44 का संशोधन करता है। खंड की शब्दावली से यह देखा जा सकेगा कि प्रांतीय सरकार को यह शक्ति दी गई है कि वह उस आदेश के परिचालन को एक बार में छह महीने तक बढ़ा सके, बशर्ते सार्वजनिक हित के मुकाबले आपातकालीन स्थिति मौजूद है।

आपातकाल में फैक्टरी ऐक्ट के प्रावधानों को निष्प्रभावी करने के प्रावधान पहले से ही मौजूद हैं। यह महसूस किया गया कि कपड़े की कमी को आपातकालीन स्थिति नहीं माना जा सकता है और नतीजे के तौर पर प्रांतीय सरकारें उन धाराओं का इस्तेमाल नहीं कर सकती हैं जो वर्तमान ऐक्ट में मौजूद हैं। नतीजे के तौर पर, ज्यादा सावधानी के तौर पर, सरकार ने विधेयक में एक ऐसा खंड शामिल किया है जो एक अन्य वर्ग की स्थिति के लिए प्रावधान करता है जिसे सार्वजनिक हित कहा जाता है। इसलिए मुझे उम्मीद है कि वह खंड मिल मालिकों के मन में कपड़ों के उत्पादन पर विधेयक को लेकर उपजी आशंकाओं को दूर करेगा।

महोदय, अन्य खंड, यानी खंड 3, 4 और 6 शुद्ध रूप से नतीजे के तौर पर हैं। खंड 3 दैनिक कार्य के घंटे को बारहमासी फैक्टरियों के लिए 11 से 9 घंटे तथा मौसमी फैक्टरियों के लिए 11 से 10 घंटे करता है। यह उन प्रमुख परिवर्तनों के सामंजस्य में है जो हम बारहमासी और मौसमी फैक्टरियों के लिए नई अधिकतम सीमा तक कर अंजाम दे रहे हैं। खंड 4 और 6 महज परिव्याप्त को 13 घंटे से 12 घंटे करते हैं और मैं समझता हूँ, उन पर मुझे कुछ कहने की जरूरत नहीं है।

विधेयक के दूसरे प्रमुख प्रावधान की जहाँ तक बात है जो मैं समझता हूँ कि ओवरटाइम के भुगतान की दर से संबंधित है, तो माननीय सदस्य देखते हैं कि मौजूदा फैक्टरी ऐक्ट में ओवरटाइम के भुगतान पर एकसमान नियम नहीं है। दरअसल दो विभिन्न प्रकार के नियम हैं, एक बारहमासी फैक्टरी के लिए तथा

दूसरा मौसमी फैक्टरी के लिए। मौसमी फैक्टरी की जहाँ तक बात है, यदि काम के घंटे 60 से ज्यादा हैं तो उसे एकगुना मिलता है, गैर-मौसमी फैक्टरियों के लिए दो भिन्न दर हैं। यदि काम के घंटे 54 से 60 के बीच हैं, तो ओवरटाइम एक 1.25 गुना है, यदि यह 60 से ऊपर है तो 1.5 गुना है। सरकार मानती है कि चूँकि ओवरटाइम के भुगतान की इन दरों में भेदभाव या अंतर न्यायसंगत नहीं है, तो यह अपेक्षित है कि ओवरटाइम के लिए एक इकलौता नियम होना चाहिए, चाहे फैक्टरी किसी भी प्रकार की हो, यह नियम लागू होना चाहिए।

नतीजे के तौर पर विधेयक में किए जानेवाले संशोधन में प्रावधान है कि सभी ओवरटाइम के लिए दर डेढ़ गुना होना चाहिए। मुझे उम्मीद है कि सदन को यह अहसास होगा कि यह एक साधारण उपाय है कि यह लंबे समय से अपेक्षित उपाय है और यह कि इसके द्वारा भारतीय कानून को अंतरराष्ट्रीय कानून के मानकों के साथ तालमेल बिठाने में मदद मिलेगी।

भाग-II*

अध्यक्ष महोदय,

अब तक की चर्चा से यह बहस जहाँ तक पहुँची है, उसके बाद मेरे लिए कहने को ज्यादा कुछ नहीं बचा है, क्योंकि एक पक्ष के द्वारा विधेयक के खिलाफ जो कहा गया है उसका यदि मैं कहूँ तो, दूसरे पक्ष के द्वारा असरदार तरीके से जवाब दिया गया है। इसलिए निश्चित रूप से इस चरण में मेरे लिए यह आवश्यक नहीं है कि मैं वही बातें दोहराऊँ जो कही जा चुकी हैं। यदि मैं कुछ बोलने के लिए उठूँगा तो वह उस आलोचना के जवाब में जो मेरे माननीय मित्र श्री वाडीलाल लल्लूभाई ने की है। मैंने उनके भाषण को सुना है और मैं कहना चाहूँगा कि मैं समझ नहीं पाया हूँ कि उन्हें विधेयक से क्या शिकायत है।

मैं पूरी तरह अवगत हूँ और दूसरे भी हैं कि आज कपड़े के अकाल का डर है और फैक्टरी ऐक्ट में काम घंटे से जुड़े प्रावधानों में हम कोई भी संशोधन करना चाहते हैं, उसमें हमें यह सावधानी बरतनी चाहिए कि कपड़े की स्थिति बिगड़ने न पाए। अपने मित्र की आलोचना के जवाब में मैं कहना चाहूँगा कि हमने न

* केंद्रीय विधानसभा में अंग्रेजी भाषण, विधानसभा (केंद्रीय) के बहस, भाग-5, संख्या 4 (4 अप्रैल, 1946)। संक्षेप और हिंदी अनुवाद : संपादक।

सिर्फ कपड़े के अकाल की परिस्थिति पर गौर किया है, बल्कि हमने उस परिस्थिति पर भी गौर किया है जो अन्य खपत होनेवाली चीजों की कमी से उत्पन्न हो सकती है। भारत सरकार ने न सिर्फ एक ऐसा संशोधन पेश किया है जिससे कपास उद्योग को बड़ी राहत मिलेगी बल्कि इसे इतना व्यापक बनाया गया है कि यह ऐसे कई उद्योगों को राहत देगा जो उपभोक्ता सामग्रियों के उत्पादन से जुड़े हैं।

मैं नहीं समझ पा रहा हूँ कि वह इतने सामान्य प्रावधानों से संतुष्ट नहीं हैं जिनसे न सिर्फ उन्हें राहत मिल रही है, बल्कि अन्य उद्योगों को भी राहत मिल रही है। मैं अब भी उनकी टिप्पणियों का महत्त्व नहीं समझ पा रहा हूँ।

उन्होंने दो अन्य बातें भी कही हैं जिनके विषय में मैं समझता हूँ कि उन्हें मुझे जवाब देना चाहिए। एक टिप्पणी जो उन्होंने की वह थी—मेरे पास उनके भाषण का लेख भी है—कि यह छूट भारत सरकार के द्वारा दी जानी चाहिए न कि इसे प्रांतीय सरकार की मरजी के भरोसे छोड़ दिया जाना चाहिए। इस आलोचना पर मेरा जवाब दो हिस्सों में है : पहले, जैसा कि मेरे माननीय मित्र जानते हैं, छूट देने को कानून के तहत कार्यपालिका का अधिकार माना जाता है जिसे संविधान से भी मान्यता है और जो अब प्रभावी है; इसके बावजूद कि श्रम को समवर्ती सूची में डाला गया है, वह तथ्य भारत सरकार को महज यह अधिकार देता है कि वह कानून बना सके। इसके द्वारा भारत सरकार को कानून को लागू कराने की शक्ति नहीं मिलती है। सभी प्रकार के कार्यपालन के अधिकार प्रांतीय सरकार के हाथ में ही होने चाहिए और यदि हमने इस ऐक्ट में सीधे तौर पर यह छूट नहीं दी तो वह इस वजह से क्योंकि ऐसा करना केंद्रीय विधायिकाओं की शक्ति से बाहर है।

दूसरी दिक्कत जो मैंने उनकी माँग को पूरा करने में महसूस की वह ये है कि भारत सरकार के लिए किसी एक उद्योग को, जैसे—कपास वस्त्र उद्योग को, चुनिंदा तरीके से ऐक्ट में शामिल करना ताकि उसे छूट दी जाए जबकि अन्य उद्योगों को इससे बाहर रखा जाए, जिन्हें भी इस प्रकार के छूट की आवश्यकता हो। श्रम विभाग में यह किसी के लिए भी असंभव है कि वह अन्य उद्योगों की जरूरतों का अंदाजा पहले से लगा ले और उस संबंध में विशेष प्रावधान बना दे। उन्होंने यह आशंका जताई कि प्रांतीय सरकारें वैसी छूट नहीं देंगी जिनके लिए उन्हें अधिकृत किया गया है, और यदि मैंने उन्हें सही प्रकार से समझा है तो

उन्होंने कहा कि प्रांतीय सरकारों के द्वारा इस प्रकार की छूट दिए जाने पर श्रमिक मुश्किलें खड़ी कर देंगे। मैं उस आशंका से इत्तेफाक नहीं रखता हूँ, क्योंकि मैं मानता हूँ कि प्रांतीय सरकारें जबकि इन कारणों को बेसंदेह सुनेंगी जिन्हें श्रमिक छूट दिए जाने के खिलाफ देंगे, और बेसंदेह सार्वजनिक जरूरतों तथा सार्वजनिक हितों की अनिवार्यता को ध्यान में रखते हुए उस परिस्थिति में जो भी जरूरी होगा वैसे कदम उठाएँगी। इसलिए जहाँ तक उनकी पहली माँग का प्रश्न है, तो मैं नहीं समझता हूँ कि मैं उसे पूरा कर सकता हूँ, क्योंकि कानून मुझे इसकी इजाजत नहीं देगा और दूसरा, मैं नहीं समझता कि क्यों प्रांतीय सरकारों पर इस बात को लेकर भरोसा नहीं किया जा सकता कि वे आम जनता के हित में जरूरी कदम नहीं उठाएँगी।

एक अन्य प्रश्न जो उन्होंने उठाया वह था कि उद्योग और नागरिक आपूर्ति विभाग इस कार्य के लिए जिम्मेदारी लेने को तैयार था। मैं नहीं समझता कि उन्हें यह सवाल उठाना चाहिए था, क्योंकि यदि उन्होंने सिर्फ इस बात पर गौर किया होता कि भारत सरकार किस प्रकार कार्य करती है, तो उन्हें यह पता चल जाता कि इस सदन के समक्ष कोई भी मामला नहीं आ सकता जब तक कि इसे पहले से कार्यकारी परिषद् की स्वीकृति प्राप्त है जिसमें उद्योग और नागरिक आपूर्ति के प्रभारी सदस्य को अपने फैसले लेने का पूरा अधिकार है। लेकिन मैं पूरी सकारात्मकता के साथ कह सकता हूँ कि इस विषय में उद्योग और नागरिक आपूर्ति विभाग ने जिसका आग्रह किया था उस पर श्रम विभाग ने सबसे ज्यादा गहराई से विचार किया था तथा उनकी सलाह पर ही विधेयक में खंड 5 को शामिल किया गया था। उन्हें आशंका थी कि जबकि श्रमिकों के लिए काम के घंटों पर पाबंदी के सामान्य प्रावधान आवश्यक और अनिवार्य हैं तथा उन्हें टाला नहीं जा सकता, फिर भी कुछ चीजों के लिहाज से देश में जिस प्रकार की स्थितियाँ हैं उन्हें हमें दिमाग में रखना चाहिए तथा यह उनकी पुरजोर सलाह के बाद ही इस खंड को शामिल किया गया था।

मुझे उम्मीद है कि मेरे माननीय मित्र इस बात से संतुष्ट होंगे कि उद्योग और नागरिक आपूर्ति विभाग पर इस विधेयक में कोई दबाव नहीं बनाया गया है, बल्कि इस विधेयक को उनका पूरा समर्थन है।

□

7

युद्ध के बाद कुशल श्रमिकों को रोजगार*

महोदय,

आज आप सभी का स्वागत करते हुए मैं आपमें से हर एक की सराहना और प्रशंसा करता हूँ तथा इस बैठक में शामिल होने का कष्ट उठाने के लिए धन्यवाद देता हूँ। सरकार को उसकी तकनीकी प्रशिक्षण योजना में देश में बदलती परिस्थितियों के मुताबिक बदलाव करने में अपनी सहायता देने के लिए मैं आपका आभारी हूँ। शायद मुझे यह कहने की जरूरत नहीं कि इस समिति के कार्य को मैं कितना महत्त्वपूर्ण मानता हूँ। आखिरी समय पर एक हिचक के बावजूद सच यह है कि मैं आप सभी से मिलने और आपके कार्य में पूरी सफलता के लिए आपको धन्यवाद देने के लिए कलकत्ता आया हूँ। आप सभी यहाँ हमारे तकनीकी प्रशिक्षण योजना के भविष्य पर विचार करने के लिए उपस्थित हुए हैं, जिसे सेना की तकनीकी जरूरतों को पूरा करने के आपातकालीन उपाय के तौर पर शुरू किया गया था, तथा जिसने भारत को ऐसे अर्धकुशल और कुशल कामगार दिए हैं जिसकी पहले कल्पना तक नहीं की गई थी।

---

* अंग्रेजी भाषण, तकनीकी प्रशिक्षण योजना सलाहकार समिति, कोलकाता (24 अगस्त, 1944), पूर्ण रिपोर्ट, भारतीय सूचना (15 सितंबर, 1944), पृ. 274-7, बी.ए.डब्ल्यू.एस., भाग-10 में पुनःप्रकाशित, पृ. 181-7। संक्षेप और हिंदी अनुवाद : संपादक।

आप सभी को तकनीकी प्रशिक्षण के क्षेत्र में कितना काम हो चुका है इसका एक अंदाजा भर देने के लिए मैं तकनीकी प्रशिक्षण योजना के इतिहास का उसके शुरुआती चरण से संक्षेप में वर्णन करूँगा। इसकी शुरुआत एक गंभीर रुकावट को पार करने के लिए तीन वर्ष पहले हुई थी। वह थी—सेना के लिए आवश्यक तकनीकी कर्मियों की कमी। हमने एक बार में 3,000 व्यक्तियों को तकनीकी ट्रेनिंग दिए जाने की शुरुआत की, लेकिन दो वर्षों के भीतर हमें इस आँकड़े को 48,000 तक पहुँचाने की आवश्यकता पड़ी, जिसके लिए 394 प्रशिक्षण केंद्र स्थापित किए जाने जरूरी थे। सन् 1942 के अंत तक हमने सेना को 54,000 तकनीकी तौर पर प्रशिक्षित कर्मी मुहैया कराए थे। जून 1944 तक हमने 75,000 प्रशिक्षु तैयार किए थे जिनमें से 63,000 को रक्षा सेनाओं की तकनीकी शाखाओं में शामिल किया गया और 3,000 आयुध फैक्टरियों में भेजे गए। मुझे यकीन है कि आप इस बात को स्वीकार करेंगे कि यह कोई मामूली उपलब्धि नहीं है, खासतौर पर जितने कम समय में इसे हासिल किया गया है। जैसा कि मैंने कहा, इस तकनीकी प्रशिक्षण योजना की शुरुआत सेना की जरूरतों को पूरा करने के लिए किया गया था, जो युद्ध की वजह से पैदा हुई थी और जैसा कि हर कोई देख सकता है, युद्ध समाप्ति की ओर है तथा सेना को देनेवाली तकनीकी प्रशिक्षण की सहायता थम गई है।

युद्ध की समाप्ति पर पैदा होनेवाली स्थिति के मद्देनजर दो प्रश्न हैं जिन पर गौर करना होगा। पहला है : हम उन लोगों का क्या करें जिन्हें पहले प्रशिक्षित किया जा चुका है, लेकिन जिन्हें जल्दी ही सेना से सेवामुक्त कर दिया जाएगा और उन्हें नए रोजगार की जरूरत होगी। दूसरा प्रश्न है : हम इस तकनीकी प्रशिक्षण योजना का क्या करेंगे? कुछ लोग इस निष्कर्ष पर पहुँचे हैं कि सरकार ने तकनीकी प्रशिक्षण योजना को खत्म करने का फैसला किया है। यह पूरी तरह से झूठ है। यह सच है कि सरकार ने कुछ प्रशिक्षण केंद्रों को बंद किया है। हमारे पास अब 170 प्रशिक्षण केंद्र हैं, जिनमें करीब 32,000 प्रशिक्षुओं की क्षमता है, जबकि सन् 1942 में हमारे पास 400 प्रशिक्षण केंद्र थे जिनकी क्षमता 45,000 प्रशिक्षुओं की थी। इसके कई कारण हैं, जिनमें सबसे ज्यादा प्रमुख ये दो हैं। पहला यह है कि सेना में भरती कम हो गई है। दूसरा है छोटे प्रशिक्षण केंद्र चलाने में आनेवाला भारी खर्च।

सरकार की मंशा

ये कदम सिर्फ इतना बताते हैं कि सरकार ने स्थिति की बाध्यताओं को देखते हुए किस प्रकार आवश्यक समायोजन किया है। उनसे किसी भी प्रकार सरकार की इस मंशा का संकेत नहीं मिलता है कि वह तकनीकी प्रशिक्षण योजना को खत्म करना चाहती है। भविष्य में देश के विकास के लिए किसी भी योजना को तब तक पूरा नहीं माना जा सकता जब तक कि उसमें तकनीकी और वैज्ञानिक प्रशिक्षण का प्रावधान न हो। यह 'मशीन का युग' है और वही देश युद्ध के बाद शुरू होनेवाले अस्तित्व के संघर्ष में खुद बचा पाएगा जिसमें तकनीकी एवं वैज्ञानिक प्रशिक्षण सबसे अधिक ऊँचाई तक पहुँच गया है, ताकि उसके लोगों का जीवन स्तर सम्मानजनक हो सके। भारत सरकार इन बातों से अनजान नहीं है और वह चाहती है कि तकनीकी प्रशिक्षण योजना को न सिर्फ बनाए रखा जाए बल्कि उसे पूरे देश में विस्तार दिया जाए तथा देश की शिक्षा प्रणाली का एक स्थायी अंग बनाया जाए।

उद्योग को प्रशिक्षुओं को रोजगार देना चाहिए

जहाँ सरकार का यह उद्‌देश्य है, वहीं योजना की सफलता इस बात पर निर्भर है कि प्रशिक्षुओं को रोजगार मिलने की संभावनाएँ कितनी हैं। यदि प्रशिक्षण प्राप्त करने के बाद प्रशिक्षुओं को रोजगार नहीं मिलता तो तकनीकी प्रशिक्षण योजना का विफल होना तय है। इस प्रश्न का उत्तर प्रशिक्षण केंद्र से निकलनेवाले प्रशिक्षुओं के प्रति उद्योगों के रवैए पर निर्भर है। योजना का पूरा भविष्य इसी पर निर्भर है। यदि उद्योग प्रशिक्षुओं को रोजगार देने से इनकार कर देते हैं तो यह स्पष्ट है कि कोई भी तकनीकी प्रशिक्षण नहीं लेगा और प्रशिक्षण केंद्रों को बंद कर देना पड़ेगा। इस दुर्भाग्यपूर्ण परिमाण को तभी टाला जा सकता है यदि नागरिक उद्योग प्रशिक्षुओं को रोजगार देने के प्रति उत्सुक हों।

करीब 6,000 अतिरिक्त प्रशिक्षुओं में से नागरिक संबंधी उद्योग ने 3,000 को ही रोजगार दिया है। बेसंदेह वे अप्रशिक्षित कामगारों को इस उम्मीद में नौकरी देते हैं कि वे नौकरी के दौरान या प्रशिक्षु रहते हुए आवश्यक कौशल और प्रशिक्षण हासिल कर लेंगे। हमारे तकनीकी प्रशिक्षण केंद्रों के प्रशिक्षुओं को नौकरी देने में इस तरह कतराने के कई कारण हैं। मैंने ऐसी शिकायतें सुनी

हैं कि हमारा प्रशिक्षण अपर्याप्त है। नागरिक उद्योग जोर देते हैं कि उनके तकनीकी कर्मचारी हमारी योजना के द्वारा दिए जानेवाले कौशल से अधिक कौशल रखते हैं। जहाँ तक हमारी योजना की बात है तो इसमें कोई संदेह नहीं कि युद्ध के दबाव की वजह से हमने जिस प्रशिक्षण में पहले 5 साल लगते थे, उसे 8 महीने में ही दे दिया। हालाँकि मैं इस बात से संतुष्ट हूँ कि यह जरा भी आवश्यक नहीं है कि किसी ट्रेनिंग योजना को सिर्फ नागरिक उद्योगों की आवश्यकता को पूरा करने के लिए पूरे पाँच वर्षों तक चलाया जाए। दूसरे देशों में युद्धकाल की तकनीकी प्रशिक्षण से मिले अनुभव से यह बात सामने आती है कि गहन प्रशिक्षण से अर्धकुशल व्यक्तियों को ज्यादातर उद्योगों के लिए तुरंत प्रशिक्षित किया जा सकता है।

उद्योगों की जिम्मेदारी

यदि तकनीकी प्रशिक्षण योजना के तहत दिए गए प्रशिक्षण को 'कार्य आधारित' प्रशिक्षण से और बढ़ाया जाता है, तो अंत में प्राप्त कौशल नागरिक उद्योगों को भी स्वीकार्य होगा। इसलिए मैं यह मानने के लिए तैयार हूँ कि हमारी प्रशिक्षण योजना में खामियाँ हैं। हमारे प्रशिक्षुओं को उद्योगों के द्वारा स्वीकार किए जाने के काबिल बनाने के लिए किसी भी प्रकार के उचित बदलाव के सुझाव दिए जाते हैं तो मैं उसे स्वीकार करने को तैयार हूँ। लेकिन जब तक कि उद्योग हमारे प्रशिक्षुओं को रोजगार देने को तैयार नहीं हैं, तब तक देश में तकनीकी प्रशिक्षण की कोई भी योजना सफल नहीं हो सकती है। इसलिए उद्योग को यह बात याद रखनी चाहिए कि उसके कंधों पर बहुत बड़ी जिम्मेदारी है। सज्जनो, आप सभी उद्योगों की जरूरत को मुझसे ज्यादा जानते हैं कुल मिलाकर मैं यही कह सकता हूँ कि यदि योजना को सफल होना है तो इसे हर हाल में नियोक्ताओं और कर्मचारियों का समर्थन हासिल होना चाहिए। तभी इसका भविष्य तय हो सकेगा। हमारे पास जरा भी वक्त नहीं है, नहीं तो हम देखेंगे कि हमने युद्ध तो जीत लिया लेकिन शांति के लिए कुछ नहीं किया।

जैसा कि मैंने पहले ही कहा है हमें दो प्रश्नों से निपटना है : (1) उन प्रशिक्षुओं के लिए रोजगार ढूँढ़ना है जिन्हें युद्ध के बाद सेना सेवामुक्त कर देगी

तथा उन प्रशिक्षुओं के लिए भी जो प्रशिक्षण के तय कोर्स को पूरा कर निकलेंगे; (2) युद्ध के बाद उद्योग के पुनर्निर्माण के लिए तकनीकी प्रशिक्षण योजना में फेरबदल करना।

ये दो विशेष प्रश्न हैं और हम इनसे अलग-अलग निपटना चाहते हैं। यही वजह है कि हमने दो चरणों में आगे बढ़ने का फैसला किया है। दूसरे चरण से जुड़ा एक प्रश्न है : हमारी तकनीकी प्रशिक्षण योजना में किस प्रकार के बदलाव किए जाएँ ताकि यह आज की नागरिक उद्योग की जरूरतों को पूरा कर सके। इसके लिए दूरगामी नीति पर गौर करना होगा, जिसके द्वारा युद्ध के बाद देश के औद्योगिक विकास के लिए प्रशिक्षित तकनीकी कर्मी मुहैया कराए जाएँगे।

कुशल कर्मियों को रोजगार

दूसरी तरफ, पहले चरण से जुड़ी समस्या के अंतर्गत हमें अपने हजारों कुशल कामगारों के पुनर्वास के तौर-तरीके ढूँढ़ने होंगे, जिन्हें हमारे प्रशिक्षण केंद्रों ने प्रशिक्षण दिया और सेना में नौकरी कर रहे हैं, लेकिन युद्ध के बाद जल्दी ही उन्हें नौकरी से निकाल दिया जाएगा। हमें उम्मीद है कि उद्योग को इन लोगों को काम देने में दिक्कत नहीं आएगी, खासतौर पर जैसी कि हमें उम्मीद है कि युद्ध के बाद उद्योग का विकास होगा तथा तकनीकी रूप से प्रशिक्षित लोगों की भी माँग बढ़ जाएगी।

हमारे सामने तत्काल समस्या यह है कि हम उन्हें अपने शांतिकालीन औद्योगिक ढाँचे में कैसे बिठाएँ, हम उनसे जुड़ी समस्याओं का पता लगाना चाहते हैं और उन्हें समय से काफी पहले सुलझा लेना चाहते हैं। इसमें सफलता हासिल करने के लिए हमने देखा है कि आगे किस प्रकार की ट्रेनिंग और हमारे प्रशिक्षण के पाठ्यक्रम में किस प्रकार के बदलाव एवं नए विषयों को शामिल करने या सहायक पाठ्यक्रमों को शामिल किए जाने की जरूरत है, ताकि हमारे प्रशिक्षु वर्तमान उद्योगों के द्वारा स्वीकार्य किए जाएँ। आप लोगों के विचार-विमर्श से यह तय होगा कि हम अगले चरण में किस प्रकार की प्रगति कर सकते हैं। दोनों ही चरण आपस में जुड़े हैं और दूसरा पहले से कम महत्त्वपूर्ण नहीं है।

मैं आप लोगों का और ज्यादा समय नहीं लेना चाहता हूँ, क्योंकि मैं जानता हूँ कि आपकी कार्यसूची लंबी-चौड़ी है। लेकिन इससे पहले कि मैं समाप्त करूँ,

मैं कहना चाहूँगा कि यदि हम देश का उज्ज्वल भविष्य चाहते हैं तो यह आवश्यक है कि हमारे पास कुशल कर्मचारियों की पर्याप्त आपूर्ति होनी चाहिए। यह सरकार, नियोक्ताओं और कर्मचारियों के त्रिपक्षीय सहयोग के द्वारा ही संभव है कि हम ठोस स्वरूप में एक तकनीकी प्रशिक्षण की योजना बना सकें। यहाँ मैं नियोक्ताओं और उद्योगपतियों का विशेष तौर पर जिक्र करूँगा। न सिर्फ उनकी विशिष्ट जानकारी तथा अनुभव अनमोल हैं, बल्कि सरकार के द्वारा शुरू की जानेवाली किसी भी तकनीकी प्रशिक्षण योजना के भविष्य के लिए उनका सहयोग भी महत्त्वपूर्ण होगा।

बस कुछ और शब्द कहकर मैं अपनी बात समाप्त करता हूँ। क्या उन प्रशिक्षुओं की किस्मत में बेरोजगारी लिखी है जो सेना में नौकरी करने गए और ज्यादा दिन नहीं रह गए जब वे नागरिक जीवन में वापसी करेंगे? क्या उन्होंने जो सेवा की और जो जोखिम उठाए, उनका यही इनाम उन्हें मिलनेवाला है? मुझे यकीन है कि हम उनके साथ ऐसा नहीं होने देंगे। यदि हमने उनकी उपेक्षा की तो वे उद्योग में असंतोष का एक शक्तिशाली केंद्र बन जाएँगे। यदि युद्ध के बाद उन्हें व्यवस्थित रूप से नागरिक जीवन में समायोजित कर लिया गया तो वे उद्योग को स्थायित्व देने में मदद करेंगे। वे नागरिक उद्योग में वही अनुशासन लाएँगे जो उन्होंने सेना में प्राप्त किया है। यह बताना अब आपका काम है कि सरकार को उन्हें नागरिक रोजगार के लिए फिर से कैसे तैयार किया जाए। मैं आपको भरोसा देता हूँ कि सरकार न सिर्फ आपके सुझावों के लिए आपकी आभारी रहेगी बल्कि उन कदमों को अंजाम देगी जिन्हें उचित और व्यावहारिक पाया जाएगा।

□

8

त्रिपक्षीय श्रम सम्मेलन की रचना में संगठनात्मक कमजोरियाँ*

एक अध्यक्ष के लिए यह बेहद आसान और सुखद कार्य होता, यदि उद्घाटन भाषण में उसे एकत्र प्रतिनिधियों के स्वागत में और धन्यवाद में दो शब्दों के सिवाय और कुछ न कहना पड़ता। परंपरा ऐसी है कि एक अध्यक्ष को उससे कुछ अधिक अवश्य कहना चाहिए। जैसा हमारा यह श्रम सम्मेलन है उसके अध्यक्ष के लिए अपना विषय चुनना आसान काम नहीं है। यह दार्शनिकों का सम्मेलन नहीं है। इसलिए वह किसी कोरे पंडित का रोल अदा कर खुद को किसी विषय पर प्रतिबद्ध किए बिना महज बौद्धिक कलाबाजी दिखाकर नहीं निकल सकता, क्योंकि उनका कोई सामाजिक महत्त्व नहीं होता। यह समाज के पुनर्निर्माण का सम्मेलन नहीं है और अध्यक्ष अपने उद्घाटन भाषण को पूँजीवाद, समाजवाद, साम्यवाद तथा अन्य विचारधाराओं पर गवेषणा से भर नहीं सकता। ये सम्मेलन किसी नैतिक समाज की बैठक नहीं है और अध्यक्ष इसे धर्म निभाने की अपील से भावनाओं को झकझोरने का काम नहीं कर सकता है।

मैं नहीं जानता कि श्रम सम्मेलन के अध्यक्ष के उद्घाटन भाषण के सर्वोत्तम

---

* नई दिल्ली में त्रिपक्षीय श्रम सम्मेलन के पूर्ण सत्र में दिया अंग्रेजी भाषण, भारतीय सूचना (15 नवंबर, 1944), पृ. 590-7, विवरण : बी.ए.डब्ल्यू.एस., भाग-10, पृ. 188-200।

प्रतिमान क्या है। इस सत्र में मैं इस मुश्किल से निकलने के लिए इस मौके का इस्तेमाल आप सभी को व्यावहारिक महत्त्व के मुद्दों पर संबोधन से करता हूँ। मुझे यकीन है कि आप इसे अनुचित नहीं समझेंगे। दरअसल दो मुद्दे थे जिन्हें मैं खासतौर पर आपके सामने रखना चाहता था, और उम्मीद है कि उनमें सम्मेलन के सदस्यों की भी दिलचस्पी होगी। पहला है आपको सरकार द्वारा विभिन्न विषयों पर उठाए गए कदमों पर हुए सर्वेक्षण से अवगत करना और दूसरा, त्रिपक्षीय संगठन के संविधान एवं प्रक्रिया में खामियों का जिक्र करना।

पहला विषय मुझे इस भाषण के लिए काफी बड़ा प्रतीत हुआ। आपकी कार्यसूची को देखते हुए मुझे लगा कि इसमें आपका काफी समय बरबाद होता, जो आपको मंजूर नहीं होता। इसलिए मैंने सोचा कि मैं आपके सामने इस विषय पर अलग से एक ज्ञापन पेश करूँगा।[1] आपके पास वह ज्ञापन पहले से ही मौजूद है। इसे मेरे भाषण का हिस्सा समझा जाना चाहिए।

त्रिपक्षीय संगठन

एक और विषय है जिसकी मैं चर्चा करना चाहता हूँ, यानी इस सम्मेलन के संगठन और प्रक्रिया का विषय। हमें पूर्ण सम्मेलन और स्थायी श्रम समिति के कार्य करने का दो साल का अनुभव है। इस अनुभव को इतना लंबा नहीं कहा जा सकता है। लेकिन इतना छोटा होने के बावजूद इसने उस संगठन की कुछ खामियों को उजागर किया है, जिसे हमने ही स्थापित किया है। उनमें से कुछ निम्नलिखित कमियाँ मुझे गंभीर प्रतीत होती हैं :

(1) सम्मेलन तथा स्थायी श्रम समिति के कार्यों का स्पष्ट निर्धारण नहीं किया गया है। ऐसा नहीं है कि एक विचारशील अंग है और दूसरा एक कार्यकारी अंग है। दोनों ही विचारशील हैं;

(2) दोनों के कार्य एक-दूसरे को ओवरलैप करते हैं। दोनों के द्वारा जिन विषयों पर चर्चा की जाती है, वे समान प्रकृति के होते हैं;

(3) सामान्य प्रश्नों और ठोस समस्याओं के बीच कोई स्पष्ट फर्क नहीं है, सम्मेलन एवं समिति में होनेवाली चर्चा इतनी सामान्य किस्म की हो जाती है कि उनका इस्तेमाल नहीं किया जा सकता, ठोस

1. इस ज्ञापन का संक्षिप्त अनुवाद इस अध्याय के अंत में जोड़ा गया है।

समस्याओं को भी सामान्य मान लिया जाता है;

(4) ऐसा कोई ढाँचा नहीं है जो विशेष समस्याओं पर गौर कर सके और उन पर सुझाव दे सके। यह एक महत्त्वपूर्ण कार्य है और इसके लिए कोई-न-कोई ढाँचा अवश्य होना चाहिए;

(5) एक-एक उद्योग से जुड़ी श्रम कल्याण की समस्या का अध्ययन करने और उन पर सुझाव देने के लिए कोई मशीनरी नहीं है।

संगठन की दूसरी कमजोरी भी है जिसकी ओर सम्मेलन के कुछ सदस्यों ने इशारा किया है। इसका संबंध श्रम सम्मेलन के लिए एक अलग सचिवालय का न होना है। ऐसा सुझाव दिया गया है कि एक अलग सचिवालय होना चाहिए जो निम्नलिखित कार्यों को कर सके :

(1) बैठक की तैयारी (यानी पत्रों का वितरण, सदस्यों को नियत तिथियों की जानकारी देना, कार्यसूची इत्यादि);

(2) कार्यवाहियों को कलमबंद कर उनके दस्तावेज तैयार करना;

(3) पत्रक और दौरे कर प्रचार करना;

(4) वित्तीय प्रशासन, जैसे कर्मचारी को वेतन देना तथा सम्मेलन में शामिल होनेवाले गैर-सरकारी सदस्यों को यात्रा भत्ता देना;

(5) सूचनाओं को इकट्ठा करना तथा शोध करना जिससे कि चर्चा और अनुशंसा का आधार तय हो सके; और

(6) सरकार द्वारा उठाए गए कदम की जाँच।

दो अन्य मुद्दे भी हैं जिनकी वजह से शिकायतें मिली हैं। उनमें से एक का संबंध श्रम सम्मेलन तथा स्थायी श्रम समिति की कार्यसूची को तैयार किए जाने से है। कार्यसूची के संबंध में अपनाई जानेवाली वर्तमान प्रक्रिया को दो कारणों से दोषपूर्ण कहा जाता है। पहला, सम्मेलन और समिति के सदस्य जिन मुद्दों को कार्यसूची में शामिल करना चाहते हैं, उसके लिए उनके पास अधिकार नहीं हैं। दूसरा दोष यह है कि कार्यसूची के साथ संलग्न ज्ञापन सदस्यों तक इतनी देरी से पहुँचता है कि उन्हें उसके अध्ययन का समय ही नहीं मिल पाता है और चर्चा के दौरान वे उस विषय पर अपने विचार रखने की तैयारी नहीं कर पाते हैं।

एक और मुद्दा जिसकी वजह से शिकायतें बढ़ रही हैं, उसका संबंध सम्मेलन तथा स्थायी श्रम समिति में विभिन्न पक्षों के प्रतिनिधित्व से है। नियोक्ताओं ने कहा है कि उन्हें इस शर्त पर आपत्ति है कि नियोक्ताओं के लिए आरक्षित तीन सीटों पर सदस्यों के मनोनयन (नॉमिनेशन) का अधिकार सरकार के पास है। उनका कहना है कि भारतीय नियोक्ता संघ और अखिल भारतीय औद्योगिक नियोक्ता संगठन, भारत में नियोक्ताओं का पूर्ण प्रतिनिधित्व करते हैं तथा अधिक नियोक्ताओं के प्रतिनिधियों को मनोनीत किया जाना गैर-जरूरी है। श्रम के प्रतिनिधित्व की पद्धति में भी एक खामी बताई जाती है, यानी जो लोग श्रम का प्रतिनिधित्व करते हैं उनमें से एक भी असल में श्रमिक वर्ग से नहीं आते।

स्वाभाविक रूप से आप लोग चाहते होंगे कि मैं बताऊँ कि सरकार इस दिशा में क्या कदम उठाने जा रही है। अपनी ओर से मैं हर संभव कदम उठाने को तैयार हूँ जिससे कि यह श्रम सम्मेलन सुचारु रूप से काम कर सके और ढाँचे में किसी गंभीर खामी की वजह से कोई बाधा न आए। लिहाजा, आप यह महसूस करेंगे कि ये ऐसे विषय हैं जिनमें खोजबीन और परीक्षण की आवश्यकता है, ताकि किसी ठोस नतीजे तक पहुँचा जा सके। इन कमजोरियों में से कुछ की जाँच सरकार ने भी की है और उन पर फैसला हो चुका है। कुछ ऐसे भी हैं जिन पर अभी गौर नहीं किया जा सका है। मैं उनमें से कुछ का जिक्र करूँगा जिन पर गौर करने के बाद सरकार ने फैसला कर लिया है। उनमें शामिल है एक अलग सचिवालय, कार्यसूची और प्रतिनिधित्व।

केवल एक सलाहकार निकाय

मैं समझता हूँ कि श्रम सम्मेलन के लिए एक अलग सचिवालय की माँग, आई.एल.ओ. की तर्ज पर आधारित है। सरकार का मानना है कि आई.एल.ओ. और हमारे त्रिपक्षीय संगठन में एक मौलिक अंतर है। मूल बात यह है कि आई.एल.ओ. एक स्वतंत्र संगठन है जिसका गठन वर्साय की शांति संधि की वजह से हुआ है। इसके समझौतों एवं सिफारिशों के पालन का दायित्व सभी सदस्य देशों पर है और उन दायित्वों को पूरा करने में असफल रहने का नतीजा निश्चित अंतरराष्ट्रीय दायित्व के रूप में भुगतना पड़ता है। इसका अपना संविधान है और इस पर किसी बाहरी सत्ता का अधिकार नहीं है। इसके अतिरिक्त

आई.एल.ओ. के पास अपनी वित्तीय व्यवस्था है और जब कभी इसके ऊपर कोई नई जिम्मेदारी आती है, इसे किसी अन्य देश या विभाग पर निर्भर नहीं होना पड़ता है।

हमारा त्रिपक्षीय संगठन आई.एल.ओ. की तरह स्वतंत्र नहीं है। इसकी स्वतंत्र वित्तीय व्यवस्था नहीं है और यह संभव भी नहीं है। यह सिर्फ एक सलाहकार निकाय (बॉडी) है जिसका गठन भारत सरकार को उन मुद्दों पर सलाह देने के लिए किया गया है जिन पर इससे सलाह माँगी जाती है। यह निर्णय नहीं ले सकती है। इसे ऐसा करने की इजाजत देने का अर्थ होगा विधायिका के कार्यों को छीन लेना। इन अंतरों को देखते हुए यह स्पष्ट है कि श्रम सम्मेलन के लिए एक अलग सचिवालय का गठन सरकार और सम्मेलन के बीच एक संघर्ष पैदा करेगा। यह सच है कि आई.एल.ओ. की कार्यकुशलता व्यापक रूप से इसके सचिवालय और उसके द्वारा अच्छी बातें सामने लाने की वजह से है। बावजूद इसके भारत सरकार यह महसूस करती है कि 'शोध और सूचना' के सिवाय उस प्रकार के सचिवालय के कार्यों को भारत सरकार का श्रम सचिवालय कुशलतापूर्वक कर सकता है। जहाँ तक 'शोध और सूचना' का प्रश्न है, श्रम विभाग के पास अलग से एक प्रस्ताव है जिस पर विचार किया जा रहा है कि कैसे इसकी गतिविधियों को इस प्रकार पुनर्व्यवस्थित किया जाए कि श्रम तथा उससे जुड़े प्रश्नों पर शोध एवं सूचना के लिए एक ढाँचा तैयार हो सके। इन वजहों से ही भारत सरकार फिलहाल त्रिपक्षीय संगठन के लिए एक अलग सचिवालय की बात से सहमत नहीं है।

एजेंडा तय करने का अधिकार

एजेंडा के मुद्दे पर भी सरकार ने गौर किया है। सरकार का फैसला यह है कि वह सम्मेलन का एजेंडा तय करने के अधिकार को छोड़ना नहीं चाहती है। सम्मेलन कोई विधायिका नहीं है। यह एक सलाहकार निकाय है और सरकार ही तय करेगी कि उसे किन मुद्दों पर सलाह चाहिए। इसके अलावा एक और कारण भी है जिसकी वजह से सरकार सम्मेलन का एजेंडा तय करने का अधिकार नहीं त्याग रही है। सरकार के लिए यह संभव नहीं है कि वह किसी विषय पर एजेंडा तय करने के लिए तब तक बाध्य हो जाए जब तक कि वह उस विषय पर सम्मेलन

में तथ्यात्मक बयान पेश करने के लिए तैयार न हो, जिससे कि सदस्यों को उस पर गौर करने एवं विचार रखने के लिए पर्याप्त समय मिल सके और वे अपने सुझाव रख सकें। जब तक सरकार को इसकी पूर्व सूचना नहीं मिल जाती है, तब तक वह ऐसे बयान और आँकड़े रखने की स्थिति में नहीं हो सकती है। लेकिन सरकार के द्वारा एजेंडा तय करने के अधिकार पर कोई समझौता न हो तो वह इस प्रक्रिया में फेरबदल के लिए तैयार है।

मौजूद प्रक्रिया के मुताबिक श्रम विभाग उस बैठक की समाप्ति के बाद सरकारों, तथा नियोक्ताओं और श्रमिक संघों से सुझाव मँगाता है, जिसमें अगली बैठक के लिए एजेंडा के विषयों को चुन लिया जाता है। सरकार जब तक एजेंडा के विषयों का चयन नहीं कर लेती तब तक सरकार और सम्मेलन या समिति के बीच कोई विचार-विमर्श नहीं होता है। संशोधित प्रक्रिया के तहत जैसे ही सरकार और नियोक्ता तथा मजदूर संघ अपने सुझाव भेजना चाहें, सरकार उन्हें स्वीकार करने के लिए तैयार रहेगी। यदि वे ऐसा नहीं करते तो सरकार प्रत्येक बैठक में प्रतिनिधियों से सुझाव माँगेगी। एक और बदलाव जो सरकार लाना चाहती है वह यह है कि जहाँ अंतिम फैसला सरकार का होगा, वहाँ एजेंडा तय करने के लिए प्राप्त सभी सुझावों को प्रत्येक बैठक में चर्चा के लिए रखा जाएगा। इससे सरकार को सदस्यों की इच्छाओं पर चर्चा का मौका मिल जाएगा तथा सदस्यों को अपनी प्राथमिकताओं को अभिव्यक्त करने का अवसर मिलेगा। मुझे यकीन है कि आप इस बात से सहमत होंगे कि वर्तमान स्थिति में इससे काफी सुधार आएगा।

सम्मेलन की संरचना के प्रश्न पर मैं मानता हूँ कि जो सुझाव दिए गए हैं उनमें काफी दम है। यदि नियोक्ताओं के दो संगठनों में पूरी तरह प्रतिनिधित्व दिया गया है, जैसा कि उनका दावा है, तो स्वाभाविक रूप से और नियोक्ताओं को मनोनीत करने का कोई औचित्य नहीं है। इसी प्रकार यह देखना आवश्यक है कि न सिर्फ श्रमिकों की रोजगार और कल्याण की समस्याओं पर गौर किया जाए, बल्कि उन्हें इस प्रकार प्रशिक्षित किया जाना चाहिए ताकि वे अपने कार्य खुद से निपटा सकें। सभी श्रम सम्मेलनों में महिला और पुरुष श्रमिकों को शामिल होने का मौका देकर इसे सुनिश्चित किया जा सकता है। आप इस बात से अवगत होंगे कि हाल ही में जब कोयला खदानों की कल्याण समिति का

गठन किया गया था, तब सरकार ने कोयला खदानों के मजदूरों को समिति में प्रतिनिधित्व देने के लिए कोयला खदान के एक पुरुष मजदूर और महिला मजदूर की नियुक्ति की थी।

संरचना : कुछ सुझाव

सरकार सम्मेलन की संरचना में उचित बदलाव करने के खिलाफ नहीं है। इसके साथ ही सरकार मानती है कि सम्मेलन की संरचना में बदलाव से जुड़े मुद्दे बहुत जरूरी नहीं हैं और हम उन पर विचार-विमर्श को कुछ समय के लिए टाल सकते हैं। जैसा कि मैंने पहले त्रिपक्षीय सम्मेलन के दौरान कहा था, हमें जब-तब पौधे को उखाड़-उखाड़कर यह नहीं देखना चाहिए कि उसकी जड़ें निकली हैं या नहीं। इससे तो पौधा मर ही जाएगा।

अब मैं आपका ध्यान सम्मेलन के संरचना की कमजोरियों की ओर ले जाता हूँ। यह एक ऐसी कमजोरी है जिसे सरकार भी गंभीर मानती है और इसका उपचार तुरंत किया जाना चाहिए। लेकिन सरकार अब तक किसी नतीजे पर नहीं पहुँची है। सरकार आपके द्वारा दिए जानेवाले किसी भी सुझाव का स्वागत करेगी। क्या मैं इस विषय पर आपके समक्ष अपने विचार रख सकता हूँ?

मैं संविधान में निम्नलिखित बदलावों का सुझाव देता हूँ :

(1) सम्मेलन के दायरे में जो विषय आते हैं उन्हें दो सूचियों में बाँटा जाना चाहिए। पहली सूची में तमाम सामान्य विषय होंगे, जैसे—(क) रोजगार की शर्तें, (ख) श्रम कानून और (ग) सामाजिक सुरक्षा से जुड़े प्रश्न। दूसरी सूची में सभी ठोस प्रश्न होंगे, (क) श्रम कल्याण से संबंधित तथा (ख) श्रम कानूनों के प्रशासन से संबंधित। पहली सूची के विषयों को पूर्ण सम्मेलन के हवाले किया जाएगा, जिसे मेरा सुझाव है कि 'श्रम सम्मेलन' जैसे साधारण नाम से बुलाया जाना चाहिए और 'पूर्ण तथा त्रिपक्षीय' जैसे शब्दों को हटा देना चाहिए, जिनमें उसे बड़ा बोझिल बना दिया गया है;

(2) श्रम कल्याण समिति नाम का एक नया निकाय बनाया जाए तथा इसे दूसरी सूची के विषय सौंप दिए जाने चाहिए;

(3) श्रम कल्याण समिति की संरचना इस प्रकार होगी—(क) स्थायी

श्रम समिति के द्वारा चुने गए सदस्य, (ख) एक प्रतिनिधि नियोक्ता का और एक प्रतिनिधि संगठित उद्योगों एवं सार्वजनिक तथा अन्य निकायों का जो मजदूरों को काम पर रखते हैं; (ग) गैर-सरकारी व्यक्तियों में से सरकार के द्वारा मनोनीत व्यक्ति, (घ) भारतीय संस्थानों के प्रतिनिधि तथा (ङ) प्रांतीय सरकारों के प्रतिनिधि।

(4) जहाँ तक संरचना का संबंध है तो स्थायी श्रम समिति में कोई परिवर्तन नहीं होगा। सिर्फ इसके कार्यों में बदलाव किया जाएगा। यह विचारशील निकाय नहीं होगी। यह सम्मेलन की प्रतिनिधि होगी और समय-समय पर सम्मेलन द्वारा सौंपी गई जिम्मेदारियों को निभाएगी।

इस व्यवस्था के तहत तीन अंग होंगे—सम्मेलन, स्थायी समिति तथा कल्याण समिति। सम्मेलन के कार्य और उसकी शक्तियाँ इस प्रकार होंगी—

(1) सरकार को रोजगार की समस्या पर तथा सामाजिक सुरक्षा के उन सभी प्रश्नों पर सुझाव देना, जिन्हें एजेंडा में शामिल किया जा सकता है;

(2) ऐसे किसी विषय को या उस विषय के किसी हिस्से को स्थायी श्रम समिति के पास उसके निर्देशों के लिए भेजना—(क) सम्मेलन को वापस सूचित करना या (ख) सरकार को सिफारिश भेजना;

(3) एजेंडा में शामिल किसी भी मुद्दे पर एक तदर्थ (एड हॉक) समिति को नियुक्त करना जिसका निदेसंदेह सरकार को सिफारिश पर रिपोर्ट पेश करेगा— (क) सम्मेलन को (ख) स्थायी श्रम समिति को, उस पर सम्मेलन अपनी रिपोर्ट तैयार कर सके।

स्थायी श्रम समिति की शक्तियाँ और कार्य सम्मेलन के द्वारा तय किए जाएँगे। यह सम्मेलन की एक एजेंसी होगी जिसे सम्मेलन से अधिकार प्राप्त होंगे तथा नीचे दिए गए अपवाद के सिवाय, यह सम्मेलन द्वारा सौंपे गए कार्य के अलावा कोई और कार्य नहीं करेगी। इस प्रकार सरकार के पास यह विकल्प खुला होगा कि वह जिस मुद्दे पर चाहे उसे स्थायी श्रम समिति के पास भेजे ताकि वह अपनी रिपोर्ट या तो सम्मेलन को सौंपे या सरकार को दे। लेकिन सामान्य तौर पर स्थायी श्रम समिति की कोई भी रिपोर्ट या सिफारिश सम्मेलन

को ही सौंपी जानी चाहिए। स्थायी श्रम समिति की शक्तियाँ इस प्रकार होंगी :

(1) सम्मेलन के द्वारा भेजे गए विषयों पर सम्मेलन को अपनी सिफारिश या रिपोर्ट सौंपना;

(2) सरकार को उस मामले में सिफारिश देना जिसमें सम्मेलन ने स्थायी श्रम समिति को सरकार को रिपोर्ट सौंपने का निर्देश दिया है; तथा

(3) तदर्थ समिति की नियुक्ति करना ताकि एजेंडा में शामिल विषय पर विचार किया जा सके और जो अपने निर्देश स्थायी श्रम समिति को दे सके।

श्रम कल्याण समिति

श्रम कल्याण समिति के कार्य श्रम कल्याण तथा श्रम कानूनों के प्रशासन तक सीमित रहेंगे। इसके अधिकार क्षेत्र में वे सभी विषय आते हैं जिन पर विचार के लिए इनके समक्ष पेश किया जाएगा तथा जिन पर इसे सरकार को सिफारिश करनी है।

ये मेरे प्रस्ताव हैं जिनसे उन संगठनात्मक कमजोरियों को दूर किया जा सकता है जिनका पता चला है। इन्हें मैंने सम्मेलन के एक सदस्य के नाते अपनी निजी क्षमता के आधार पर आपके सामने रखा है। इनसे कोई बहुत बड़ी शक्ति नहीं जुड़ी है, हाँ, तरीके जरूर महत्त्व रखते है। मुझे लगता है और इस वजह से ही मैं कहना चाहूँगा कि इन प्रस्तावों की जाँच भारत सरकार द्वारा विभागीय स्तर पर कराया जाना चाहिए। यदि उन्हें व्यवहार्य समझा जाता है तो सरकार के निष्कर्षों को आपके विचार हेतु रखा जाएगा। संगठन को लेकर इस शिकायत को मैं बेहद गंभीर मामला समझता हूँ तथा मैं इसे बहुत जल्द सुलझाने का वादा करता हूँ।

सम्मेलन, इससे जुड़े सभी निकायों की फिर से संरचना, इसकी प्रक्रिया को फिर से तय किए जाने तथा अपने कर्मचारियों में सुधार से जुड़े सभी मुद्दों पर जो जरूरी था, वह मैं कह चुका हूँ। मुझे उम्मीद है कि आप इस बात से सहमत होंगे कि सरकार अपनी कार्यकुशलता तथा अपनी उपयोगिता को बढ़ाने पर गंभीर है।

श्रम कानून

दो और मुद्‌दे हैं जिन पर मैं अपने विचार रखना चाहूँगा। श्रम विभाग का आनेवाले विधानसभा सत्र के लिए विधायी कार्यक्रम जिसमें तीन विधेयक शामिल हैं—फैक्टरी संशोधन विधेयक, जो छुट्टियों के साथ वेतन का विधेयक के नाम से ज्यादा मशहूर है; ट्रेड यूनियन संशोधन ऐक्ट जो ट्रेड यूनियनों की मान्यता की माँग कर रहा है तथा वेतन भुगतान संशोधन विधेयक। सम्मेलन ने पहले दो पर विचार किया है। तीसरा विधेयक एक नया विधेयक है और हमारी प्रक्रिया के मुताबिक आपके समक्ष चर्चा के लिए पेश किया गया है।

जैसा कि आप जानते हैं कि अंतरराष्ट्रीय श्रम सम्मेलन का 26वाँ सत्र अमेरिका के फिलाडेल्फिया में विगत अप्रैल में आयोजित किया गया था। उसमें एक भारतीय प्रतिनिधिमंडल ने भी हिस्सा लिया था। उनका प्रतिनिधित्व लंदन में भारत के उच्चायुक्त ने किया था। भारत सरकार का प्रतिनिधित्व माननीय श्री एच.सी. प्रायर, सचिव श्रम विभाग ने किया और श्री डी.जी. मुल्हेरकर ने नियोक्ताओं तथा मालिकों का प्रतिनिधित्व किया। सर्वश्री जमनादास मेहता (विधायक), आफताब अली तथा श्री आरआर भोले ने कर्मचारियों का प्रतिनिधित्व किया। मुझे यकीन है कि उन्होंने सम्मेलन में जो जबरदस्त काम किया उसे सार्वजनिक रूप से मान्यता देने में आप मेरा साथ देंगे। उस प्रतिनिधि ने एक रिपोर्ट तैयार की है जो आपके समक्ष है। मुझे यकीन है कि यह आपको दिलचस्प और निर्देशात्मक दोनों ही प्रतीत होगा।

मैं आपको धन्यवाद देते हुए अपनी बात समाप्त करता है कि आपने मुझे बड़े धैर्य से सुना। चलिए, अब हम उस कार्य की शुरुआत करते हैं जो हमारा इंतजार कर रहा है।"

परिशिष्ट : डॉ. आंबेडकर का ज्ञापन

त्रिपक्षीय श्रम सम्मेलन तथा उसकी स्थायी श्रम समिति के द्वारा चर्चा के बाद केंद्र सरकार ने जो कदम उठाए उनका जिक्र इस ज्ञापन में किया गया है जो श्रम सम्मेलन में पेश किया गया है। ज्ञापन के तहत शामिल विषय इस प्रकार हैं :

व्यापार के विवादों का निपटारा, श्रम कल्याण, औद्योगिक श्रमिकों को भोजन की आपूर्ति, सरकारी ठेके में उचित मजदूरी के अनुच्छेद, औद्योगिक

उपक्रमों में श्रम अधिकारी, रोजगार कार्यालय, औद्योगिक आँकड़े, अनैच्छिक बेरोजगारी, श्रम प्रतिनिधित्व, सामाजिक सुरक्षा, महँगाई भत्ता तथा औद्योगिक कैंटीन।

मई 1943 में हुई स्थायी श्रम समिति की बैठक में इस बात पर आम राय बनी कि भारत सरकार को रोजगार कार्यालयों की स्थापना करनी चाहिए। तकनीकी कर्मचारियों के लिए विज्ञापन को रोकने के लिए केंद्र सरकार ने एक प्रस्ताव रखा और उसे सामान्य तौर पर स्वीकृत कर लिया गया। इन दोनों प्रस्तावों को लागू कर दिया गया। कई केंद्रों पर तकनीकी कर्मियों को रोजगार देने के लिए रोजगार कार्यालय स्थापित किए गए हैं। बैठक में आम राय इस पक्ष में थी कि (1) अधिनिर्णय की मशीनरी में कुछ हद तक निरंतरता को बनाए रखा जाए तथा (2) व्यापार के विवादों के सिलसिले में पूरी नीति को नए सिरे से रखा जाए और वर्तमान व्यापार विवाद अधिनियम, 1929 के स्थान पर एक नया अधिनियम बनाया जाए जिसमें आंतरिक समझौते को बढ़ावा दिया जाए। नए कानून के लिए विचार-विमर्श जारी है, इस बीच केंद्र सरकार ने उनसे (1) प्रांतीय सरकारों को अवगत करा दिया है जो जहाँ तक संभव हो निरंतरता बनाए रखें। सरकार व्यापार में विवादों पर नया कानून बनाने पर भी विचार कर रही है।

बेविन प्रशिक्षण योजना

इस बैठक से एक मुद्दा यह उठा कि बेविन प्रशिक्षुओं को चुनने के लिए संगठित श्रम को राष्ट्रीय सेवा श्रम न्यायाधिकरण से जोड़ दिया जाए और न्यायाधिकरणों को उम्मीदवारों के चयन के दौरान अपने इलाके की प्रमुख ट्रेड यूनियनों से विचार-विमर्श करना चाहिए। प्रशिक्षुओं के चयन की इस विधि पर विचार किया जा रहा है। श्रम कल्याण के पहलू पर समिति के सुझाव हैं कि आवास, शिक्षा इत्यादि के लिए 'कल्याण निधि कोष' बनाया जाना चाहिए और इस पर सरकार विचार कर रही है। कोई भी व्यावहारिक योजना तैयार करने में भारी मुश्किलें हैं।

जनवरी 1943 में स्थायी श्रम समिति की दूसरी बैठक में एक प्रस्ताव पारित किया गया जिसमें औद्योगिक श्रमिकों के नियोक्ताओं के राशन की दुकानों से भोजन आपूर्ति की, ऐसे दुकानों में स्वीकृत तथा मान्यताप्राप्त ट्रेड यूनियन

अथवा कर्मचारियों के प्रतिनिधियों के जुड़ने पर, औद्योगिक श्रमिकों के लिए सहकारी अनाज की दुकानों को बढ़ावा देने आदि के प्रस्ताव दिए गए। इन सिफारिशों को उचित प्राधिकारियों के संज्ञान में लाया गया है। बड़े शहरों में तथा नगरों में और अब धीरे-धीरे छोटे शहरों में राशन की दुकानों का प्रचलन हो गया है, इसलिए जो उपाय सुझाए गए हैं वे पुराने पड़ गए हैं। लेकिन राशन अधिकारी नियोक्ताओं के अनाज की दुकानों का जहाँ तक संभव है इस्तेमाल कर रहे हैं।

उचित वेतन की शर्त

मई 1943 में स्थायी श्रम समिति की तीसरी बैठक में सरकारी ठेके में उचित वेतन के प्रावधानों पर आम सहमति बनी है। ऐसा कहा जाता है कि केंद्र सरकार ने पहले ही केंद्रीय पी.डब्ल्यू.डी. के ठेकों में 'एक उचित वेतन' की शर्त को लागू कर रखा है। अपने उपक्रमों में केंद्र सरकार सिफारिशों को इस प्रकार लागू कर रही है कि जहाँ तक संभव है बड़े औद्योगिक उपक्रमों में श्रम अधिकारियों की नियुक्ति की जा रही है तथा निजी नियोक्ताओं से भी ऐसा करने का आग्रह किया गया है। भारतीय खदान (मायनिंग) संघ से प्राप्त हुई रिपोर्ट के मुताबिक उन्होंने कार्मिक अधिकारी नियुक्त किए हैं।

समिति के उस सुझाव पर भारतीय सुरक्षा नियम 81 (ए) को उचित तरीके से संशोधित कर लिया गया है जिसमें कहा गया है कि न्याय निर्णय के लिए भेजे जा रहे विवादित मुद्दों का विशेष जिक्र आदेश में होना चाहिए। प्रांतीय सरकारों का ध्यान न्याय निर्णय के आदेश में एक प्रावधान बनाए जाने की जरूरत की ओर आकर्षित किया गया है कि ऐसे श्रमिक जिनके व्यवहार की जाँच की जा रही है या जो विवाद से सीधे तौर पर जुड़े हैं उन्हें नियोक्ता द्वारा तब तक सेवामुक्त नहीं किया जाएगा जब तक कि वह विवाद के अलावा किसी मामले में दुर्व्यवहार करता है या न्याय निर्णय करनेवाले अधिकारी की या अन्य निर्धारित प्राधिकारी की स्वीकृति हो। वेतन और आमदनी तथा कुछ चुनिंदा उद्योगों के लिए काम के घंटे से जुड़े आँकड़ों को अखिल भारतीय स्तर पर जुटाने के प्रश्न पर गहन विचार-विमर्श चल रहा है।

अनैच्छिक बेरोजगारी

सितंबर 1943 में पाँचवें श्रम सम्मेलन में अपने सत्र में एकमत से इस बात पर सहमति जताई थी कि कोयले का कच्चा माल इत्यादि की कमी की वजह से अनैच्छिक बेरोजगारी के मामलों में किसी-न-किसी प्रकार की राहत अनिवार्य रूप से दी जानी चाहिए। केंद्र सरकार ने प्रांतीय सरकारों को एक परिपत्र भेजा है जिसमें राहत दिए जाने के सिद्धांत की वकालत की गई है तथा इस पत्र को संबंधित राज्यों के संज्ञान में भी लाया गया है। इस सत्र में श्रमिकों ने विधायिकाओं, स्थानीय निकायों तथा सांविधिक समितियों आदि में पर्याप्त प्रतिनिधित्व की जरबदस्त माँग की थी। इस मुद्दे पर विचार हो रहा है तथा श्रमिकों का प्रतिनिधित्व 'केंद्रीय' सरकारी समितियों, जैसे—पुनर्निर्माण नीति समितियों, केंद्रीय स्वास्थ्य सर्वे तथा विकास समिति तथा केंद्रीय भोजन सुझाव समिति में होगा।

मजदूरी और आय

इस सत्र ने मजदूरी और आय, रोजगार तथा आवास और सामाजिक स्थितियों के प्रश्नों की जाँच के लिए एक मशीनरी की स्थापना किए जाने का एक प्रस्ताव पारित किया। इसका मकसद ऐसी सामग्री जुटाना था जिनके आधार पर श्रमिकों की सामाजिक सुरक्षा की नीति की योजना तैयार की जा सके। इस प्रस्ताव के अनुसरण में एक श्रम जाँच समिति का गठन किया गया है तथा इसकी रिपोर्ट सन् 1945 के मध्य तक आने की उम्मीद है।

ज्ञापन यह इशारा करता है कि प्रांतीय सरकारों और राज्यों तथा नियोक्ताओं एवं श्रमिक संघों से औद्योगिक संगठनों में 250 या उससे अधिक व्यक्तियों को कर्मचारी के तौर पर रखने के लिए स्थायी आदेशों को लागू करने पर विचार-विमर्श किया गया था, तथा आम तौर पर इस बात का विरोध था कि भारत की सुरक्षा के नियम से कानूनी अधिकार लिये जाएँ। यह प्रस्तावित है कि इस विषय पर जल्द-से-जल्द एक स्थायी कानून बनाया जाए। इस बीच नियोक्ताओं को दो अखिल भारतीय निकायों से यह आग्रह किया गया कि वे कानून बनने का इंतजार किए बगैर तुरंत स्थायी आदेश तैयार करें। स्थायी आदेश तैयार करने में नियोक्ता की मदद के लिए बनाए गए एक ज्ञापन को भी परिचालित किया गया है।

चौथी स्थायी श्रम समिति की बैठक में वैधानिक वेतन नियंत्रण पर हुई

चर्चा के बाद वेतन के विनियमन के लिए किए जानेवाले उपायों तथा उसके लिए आवश्यक मशीनरी पर भी काफी हद तक सहमति बन गई थी। यह सवाल कि कानून के द्वारा किस प्रकार के उद्योगों का नियंत्रण हो, उसे श्रम सम्मेलन के वर्तमान सत्र के एजेंडा में शामिल किया गया था।

औद्योगिक कैंटीन

चार प्रांतों में समितियाँ गठित की गई हैं, यानी बंबई, संयुक्त प्रांत, बंगाल तथा बिहार, जो व्यापार की परिभाषाओं के मानकीकरण (स्टैंडर्डाइजेशन) पर छानबीन कर रही हैं और उनकी सिफारिशों का इंतजार है। जैसा कि इस बैठक में सुझाया गया है कि श्रमिकों के प्रतिनिधि जो रोजगार समितियों के जरिए केंद्रीय कार्यालय से संबंधित हैं, उनका गठन रोजगार कार्यालयों के प्रशासन के संबंध में राष्ट्रीय सेवा श्रम अधिकरणों को सलाह देने के लिए किया गया है।

केंद्र सरकार द्वारा औद्योगिक प्रतिष्ठानों में मजदूरों की कैंटीन को बढ़ावा देने के लिए कदम उठाए गए है। सरकार द्वारा या मजदूरों द्वारा या दोनों के द्वारा मिलकर चलाई जा रही और कुछ स्थितियों में ठेकेदारों द्वारा चलाई जा रही कैंटीन में किराया-मुक्त कमरा तथा मुफ्त फर्नीचर और खाना पकाने के बरतन दिए हैं। जिन कैंटीनों को उचित मूल्य पर अनाज नहीं मिलता उन्हें भी उचित मूल्य पर मिलनेवाले भोज्य पदार्थ मुहैया कराए गए हैं।

□

9

भारत सरकार के श्रम नीति की आलोचना*

अपने कटौती प्रस्ताव के समर्थन में कल श्री जोशी ने जो विचार रखे उस दौरान उन्होंने श्रम विभाग के विरुद्ध कुछ आरोप लगाए। अपने निष्कर्ष में उन्होंने यह कहा कि श्रम विभाग न केवल अपने कर्तव्यों को निभा पाने में विफल रहा, जबकि उसके ऊपर श्रमिकों के हितों को संरक्षित करने और उन्हें सुरक्षा देने की जिम्मेदारी है, बल्कि अंत में उन्होंने यह तक कह दिया कि श्रम विभाग में श्रमिकों के प्रति कोई सहानुभूति नहीं है। इस बयान को मैं कुछ हद तक अतिशयोक्तिपूर्ण मानता हूँ। महोदय, मेरे माननीय मित्र द्वारा दिया गया भाषण लगभग तार लिखने के अंदाज में था, जिसमें से प्रिपोजीशन, पार्टिसिपल, कंजंक्शन तथा डिसजंक्शन गायब कर दिए गए थे और निश्चित रूप से अपने निष्कर्षों के समर्थन में उन्होंने कोई विस्तृत तर्क नहीं दिए। इस वजह से मैं उनके कटौती प्रस्ताव से निपटने में खुद को नुकसान पहुँचाने की स्थिति में महसूस कर रहा हूँ। फिर भी मैं उनके आरोपों का संतोषजनक जवाब देने का प्रयास करूँगा।

महोदय, श्रम विभाग के विरुद्ध उन्होंने जो पहला आरोप लगाया वह महँगाई भत्ते को लेकर था। उनकी पहला आरोप था कि भारत सरकार के द्वारा

---

* अंग्रेजी भाषा, विधानसभा (केंद्रीय) विधानसभा की बहस (केंद्रीय) भाग-2 (13 मार्च 1945) पृ. 1456-62, बी.ए.डब्ल्यू.एस., भाग-10, पृ. 243-52। संक्षेप और हिंदी अनुवाद : संपादक।

दिया गया महँगाई भत्ता पर्याप्त नहीं है तथा दूसरा आधार यदि मैंने उन्हें ठीक से समझा है तो, यह था कि भारत सरकार द्वारा स्वीकृत महँगाई भत्ते की योजना में किसी प्रकार की एकरूपता नहीं है। पहले हिस्से की बात करूँ तो मैं समझता हूँ कि श्री जोशी इस बात से सहमत होंगे कि पर्याप्त होने की परिभाषा अपने-अपने हिसाब से अलग-अलग हो सकती है। ऐसे दो लोगों को ढूँढ़ना ही मुश्किल है जो इस बात पर सहमत हो सकें कि महँगाई भत्ते की सटीक मात्रात्मक माप कितनी होनी चाहिए और इस वजह से मैं इस मामले के उस पहलू में नहीं जाना चाहूँगा। मैं जिस ओर इस सम्मानित सदन का ध्यान आकर्षित करना चाहूँगा वह यह है कि भारत सरकार ने हमेशा ही महँगाई भत्ते के मुद्दे पर गहरी दिलचस्पी दिखाई है तथा परिस्थिति पर नजर बनाए रखी है; साथ ही समय-समय पर उसने महँगाई भत्ता बढ़ाने के लिए कदम उठाए हैं, ताकि कोई सवाल न खड़ा कर सके।

सदन के समक्ष चंद तथ्य रखने के लिए मैं चाहूँगा कि इस बात को याद किया जाए कि पहला महँगाई भत्ता अगस्त 1942 में दिया गया था। इसके बाद जनवरी 1943 में इसे बढ़ाया गया था। जून 1943 में इसे एक बार फिर बढ़ा दिया गया। मार्च 1944 को यह और बढ़ा दिया गया। हमने न सिर्फ महँगाई भत्ता बढ़ाया है, बल्कि हमने समय-समय पर श्रमिकों की उच्च सीमा को भी बढ़ाया है जिन्हें महँगाई भत्ता दिया जाना चाहिए। पहली बार जब महँगाई भत्ता दिया गया, उच्चतम सीमा 100 से 120 तक की गई। तीसरी बार इसे बढ़ाकर 150 किया गया, और चौथी बार इसे 250 तक बढ़ा दिया गया। मैं सदन को बताना चाहूँगा कि भारत सरकार एक बार फिर महँगाई भत्ता बढ़ाने पर विचार कर रही है और मुझे उम्मीद और यकीन है कि जल्दी ही इस विषय पर भारत सरकार का फैसला सामने आ जाएगा।

जहाँ तक एकरूपता की कमी का प्रश्न है, मैं इस बात को स्वीकार करता हूँ कि भारत सरकार के विभिन्न वर्गों के कर्मचारियों को विभिन्न दरों पर भत्ता दिया जाता है और उनमें कोई एकरूपता नहीं है। महोदय, लेकिन जो प्रश्न मैं पूछना चाहता हूँ वह यह है कि एकरूपता की इस कमी के लिए कौन जिम्मेदार है? मुझे यह कहने में कोई संकोच नहीं है कि महँगाई भत्ते में एकरूपता की

कमी के लिए कोई जिम्मेदार है तो वे खुद श्री जोशी हैं। मेरा मतलब है कि पूरा श्रम संगठन जिम्मेदार है। वही हैं जो इस एकरूपता की कमी के जिम्मेदार हैं। महँगाई भत्ता दिए जाने के मामले में जो हुआ है वह ये है—श्रमिकों की दुनिया में आप विभिन्न श्रेणियाँ देखते हैं। आपके पास रेलवे मेंस फेडरेशन जैसा निकाय है, एक निकाय है पोस्ट ऐंड टेलीग्राफ यूनियन का, टेक्सटाइल यूनियन एवं इसके जैसे अनेक निकाय और श्रमिक वर्ग में ऐसे कई लोग हैं जिनका कोई संगठन नहीं है। मैं समझता हूँ कि श्री जोशी इस बात से सहमत होंगे कि इन श्रम संगठनों के द्वारा अपनाई जा रही नीति कुछ और नहीं, संगठित लूट की नीति है, पहला व्यक्ति भारत सरकार से वह सबकुछ ले लेना चाहता है जो वह ले सकता है। और इसकी चिंता नहीं करता कि बाकियों के लिए क्या बचेगा।

ये रेलवे मेंस फेडरेशन को ही देखिए जो रेलवे बोर्ड से मिलता है, अपनी शक्ति की राजनीति करता है और रेलवे बोर्ड को उच्चतम महँगाई भत्ता स्वीकृत करने पर मजबूर कर देता है। फिर आता है पोस्ट ऐंड टेलीग्राफ यूनियन। वे मेरे माननीय मित्र का इंतजार करते हैं जो उस विभाग के प्रभारी हैं। वे उन्हें हड़ताल पर जाने की धमकी देते हैं। वे कहते हैं कि वे इस देश की सेवा में शामिल सबसे अनिवार्य अंग हैं और वे उनसे वह निकलवा लेते हैं जो उनके लिए सर्वोत्तम है। बाकी लोगों को ऐसा कोई नहीं दिखता जिसके जरिए वे अपनी आवाज उठा सकें और जिन्हें ऑल इंडिया ट्रेड यूनियन कांग्रेस या ऑल इंडिया लेबर फेडरेशन कहा जाता है, मैंने उनकी ओर से कभी ये प्रयास नहीं देखा कि वे एक साथ आगे आएँ और एक ऐसी नीति बनाएँ जो पूरे श्रमिक वर्ग पर तथा सरकारी सेवकों पर समान रूप से लागू हो सके।

हर बार श्रमिकों का एक वर्ग आता है और अपना चाकू दिखाकर कहता है, "हम काम नहीं करेंगे और अगर तुमने हमें ये नहीं दिया या वह नहीं दिया तो हम हड़ताल कर देंगे।" इस मामले में निश्चित रूप से सरकार काफी असहाय है। फिर श्री जोशी ने कहा कि अनैच्छिक परिस्थितियों की वजह से पैदा हुई बेरोजगारी के प्रति भी किसी का ध्यान नहीं जाता है। अगर मैंने उन्हें ठीक से समझा है तो उन्होंने कुछ हद तक प्रांतों को केंद्र सरकार द्वारा भेजे गए सर्कुलर का जिक्र अपमानजनक शब्दों में किया जिसमें नियोक्ताओं से कहा गया

था कि यह भारत सरकार का नजरिया है कि जब भी कच्चे माल की कमी की वजह से अनैच्छिक बेरोजगारी होगी, नियोक्ताओं को अपने कर्मचारियों को कुछ-न-कुछ हरजाना देना पड़ेगा। प्रांतीय सरकारों को लिखे हमारे पत्र में हमने उन्हें बताया था कि भारत सरकार इस बात के लिए तैयार है कि बेरोजगारी की अवधि के लिए श्रमिकों को एक निश्चित स्केल पर भुगतान किया जाए। हमने उन्हें बताया था कि उन्हें 75 प्रतिशत की सामान्य दर से पहले पखवाड़े का भुगतान करना चाहिए, तथा दूसरे पखवाड़े के लिए उन्हें वेतन का 50 प्रतिशत दिया जाना चाहिए, और इस प्रकार एक महीने तक भुगतान किया जाना चाहिए, तथा इंतजार करने की अवधि सात महीने की होनी चाहिए। श्री जोशी ने यह कहते हुए अपनी बात खत्म की कि भारत सरकार ने इस बारे में यह देखने की जरूरत नहीं समझी कि इस प्रकार के फायदे असल में दिए गए या नहीं। महोदय, अब मैं यह कहना चाहूँगा कि यदि श्री जोशी ने उस पत्र को पढ़ा होता जो हमने प्रांतीय सरकारों तथा नियोक्ताओं को भेजा था, तो वह देख सकते थे कि हमने कुछ निश्चित प्रस्ताव भी बनाए थे जिसमें इस अनैच्छिक बेरोजगारी के बदले पैसे अदा करने के प्रावधान थे।

जो सर्कुलर भेजा गया था, उसमें हमने बताया था कि अनैच्छिक बेरोजगारी की एवज में श्रमिकों को जो भुगतान किया जाएगा उसे आयकर तथा ई.पी.टी. के उद्‌देश्य से राजस्व के खर्च के तौर पर माना जाएगा। निश्चित रूप से, तब तो मैं कह सकता हूँ कि यह पत्र में एक विशेष उपखंड था और हमने सोचा कि इससे अधिक की आवश्यकता नहीं है। इसके अतिरिक्त भी डिफेंस ऑफ इंडिया रूल्स का नियम 81-ए है जिसके तहत यह उन श्रमिकों के लिए जिन्हें इन परिस्थितियों की वजह से नौकरी से निकाल दिया गया है, उन्हें प्रांतीय सरकारों के पास मामले का निपटारा कराने के लिए आवेदन देने की पूरी छूट है। मुझे यह कहते हुए खुशी हो रही है कि इस दिशा में प्रयास किए जा रहे हैं। जैसा कि माननीय सदस्य जानते हैं कि अहमदाबाद के नियोक्ताओं और उनके कर्मचारियों के बीच इसी प्रकार एक मामले को सुलझाने की कोशिश हो रही है।

श्री जोशी ने जो तीसरी बात कही वह श्रमिकों के मुआवजे से जुड़ी है। मैं दरअसल यह नहीं समझ सका था कि उनके आरोप की गंभीर बात क्या है और

इस देश में किस प्रकार की कमी है तथा वह मुझसे क्या चाहते हैं। मैंने जितना समझा, उसका मतलब है कि उनके मुताबिक मुआवजा पर्याप्त नहीं है।

अब सदन को भी याद होगा कि श्रमिकों के क्षतिपूर्ति नियम में वेतन की हमारी परिभाषा बहुत व्यापक है। इसमें सिर्फ वेतन के पैसे शामिल नहीं हैं, बल्कि इसमें वह सबकुछ शामिल है जिसकी गणना पैसों में की जा सकती है। इससे यह स्पष्ट हो जाएगा कि जहाँ कहीं भी मजदूरों के मुआवजे की बात है, तो उसे न सिर्फ पैसों के रूप में वेतन प्राप्त करने का अधिकार है, बल्कि उसे वेतन के पैसों के अलावा महँगाई भत्ता भी मिलना चाहिए।

श्री जोशी ने एक और तथ्य का जिक्र किया कि जहाँ ब्रिटेन में कानून को बदल दिया गया है, इस देश में हमने ऐसा कुछ नहीं किया है। उन्होंने कहा कि युद्ध के दौरान मजदूरों को श्रमिकों की क्षतिपूर्ति अधिनियम के तहत मिलनेवाले फायदों को इंग्लैंड में बढ़ा दिया गया है। मैंने इस मामले की पड़ताल की और दरअसल मामला कुछ इस प्रकार है। मुझे दुःख है कि श्री जोशी यह बिलकुल नहीं समझ सके कि इनमें अंतर क्या है। जैसा कि सदन के माननीय सदस्य अवगत होंगे, अंग्रेजी कानून में श्रमिकों की मजदूरी सर्वाधिक होती है, जबकि भारत में हमारे भुगतान लगभग एकमुश्त (लंपसम) भुगतान होते हैं। इसका एक बहुत महत्त्वपूर्ण असर पड़ता है। एकमुश्त भुगतान के मामले में एक श्रमिक को वेतन मिल जाता है और वह तसवीर से बाहर हो जाता है; किसी पर भी उसकी लगातार जिम्मेदारी नहीं रहती, न तो उसके नियोक्ता की, न सरकार की। लेकिन जिन मामलों में जिम्मेदारी एक सतत दायित्व है क्योंकि फायदे एक अवधि के दौरान मिलते रहते हैं, वहाँ नियोक्ताओं के दायित्व को बनाए रखा जाता है तथा जिस प्रकार एक नियोक्ता पर नौकरी करनेवाले किसी श्रमिक को उदाहरण के लिए महँगाई भत्ता देने की जिम्मेदारी होती है, उसी प्रकार अंग्रेजी कानून के मुताबिक एक नियोक्ता को बढ़ा हुआ वेतन इस वजह से देना पड़ता है क्योंकि भुगतान एक अवधि में होता है और भुगतान करते रहने की जिम्मेदारी बनी रहती है।

यदि इस सदन की भी यही इच्छा है कि श्रमिकों के वेतन की प्रणाली को बदल दिया जाए, यानी श्रमिकों को एकमुश्त वेतन दिए जाने की बजाय हमें उसे

तब तक सावधिक (पिरिऑडिकल) भुगतान करना चाहिए जब तक कि वह बूढ़ा न हो जाए, तो इसमें कोई संदेह नहीं कि जैसी स्थिति इंग्लैंड में है, वैसी ही स्थिति इस देश में भी हो जाएगी।

महोदय, श्री जोशी ने जो अगला मुद्दा उठाया वह तकनीकी कर्मियों के अध्यादेश का है। उन्होंने कहा कि इस तकनीकी कर्मी अध्यादेश में नियोक्ताओं और कर्मचारियों के बीच असमानता के व्यवहार का सिद्धांत है। इसमें जो बात वह कहना चाह रहे थे वह यह है कि तकनीकी कर्मी अध्यादेश के तहत एक कर्मचारी को अपनी नौकरी से इस्तीफा देने की छूट नहीं है, जबकि उसी अध्यादेश के तहत एक नियोक्ता किसी कर्मचारी को सेवामुक्त करने के लिए स्वतंत्र है। महोदय, मैं वास्तविक स्थिति का वर्णन करना चाहूँगा जिसे इस अध्यादेश को पढ़कर समझा जा सकता है। असल स्थिति यह है कि यदि एक कर्मचारी इस्तीफा देना चाहता है तो उसे अपने नियोक्ता की इजाजत लेने की जरूरत नहीं है। इस अध्यादेश में ऐसी अपेक्षा है कि वे इस्तीफा देना चाहते हैं तो उन्हें अधिकरण (ट्रायब्यूनल) से इजाजत लेनी पड़ेगी। उस बिंदु पर मुझे लगता है कि श्री जोशी के पास जानकारी का अभाव है। महोदय, फिर जहाँ तक नियोक्ता के पास सेवामुक्त करने की शक्ति की बात है, तो वहाँ स्थिति इस प्रकार है कि एक शासक के रूप में उसे तब तक एक कर्मचारी को सेवामुक्त या बरखास्त करने का अधिकार नहीं है जब तक कि उसने अधिकरण से इजाजत नहीं ले ली है। इसमें बेसंदेह एक अपवाद है और वह अपवाद यह है कि अवज्ञा या दुर्व्यवहार के मामले में, जिसमें अनुशासनात्मक काररवाई आवश्यक हो जाती है, नियोक्ता अधिकरण की इजाजत लिए बगैर ही कर्मचारी को बरखास्त कर सकता है। महोदय, अब मैं नहीं समझता कि इस विशेष प्रावधान को लेकर शिकायत की जानी चाहिए, क्योंकि इसके जरिए एक नियोक्ता को उस कर्मचारी से छुटकारा मिल जाता है जिसने दुर्व्यवहार किया है, या जिसने आज्ञा का पालन नहीं किया है।

मैं श्री जोशी से पूछना चाहूँगा कि जिन साधारण मामलों में अधिकरण की भूमिका तक बात नहीं पहुँचती, उनमें फैसला कौन करेगा? जिस प्रकार से हमारे उद्योग संगठित हैं, उसमें चाहे गलत हो या सही नियोक्ता के पास एक

ऐसे श्रमिक को नौकरी से निकालने का अधिकार है जो उसके लिए काम का नहीं रह गया है। इसलिए मैं समझता हूँ कि यह कोई मुद्दा नहीं है। लेकिन सदन को, और खासतौर पर श्री जोशी को यह बताना चाहता हूँ कि इस वजह से कि इस प्रावधान का कोई गलत इस्तेमाल न हो सके, हमने दो महत्त्वपूर्ण कारणों से अध्यादेश में बदलाव किए हैं। जो पहली चीज हमने की और जिसे श्री जोशी की खुली इच्छा के बाद किया गया, वह था कि अधिकरण के साथ जुड़ी सलाहकार समितियों का गठन किया गया। इन सलाहकार समितियों में श्रमिकों के प्रतिनिधि हैं और मुझे जरा भी संदेह नहीं कि इन सलाहकार समितियों की मदद से अधिकरण की संज्ञान में ऐसे मामले लाए जाएँगे जिनके विषय में कहा जा सकता है कि उनके पीछे अत्याचार करने की भावना है।

दूसरा और जो सबसे महत्त्वपूर्ण कदम अब उठाया गया है, वह यह है। हमने एक आदेश जारी किया है जिसमें अधिकरण के अध्यक्ष से कहा गया है कि वे उन कारणों को लिखित में बताएँ कि उन्होंने किसी कर्मचारी को नौकरी छोड़ने या उससे इस्तीफा देने की इजाजत क्यों नहीं दी। इस प्रावधान को हमने आपराधिक प्रक्रिया संहिता (क्रिमिनल प्रोसिजर कोड) से लिया है, ताकि सत्ता के केंद्र में हमारे लिए यह जानना संभव हो सकेगा कि क्या अधिकरण के अध्यक्ष के पास वैध और पर्याप्त कारण थे जिनकी वजह से उन्होंने किसी कर्मचारी को नौकरी से इस्तीफा देने की इजाजत नहीं दी।

महोदय, श्री जोशी ने यह मुद्दा उठाया कि कोयला खदानों में स्थिति संतोषजनक नहीं है। मैं दावा नहीं करता कि वहाँ आदर्श स्थिति है, लेकिन मैं यह नहीं कहना चाहता हूँ कि श्रम विभाग ने ठोस और कुछ बड़े कदम उठाए हैं जिनसे कोयला खदानों में स्थिति बेहतर हो सकेगी। अब तक हमारे कोयला खदानों में दो प्रकार के मजदूर साथ काम कर रहे हैं—स्थानीय मजदूर और ऐसे मजदूर जिन्हें हमने बाहर से बुलाया है, मुख्य रूप से उत्तर प्रदेश के गोरखपुर जिले से। मैं सदन में वेतन को लेकर कुछ आँकड़े रखना चाहूँगा। गोरखपुर के मजदूरों को प्रतिदिन 12 आना की मजदूरी मिलती है; इसके अतिरिक्त उसे चार आना का उत्पादन बोनस दिया जाता है जो जमीन के नीचे काम करने के लिए मिलता है। फिर हम उसे मुफ्त में खाना देते हैं, जिसका खर्च प्रति व्यक्ति

प्रतिदिन 14 आना आता है।

महोदय, जैसा कि मैंने कहा इन भत्तों के अलावा गोरखपुर के मजदूरों को 14 आना प्रतिदिन भोजन के लिए दिया जाता है। उसे मुफ्त में मकान और चिकित्सा की सुविधा दी जाती है। खदान के अन्य मजदूरों की बात करूँ, तो उनका वेतन इस प्रकार है। उन्हें मिलनेवाले कैश वेतन में युद्ध से पहले के मुकाबले 50 प्रतिशत की वृद्धि की गई है, जो सतह पर 8 आना थी और खदान के अंदर 14 आना थी। फिर महिला या पुरुष मजदूर को कुछ अनाज भी मिलता है। स्थानीय खदान मजदूर को प्रति मजदूर चार सेर अनाज नियंत्रित दर पर मिलता है तथा चार सेर उस पर निर्भर प्रत्येक वयस्क के लिए तथा 2 सेर प्रत्येक बच्चे के लिए जिसकी उम्र दो से 12 साल के बीच है। इसके अतिरिक्त उसे मूल राशन का एक चौथाई अनाज और दाल के रूप में छह सेर तक रियायती दर पर मिलता है। प्रत्येक मजदूर को हर दिन की उपस्थिति के लिए एक सेर अनाज मुफ्त मिलता है। इसके अतिरिक्त उसे नकद फायदे मिलते हैं। प्रतिदिन एक मजदूर को जिस पर कोई आश्रित नहीं उसे काम पर आने के बदले 2 आना मिलते हैं, तथा जिस पर एक आश्रित है उसे 3 आना और 5 आना मिलते हैं जिस पर एक वयस्क तथा एक बच्चा या बच्चे आश्रित हैं।

महोदय, फिर श्री जोशी ने कहा कि श्रम विभाग में कर्मचारियों की कमी है। मुझे आश्चर्य है कि श्री जोशी ने ऐसा बयान कैसे दिया। मैं सदन को यह बताना चाहूँगा कि श्रम विभाग ने हाल ही में कितने कर्मचारियों को नियुक्त किया है। जहाँ तक कोयला खदानों की बात है, तो हमारे पास कोयला खदान कल्याण समिति के मुख्य कार्यकारी अधिकारी हैं। उनके अधीन एक मुख्य कल्याण अधिकारी है तथा उनके नीचे दो इंस्पेक्टर हैं—उनमें से एक महिला कल्याण इंस्पेक्टर है। महोदय, फिर हमारे पास गैरकुशल श्रम आपूर्ति के निदेशक (डायरेक्टर) हैं। उनके नीचे तीन उप निदेशक और चार सहायक निदेशक हैं। चीफ इंस्पेक्टर ऑफ माइंस के अधीन 20 अधिकारी हैं। फिर उसके अतिरिक्त हमने अब एक मुख्य श्रम आयुक्त की नियुक्ति केंद्र में की है। उनके अधीन तीन उप श्रम आयुक्त हैं जो सभी कल्याणकारी गतिविधियों के प्रभारी होंगे। महोदय, इसके अलावा श्री जोशी ने कहा कि श्रम विभाग हमेशा काररवाई करने में देरी करता है,

यह भी कि देरी एक नियम बन गया है। इस मुद्दे पर मैं यह कहना चाहूँगा कि हम लोग जिन परिस्थितियों में श्रम विभाग की गतिविधियों को चला रहे हैं उनमें देरी को टाला नहीं जा सकता है। हमें प्रांतीय सरकारों से विचार-विमर्श करना पड़ता है, हमें श्रमिकों के संगठनों से, कर्मचारियों से सलाह-मशवरा करना पड़ता है। इन सभी में वक्त लगता है और इसी वजह से मैं नहीं समझता कि श्री जोशी की बात में दम है कि हम देरी से काररवाई करते हैं।

□

10

श्रम के प्रति सरकार का दायित्व*

देवियो और सज्जनो,

मुझे यकीन है कि हम सभी यह देखकर प्रसन्न हैं कि शांति स्थापित हो चुकी है। इसमें हमने अपने छह बहुमूल्य वर्षों की कड़ी मेहनत गँवाई है जिसमें जान और माल की बेहिसाब क्षति हुई है तथा इस विजय को प्राप्त करने के लिए हम सभी जिन मुश्किलों और कष्टों से गुजरे हैं उसे तो बयान भी नहीं किया जा सकता है। हमारे लिए यह बहुत सुकून की बात है कि हमारे सामने अब युद्ध की समस्या नहीं है और युद्ध के प्रयास भी नहीं करने हैं जिसके लिए हमें न सिर्फ चीजों को तुरंत तैयार करने की जरूरत पड़ती थी, बल्कि उन्हें चुटकियों में तैयार करना पड़ता था। भगवान का लाख-लाख शुक्रिया कि हमारी चिंता अब खत्म हो गई है। लेकिन आप सभी जानते हैं कि अब हमारे सामने युद्ध की समस्याएँ नहीं हैं, अब हमारे सामने समस्याएँ हैं शांति की, जैसे लोगों के सामाजिक और आर्थिक जीवन के पुनर्निर्माण की समस्या। ये समस्याएँ जिस तरह दूसरे देशों को प्रभावित करती हैं, उसी तरह भारत भी इनसे प्रभावित होता है।

---

* सातवाँ श्रम सम्मेलन, दिल्ली (26 नवंबर, 1945) में दिया अंग्रेजी भाषण, भारतीय सूचना में रिपोर्ट किया गया, 15 दिसंबर, 1945, पृ. 684-8, बी.ए.डब्ल्यू.एस., खंड-10 में पुन:प्रकाशित, पृ. 293-301। संक्षेप और हिंदी अनुवाद : संपादक।

सरकार का दायित्व

इन सामाजिक और आर्थिक समस्याओं के बीच यह सम्मेलन उनमें से सबसे महत्त्वपूर्ण समस्या से संबंधित है; यानी श्रम कल्याण को प्रभावित करनेवाली समस्या तथा पूँजी का श्रम से संबंध। इस उद्देश्य से कि सम्मेलन को इस बात का ज्ञान हो सके कि इसके समक्ष क्या कार्य है, मैं समझता हूँ कि यह अपेक्षित होगा कि मैं इस मौके का इस्तेमाल उस कार्य के लिए करूँ, जिसे 'स्टॉक टेकिंग' कहते हैं, ताकि हम सभी को यह सटीक अंदाजा लग जाए कि क्या हो चुका है और हमें अपने क्षेत्र में क्या करना है। स्टॉक टेकिंग के उद्‌देश्य से मैं अपने दायित्व से शुरुआत करूँगा। हमारे दायित्व दो अलग अलग क्षेत्रों से उत्पन्न हैं। सबसे पहले वे श्रम पर रॉयल कमीशन की सिफारिशों से उत्पन्न होते हैं, जिसने सन् 1930 में अपनी रिपोर्ट पेश की थी। हमारे दायित्वों का दूसरा स्रोत अंतरराष्ट्रीय श्रम संगठन (आई.एल.ओ.) की परंपराएँ हैं, जिसका कि भारत भी शुरुआत से ही एक सदस्य रहा है।

श्रम पर रॉयल कमीशन ने 357 सिफारिशें कीं—जो एक बड़ी संख्या है और दिखाती है कि सन् 1929 में भारत श्रम कानून के मामले में दूसरे देशों से कितना पीछे था। इन 357 सिफारिशों में से 133 (कुल मिलाकर या कुछ हिस्सों में) कानून से जुड़ी थीं। इन 133 में से सरकार ने 126 को स्वीकार कर लिया। जिन 126 को स्वीकार किया गया, उनमें से सिर्फ सात को खारिज किया गया, 106 को असल में लागू कर दिया गया। सिर्फ 20 लंबित हैं। इन 20 में से 10 का संबंध कार्यशालाओं के कानून से है, जिसके लिए प्रांतीय सरकारों के पास फैक्टरी ऐक्ट की धारा 5 के तहत विवेकाधीन शक्तियाँ पहले से ही हैं। मूल रूप से सिर्फ 10 सिफारिशें हैं जो लंबित हैं। हमारा दायित्व इस लिहाज से काफी कम है।

आई.एल.ओ. के समझौते

अपने दायित्वों के दूसरे स्रोत की ओर रुख करें तो हम देखते हैं कि आई.एल.ओ. ने सन् 1919 और सन् 1943 के बीच, कुल मिलाकर 63 समझौतों को पारित किया जो श्रम को प्रभावित करनेवाले विभिन्न विषयों से जुड़े थे। इनमें से भारत ने सिर्फ 14 को लागू किया है। भारत को 49 समझौते अभी और

लागू करने हैं। आप देख सकते हैं कि कितने समझौते बाकी हैं। हमारा रॉयल कमीशन का हिसाब आई.एल.ओ. के हिसाब से बेहतर है। ऐसा इस वजह से है क्योंकि रॉयल कमीशन की सिफारिशें विशेष रूप से भारत की परिस्थितियों से जुड़ी हैं, जबकि आई.एल.ओ. के समझौते सामान्य प्रकृति के हैं। हालाँकि सच यह है कि कमीशन के लिहाज से बहुत थोड़ी सी चीजें बाकी हैं और समझौतों के लिहाज से हमारा दायित्व काफी ज्यादा है। जिन समझौतों को हमने लागू नहीं किया है, उनमें से कुछ बेहद महत्त्वूर्ण हैं और हमें चाहिए कि हम बेहद ध्यानपूर्वक उन पर गौर करें तथा अपने श्रम के स्तर को ऊँचा उठाएँ, जहाँ तक राष्ट्रीय परिस्थितियाँ इजाजत देती हैं, ताकि उन्हें अंतरराष्ट्रीय स्तर तक लाया जा सके।

इस संक्षिप्त सर्वेक्षण से मुझे उम्मीद है कि आप यह समझ सकेंगे कि कानून बनाने के लिहाज से कितनी चीजें बाकी हैं। मुझे यह कहने की आवश्यकता नहीं है कि हमें इस कर्ज को उतारना होगा। मुझे यकीन है कि जब मैं कहूँगा कि हम इससे बचना नहीं चाहते तो आप भी मुझसे सहमत होंगे। मुझे यह कहने की इजाजत दें कि हम इससे बच नहीं सकते। वैश्विक सार्वजनिक राय हमें इससे बचने नहीं देगी। यदि मैंने इन दायित्वों को पूरा करने की बात की है तो इसकी वजह यह है कि इस देश में श्रम कानूनों की तत्काल जरूरत को लेकर बहुत सी भ्रामक बातें कही जा रही हैं। हमेशा कोई–न–कोई हमें कहता है कि ब्रिटेन की नकल कर लें। ऐसा कहा जाता है कि ब्रिटेन को मौजूद श्रम कानून के लिए करीब एक सदी तक इंतजार करना पड़ा था। कुछ और भी हैं जो कहते हैं कि श्रम कानूनों का बोझ भारतीय उद्योगों पर डालना ठीक नहीं है, जो अभी शैशव काल में ही हैं। वे रूस का उदाहरण देते हैं, जहाँ श्रमिक वर्ग को जबरन बेहद निम्न स्तर को स्वीकार करने पर मजबूर किया गया था, ताकि उद्योग का विकास हो सके। यह बात भी सुनने में आती है कि भारत में श्रम कानून को लागू करने के लिए आवश्यक मशीनरी नहीं है, और इस वजह से ऐसे कानून बनाने का कोई फायदा नहीं जो गुमनाम बनकर रह जाएँगे। आमतौर पर दिया जानेवाला एक तर्क यह भी है कि भारत एक गरीब देश है और यह श्रम के उच्च स्तर की विलासिता का बोझ नहीं सह सकता।

श्रम कानून

मुझे नहीं लगता कि इन तर्कों से वैश्विक राय को बदला जा सकेगा। इन्हें श्रम कानूनों को रोकने का एक अच्छा और उचित कारण मानने की बजाय, श्रमिक इसे एक अच्छा बहाना जरूर मानेंगे। वैसे भी भारत श्रम कानूनों के लिहाज से काफी पीछे है। श्रमिक यह कह सकते हैं कि ब्रिटेन को श्रम कानून की एक सही संहिता बनाने में सौ वर्ष लग गए, इसका मतलब यह नहीं कि भारत भी 100 वर्ष लगाए, क्योंकि इतिहास पढ़ने का अर्थ यह नहीं है कि कैसे दूसरे देशों की गलतियों की नकल की जाए। हम इतिहास इस दृष्टिकोण से पढ़ते हैं कि उन गलतियों को समझ सकें जो लोगों ने की हैं और उनसे बच सकें। इतिहास हमेशा एक उदाहरण ही नहीं होता, बल्कि ज्यादातर एक चेतावनी होता है।

श्रमिक यह जरूर कहेंगे कि श्रम के मानकों पर रूस का उदाहरण एक ऐसे देश में देना पूरी तरह व्यर्थ है जहाँ उद्योग निजी उद्यम है जो निजी और व्यक्तिगत फायदों के लिए चलाया जा रहा है। रूस में उद्योग सरकार का उद्यम है और उद्योग से होनेवाला मुनाफा सरकार के खजाने में जाता है, न कि कुछ व्यक्तियों की किस्मत चमकाता है। जहाँ उद्योग से होनेवाला मुनाफा सरकार का होता है, वहाँ नागरिकों से एक अंतरिम अवधि तक वेतन और जीवन-स्तर में कमी बरदाश्त करने के लिए कहा जा सकता है, ताकि सरकार के उद्योगों को स्थायित्व दिया जा सके। कोई भी श्रमिक यह समझने के बाद इस त्याग से नहीं चूकेगा कि समृद्धि में भी उसे हिस्सेदार बनाया जाएगा। ऐसी अर्थव्यवस्था में जहाँ मुनाफा निजी व्यक्तियों के पास चला जाता है, वहाँ श्रमिकों से उनके जीवन स्तर को घटाने पर कैसे सहमत किया जा सकता है? मुझे यकीन है कि आप इस तर्क से सहमत होंगे क्योंकि इसमें दम है।

श्रम कल्याण के लिए फंड

इस तर्क को सशक्त तर्क नहीं माना जा सकता कि हमारे पास श्रम कानूनों को लागू करने के लिए उचित प्रशासनिक मशीनरी नहीं है। श्रमिक कई बिंदुओं पर इसकी आलोचना करेंगे और आप पाएँगे कि हर बिंदु पर यह बेहद कमजोर है। सरकार कानून व्यवस्था बनाए रखने के लिए एक विशाल पुलिस फोर्स रखता है; सरकार के पास कर जुटाने के लिए राजस्व अधिकारी भी होते हैं।

श्रमिक कह सकते हैं कि सरकार एक ऐसा बल क्यों नहीं रखती जो श्रम कानूनों को लागू कराए? क्या यही सरकार का कर्तव्य है कि वह सिर्फ राजस्व वसूले और अपने कानूनों का पालन न करनेवाले व्यक्ति को सजा दे? क्या सरकार का कर्तव्य रोजगार की शर्तों को लागू करने का नहीं है, जो सभ्य जीवन से तालमेल रखते हैं? यदि यह सरकार का कर्तव्य है, तो क्या सरकार का यह दायित्व नहीं बनता कि वह ऐसी मशीनरी बनाए और उसे चलाए? मशीनरी का अभाव एक बेहद कमजोर बहाना है।

श्रम कानून पर होनेवाले खर्च के बोझ को सह पाने की क्षमता का तर्क बेहद गंभीर किस्म का है और श्रमिकों को इस पर गौर करना ही होगा। इसके साथ ही इस तर्क में भरोसे का प्रश्न भी है। क्या यह जायज तर्क है? या यह दायित्व से बचने का एक बहाना भर है? श्रमिक यह कह सकते हैं कि खर्च के बारे में इस तर्क की हवा तब निकल जाती है जब आप युद्ध पर खर्च किए गए पैसों का हिसाब लगाते हैं। हम सभी जानते हैं कि कैसे युद्ध के लिए बहुत भारी रकम इकट्ठा की गई और अमीर वर्ग ने युद्ध के लिए करों के ऊँची और भारी दरों के बोझ को सहा है। श्रमिक राजनेताओं से पूछ सकते हैं कि कितने बेघरों को इज्जत के साथ घर दिया जा सकता था, कितने निर्वस्त्रों को वस्त्र दिए जा सकते थे, कितने भूखे स्त्रियों और पुरुषों को पेट भर खाना मिल सकता था, कितने बीमारों को स्वस्थ किया जा सकता था, यदि युद्ध पर खर्च किया गया पैसा सार्वजनिक हित में इस्तेमाल किया गया होता? श्रमिक पैसेवाले वर्ग से एक बेहद मार्के का सवाल पूछ सकते हैं कि यदि आप युद्ध पर खर्च होनेवाले पैसों के लिए कर देने में शिकायत नहीं करते तो आप श्रम के स्तर को ऊँचा करने के लिए पैसे इकट्ठा करने का विरोध क्यों करते हैं?

मुझे यकीन है कि इन प्रश्नों के उत्तर दे पाना आसान नहीं है। मैंने आपको लंबित श्रम कानूनों का लेखा-जोखा पहले ही दे दिया है। मैंने बता दिया है कि कैसे हम उनसे बच नहीं सकते। इस प्रकार मैं सोचता हूँ कि आपके समक्ष पेश किए गए इस भारी-भरकम एजेंडा के लिए मुझे माफी माँगने की जरूरत नहीं है। इस एजेंडा में आठ विषय हैं। उनमें से कुछ बेहद महत्त्वपूर्ण हैं, खास तौर पर विषय दो, जो काम के घंटे घटाने की बात करता है, विषय तीन जो न्यूनतम मजदूरी कानून से तथा विषय आठ ट्रेड यूनियनों की मान्यता की बात करता है।

मंदी-विरोधी उपाय

आप इसका अंदाजा अच्छी तरह लगा सकते हैं कि क्यों मैंने इन विषयों पर विशेष बल दिया है। शांति के जिस दौर पर हमें गर्व है वह अपने साथ बहुत सारी समस्याएँ भी लेकर आया है। उनमें से सबसे गंभीर है बेरोजगारी की भयभीत करनेवाली समस्या। हमें भरपूर कोशिश करनी चाहिए, समस्या को तुरंत मिटा देना चाहिए तथा श्रम के स्तर को नीचे जाने से रोकना चाहिए। मैं समझता हूँ कि तीन बातें इस परिस्थिति को सुलझाने के लिए आवश्यक हैं। सबसे पहले, काम के घंटे कम करने का मुद्दा ताकि कई लोगों को रोजगार मिल सके। दूसरा, न्यूनतम मजदूरी तय करने की एक मशीनरी का प्रावधान। इस मशीनरी के अभाव को बेरोजगारी से जोड़ दिया जाए तो श्रम का स्तर गिरना तय है, जिसे हर हाल में रोकना है। तीसरा, नियोक्ता और श्रमिक सामूहिक लेन-देन का एक संकल्प लें और समझें कि मिलजुलकर काम करने से दूसरी आम समस्याओं को निपटाया जा सकता है। मेरे हिसाब से इस प्रकार की स्थिति में इससे बड़ा बदलाव तब तक नहीं आ सकता जब तक कि ट्रेड यूनियन ताकतवर और जिम्मेदार नहीं होते।

मैं यह नहीं कह रहा हूँ कि श्रम विभाग को नहीं बने रहना चाहिए। मुझे इसका जिक्र अवश्य करना चाहिए कि इस महान् लक्ष्य को प्राप्त करने में हमारे सामने एक बड़ी मजबूरी है। इसकी वजह है आई.एल.ओ. के प्रावधान जो उसके समझौतों से जुड़े हैं। मैंने कहा कि इन समझौतों को लागू न करने की वजह से हमारे ऊपर दायित्वों का बोझ बढ़ गया है। इसके साथ ही मुझे यह भी बता देना चाहिए कि इसके पीछे समझौतों में निहित अच्छाई को समझ पाने में सरकार की अनिच्छा नहीं है। इसकी बड़ी वजह वह नियम है जिसके मुताबिक समझौतों को बिना बदलाव या सुधार के स्वीकार किया जाना है। इसे पूरी तरह अपनाया जाना चाहिए, या फिर अपनाया ही नहीं जाना चाहिए। मुझे यकीन है कि हमें मजबूर करनेवाली यह 'पूरा या फिर नहीं' की नीति से कोई लाभ नहीं हो रहा। इससे हम प्रगतिशील चरणों में अपना लक्ष्य हासिल नहीं कर पाते हैं, जो भारत जैसे पिछड़े देशों के लिए प्रगति की एक उम्मीद है।

चरण-दर-चरण प्रगति

मैं इस नियम में बदलाव की वकालत करता हूँ, क्योंकि यह एशियाई देशों

के लिए आवश्यक है जिन्हें एक लंबा और अलग सफर तय करना पड़ा है। मौजूदा प्रावधानों में बदलाव कर पाना असंभव नहीं होगा। आई.एल.ओ. के लिए यह संभव होगा कि वह एक ऐसा मसौदा तैयार करे जो इन चरणों में सहायक साबित हो। आई.एल.ओ. के लिए यह प्रावधान करना भी तय है कि इन समझौतों को चरण-दर-चरण लागू किया जाए, जिसमें स्पष्ट हो कि समझौतों की पूरी सूची को एक निश्चित अवधि में लागू किया जाए। मुझे उम्मीद है कि आप मुझसे सहमत होंगे कि एक बदलाव जो अंतरराष्ट्रीय समझौतों को प्रगतिशील रूप से अपनाने की इजाजत देता है उसे एक ऐसे नियम की तुलना में प्राथमिकता दी जानी चाहिए जिसमें मृतप्राय अक्षरों के सिवाय और कुछ नहीं होता।

एक और मुद्दा भी है जिसका मुझे अवश्य जिक्र करना चाहिए, ताकि आपको कोई गलतफहमी न हो। आपको याद होगा, पिछले साल के सम्मेलन में मेरे द्वारा सम्मेलन के संरचना में बदलाव के लिए सुझाए गए प्रस्तावों पर विचार करने के लिए एक समिति के गठन की बात हुई थी। आप यह जरूर जानना चाहेंगे कि समिति की रिपोर्ट पर सरकार क्या कदम उठाने जा रही है।

जैसी सिफारिश समिति ने की है उसके मुताबिक, फिलहाल सरकार सम्मेलन के संरचना में कोई परिवर्तन नहीं करने जा रही है। सरकार संगठन के नाम को बदलने के सिवाय और कुछ करना जरूरी नहीं समझती है, जिसकी सिफारिश समिति ने की है। सम्मेलन अलग-अलग नामों के तहत बैठकों का आयोजन कर रही है, जैसे मंत्रियों का सम्मेलन, त्रिपक्षीय सम्मेलन और पूर्ण सम्मेलन। मुझे खुशी है कि समिति ने इसे 'श्रम सम्मेलन' नाम दिया है।

शेक्सपियर ने कहा था उसके विपरीत एक नाम में काफी कुछ होता है, लेकिन 'श्रम सम्मेलन' नाम में कुछ भी 'विभक्त' या 'पूर्ण' नहीं हो सकता है। मुझे सिर्फ यही टिप्पणी करनी है कि समिति के द्वारा सुझाए गए नाम में रंजन का अभाव है—एक खामी जिसे आसानी से दूर किया जा सकता है, यदि इसे 'श्रम सम्मेलन' कहने की बजाय हम इसे 'भारतीय श्रम सम्मेलन' नाम देने का फैसला कर लें। मैं समझता हूँ कि इस मुद्दे पर आप मेरे साथ सहमत हैं।

सरकार एक और काम करना चाहती है, जो रिपोर्ट से पूरी तरह अलग है। वह सम्मेलन के कार्यों को विस्तार देना चाहती है।

पेरिस में हुए पिछले आई.एल.ओ. सम्मेलन में भारत सरकार के प्रतिनिधि

ने यह वचन दिया था कि आई.एल.ओ. द्वारा पारित सभी सुझावों और समझौतों को इस निकाय के समक्ष पेश किया जाएगा। भारत सरकार ने उस वचन को निभाने का फैसला किया है। मुझे उम्मीद है कि आप अपने अधिकारों और कर्तव्यों के विस्तार का स्वागत करेंगे। इससे संस्थानों और प्रांतों को यह जानने का मौका मिलेगा कि आई.एल.ओ. के प्रत्येक सत्र में क्या हुआ और वे नियोक्ताओं एवं कर्मचारियों द्वारा व्यक्त विचारों का लाभ ले सकते हैं।

□

11

युद्धोत्तर पुनर्वास की योजनाएँ*

अध्यक्ष महोदय,

यूरोपीय समूह के नेता ने जिन बातों पर गौर किया है उससे यह निष्कर्ष निकला है कि वे भारत सरकार की पुनर्वास और पुनर्स्थापन नीति को लेकर आश्वस्त नहीं हैं, क्योंकि जिस रफ्तार से फौज से लोग वापस आ रहे हैं, वैसी रफ्तार उनके पुनर्वास की प्रक्रिया की नहीं है।

महोदय, इसी उद्देश्य से मैं सदन को इस विषय पर सही सूचना देने के लिए खड़ा हुआ हूँ। महोदय, पुनर्वास का विषय दो हिस्सों में विभाजित है—जमीन पर पुनर्वास और उद्योग में पुनर्स्थापन। जमीन पर पुनर्वास के विषय को प्रांतीय सरकारों के लिए छोड़ा जा सकता है। जमीन पर पुनर्वास को प्रांतों के भरोसे छोड़ने का कारण सदन अच्छी तरह समझ सकता है। संवैधानिक कानून के मुताबिक, जमीन प्रांतीय सरकार का विषय है। स्वाभाविक रूप से, चाहे इस बारे में कितने ही तर्क क्यों न दिए जाएँ कि पुनर्वास का पूरा मुद्दा एक केंद्र सरकार के अधीन होना चाहिए, फिर भी इस तर्क से इसके विपरीत दिए जानेवाले तर्क को खारिज नहीं किया जा सकता है जो इस सत्य पर आधारित है कि जमीन एक प्रांतीय विषय है। इसी वजह से आपसी सहमति से उस विषय को

* केंद्रीय विधानसभा में अंग्रेजी भाषण (फरवरी के अंत-मार्च की शुरुआत, 1946), विधानसभा की बहस (केंद्रीय), भाग-3, संख्या 4 (5 मार्च, 1946), पृ. 1898-1900। संक्षेप और हिंदी अनुवाद : संपादक।

प्रांतीय सरकार के लिए छोड़ दिया गया है। भारत सरकार सिर्फ एक विषय को निपटाती है, और वह है उद्योग में पुनर्स्थापन। इसी विषय पर मैं सदन को कुछ बातें बताना चाहता हूँ। पुनर्स्थापन के विषय को निदेशालय के तहत रखा गया है—जिसे डायरेक्टोरेट जनरल ऑफ रिसेटलमेंट और एमप्लॉयमेंट नाम दिया गया है। इस विभाग या शाखा को सात अलग-अलग वर्गों में विभाजित किया गया है—(1) रोजगार कार्यालय; (2) तकनीकी प्रशिक्षण; (3) व्यावसायिक प्रशिक्षण; (4) अक्षम सैनिकों का पुनर्वास; (5) पूर्व सैनिकों तथा अक्षम सैनिकों के लिए रोजगार का प्रचार; (6) अनुवर्ती (फॉलो-अप) सेवा और (7) डिस्चार्ज और रिलीज के आँकड़े।

पूर्व सैनिकों और अक्षम सैनिकों के लिए रोजगार संबंधी प्रचार, साथ-ही-साथ अगली काररवाई, जिसे 'फॉलो अप' कहते हैं और डिस्चार्ज तथा रिलीज के आँकड़े, इतने स्पष्ट रूप से आवश्यक और समझ में आने लायक हैं कि मैं नहीं समझता कि मुझे यह बताने की जरूरत है कि क्यों इन सेवाओं की स्थापना की गई है तथा उनके क्या उद्देश्य हैं। इसलिए मैं माननीय सदस्यों को इस किताब से इन विषयों को पढ़ने के लिए छोड़ देता हूँ जिसे भारत सरकार के द्वारा श्रम विभाग में जारी किया गया है। इसकी एक प्रति लाइब्रेरी में है और कोई भी सम्मानित सदस्य उस प्रति को अपने निजी अध्ययन के लिए माँगता है, तो मुझे उसे देने में खुशी होगी। इसका शीर्षक है—'द डायरेक्टरेट-जनरल ऑफ रिसेटलमेंट ऐंड एमप्लॉयमेंट'। इसकी प्रतियाँ श्रम सलाहकार समिति को उसकी पिछली बैठक के दौरान दी गई थी। सिर्फ एक प्रश्न है जिस पर विस्तार से स्पष्टीकरण की आवश्यकता है, वह रोजगार कार्यालय, तकनीकी ट्रेनिंग, व्यावसायिक प्रशिक्षण और पुनर्वास के संबंध में है। मैं एक-एक पर क्रमानुकूल बात करूँगा।

तकनीकी प्रशिक्षण के संबंध में स्थिति इस प्रकार है। भारत सरकार के कुछ तकनीकी केंद्र हैं जिनमें तकनीकी प्रशिक्षण दिया जाता है। उन केंद्रों में सेना से नाम कटने के बाद लौटे कर्मियों के लिए फिलहाल 14,000 सीटों को आरक्षित रखा गया है। प्रशिक्षण की अधिकतम अवधि एक साल की होगी और जिन विधाओं के बारे में उन प्रशिक्षण केंद्रों में पढ़ाया जाएगा उनकी संख्या करीब अड़तालीस है, जिनकी विस्तृत सूची इस बुकलेट के पृष्ठ संख्या 55 में सातवीं परिशिष्ट में है।

महोदय, फिर व्यावसायिक प्रशिक्षण का संबंध कृषि, डेयरी फार्मिंग, कुटीर उद्योग, लिपिक तथा वाणिज्यिक व्यवसायों में प्रशिक्षण से है। फिलहाल इसकी योजना बना दी गई है और इसे प्रांतीय सरकारों की स्वीकृति के लिए उनके पास भेजा गया है। प्रस्ताव यह है कि इन व्यावसायिक प्रशिक्षण केंद्रों में 20,000 सीट कृषि से जुड़े पेशे में प्रशिक्षण देने के लिए आरक्षित हैं तथा 50,000 दूसरे व्यवसायों के लिए।

पुनर्वास के प्रश्न पर लौटते हैं। यह मुद्दा युद्ध विभाग तथा श्रम विभाग मिलकर देख रहे हैं, और इस प्रकार के मेल-जोल के कारण स्पष्ट हो जाएँगे। एक ऐसे सैनिक का पुनर्वास, जो युद्ध में घायल हो गया है, उसका पुनर्वास स्पष्ट रूप से दो चरणों में होता है। पहला चरण चिकित्सा का चरण है जहाँ जख्मों के भरने और अस्पताल के बाद पुनर्वास के प्रश्नों को प्राथमिक महत्त्व से निपटाया जाता है। स्पष्ट रूप से, चूँकि वह सैनिक युद्ध विभाग की सेवा में था, इसलिए इस मुद्दे को युद्ध विभाग के लिए छोड़ दिया गया है। पहले चरण के पुनर्वास से निकल जाने के बाद जो चिकित्सा का चरण है, उसे श्रम विभाग को सौंप दिया जाता है तथा उसका जिम्मा अब श्रम विभाग का हो जाता है। एक सैनिक के पुनर्वास से निपटने के लिए श्रम विभाग ने देश में दो तरह के केंद्र खोले हैं। एक को बेसिक सेंटर कहा जाता है। इसमें ऐसे 5,000 व्यक्तियों को आवास दिया जाता है। दूसरे को स्पेशल ट्रेनिंग सेंटर कहा जाता है। इनमें 3,000 व्यक्तियों को रखा जाता है। बेसिक सेंटर का मकसद व्यक्ति की क्षमता को परखना है। उसका झुकाव किस ओर है? ऐसा क्या है कि वह एक स्पेशल ट्रेनिंग सेंटर में भेजा जा सकता है जहाँ उसे किसी ऐसे पेशे के बारे में शिक्षा दी जा सकती है जो उसको पहुँची चोट के लिहाज से अनुकूल हो।

श्रम विभाग के पास सैनिकों के पुनर्वास के लिए इस प्रकार के ऐसे कुल छह केंद्र खोलने की योजना है। उन्होंने ऐसा एक केंद्र बैंगलोर के करीब जलाड़ी में खोला है तथा वे जल्दी ही एक और केंद्र पूना के औंध में खोलने जा रहे हैं।

अब मैं रोजगार कार्यालय की बात करूँगा, जो बेसंदेह पुनर्स्थापन योजना का सबसे महत्त्वपूर्ण हिस्सा है। रोजगार कार्यालय पर श्रम विभाग इस नतीजे पर पहुँचा है कि इस प्रकार के इकहत्तर रोजगार कार्यालयों को खोलना पर्याप्त रहेगा। अब तक उन्होंने अड़तीस रोजगार कार्यालयों की स्थापना हकीकत में

कर ली है और जल्दी ही वे उस अधिकतम संख्या तक पहुँच जाएँगे जिस पर फैसला हुआ है।

महोदय, अब मैं जानता हूँ कि सदन के सदस्यों तथा सदन के बाहर जनता के बीच रोजगार कार्यालयों की स्थापना को लेकर यह आलोचना हो रही है कि उनकी स्थापना जितनी तेजी से होनी चाहिए, नहीं हो रही है और मैं उस आलोचना का जवाब सदन के सामने कुछ तथ्यों को रखकर करना चाहूँगा जो दिखाएँगे कि क्यों श्रम विभाग रोजगार कार्यालयों की शुरुआत को लेकर अफरा-तफरी नहीं मचा रहा है। एक बात याद रखनेवाली है कि जब तक एक रोजगार कार्यालय ऐसे व्यक्ति के द्वारा नहीं चलाया जाता जिसने उसकी ट्रेनिंग ली है, तब तक उसका असफल होना निश्चित है। इस बात को भी याद रखना चाहिए कि रोजगार कार्यालय एक बेहद विशिष्ट प्रकार का कार्य है—सबसे विशिष्ट प्रकार का कार्य।

एक रोजगार कार्यालय पूरी तरह विफल हो जाएगा यदि इसे एक ऐसे व्यक्ति के हाथों में सौंप दिया जाए जो उसके लिए प्रशिक्षित नहीं है। इसलिए किसी रोजगार कार्यालय की शुरुआत से पहले रोजगार कार्यालय को चलानेवाले व्यक्ति को उसकी ट्रेनिंग दिया जाना आवश्यक है। लिहाजा, यही एक दिक्कत है जिसकी वजह से रोजगार कार्यालय की शुरुआत के मामले में जल्दबाजी नहीं की जा सकती है।

इस वजह से हमने दिल्ली में एक प्रशिक्षण केंद्र स्थापित किया है। यह श्री जोन्स की देख-रेख में चलनेवाला एक प्रकार का स्कूल है, जिनकी सेवा हमें इंग्लैंड के श्रम विभाग ने दी है। वही इस ट्रेनिंग सेंटर को चलाते हैं। इस केंद्र में रोजगार कार्यालय को चलाने के लिए जरूरी सभी प्रकार का प्रशिक्षण दिया जाता है।

(व्यवधान)

मुश्किल इस वजह से है क्योंकि इन सभी पदों को संघीय लोक सेवा आयोग की सिफारिश पर भरा जाता है और संघीय लोक सेवा आयोग को कम-से-कम तीन महीने का वक्त लगता है। मुझे नहीं मालूम कि क्या—और मैं यह कहने को तैयार नहीं हूँ—संघीय लोक सेवा आयोग द्वारा लिया जानेवाला समय कुछ ज्यादा ही लंबा है? मैं महज यह कारण बताना चाहता हूँ कि क्यों हम उन्हें

जल्द शुरू नहीं कर सके हैं। पहली मुश्किल यह है कि संघीय लोक सेवा आयोग के द्वारा एक व्यक्ति को भरती करने में काफी विलंब होता है। दूसरा, जब उसकी भरती हो जाती है, हमें उसे ट्रेनिंग देनी पड़ती है। इन सब में वक्त लगता है और मैं इसमें लगनेवाले समय को फिजूल नहीं मानता।

एक और बात जो ऐसे लोग कहते हैं जो सभी रोजगार कार्यालयों को तुरंत स्थापित न करने के लिए श्रम विभाग की आलोचना करते हैं, वह यह है कि श्रम विभाग ने सभी कार्यालयों को स्थापित नहीं किया है। इसका अर्थ यह नहीं है कि ऐसा कोई संगठन ही नहीं है जो इस समस्या से निपट सके। जैसा कि सब जानते हैं कि युद्ध विभाग में पहले से ही एक भरती और रोजगार ब्यूरो है जो इस काम को कर रहा है तथा सरकार की नीति यह है कि समय के साथ इस संगठन को यह काम बंद कर देना चाहिए और पूरा काम श्रम विभाग को सौंप दिया जाना चाहिए। वहीं श्रम विभाग जहाँ अपने कार्यालयों की संख्या बढ़ाने में जुटा है, तब तक वह युद्ध विभाग से भरती करने के इस काम को अपने जिम्मे लेता चला जा सकता है और नतीजतन आज सच्चाई यह है कि दो संगठन जो अलग-अलग हैं, लेकिन एक-दूसरे के साथ पूर्ण सहयोग कर रहे हैं, एक श्रम विभाग में है जबकि दूसरा युद्ध विभाग में। समय के साथ हम उम्मीद करते हैं कि फिलहाल जितना काम भरती करनेवाले संगठन के द्वारा किया जा रहा है, वह कार्यालयों के पास चला आएगा और फिर हम एक परिपूर्ण तथा सक्षम संगठन को स्थापित कर पाएँगे जो पुनर्स्थापन के इस विषय से निपट सकेगा।

महोदय, सदन इस बात से संतुष्ट होगा कि फिलहाल जिस तरह की परिस्थिति है, उसमें श्रम विभाग अपना बेहतरीन प्रदर्शन कर रहा है। मैं सिर्फ एक शब्द कहना चाहूँगा। मैं समझता हूँ कि इस बात की सराहना की जाएगी कि पुनर्स्थापन का यह मुद्दा हमारे पास एक बड़े आश्चर्य के रूप में आया, क्योंकि युद्ध हमारी उम्मीद से पहले ही खत्म हो गया। हालाँकि मुझे पूरा भरोसा है कि हमें चूँकि बेहद कम समय मिला, फिर भी इसमें हम जो कुछ कर सकते थे, वह हमने किया और मुझे इसमें कोई संदेह नहीं कि जिन सैनिकों के नाम सेना से काटे जाएँगे वह इन संगठनों को बहुत काम की चीज मानेंगे जो उनके सामने मँडरा रहे नागरिक रोजगार के संकट को दूर करने में मदद करेगा।

□

12

कामगार कल्याण और सामाजिक सुरक्षा*

अध्यक्ष महोदय,

इस कटौती प्रस्ताव का उद्देश्य माननीय सदस्य के द्वारा दिए गए नोटिस से एकदम स्पष्ट हो जाता है। उन्होंने तीन विशिष्ट मुद्दों पर बनी कार्यकारी परिषद् की विफलताओं पर चर्चा करने का प्रस्ताव रखा है; ये मुद्दे हैं—बेरोजगारी राहत, पर्याप्त महँगाई भत्ता और सामाजिक सुरक्षा के फायदे। इस कटौती प्रस्ताव के संबंध में मैं अपनी पहली टिप्पणी यह करना चाहूँगा कि यदि कटौती प्रस्ताव सामान्य होता तो मुझे कोई संदेह नहीं है कि यह अलग ही स्तर का होता, लेकिन सदन देख सकेगा कि यह कटौती प्रस्ताव सिर्फ केंद्र सरकार के कर्मचारियों तक सीमित है। मैं यह कहने का साहस रखता हूँ कि यही इस कटौती प्रस्ताव की सबसे बड़ी खामी है। मैं नहीं जानता कि क्या यह कटौती प्रस्ताव को पेश करनेवाले माननीय सदस्य की इच्छा थी कि भारत सरकार को जिन तीन मुद्दों का जिक्र उन्होंने किया है, इसके लिए इस प्रकार की नीति निर्धारित किया जाए ताकि इस देश में विशेषाधिकार प्राप्त कामगारों का एक

---

* केंद्रीय विधानसभा में दिया अंग्रेजी भाषण, विधानसभा की बहस (केंद्रीय) भाग-3, संख्या 7 (11 मार्च, 1946), पृ. 2138-40, बी.ए.डब्ल्यू.एस., भाग-10 में पुनःप्रकाशित, पृ. 339-43। संक्षेप और हिंदी अनुवाद : संपादक।

ऐसा वर्ग तैयार किया जाए जो सिर्फ केंद्र सरकार में ही नौकरी करता हो। इस देश में सिर्फ सरकार ही श्रमिकों को नौकरी नहीं देती। निजी नियोक्ता भी भारी संख्या में श्रमिकों को रखते हैं और इस बात से सदन में हर कोई सहमत होगा कि जब भारत सरकार श्रमिकों की बेहतरी की नीति बनाती है, तब उसे इस प्रकार बनाया जाना चाहिए ताकि एक तरफ विशेषाधिकार प्राप्त और दूसरी ओर अधिकारहीन वर्ग तैयार न हो जाए। भारत सरकार महज श्रमिकों की नियोक्ता नहीं है। यह एक राष्ट्र है। यह एक सरकार है तथा इस पर सिर्फ उनकी जिम्मेदारी नहीं जिन्हें तत्काल अधिकार संपन्न बनाना है, बल्कि सामान्य श्रमिकों का भी दायित्व है। इसलिए यदि ये सभी शिकायतें, जिनकी चर्चा प्रस्ताव पेश करनेवाले माननीय सदस्य ने की है, उनका निपटारा भारत सरकार को करना है। यह भारत सरकार का एक निश्चित दायित्व है कि वह अपनी नीति को इस प्रकार बनाए कि उस नीति से न सिर्फ विशेष वर्ग के श्रमिकों को बल्कि सामान्य श्रमिकों को भी लाभ मिले।

महोदय, मेरे माननीय मित्र ने बताया कि भारत सरकार विभिन्न वर्ग के अपने कर्मचारियों के लिए कई प्रकार के भत्ते और वेतन देती है। मैं स्वीकार करता हूँ कि मुझे यह दुःखी करनेवाले तथ्य का ज्ञान है, लेकिन मैं यहाँ पूछना चाहूँगा कि इस वर्गीकरण का जिम्मेदार कौन है जो अब भुगतान का एक मानदंड है चाहे मूल वेतन का या महँगाई भत्ता का या ग्रैज्युटी या किसी अन्य भत्ते का जो फिलहाल भारत सरकार के तहत काम कर रहे कर्मचारियों को मिल रहा है? मुझे यह कहने में कोई संकोच नहीं है कि गलती पूरी तरह से श्रमिक नेताओं की है।

मैं समझता हूँ हाल ही में भारत सरकार ने वेतन कमीशन नियुक्त किया है, उससे सदन सहमत होगी। यह एक सही दिशा में उठाया गया है कदम है, क्योंकि इस देश में वेतन के ढाँचे का पूरा मुद्दा, भारत सरकार के द्वारा अपने विभिन्न वर्ग के कर्मचारियों को दिया जानेवाला वेतन तथा निजी उद्योगों में दिए जानेवाले वेतन से उनके वेतन की तुलना की जाँच कमीशन द्वारा की जाएगी।

मुझे उम्मीद है कि हमें इस कमीशन से कुछ सुझाव मिलेंगे जिनसे हम इस देश में वेतन की प्रणाली में कुछ हद तक एकरूपता ला सकेंगे, ताकि हर किसी को उन सिद्धांतों का पता चलता रहे जिन पर वेतन निर्धारित किए जाते हैं।

एक कठिनाई यह नजर आती है कि भारत सरकार के ज्यादातर कर्मचारी जो राजस्व प्राप्त करनेवाली किसी सेवा से जुड़े हैं, वे यह मानने लगे हैं कि अपने विभाग के राजस्व पर पहला हक उन्हीं का है। रेलवे कर्मचारी महसूस करते हैं कि चूँकि रेलवे को किसी भी अन्य विभाग के मुकाबले ज्यादा मुनाफा मिल रहा है, इसलिए उन्हें किसी और के मुकाबले रेलवे के द्वारा अर्जित मुनाफे में से ज्यादा हिस्सा मिलना चाहिए। यदि पोस्टल कर्मचारियों को लगता है कि पोस्टल विभाग को फायदा मिला है, तो इस आधार पर अपनी तरक्की का दावा करते हैं कि विभाग को मिलनेवाले राजस्व से सबसे पहले उनका जीवन स्तर ऊँचा करने का कार्य किया जाना चाहिए। महोदय, जहाँ तक मेरी बात है, मुझे जरा भी संदेह नहीं कि मैं इस स्थिति को अस्वीकार क्यों न करूँ और मैं हमेशा इसका विरोध करता भी रहूँगा। भारत सरकार के द्वारा अर्जित राजस्व—चाहे वह कराधान से जुटाए जाएँ या फिर किसी वाणिज्यिक उपक्रम से जुटाए जाएँ—वह भारत का ही राजस्व है। वह किसी विशेष वर्ग के लोगों का राजस्व नहीं है। वह भारत सरकार के किसी विशेष विभाग का राजस्व नहीं है। वह भारत सरकार का राजस्व है और तमाम साधारण जनता का उस राजस्व पर हक है, जब तक मैं श्रम विभाग का प्रभारी हूँ, मैं किसी भी वर्ग के कर्मचारी द्वारा इस प्रकार के दावे का विरोध करता रहूँगा, क्योंकि उनका विभाग चाहे कितना ही मुनाफा क्यों न कमाए, इसका अर्थ यह नहीं कि इस पर उनका अधिकार होगा। ऐसा हुआ तो अराजकता फैल जाएगी और मैं इसमें हिस्सेदार बनना नहीं चाहूँगा।

महोदय, इस प्रस्ताव को पेश करनेवाले मेरे मित्र ने बेरोजगारी का प्रश्न उठाया है। मैं उस विशेष मामले पर नहीं बोलूँगा जो उन्होंने उठाया है, बल्कि मैं सामान्य रूप से बेरोजगारी भत्ते की बात करूँगा और मुझे कोई संदेह नहीं है कि वह एकदम गलत तर्क है। बेरोजगारी को रोजगार से दूर किया जाना चाहिए न कि उसके लिए किसी प्रकार का भत्ता दिया जाना चाहिए। बेरोजगारी के लिए भत्ता दिया जाना वहीं संभव है जहाँ बेरोजगारी बहुत छोटे पैमाने पर है। इस देश में, जैसा कि सब जानते हैं कि व्यावहारिक रूप से 50 से 60 फीसदी लोग बेरोजगार हैं और हमें उनके लिए रोजगार ढूँढ़ना है। यदि कोई आगे आकर कहे कि इस देश में 50 से 60 प्रतिशत बेरोजगारी है और इसके लिए भत्ते की राहत दी जानी चाहिए तो मुझे कोई संदेह नहीं कि सरकार ने यह जिम्मेदारी ले ली तो

वह कंगाल हो जाएगा। इसलिए मेरे मित्र को इस बात से सहमत होना पड़ेगा कि जहाँ तक बेरोजगारी की बात है तो राहत की तलाश ज्यादा-से-ज्यादा औद्योगिकीकरण के जरिए की जानी चाहिए। सिर्फ तेज और व्यापक औद्योगिकीकरण ही बेरोजगारी से राहत दे सकता है और जैसा कि इस सदन को मालूम है, भारत सरकार ने पहले ही अपनी योजना बना दी है तथा उसने पहले ही औद्योगिकीकरण के संबंध में अपने फैसले का एलान कर दिया है। इसलिए मैं उस विषय पर विस्तार से चर्चा नहीं करूँगा, लेकिन मैं सदन को बताना चाहूँगा कि सरकार ने सामान्य बेहतरी और देश के श्रमिकों को सामाजिक सुरक्षा मुहैया कराने के संबंध में क्या कुछ किया गया है।

जैसा कि माननीय सदन को विदित है, भारत सरकार ने श्रम के संबंध में अपनी नीति का एलान पहले ही कर दिया। मेरे पास उससे संबंधित प्रश्न के हिस्से को पढ़ने का समय नहीं है। इस सूचना को परिषद् की पुनर्निर्माण समिति के दूसरे हिस्से में खंड 25, पृष्ठ 55 और 56 में पाया जा सकता है। इसलिए कोई भी यह नहीं कह सकता है कि सरकार का इस मुद्दे पर कोई दृष्टिकोण नहीं था। हमारा मकसद है और हमने उस मकसद को स्पष्ट कर दिया है। मैं एक कदम आगे जाऊँगा और कहूँगा कि ऐसा नहीं है कि भारत सरकार ने सिर्फ उद्देश्य तय कर दिया है, बल्कि भारत सरकार ने एक कार्य योजना भी तैयार कर ली है। सदन को यह पता चलेगा कि भारत सरकार ने दो साल पहले एक तथ्य-अन्वेषी समिति गठित की थी, ताकि इस देश के श्रमिकों की संपूर्ण स्थिति पर सर्वेक्षण कराया जाए। अब तक हमने इस समिति से चौंतीस रिपोर्ट प्राप्त की है जो चौंतीस विभिन्न उद्योगों पर आधारित हैं। इसके अलावा एक सामान्य रिपोर्ट भी है जो अन्य सभी विशेष रिपोर्ट पर एक सरसरी रिपोर्ट पेश करती है। इन रिपोर्ट में से अठारह को पहले ही प्रकाशित किया जा चुका है और बाकी छपनेवाले हैं। श्रमिकों की औद्योगिक स्थिति पर सामान्य सर्वे हासिल करने के अलावा भारत सरकार ने एक विशेष अधिकारी नियुक्त किया है, जो प्रोफेसर आडारकर हैं, जिन्हें देश के श्रमिकों के स्वास्थ्य बीमा पर रिपोर्ट सौंपनी है। जैसा कि मैंने कहा कि हमारे पास सिर्फ उद्देश्य नहीं है, बल्कि हमारे पास एक कार्यक्रम है और हमारे पास अब वे तथ्य हैं जिन पर सामाजिक सुरक्षा की किसी भी योजना को तैयार किया जा सकता है।

भारत सरकार के लिए अब अगला कदम यह तय करना है कि सामाजिक सुरक्षा की योजना कैसे तैयार की जाए। जैसा कि सदन भी जान लेगा कि इस बारे में दो विचार हैं। एक विचार यह है कि हमें एक चरण के बाद अगले चरण में जाना चाहिए, जैसा कि अन्य औद्योगिक देश भी करेंगे, जिससे कि असुरक्षा के एक-एक मामले से विशेष तौर पर निपटा जाए और उन असुरक्षा के मामलों में राहत देने के लिए प्रशासनिक ढाँचा तैयार किया जा सके। एक और विचारधारा भी है जो लगभग बेवरिज प्लान से प्रभावित है और जो सुरक्षा की एक संपूर्ण नीति बनाने का प्रस्ताव करती है जिसमें बीमा के सभी मामले एक साथ शामिल होंगे। मैं इस विषय पर कोई टिप्पणी नहीं करना चाहता और न ही कहना चाहता हूँ कि कौन सी योजना बेहतर होगी। भारत सरकार एक समिति नियुक्त करने का प्रस्ताव रखती है, या अन्य ऐसे निकाय बनाना चाहती है जो भारत सरकार को सुझाव दे। इसका गठन उन रिपोर्ट की पड़ताल के बाद होगा जो प्रक्रिया के विषय में तैयार किए गए हैं कि सरकार को किस तरह आगे बढ़ना चाहिए, यानी चरण-दर-चरण या इसे एक महत्त्वाकांक्षी योजना के तहत काम करना चाहिए जैसा कि बेवरिज रिपोर्ट में सुझाया गया है।

यह सर्वे जो मैंने दिया है, जो मुझे लगता है कि बेहद संक्षिप्त है और जिसे विकसित करने या मिलकर रचना करने का समय मुझे नहीं मिला—फिर भी वह सदन को संतुष्ट कर देगा कि इस कटौती प्रस्ताव को पेश करनेवाले सदस्य की यह शिकायत कि कार्यकारी परिषद् लापरवाह है, उदासीन है और उसने श्रमिकों के कल्याण तथा सुरक्षा के लिए कोई कदम नहीं उठाया है, वह निराधार है। मुझे उम्मीद है कि सदन उनके द्वारा पेश किए गए कटौती प्रस्ताव को स्वीकार नहीं करेगी।

□

13

भारत में विद्युत् ऊर्जा का विकास*

सज्जनो,

पुनर्निर्माण समिति क्रमांक 3 सी की नीति समिति की इस बैठक में मैं आप सभी का स्वागत करता हूँ। एक अध्यक्ष के ऊपर शुरुआती भाषण देने का दायित्व भी होता है और विशेषाधिकार भी। मैं इस दायित्व को स्वीकार करता हूँ। लेकिन मैं एक लंबा भाषण देकर उस विशेषाधिकार को आप सभी पर थोपना नहीं चाहता। मैं आप सभी के समक्ष कुछ सुसंगत तथ्य रख रहा हूँ ताकि आपका ध्यान उनकी ओर खींच सकूँ। आप सभी की जानकारी के लिए जो भारत सरकार के द्वारा पुनर्निर्माण की विभिन्न समस्याओं के अध्ययन के लिए स्थापित मशीनरी से अवगत नहीं हैं लेकिन जिनकी भागीदारी यदि मैं संक्षेप में कहूँ तो इस लिहाज से आवश्यक है कि वे जान सकें कि काउंसिल की पुनर्निर्माण समिति के द्वारा किए जानेवाले कार्य को अत्यंत त्वरित गति से लागू करने के लिए किस प्रकार की योजना तैयार की गई है।

पाँच समितियाँ

मुझे यकीन है कि यह आपकी जानकारी में है कि पूर्व वायसराय लॉर्ड

---

* पुनर्निर्माण नीति समिति में अध्यक्षीय भाषण (अंग्रेजी में), नई दिल्ली (25 अक्तूबर, 1943), पूर्ण विवरण : भारतीय सूचना (15 नवंबर, 1943), पृ. 279-81, बी.ए.डब्ल्यू.एस., भाग-10, पृ. 120-8 में पुनःप्रकाशित। संक्षेप और हिंदी अनुवाद : संपादक।

लिनलिथगो ने पिछले मार्च में काउंसिल की एक पुनर्निर्माण समिति के गठन का फैसला किया था जिसकी अध्यक्षता मेरे वीर दोस्त तथा सहयोगी माननीय सर जे.पी. श्रीवास्तव को करनी थी। काउंसिल की पुनर्निर्माण समिति ने पाँच विभिन्न पुनर्निर्माण समितियाँ गठित की हैं। पहली समिति पुनर्वास और पुनःरोजगार से जुड़ी है, समिति नंबर 2 निपटान, संविदा और सरकारी खरीद की देखरेख करती है। समिति संख्या 3 को तीन समितियों में विभाजित किया गया है—समिति संख्या 3ए परिवहन से जुड़ी है, नंबर 3बी पोस्ट, टेलीग्राफ एवं वायु संचार से और नंबर 3सी लोक निर्माण तथा विद्युत् ऊर्जा की देखरेख करती है। समिति संख्या 4 का संबंध व्यापार और उद्योग तथा समिति संख्या 5 कृषि से संबंधित है। इनमें से हर एक समिति में एक नीति समिति है जो काउंसिल के एक सदस्य की अध्यक्षता में कार्य करती है, जिसमें केंद्र सरकार, प्रांतीय सरकारों, संस्थान सरकारों के और व्यापार, उद्योग तथा वाणिज्य के वे सदस्य होते हैं जिन्हें आवश्यक समझा जाता है। हर एक की एक आधिकारिक समिति होती है जो विभाग के सचिवों की अध्यक्षता में कार्य करती है तथा इसमें अन्य संबंधित विभागों के सचिव शामिल होते हैं। मोटे तौर पर इन दो समितियों के अलावा कुछ पुनर्निर्माण समिति में तीसरी समिति होती है जिसे विषय समिति कहा जाता है जो अपने क्षेत्र में उत्पन्न तकनीकी समस्याओं का निपटारा करती है। इनके अतिरिक्त सामाजिक सेवाओं पर एक आधिकारिक समिति होती है तथा अर्थशास्त्रियों की एक सलाहकार समिति होती है। केंद्र सरकार के द्वारा पुनर्निर्माण की समस्याओं से निपटने के लिए इस प्रकार की कार्ययोजना तैयार की गई है।

हमारी यह बैठक पुनर्निर्माण समिति संख्या 3सी के तहत हो रही है। इस समिति की जिम्मेदारी विद्युत् ऊर्जा से जुड़ी समस्याओं को सुलझाना तथा उन्हें सुलझाने के सर्वोत्तम उपाय सुझाना है। इससे पहले कि मैं समस्याओं के विश्लेषण की बात करूँ। एक प्रश्न विद्युत् ऊर्जा के उत्पादन से जुड़ा है जिस पर मैं जल्द-से-जल्द चर्चा करना चाहता हूँ और उस समस्या को दूर करना चाहता हूँ। यह प्रश्न मशीनरी, औजार तथा संयंत्र की खरीद से जुड़ा है जिनकी आवश्यकता विद्युत् ऊर्जा के उत्पादन के लिए आवश्यक है। इस मशीनरी की खरीदारी देश के बाहर से करनी होगी, ज्यादातर ब्रिटेन से। ऐसी मशीनरी की खरीदारी करना कम मुश्किल भरा काम नहीं है। ब्रिटेन अपने उत्पादन की ज्यादातर क्षमता को अपने उपयोग के

लिए सुरक्षित रखने पर जोर देगा। कई अन्य यूरोपीय और एशियाई देश हैं जो औजारों एवं संयंत्रों के आवश्यक स्टॉक की खरीदारी के लिए ब्रिटेन और अमेरिकी बाजार के चक्कर लगा रहे हैं। इस प्रतियोगिता में भारत के लिए अपने जरूरत की चीजों को हासिल करना आसान नहीं होगा। भारत की स्थिति को सुरक्षित रखने के लिए यह जरूरी होगा कि भारत औजारों एवं संयंत्रों के लिए अपनी माँग को जितनी जल्दी हो सके दर्ज करा दे और उनकी प्राथमिकता तय कर दे। प्राथमिकता तय करने में ज्यादा कठिनाई नहीं होगी। मैं पूरी तरह निश्चित हूँ कि हम शाही सरकार से भारत को प्राथमिकता दिए जाने का आश्वासन प्राप्त कर सकते हैं, चूँकि हमने युद्ध में पूरा सहयोग किया है। लेकिन अन्य दिक्कतें भी हैं जो मुख्य रूप से माँग-पत्र तैयार करने तथा उन्हें निर्माताओं के समक्ष पक्के आदेश के तौर पर रखने की है।

सर्वप्रथम, विद्युत् ऊर्जा शुद्ध रूप से प्रांतीय विषय है। इसलिए औजारों और मशीनों के मूल्य का अनुमान प्रांतों से आना चाहिए। केंद्र उन्हें सिर्फ जोड़ सकता है। दूसरा, विद्युत् ऊर्जा के उत्पादन के लिए किस प्रकार की मशीनरी की आवश्यकता है, इस पर फैसला लेना भी बेहद अहम है, यानी जल, वाष्प, तेल इत्यादि। तीसरी समस्या उन सरकारों के रवैए की अनिश्चितता की वजह से है जो युद्ध के बाद बनेंगी। क्या आनेवाली सरकार वर्तमान सरकार के द्वारा तय की गई योजनाओं को स्वीकार करेगी? क्या आनेवाली सरकारें उस स्तर के कराधान को बना रखने पर सहमत होंगी जो वर्तमान सरकार ने जरूरत के मुताबिक लगाए हैं? इन सवालों पर कोई भी यकीन से कुछ नहीं कह सकता है। इसके साथ ही यदि इस सरकार ने यह सुनिश्चित नहीं किया कि भारत को युद्ध के अंत तक विद्युतीकरण के लिए आवश्यक औजार और संयंत्र नहीं मिले तो वह अपने कर्तव्यों में विफल साबित हो जाएगी।

नीति समिति के कार्य

मैं इस विषय को अत्यावश्यक और महत्त्वपूर्ण करार देता हूँ। लेकिन मुझे यकीन है कि आप यह समझेंगे कि यह ऐसा मुद्दा नहीं है जो इस समिति की चिंता का मुख्य विषय है। यह एक नीति समिति है और हमारी मुख्य चिंता उन समस्याओं से निपटने की है जो प्रशासन, उत्पादन तथा विद्युत् वितरण की है

तथा भविष्य में भारत के मार्गदर्शन करनेवाले सिद्धांतों का प्रतिपादन करना है। हमने आज अपनी बैठक का फायदा उठाया है, जिसमें हमने अपनी नीति समिति से कहा है कि वह प्रांतीय सरकारों और राज्य सरकारों से इस बैठक में अपने प्रतिनिधियों को भेजने का आग्रह करे ताकि उनके विचारों का लाभ हमें मिल सके।

बिजली को सार्वजनिक हित का विषय माना जाए इसके लिए काफी उतार-चढ़ाव के बाद प्रस्ताव पास किया गया है। भारत सरकार को इस बात का अहसास पहली बार सन् 1905 में हुआ था जब मैं समझता हूँ, इसके द्वारा प्रांतीय सरकारों को एक परिपत्र जारी किया था। उसके बाद प्रांतीय और केंद्रीय सरकार दोनों ही गहरी नींद में सो गईं। उनकी नींद तब खुली जब बिजली के प्रति तुरंत ध्यान देने की आवश्यकता पर सन् 1918 में छपी भारतीय औद्योगिक कमीशन की रिपोर्ट तथा एक साल बाद आए भारतीय गोला-बारूद बोर्ड ने जोर दिया।

औद्योगिक कमीशन ने भारत सरकार से सिफारिश की कि निजी उपक्रमों की बजाय खुद सरकार भारत में जल सर्वेक्षण अनिवार्य रूप से कराए। भारत सरकार ने इस सिफारिश को स्वीकार किया और स्व. श्री जी.टी. बार्लों को चीफ इंजीनियर के तौर पर जल सर्वेक्षण का प्रभारी बनाया जो उस वक्त संयुक्त प्रांत में सिंचाई विभाग के चीफ इंजीनियर थे। यही नहीं, श्री जे.एम. मेयर्स, को उनका सहयोगी बनाया, जो भारत सरकार के बिजली सलाहकार थे। कुछ दिनों बात श्री बार्लों की मृत्यु हो गई और उनका कार्य श्री मेयर्स ने आगे बढ़ाया जिन्होंने सन् 1919 और सन् 1922 के बीच तीन शानदार रिपोर्ट पेश किए जिनमें बिजली आपूर्ति की संभावनाओं को प्रांत-दर-प्रांत के लिहाज से पाँच शीर्षकों के तहत बताया गया था—

(1) पहले से विकसित पनबिजली (वाटर-पावर),
(2) निर्माणाधीन प्लांट,
(3) इलाके जिनकी जाँच हुई लेकिन विकसित नहीं किए गए,
(4) जाने हुए इलाके जिनका गहन परीक्षण किया जाना चाहिए और
(5) इलाके तथा स्थल जिनकी जाँच नहीं हुई।

बिजली–एक प्रांतीय विषय

दुर्भाग्य से सन् 1919 के अधिनियम की वजह से भारत सरकार ने जो परिवर्तन किए, उनके मुताबिक बिजली एक प्रांतीय विषय बन गई। उस अधिनियम में दुर्भाग्य से वह प्रस्ताव नहीं था जो मौजूदा अधिनियम में है जो केंद्र सरकार को उन विषयों पर पैसे खर्च करने की इजाजत देता है जो उसे उचित तथा उपयुक्त प्रतीत होती है जबकि वे शासन के क्षेत्र के बाहर हैं। इसका नतीजा यह हुआ कि भारत सरकार के लिए जल सर्वेक्षण के लिए पैसे खर्च करना नामुमकिन हो गया। भारत के लिए बिजली आपूर्ति करनेवाली एक अच्छी और शानदार योजना का अंत वहीं हो गया। भारत में बिजली के विकास के लिए केंद्र में एक भी अफसर नहीं था, जिसका नतीजा यह हुआ कि हाल के दिनों तक केंद्र के पास भारत में बिजली के उत्पादन, वितरण तथा प्रशासन से जुड़ा कोई आँकड़ा नहीं था।

इसलिए मुझे खुशी है कि भारत में बिजली का विषय गंभीर चर्चा के लिए फिर से हमारे समक्ष आया है। जहाँ तक मैं देख पा रहा हूँ कि जिन प्रश्नों पर इस समिति को अपना ध्यान केंद्रित करना चाहिए वे इस प्रकार हैं :

(1) बिजली का स्वामित्व निजी होना चाहिए या सरकारी?

(2) यदि इस पर निजी स्वामित्व होना है तो क्या ऐसी शर्तें हैं जिन्हें लागू कर सार्वजनिक हितों को सुरक्षित रखा जा सकता है?

(3) क्या बिजली के विकास की जिम्मेदारी केंद्र सरकार पर होनी चाहिए या प्रांतीय सरकारों पर?

(4) यदि जिम्मेदारी केंद्र सरकार की होनी चाहिए तो इसके प्रशासन की सबसे प्रभावी विधि क्या होगी, ताकि सस्ती एवं सुलभ बिजली मिले और जल संसाधनों का दुरुपयोग भी न हो?

(5) यदि जिम्मेदारी प्रांतों पर होगी, तो क्या प्रांतों के प्रशासन को अंतर-प्रांतीय बोर्ड के तहत लाया जाना चाहिए जिनके पास सलाह देने तथा संयोजन की शक्ति हो?

तीन विचारणीय बातें

इनमें से हर एक प्रश्न के दो पहलू थे। हर एक के अपने ही तरफदार हैं। मैं

अपने विचार इस वक्त व्यक्त नहीं करना चाहता हूँ। मैंने अपना दिमाग खुला रखा है। लेकिन यह खाली दिमाग नहीं है। कुल मिलाकर मैं यही कहना चाहता हूँ कि इस निष्कर्ष पर पहुँचने के लिए कि बिजली पैदा करने का बेहतर तरीका क्या है, हमें इन तीन बातों को ध्यान में रखना होगा :

- इन दोनों में से कौन हमें बिजली को सस्ते नहीं सबसे सस्ते दर पर दे सकता है;
- इनमें से कौन हमें इतनी बिजली दे सकता है जो पर्याप्त नहीं बल्कि भरपूर हो;
- इनमें से कौन भारत को रेलवे की तर्ज पर बिजली संपन्न बना सकता है। यहाँ कहने का तात्पर्य यह है कि ऐसा उपक्रम बना दे जो तात्कालिक मुनाफे का खयाल किए बगैर शुरू किया जा सके।

ये शुरुआती प्रश्न हैं। आप में से कुछ लोगों के दिमाग में एक शंका होगी कि इनसे कैसे निपटा जाए, क्योंकि इससे तो संविधान में बदलाव लाए जाने की आवश्यकता पड़ेगी। जहाँ तक मेरी बात है, मुझे ऐसी कोई शंका नहीं है। एक संवैधानिक विषय के बारे में फैसला करने तथा इस पर अपने विचार व्यक्त करने में फर्क होता है। हम संवैधानिक प्रश्नों पर फैसला नहीं कर रहे हैं। हमें उनके बारे में सिर्फ अपनी राय व्यक्त करनी है। हम उन्हें चर्चा के दायरे से सिर्फ इस वजह से खारिज नहीं कर रहे क्योंकि वे संवैधानिक प्रकृति के हैं। मैं यह मानता हूँ कि जो विषय हमारे सामने है, यदि हम उसके साथ न्याय करना चाहते हैं तो हम उसे नजरअंदाज नहीं कर सकते।

बिजली आपूर्ति विभाग

इन प्राथमिक प्रश्नों के अलावा अन्य सवाल भी हैं जो किसी भी लिहाज से कम महत्त्वपूर्ण नहीं हैं। यदि विद्युतीकरण को सफल बनाना है तो हमें उससे जुड़े प्रश्नों पर विचार करने से पीछे नहीं हटना चाहिए। और ये प्रश्न हैं :

(1) क्या यह आवश्यक है कि केंद्र में एक ऊर्जा आपूर्ति विभाग हो, जिसका कर्तव्य ऊर्जा के उपलब्ध साधनों जैसे कोयला, पेट्रोल, शराब और बहती धाराओं का सर्वेक्षण करना हो तथा वह ऊर्जा के उत्पादन को बढ़ाने के सुझाव दे।

(2) क्या यह अनिवार्य है कि केंद्र में एक ऊर्जा शोध ब्यूरो स्थापित किया जाए जो ऊर्जा के स्रोतों और प्लांटस के बीच संबंधों से जुड़ी समस्याओं का अध्ययन करें, ताकि उपलब्ध ऊर्जा के बेहतरीन इस्तेमाल को बढ़ावा मिले।

(3) क्या यह आवश्यक है कि कुछ ऐसे साधन अपनाए जाएँ जिनसे भारतीयों को विद्युत् तकनीक में प्रशिक्षित किया जा सके, ताकि भारत के पास इतने कर्मचारी हों जो विद्युत् प्लांट्स और उपकरणों के निर्माण, देखरेख एवं विकास की योजनाओं को तैयार करें तथा उन्हें लागू कर सकें।

इससे पहले कि मैं अपनी बात खत्म करूँ, मैं चाहता हूँ कि उन बिंदुओं को आपके समक्ष रखूँ जो भारत में विद्युतीकरण के विकास के महत्त्व को स्पष्ट करेंगे। यह अनिवार्य है कि जिन लोगों पर इस विषय की जिम्मेदारी है उन्हें इसके महत्त्व और उद्देश्यों का पूरा अहसास होना चाहिए। यदि आप इस बात पर मुझसे सहमत हैं तो मैं आपसे कहूँगा कि आप खुद से यह प्रश्न करें, 'हम भारत में सस्ती और प्रचुर मात्रा में बिजली क्यों चाहते हैं?' उत्तर है कि बिना सस्ती और प्रचुर बिजली के भारत में औद्योगिकीकरण का कोई भी प्रयास सफल नहीं हो सकता है। यह उत्तर समिति के द्वारा किए जानेवाले कार्य के महत्त्व का सिर्फ एक ही पहलू सामने लाता है। आप एक और सवाल कीजिए, 'औद्योगिकीकरण क्यों आवश्यक है?' तब आपको एक ही बार में इसका पूरा महत्त्व समझ आ जाएगा; क्योंकि इस प्रश्न का उत्तर है कि हम भारत में औद्योगिकीकरण चाहते हैं क्योंकि वह भारत के लोगों को गरीबी के चिरकालिक कुचक्र से जिसमें वे फँसे हैं उससे निकालने का सबसे उपयुक्त साधन है। इसी वजह से भारत में औद्योगिकीकरण की चुनौती की ओर तुरंत कदम उठाना चाहिए।

भारत का औद्योगिकीकरण

भारत में औद्योगिकीकरण की बात कई वर्षों से चल रही है। लेकिन इस ओर एक भी गंभीर प्रयास नहीं किए गए हैं। आज भी ऐसे लोग हैं जो बस खानापूर्ति के लिए बयान दे देते हैं। दूसरे इस ओर एक सनक नहीं तो शौक के रूप में देखते हैं। ऐसे लोगों की कमी नहीं जो यह उपदेश देते नहीं थकते कि भारत एक कृषि

प्रधान देश है और सबसे अच्छा उपाय है कि सारी ऊर्जा कृषि के विकास में लगा दी जानी चाहिए तथा औद्योगिकीकरण की ओर नहीं भागना चाहिए।

यह किसी को भी बताने की जरूरत नहीं है कि भारत मुख्य रूप से एक कृषि प्रधान देश है। यह बात हम सभी जानते हैं। लेकिन आश्चर्य इस बात का है कि बहुत कम ही लोग यह समझते हैं कि यह कितना बड़ा दुर्भाग्य है। मैं जानता हूँ कि इस बात को सहर्ष स्वीकार नहीं किया जाएगा। यह साबित करने के लिए कि यह एक दुर्भाग्य है, बंगाल और भारत के अन्य इलाकों में अकाल की मार से बड़ा उदाहरण क्या हो सकता है, जहाँ कृषि पर निर्भर लोग या जिनके पास पैसे नहीं हैं, वे भोजन के बिना हर दिन मौत के मुँह में समा रहे हैं? मैं सोचता हूँ कि यह बताने के लिए भारत की कृषि विफल साबित हुई है और बुरी तरह विफल रही है, इससे बड़ा कोई और उदाहरण नहीं हो सकता। जबकि यह एक सीधी सी बात है कि भारत जो सिर्फ और सिर्फ खाद्य का उत्पादन करता है, वह इतना अनाज नहीं पैदा कर पाता कि अपने लोगों का पेट भर सके। आखिर ऐसा क्यों हो रहा है? मैं मानता हूँ कि भारत में गरीबी सिर्फ इस वजह से है क्योंकि उसे कृषि पर आश्रित कर दिया गया है।

भारत की आबादी दशक-दर-दशक ज्यामितीय प्रगति की दर से बढ़ती जा रही है। जनसंख्या की इस बेलगाम बढ़ोतरी के मुकाबले, खेती के लिए न सिर्फ थोड़ी सी जमीन मिलती है, बल्कि उस सीमित जमीन की उत्पादन क्षमता भी साल-दर-साल खत्म होती जा रही है। भारत चिमटे के दो सिरों के बीच फँसा हुआ है, एक सिरा तेजी से बढ़ती जनसंख्या का है और दूसरा मिट्टी की तेजी से घटती उत्पादन क्षमता का।

'एक सड़न आ गई है'

नतीजा यह है कि दशक के अंत में हमारे पास आबादी और उत्पादन का एक नकारात्मक आँकड़ा तथा निचुड़ता जीवन स्तर हाथ लगता है। प्रत्येक दशक में आबादी और उत्पादन का यह नकारात्मक शेष खतरनाक हद तक बढ़ता जा रहा है, जो भारत के हिस्से सिर्फ गरीबी, ज्यादा गरीबी और चिरकालिक गरीबी देता जा रहा है। इस प्रकार एक सड़न आ गई है। मुझे यकीन है कि यह सड़न खेती और पशु मेले के आयोजन या बेहतर खाद की तरफदारी करने से

दूर नहीं होनेवाली है। यह तभी दूर होगी जब कृषि को लाभप्रद बनाया जाए। भारत में कृषि को लाभप्रद बनाने की संभावना तब तक नहीं जग सकती जब तक कि औद्योगिकीकरण की दिशा में गंभीर प्रयास न किए जाएँ। क्योंकि औद्योगिकीकरण से ही सीमित जमीन पर भारी जनसंख्या के दबाव को कम किया जा सकता है और लोगों को कृषि के अलावा अन्य फायदा देनेवाले धंधों में लगाया जा सकता है। संक्षेप में कहूँ तो जहाँ तक हमारी मंशा और उद्देश्य है, हमारी पुनर्निर्माण समितियों को ज्यादातर उन यूरोपीय देशों की तर्ज पर ढाला गया है, जिनके औद्योगिक संगठनों को जर्मनों ने तहस-नहस कर दिया था। पुनर्निर्माण की समस्याएँ अलग-अलग हैं और उनमें एक देश से दूसरे देश के मुताबिक फर्क आना भी चाहिए। कुछ देशों में पुनर्निर्माण की समस्या बंद पड़े कल-कारखानों को फिर से चलाने की है।

भारत में समस्या का स्वरूप

कुछ देशों में पुनर्निर्माण की समस्या पार्ट-पुरजों और प्लांट्स को बदलने की है जिन्हें युद्ध में तबाह कर दिया गया था। भारत में पुनर्निर्माण की समस्या में उन सभी विषयों को शामिल किया जाना चाहिए जिससे युद्ध में शामिल अन्य देश जूझ रहे हैं।

इसके साथ ही हमें यह नहीं भूलना चाहिए कि भारत में पुनर्निर्माण की समस्या अन्य देशों में पुनर्निर्माण की समस्या से मूलतः अलग है। दूसरे देशों में पुनर्निर्माण की समस्या पहले से मौजूद उद्योगों को फिर से चालू करने की है। जबकि भारत में जहाँ तक मैं देखता हूँ, औद्योगिकीकरण की समस्या मुख्य रूप से उद्योगों और औद्योगिकीकरण की है। यह बंद उद्योगों को फिर से चालू करने से अलग है। लेकिन कुल मिलाकर इसका मकसद चिरकालिक गरीबी को मिटाने का ही है।

इसलिए मुझे उम्मीद है कि हम बिजली से जुड़ी समस्या को जल्द-से-जल्द और एक राजनेता की तरह सुलझाएँगे, जिसमें हमारी सोच मानव जीवन से जुड़ी होनी चाहिए न कि केंद्र बनाम प्रांत के बीच प्रतिद्वंद्वी दावों की होनी चाहिए। मैं निराशावादी मोड़ पर अपनी बात खत्म नहीं करना चाहता, लेकिन यह सच है कि पुनर्निर्माण के पिछले प्रयास कुछ और नहीं बल्कि दुःखद ही रहे

हैं। युद्ध के बाद पुनर्निर्माण की एक इच्छा जागृत हुई है और यह परिस्थिति ऐसी है जैसी किसी आविष्कार के लिए या विपरीत परिस्थिति में ईश्वर पर विश्वास जगने जैसी होती है। हालाँकि इस इच्छा के साथ यह कटु सत्य जुड़ा है कि यह पैदा युद्ध के साथ होती है लेकिन शांति स्थापित होते ही इसकी मौत भी हो जाती है। यही भारत के साथ हुआ जब पिछले युद्ध के बाद भारतीय औद्योगिक आयोग और भारतीय गोला-बारूद बोर्ड ने पुनर्निर्माण योजना का प्रस्ताव रखा। मुझे भरोसा है कि इस बार पुनर्निर्माण की योजना को दुर्बल या खत्म होने नहीं दिया जाएगा। इस युद्ध में एक ऐसी शक्ति है जिसने हमें मजबूर कर दिया है और जिसे विलियम जेम्स ने कहा था, 'प्रभावी वास्तविकता की कड़वी भावना', जो भारत के मामले में गरीब है, और जो भावना पिछले युद्ध के समय के राजनेताओं में पैदा नहीं हुई थी।

□

14

जल संसाधन नीति

भाषण क्रमांक : एक*

सज्जनो,

इतने कम समय में इस बैठक का आयोजन करने के लिए सहमत होने तथा अपने आपको इतना कष्ट देने के लिए मैं आप सभी का भारत सरकार की ओर से धन्यवाद करता हूँ। इस बैठक का मकसद उन तौर-तरीकों तथा पद्धतियों पर विचार करने का है जिनसे सन् 1944 में बंगाल सरकार के द्वारा नियुक्त दामोदर रिवर फ्लड इनक्वायरी कमेटी के प्रावधानों को लागू किया जा सके। इससे पहले कि मैं आगे बढ़ूँ, यह उचित होगा कि मैं इस कमेटी की नियुक्ति के लिए बंगाल सरकार को बधाई दूँ। मैं कमेटी के प्रति उनके उन विचारों के लिए अपना आभार अवश्य प्रकट करना चाहता हूँ जो उन्होंने दामोदर नदी की बाढ़ से निपटने तथा देश में जल संसाधनों के बेहतरीन इस्तेमाल की समस्या के इन दो मुद्दों पर दिए हैं।

समिति की सिफारिशें

मैं विशेष तौर पर इसकी दो सिफारिशों का जिक्र करना चाहूँगा, यानी, सिफारिश

---

* कलकत्ता सम्मेलन में अंग्रेजी भाषण (3 जनवरी, 1945), उपस्थित प्रतिनिधि : केंद्र सरकार तथा बंगाल और बिहार प्रांत। पुन:प्रकाशित : बी.ए.डब्ल्यू.एस., भाग-10, पृ. 220-5। संक्षेप तथा हिंदी अनुवाद : संपादक।

संख्या आठ और तेरह। सिफारिश संख्या तेरह में कमेटी ने कहा है कि चर्चा के दौरान कमेटी ने यह महसूस किया कि बाढ़ नियंत्रण तथा मिट्टी के संरक्षण की समस्या को सुलझाने में फायदा मिलेगा यदि भारत की नदियों और जंगलों की चिंता केंद्र सरकार के जिम्मे छोड़ दिया जाए। अपनी सिफारिश संख्या आठ के जरिए कमेटी ने यह सुझाव दिया है कि दामोदर नदी पर बाँध बनाने की परियोजना का अपना एक उद्देश्य होना चाहिए; और यह न सिर्फ बाढ़ रोकने का होना चाहिए, बल्कि इसमें बिजली उत्पादन और सिंचाई के जलापूर्ति के उद्देश्य शामिल किए जाने चाहिए। जो लोग भारत में जल संसाधनों की वर्तमान नीति से, या उसमें कमी को जानते हैं, वे स्वीकार करेंगे कि ऐसी सिफारिशें हैं जिनके महत्त्व को बढ़ा-चढ़ाकर नहीं बताया जा सकता है। यदि यह कहा जाए कि अब तक जलमार्गों के विकास के लिए पूरे भारत के लिए किसी नीति का अभाव रहा है तो यह असत्य नहीं होगा। दूसरा, इस बात का अहसास पूरी तरह नहीं हुआ है कि जलमार्गों के लिए हमारी नीति हर हाल में बहु-उद्देश्यीय होनी चाहिए, ताकि इसमें सिंचाई, विद्युतीकरण और नौचालन के प्रावधान शामिल हों।

रेलमार्ग और जलमार्ग

हमारी जलमार्ग नीति का इकलौता मकसद सिंचाई ही था। यही नहीं, हमने इस बात पर पूरी तरह गौर नहीं किया है कि रेलमार्गों और जलमार्गों में कोई फर्क नहीं है। यदि रेलवे को प्रांतीय सीमाओं में नहीं बाँधा जा सकता है तो जलमार्गों को भी नहीं बाँधा जा सकता, क्योंकि वे एक प्रांत से निकलकर दूसरे प्रांत में जाते हैं। इसके विपरीत हमने अपने संविधान में रेलमार्गों और जलमार्गों में अंतर कर दिया है, जिसका नतीजा यह हुआ है कि रेलवे को केंद्रीय विषय माना जाता है, जबकि जलमार्गों को प्रांतीय समझा जाता है।

इस गलती के कई नुकसान हैं जो स्पष्ट हैं। उदाहरण के लिए, एक प्रांत को बिजली चाहिए और वह चाहता है कि इस मकसद से जल संसाधनों का इस्तेमाल करे, लेकिन वह ऐसा नहीं कर सकता है, क्योंकि जिस बिंदु पर जल को बाँध में बाँधा जा सकता है वह दूसरे प्रांत में पड़ता है, जिसे कृषि प्रधान होने की वजह से बिजली नहीं चाहिए। उसकी इसमें कोई दिलचस्पी नहीं है, या पैसा नहीं है जिसे वह परियोजना पर खर्च कर सके। वह नहीं चाहेगा कि अपनी

जमीन का इस्तेमाल दूसरे प्रांत को करने दे। इसकी चाहे कितनी भी शिकायत क्यों न की जाए, एक प्रांत ऐसा अमित्रवत रवैया अपना लेगा और उसे प्रांतीय स्वायत्तता के नाम पर उचित भी ठहराएगा।

जल संसाधनों का उपयोग

मैंने इन बातों का जिक्र दोहरे उद्‌देश्य से किया है। इस पृष्ठभूमि के साथ आप बंगाल सरकार द्वारा नियुक्त दामोदर नदी बाढ़ जाँच समिति की सिफारिशों का मूल्यांकन करने के लिए बेहतर स्थिति में होंगे, जिसका कि मैंने विशेष जिक्र किया है। मेरा दूसरा मकसद आपको यह बताने का है कि भारत सरकार मौजूदा माहौल से हो रहे नुकसान के प्रति पूरी तरह जागरूक है और चाहती है कि ऐसे कदम उठाए जाएँ ताकि एक ऐसी नीति बने जो देश के जल संसाधनों का इस्तेमाल सभी के हित में सबसे अच्छी तरह कर सके जैसा कि अन्य देशों में किया जा रहा है।

संविधान का संशोधन इस प्रकार किया जाए कि रेलमार्ग की तरह ही जलमार्ग को महत्त्व दिया जाए तो इसमें कोई संदेह नहीं कि इस बदलाव के कई फायदे होंगे। लेकिन भारत सरकार सोचती है कि संविधान में इस प्रकार का बदलाव किए जाने तक वक्त नहीं गँवाया जाए। न ही सरकार यह सोचती है कि यदि प्रांत जल संसाधनों की सहकारी परियोजना में सहयोग करने की इच्छा प्रकट करते हैं तो संविधान के द्वारा पैदा की जानेवाली मुश्किलें उनके रास्ते में आएँगी। भारत सरकार के दिमाग में काफी हद तक अमेरिका में चलाई जा रही टेनेसी घाटी योजना है। वे उस योजना का अध्ययन कर रहे हैं तथा यह चाहते हैं कि भारत में उसी तर्ज पर कुछ किया जा सकता है, यदि प्रांत सहयोग करते हैं तथा प्रांतीय सीमाओं को तोड़ने के लिए सहमत हो जाते हैं, जिनकी वजह से उनकी तरक्की और समृद्धि का रास्ता बंद है।

देश के जलमार्गों का बेहतरीन इस्तेमाल करने की दिशा में भारत सरकार ने पहले कदम उठाते हुए एक केंद्रीय संगठन बनाया है, जिसे 'केंद्रीय तकनीकी ऊर्जा बोर्ड' नाम दिया गया है तथा केंद्रीय जलमार्ग सिंचाई तथा नौचालन (नेवीगेशन) कमीशन बनाने की तैयारी की जा रही है। इन दो संगठनों की स्थापना प्रांतों को यह सुझाव देने के लिए की गई थी कि कैसे उनके जल

संसाधनों को सबसे अच्छी तरह इस्तेमाल में लाया जा सकता है तथा कैसे एक परियोजना बनाई जा सकती है जो सिंचाई के अलावा दूसरे मकसदों को पूरा कर सके। दामोदर नदी इस तर्ज पर शुरू की जानेवाली पहली परियोजना है। यह एक बहु-उद्देश्यीय परियोजना होगी। इसका उद्देश्य न सिर्फ दामोदर नदी में आनेवाली बाढ़ को रोकना होगा, बल्कि इसके उद्देश्यों में सिंचाई, नौचालन (नेवोगेशन) तथा बिजली पैदा करना भी होगा। दामोदर घाटी परियोजना के तैयार हो जाने पर इसका कार्य भार जिस प्राधिकरण को सौंपा जाएगा, वह काफी हद तक टेनेसी वैली प्राधिकरण के तर्ज पर तैयार की जाएगी। यह एक सहकारी उपक्रम होगा जिसमें बिहार और बंगाल के प्रांत केंद्र के साझीदार होंगे। मुझे उम्मीद है कि सम्मेलन सभी अलग किए जाने के काबिल मुद्दों को नजरअंदाज करेगी तथा अपने काम को इस निश्चय के साथ बढ़ाएगी कि बेहतरीन समाधान मिले तथा जलमार्गों के लिहाज से एक नई नीति की शुरुआत का रास्ता खुले और देश के लाखों अभावग्रस्त लोगों के लिए एक समृद्ध व्यवस्था की नींव रखी जा सके। भारत सरकार इस परियोजना को रूप, ढाँचा और जीवन देने के लिए उत्सुक थी तथा इस बात को लेकर चिंतित थी कि इस काम में जरा भी समय बरबाद न किया जाए।

जलमार्गों के लिए नई नीति

भारत सरकार महसूस करती है कि वह इस मुद्दे में तब तक आगे नहीं बढ़ सकती है जब तक कि कुछ शुरुआती संभावनाओं को न तलाश लिया जाए। पहली शुरुआती बात बाँध के इलाके की है। स्पष्ट है कि इसका फैसला बंगाल की इच्छा से नहीं हो सकता है। इसी प्रकार इसका फैसला सिर्फ बिहार की इच्छा से भी नहीं हो सकता है। और दोनों प्रांत एक इलाके पर सहमत भी हो जाएँ तो इसे विशेषज्ञों के बिना अंतिम रूप नहीं दिया जा सकता है। ऐसे भी कई पहलू हैं जिन पर गौर करना होगा।

इस सम्मेलन का काम उस मशीनरी पर फैसला करना है जो इस काम को सबसे अच्छी तरह निभा सकती है। मुझे उम्मीद है कि हम सही भावना के साथ काम करेंगे, तथा अंतर करनेवाले सभी मुद्दों को दरकिनार करेंगे और अपने उस काम की ओर आगे बढ़ेंगे जिससे हमारे जलमार्गों के लिए एक नई नीति की

शुरुआत होगी तथा हम देश के लाखों निर्धनों के लिए एक समृद्ध व्यवस्था सुनिश्चित कर पाएँगे।

भाषण क्रमांक : दो*

सज्जनो,

दामोदर नदी के पानी के उपयोग पर चर्चा के लिए हम दूसरी बार बैठक कर रहे हैं। जैसा कि आपको याद होगा, इस संबंध में हमारी पहली बैठक 3 जनवरी, 1945 को हुई थी। तब हमने दामोदर नदी बाढ़ जाँच समिति के रिपोर्ट पर विचार किया था जिसकी नियुक्ति बंगाल सरकार ने 1944 में की थी। हमारे सामने यह विषय था कि क्या हमें नदी पर बाँध सिर्फ बाढ़ से बचने के लिए बनाना चाहिए या क्या हमें इसे बहुउद्‌देश्यीय परियोजना बनाना चाहिए, ताकि इसके तहत बिजली का उत्पादन एवं सिंचाई तथा नौचालन के लिए पानी की सप्लाई की जा सके। उस सम्मेलन में इस बात पर आम राय बनी थी कि हमें दूसरे उद्‌देश्य के लिए प्रयास करना चाहिए। उसके अनुरूप ही सम्मेलन में अगला कदम उठाने का निर्णय लिया, यानी आवश्यक आँकड़े जुटाने के लिए एक मशीनरी बनाई जाए जिसके आधार पर एक बहुउद्‌देश्यीय परियोजना का खाका तैयार किया जा सके। भारत सरकार की ओर से मैंने इस शुरुआती कार्य के लिए तकनीकी विशेषज्ञों के हर संभव सहयोग का आश्वासन दिया था। उन विशेषज्ञों ने बंगाल के इंजीनियरों के सहयोग से, दामोदर नदी घाटी के एकीकृत विकास के लिए एक प्राथमिक ज्ञापन तैयार कर लिया है। इस ज्ञापन की प्रतियाँ बंगाल तथा बिहार सरकार के द्वारा पहले ही भेजी जा चुकी हैं। इस ज्ञापन के सिलसिले में मुझे लगता है कि मेरा यह कर्तव्य है कि मैं कहूँ और मुझे यकीन है कि मैं आपकी ही भावनाओं को अभिव्यक्त कर रहा हूँ कि हम श्री वूरडुइन के शुक्रगुजार हैं कि उन्होंने इस ज्ञापन का मसौदा तैयार किया तथा बंगाल सरकार के इंजीनियरिंग कर्मी के भी आभारी हैं जिन्होंने उन्हें अपना सहयोग दिया। श्री मैथ्यूज, जो केंद्रीय ऊर्जा तकनीकी बोर्ड के अध्यक्ष हैं, उन्होंने भी हमें सर्वोत्तम सलाह दी तथा आगे

* कलकत्ता सम्मेलन में अंग्रेजी भाषण (23 अगस्त, 1945), पुनःप्रकाशित : बी.ए.डब्ल्यू.एस., भाग-10, पृ. 284-90। संक्षेप तथा हिंदी अनुवाद : संपादक।

चलकर मुझे कोई संदेह नहीं है कि हमें श्री खोसला से पूरा सहयोग मिलेगा, जो वाटरवेज तथा नौचालन बोर्ड के चेयरमैन हैं।

फिलहाल हमारे सामने एक बेहद स्पष्ट, बहुत व्यापक और बेहद आवश्यक सर्वे है जो दामोदर नदी घाटी की पूर्ण संभावनों पर है, जिसके साथ पर्याप्त आँकड़े हैं जो हमें पूरे आत्मविश्वास के साथ अगले चरण तक ले जाएँगे। हमारे आज मिलने की वजह भी यही प्राथमिक ज्ञापन और इससे पैदा होनेवाले मुद्दे हैं। इन मुद्दों को बैठक के लिए तैयार किए गए एजेंडा में रखा गया है। एजेंडा में प्राथमिक ज्ञापन से पैदा होनेवाले मुद्दों की पूरी सूची है और जिन पर तुरंत ध्यान दिए जाने की आवश्यकता है। चूँकि बंगाल और बिहार की सरकार को यह पहले ही भेजा जा चुका है, इसलिए इसे फिर से बताना मेरे लिए जरूरी नहीं है। इस वजह से मैं अपने आपको इन दो बातों को रखने तक ही सीमित रखूँगा—(1) मुद्दा और नीति संबंधित और (2) पद्धति तथा प्रक्रिया के प्रश्नों से संबंधित।

बाढ़ नियंत्रण एक नीतिगत मुद्दा है। मुझे उम्मीद है कि बाढ़ से रक्षा के लिए इस उपाय को अपनाए जाने पर आम सहमति होगी, क्योंकि इससे दामोदर घाटी के सबसे खतरनाक इलाकों को निकट भविष्य में सबसे भयंकर किस्म की प्राकृतिक आपदाओं से सुरक्षा मिलेगी। मुझे यह कहते हुए खुशी हो रही है कि प्राथमिक ज्ञापन में तैयार की गई योजना में उस पूर्ण सुरक्षा के उपाय की बात शामिल है।

नीति का दूसरा मुद्दा है तीन सरकारों की साझा जिम्मेदारी कि वे इस कार्य के लिए कंधे से कंधा मिलाकर काम करें। मैं समझता हूँ कि इस बात पर आम सहमति होगी कि प्राथमिक ज्ञापन के निष्कर्ष तीनों सरकारों के पूरी ऊर्जा के साथ दामोदर नदी घाटी के विकास के लिए ज्ञापन के दिशा-निर्देशों के मुताबिक प्रयास करने को सही ठहराते हैं। भारत सरकार के लिए यह परियोजना स्वागत योग्य है। इसमें नदी पर नियंत्रण की, बाढ़ नियंत्रण की, एक बेहतरीन इलाके को सालों भर सिंचाई की गारंटी देने की जो अकाल के विरुद्ध किसी बीमा से कम नहीं है और विद्युत् ऊर्जा की आपूर्ति की जिसकी सबसे ज्यादा जरूरत है, इन सभी की बेहतरीन संभावना की गारंटी है। मुझे यकीन है कि बंगाल और बिहार सरकारों के लिए भी यह योजना स्वागत योग्य से कहीं

अधिक होगी, बशर्ते वे इसका अंदाजा लगा सकें कि इससे उन्हें और उनके लोगों को कितना फायदा मिलेगा।

ठोस कारणों से बात करें तो इस परियोजना से उन्हें (1) कुल नियंत्रित जलाशय क्षमता मिलेगी जो 47,00,000 एकड़ इलाके को हरा-भरा रखेगी; (2) नौचालन के लिए आवश्यक पानी के अलावा सालों पर 7,60,000 एकड़ इलाके की सिंचाई करने की क्षमतावाला जलाशय; (3) 3,00,000 किलोवाट की विद्युत् क्षमता और (4) सीधे तौर पर यह करीब पचास लाख लोगों के कल्याण का कार्य करेगी तथा अप्रत्यक्ष रूप से कई और लाख लोगों को फायदा पहुँचाएगी।

अब पद्धतियों और प्रक्रियाओं की बात करें तो हमें निम्नलिखित बिंदुओं पर विचार करना होगा जिन्हें मैं प्राथमिकता के क्रम में आपके सामने रख रहा हूँ :

- बाँध के इलाकों का चुनाव;
- चुने गए बाँध के इलाकों की निर्माण कार्य शुरू होने से पहले गहन जाँच;
- इन शुरुआती जाँच के लिए एजेंसी;
- बाँधों के निर्माण और डिजाइन के लिए एजेंसी;
- उच्च स्तर की प्रशासकीय मशीनरी जो तकनीकी एवं प्रशासनिक, दोनों प्रकार के कार्यों की भारी मात्रा को संयोजित करे और आगे बढ़ाए, जिन्हें जाँच तथा आगे किए जानेवाले निर्माण के दौरान करना होगा और
- सर्वेक्षणों की एक श्रृंखला जो पानी तथा बिजली का सर्वोत्तम इस्तेमाल बताएँगे जो अंततः इन विकसित इलाकों में उपलब्ध होगा।

मैं पद्धति और प्रक्रिया से जुड़े इन मुद्दों पर तुरंत फैसला करने की जरूरत पर जोर देना चाहूँगा। इसमें कोई संदेह नहीं कि परियोजना प्राथमिक रूप से सुरक्षा की स्थापना तथा बहुउद्देश्यीय नदी घाटी परियोजना के विकास के लिए है। लेकिन यह नहीं भूलना चाहिए कि यह परियोजना युद्ध के बाद रोजगार देने के उद्देश्य से बनाई जा रही है। चूँकि अब सभी मोरचों पर युद्ध समाप्त हो चुका है, हमारे सामने शांति की समस्या है—ऐसी समस्या जो बेरोजगारी को दूर

करने की है, जो युद्ध के रोजगार और खर्चों के अचानक बंद हो जाने से पैदा हुई है, और यह हमारी घरेलू अर्थव्यवस्था के लिए सबसे गंभीर समस्याओं में से एक होने जा रही है।

केंद्र सरकार का हिस्सा

इस नजरिए से दामोदर घाटी परियोजना अत्यावश्क किस्म की है और जल्द-से-जल्द फैसले पर नहीं पहुँचने की गलती आपराधिक हो सकती है, क्योंकि फैसले के बगैर हम आगे नहीं बढ़ सकते हैं। इसलिए मुझे उम्मीद है और मैं भरोसा करता हूँ कि आपके सहयोग से हम आज पूरी तरह और निश्चित रूप से अपने फैसले तक पहुँच जाएँगे। अपनी बात समाप्त करने से पहले, मैं बता देना चाहता हूँ कि भारत सरकार इस परियोजना को लागू करने में अपनी पूरी भूमिका अदा करना चाहती है।

(1) अपने पूर्ववर्ती घोषणाओं के अनुसार भारत सरकार ने इस परियोजना के लिए उसे जो कुछ भी करना है, उसे पूरी गति के साथ स्वीकृति के मुताबिक लागू करने के प्रति प्रतिबद्ध है तथा इसके लिए अपनी पूरी क्षमता के साथ काम करेगी। हालाँकि परियोजना को चलानेवाले प्राधिकार का प्रारूप तथा इसकी स्थापना के तरीके को अब तक तय नहीं किया गया है, फिर भी सरकार की वह मूल भावना कि इस प्रकार के एक प्राधिकार की स्थापना की जानी चाहिए, उसमें कोई बदलाव नहीं आया है।

(2) भारत सरकार इस प्रकार की सभी प्राथमिक जाँच के लिए आवश्यक कर्मियों एवं संगठन के इंतजाम की पूरी जिम्मेदारी सीधे तौर पर अपने ऊपर लेने को तैयार है, जिससे कि निर्माण कार्य तेजी से हो सके और इस कार्य में दोनों प्रांत इस प्रकार अपना सहयोग दें कि युद्ध के बाद के विकास कार्यों पर कोई बुरा असर न पड़े। हालाँकि भारत सरकार को अहसास है कि बंगाल में इंजीनियरिंग के कार्य करनेवाले लोगों की कमी है तथा उनके लिए आवश्यक कदम उठाएगी, यदि किसी सैन्य इकाई इत्यादि में उस प्रकार के कर्मचारी मौजूद हैं तो उनकी और उनके उपकरणों की शुरुआती जाँच में मदद ली

जाएगी। इससे प्रांत में जरूरत से काफी कम संख्या में मौजूद इंजीनियरिंग स्रोतों पर पड़नेवाले दबाव को टाला जा सकेगा और इससे उपकरणों को सबसे ज्यादा तेजी से हासिल किया जा सकेगा।

(3) केंद्र सरकार उस प्राथमिक जाँच के लिए आवश्यक फंड का अग्रिम भुगतान करने को तैयार है, जो उनके द्वारा किया जा रहा है और जो मुख्य परियोजना के लिए आवश्यक है। इसमें शर्त यह है कि इस प्रकार के प्राथमिक खर्चें परियोजना के तैयार होने के बाद वसूल लिये जाएँगे और यदि परियोजना सफल नहीं हुई तो खर्च को केंद्र और प्रांत आधा-आधा बाँट लेंगे।

सिर्फ एक काम है जो भारत सरकार चाहती है कि प्रांतों को करना चाहिए। वह चाहती है कि प्रांत इस बात को सुनिश्चित करने की बात अपने दिमाग में रखें कि परियोजना का फायदा आखिरकार जमीनी स्तर तक पहुँचे, यानी घाटी में रहनेवाले हर व्यक्ति तक और उन लोगों तक जो आस-पास रहते हैं। इस परियोजना से आनेवाली समृद्धि पर सबका हक होगा। मेरे विचार से यह आवश्यक है, इस वजह से ही हम जल्द-से-जल्द एक ऐसी एजेंसी की स्थापना करना चाहते हैं, ताकि वह तुरंत इसकी योजना बना सके कि आवश्यक और अंतिम उद्देश्य की प्राप्ति किस प्रकार होगी।

भाषण क्रमांक : तीन*

देवियो और सज्जनो,

उड़ीसा बाढ़ के अभिशाप से छुटकारा पाना चाहता है। उड़ीसा मलेरिया से छुटकारा पाना चाहता है तथा अमेरिकी जुबान में कहें तो 'लो इनकम' बीमारियों से निकलना चाहता है, ताकि लोग स्वास्थ्य बिगाड़नेवाली बीमारियों से बच सकें और उनकी शारीरिक क्षमता का क्षय न हो। उड़ीसा चाहता है कि उसके लोगों का जीवनस्तर सुधरे तथा सिंचाई, नौचालन और सस्ती बिजली से उनकी समृद्धि बढ़ सके। यह सभी उद्देश्य सिर्फ एक योजना से पूरे किए जा सकते हैं, यानी बाँध बनाने से तथा नदियों में बहते पानी को जमा करने से।

* कटक सम्मेलन में अंग्रेजी भाषण (8 नवंबर, 1945), पुनःप्रकाशित : बी.ए.डब्ल्यू.एस., भाग-10, पृ. 302-11। संक्षेप तथा हिंदी अनुवाद : संपादक।

उड़ीसा की समस्याएँ

यह कहना कि समस्या सिर्फ बाढ़ की है, एक बेहद सरल नजरिया रखने जैसा और कुछ भी न कहने जैसा होगा। मैं समस्या को कुछ अलग नजरिए से देखता हूँ। जब मैं उड़ीसा के बारे में सोचता हूँ, तो मेरे दिमाग में ऐसे लोगों की तसवीर आती है जो एक नहीं अनेक दुःखों से जूझ रहे हैं। उनमें से एक दुःख जिसके बारे में सभी बात कर रहे हैं, वह है वहाँ के लोगों के सामने बार-बार आनेवाली बाढ़ की समस्या, जो उनकी जान और माल को भारी नुकसान पहुँचाता है तथा सामान्य रूप से देखें तो एक असुरक्षा की भावना पैदा कर देता है। यह दुःख सिर्फ बाढ़ की वजह से नहीं है, बल्कि सूखा और अकाल की वजह से भी है। सूखा और अकाल से होनेवाला नुकसान बाढ़ से होनेवाले नुकसान जितना ही भयानक होता है।

ऐसा कहा जाता है कि सन् 1866 में पड़े सूखे ने पुरी जिले की करीब 40 फीसदी आबादी को खत्म कर दिया था। उड़ीसा के लोगों की एक समस्या स्वास्थ्य में गिरावट की है। पूरे उड़ीसा की आबादी करीब 77 लाख है। प्रांत की स्वास्थ्य रिपोर्ट के मुताबिक सन् 1944 में राज्य में कुल मृत्यु की संख्या 2,35,581 थी। इनमें से 1,30,000 की मौत एक प्रकार के बुखार से हुई तथा ज्यादातर की मौत मलेरिया से हुई। इसका अर्थ है कि सन् 1944 में 3 प्रतिशत लोगों की मौत हुई और इनमें से आधे की मौत मलेरिया से हुई। यह तादाद काफी बड़ी है। सन् 1944 में 19 प्रतिशत छात्रों में कुपोषण के स्पष्ट लक्षण थे तथा 8.7 प्रतिशत में विटामिन की कमी थी। यदि ये तथ्य सही हैं तो यह नहीं कहा जा सकता है कि उड़ीसा गरीबी रेखा से ऊपर है। उड़ीसा का तीसरा दुःख—मैं समझता हूँ आंतरिक संचार के अभाव का दुःख है। उड़ीसा एक बंद किया गया राज्य है। उसके पूर्वी समुद्र तट पर इकलौती रेलवे लाइन को छोड़कर न तो रेलवे के द्वारा और न नहर के द्वारा भीतरी प्रदेशों को समुद्र तट से जोड़ने का कोई रास्ता है।

क्या आज जिस दयनीय स्थिति में उड़ीसा है उसी हालात में उसे रहना चाहिए? नहीं, कतई नहीं। इसके प्राकृतिक संसाधन हैं, और वे किसी प्रकार से कम नहीं हैं। उड़ीसा के पास कोयला, लोहा, क्रोम, ग्रैफाइट, बॉक्साइट, चूना, अभ्रक एवं बाँस भी है और इनके अलावा भी कई प्राकृतिक संसाधन हैं।

उड़ीसा के पास एक और कीमती खान है, और वह है उसके पानी की

दौलत। उड़ीसा डेल्टा से जितना पानी बहता है उसकी मात्रा बहुत बड़ी है। इस डेल्टा में तीन जिले आते हैं—कटक, पुरी और बालासोर इनमें करीब 8,000 वर्गमील का इलाका शामिल है। इस इलाके में कई उपनदियाँ भी हैं जो मुख्य रूप से—महानदी, ब्राह्मणी तथा बैतरणी से निकलती हैं। दो और नदियाँ—बुरबलांग और सुवर्णरेखा—उतने महत्त्व की नहीं हैं, लेकिन इसी डेल्टा से गुजरती हैं।

तीन प्रमुख नदियाँ डेल्टा से ऊपर करीब 69,000 वर्ग मील के इलाके के बीच से होते हुए आती हैं। इन इलाकों में पूर्वी राज्य, केंद्रीय प्रांत तथा बिहार शामिल हैं। इनमें से महानदी—जो तीनों में सबसे बड़ी है, वह 51,000 वर्ग मील के इलाके के काम आती है। इन सभी को मिला दें तो तीनों नदियाँ प्रतिवर्ष समुद्र में करीब 90 मिलियन एकड़ फीट पानी गिराती हैं।

जल के धन का इस्तेमाल

इतने संसाधनों के बावजूद आखिर उड़ीसा गरीब क्यों है, क्यों इतना पिछड़ा और कंगाल प्रांत है? मैं सिर्फ एक ही जवाब दे सकता हूँ कि उड़ीसा को अपने जल संसाधन के सर्वोत्तम इस्तेमाल का उपाय नहीं मिला है।

बहुत ज्यादा प्रयास ये जानने के लिए किए गए हैं कि बाढ़ क्यों आती है। बहुत पहले, यानी सन् 1872 में श्री रेहनांड ने एक सामान्य पूछताछ की थी। मुझे नहीं मालूम कि उनकी रिपोर्ट का क्या हुआ। उसके बाद सन् 1928 तक कुछ भी नहीं किया गया। उसके बाद से लेकर सन् 1945 तक एक के बाद एक कई समितियाँ इस समस्या से निपटने के लिए बनाई गईं। सन् 1928 की उड़ीसा फ्लड इनक्वायरी कमेटी के अध्यक्ष बंगाल के चीफ इंजीनियर मिस्टर एडम्स विलियम्स थे। सन् 1937 में जाँच की जिम्मेदारी श्री एम. विश्वेसरैया के काबिल हाथों में सौंप दी गई, जिन्होंने दो रिपोर्ट सौंपी—एक सन् 1937 में और दूसरी सन् 1939 में। उनके बाद उड़ीसा बाढ़ सलाहकार समिति ने उस काम को आगे बढ़ाया। समिति ने सन् 1938 में एक प्राथमिक रिपोर्ट सौंपी तथा अपना काम सन् 1942 तक जारी रखा, इस दौरान तीन अंतरिम रिपोर्ट सौंपी गईं। इस दिशा में आखिरी कोशिश 15 मार्च, 1945 को की गई, जब बाढ़ सम्मेलन का आयोजन कटक में उड़ीसा सरकार के द्वारा किया गया। इन समिति के सदस्यों के प्रति पूरे सम्मान के साथ मुझे अफसोस है कि उन्होंने

समस्या को सही नजरिए से नहीं देखा। वे उस विचार से प्रभावित हुए कि पानी जरूरत से ज्यादा हो तो मुसीबत बन जाता है। वह भी तब जब भारी मात्रा में बह रहा हो तो होना यह चाहिए कि इसे व्यवस्थित रूप से समुद्र में गिरने देना चाहिए। इन दोनों ही दृष्टिकोणों को अब गंभीर गलतफहमी तथा लोगों के हित के नजरिए से निश्चित रूप से खतरा माना जाता है।

जल संरक्षण

ऐसा सोचना गलत है कि बेहिसाब पानी एक बुराई होता है। पानी चाहे कितना भी ज्यादा हो, बुरा नहीं हो सकता है। इनसान जितना पानी के ज्यादा होने से नहीं तड़पता, उतना पानी की कमी होने से तड़पता है। मुश्किल यह है कि प्रकृति न सिर्फ जिस मात्रा में वह पानी देती है, उसमें कंजूस है बल्कि यह उसका बँटवारा करने में भी अस्थिर है—यानी कभी सूखा तो कभी तूफान। लेकिन इससे यह सच्चाई नहीं बदल जाती कि पानी एक धन है। लोगों का धन होने की वजह से और इसके वितरण में अनिश्चितता की वजह से, सही नजरिया यह है कि इस प्रकृति को कोसने की बजाय पानी का संरक्षण किया जाना चाहिए। यदि पानी की बचत आम जनता की भलाई के लिए अनिवार्य है तो तटबंधों की योजना भी गलत है। यह एक ऐसा जरिया है जो कोई नतीजा नहीं देता है, यानी पानी का संरक्षण नहीं होता, और इसीलिए इसे त्याग देना चाहिए। केवल उड़ीसा डेल्टा ही ऐसा अकेला इलाका नहीं है जहाँ पानी अधिक मात्रा में है। एक समय था जब अमेरिका के सामने भी ऐसी ही समस्या थी। वहाँ की कुछ नदियाँ—मिसौरी, मियामी और टेनेसी—अकसर बाढ़ लाती थीं और अंत में उनका इलाज निकाला गया।

इसलिए उड़ीसा को भी वही तरीका अपनाना चाहिए जो अमेरिका ने बाढ़ से निपटने के लिए अपनाया था, यानी विभिन्न मोड़ पर बाँध बनाकर स्थायी रूप से जलाशयों में पानी बचाना चाहिए। सिंचाई के अलावा ऐसे और भी उद्देश्य हैं जिनकी पूर्ति इन जलाशयों से की जा सकती है। मुझे बताया गया है कि यदि महानदी से बह जानेवाले पूरे पानी को बचाया जा सकता तो उससे दस लाख एकड़ जमीन की सिंचाई की जा सकती थी। जलाशयों में जमा किए गए पानी से बिजली भी पैदा की जा सकती है। यदि अपने प्राकृतिक संसाधनों के बीच रहते हुए भी उड़ीसा औद्योगिक रूप से अविकसित राज्य रह गया है, तो उसकी वजह

फैक्टरियों को चलाने के लिए सस्ती बिजली की कमी है। अब उड़ीसा में इतनी बिजली होगी कि वह लंबे समय तक उसकी खपत कर सकेगा। इस पानी का इस्तेमाल नौचालन के लिए भी किया जा सकता है।

भारत में जहाजरानी या नौचालन का बड़ा ही अजीब इतिहास रहा है। ईस्ट इंडिया कंपनी के शासन में लोक निर्माण के कार्यों के बजट में आंतरिक नौपरिवहन को एक महत्त्वपूर्ण स्थान दिया गया था। वर्तमान में भारत में जितने भी नौपरिवहन की नहरें हैं—और उनमें से एक उड़ीसा में भी है—वे उसी नीति की वजह से हैं। रेलवे बाद में आया और कुछ समय तक उस नीति में रेलवे के साथ-साथ नहर के नौपरिवहन को भी शामिल किया गया था। सन् 1875 आते-आते एक बड़ा विवाद खड़ा हो गया जिसमें मुद्दा था रेलवे बनाम नहर। नहरों के लिए स्वर्गीय सर आर्थर कॉटन ने, जो महान् विचारोंवाले चुनिंदा इंजीनियरों में से एक थे, एक साहसिक जंग लड़ी। दुर्भाग्य से जीत रेलवे के समर्थकों की हुई।

मैं नहर के ऊपर रेलवे की इस जीत से खुश नहीं हूँ। इससे कहीं ज्यादा परेशान करनेवाली बात रेलवे के समर्थकों में ज्ञान की कमी की वजह से है, जो कहते हैं कि नहरों का कोई फायदा नहीं है, बिना जाने कि नहरों से आमदनी क्यों नहीं होती। ऐसा नहीं कि नहरो से कमाई नहीं हो सकती, बल्कि उन्हें अधूरा छोड़कर उनकी कमाई करने की क्षमता को नष्ट कर दिया गया है। मुझे उम्मीद है कि आंतरिक नौपरिवहन की उपेक्षा पहले की तरह नहीं की जाएगी। इस मामले में हमें जर्मनी और रूस से कुछ सीखना चाहिए तथा न सिर्फ हमें अपने नहरों के पुनर्निर्माण को फिर से शुरू करना चाहिए, बल्कि नए नहर भी बनाने चाहिए तथा रेलवे के लिए उनकी बलि नहीं दी जानी चाहिए।

मुझे बताया गया है कि चंदबली को संबलपुर और उससे आगे के इलाकों को आंतरिक जलमार्ग के निर्माण के बाद नौपरिवहन से जोड़ा जा सकेगा। इसके लिए कोई तीन बाँध बनाए जाएँगे—(1) पहाड़ी से उतरने की जगह पर (नरज से सात मील ऊपर), (2) तिक्कीपारा तथा (3) संबलपुर से ऊपर। यदि यह योजना काम कर गई तो नौपरिवहन के लिए 350 मील लंबी नहर होगी जिसे पूरे साल चालू रखा जा सकेगा, जिससे कि एक सुगम और सस्ता तथा अच्छा परिवहन का जरिया उपलब्ध रहेगा। इसकी संभावना का अंदाज लगाइए; कटक कें समुद्री किनारे से तटीय नाव या हलके जहाज एक नहर के रास्ते संबलपुर तक और

उसके बाद केंद्रीय प्रांतों तक आसानी से चले जाएँगे। यह एक ऐसी योजना है जो बुराई की ताकत को अच्छाई की शक्ति में बदल देती है।

एक तुलनात्मक बयान से इस प्रकार का विचार दिया जा सकता है। आपने भी अमेरिका में बने बोल्डर डैम के विषय में सुना होगा, जो दुनिया में इनसानों द्वारा बनाया गया सबसे बड़ा जलाशय है। हमने मद्रास के मेटूर डैम के बारे में भी सुना है और हैदराबाद में तुंगभद्रा डैम बनाने का प्रस्ताव रखा है, जो इसके प्रतिद्वंद्वी होंगे। पहले से तुलना करें तो उड़ीसा की नदियों के द्वारा जितना पानी बहाया जाता है वह बताई गई झील को तीन बार भर सकता है। मद्रास के मेटूर डैम और हैदराबाद के तुंगभद्रा डैम के मुकाबले, यह कहा जा सकता है कि महानदी अकेले 65 मिलियन एकड़ फीट पानी लेकर चलती है, जो मद्रास के मेटूर डैम के जलाशय की क्षमता का तीस गुना और तुंगभद्रा में प्रस्तावित डैम की क्षमता का बीस गुना है। हम इसमें से कितने पानी आर्थिक और प्रभावी रूप से बचा सकते हैं, यह जाँच का विषय है। उड़ीसा सरकार, उड़ीसा के राज्य और उड़ीसा के लोगों को चाहिए कि वे इस परियोजना की वजह से खुद को खुशकिस्मत समझें और इसे साकार करने के प्रयास में सहयोग करें।

बैठक का एजेंडा ज्यादा नहीं है। (1) इसका लक्ष्य उड़ीसा की नदियों की जाँच और तुरंत एक सर्वेक्षण करना है, ताकि एकीकृत और बहु-उद्देश्यीय विकास की इस योजना की तैयारी की जा सके जिसका मकसद है—(क) बाढ़ नियंत्रण, (ख) नौपरिवहन, (ग) सिंचाई एवं नाले, (घ) मिट्टी का संरक्षण और (ङ) ऊर्जा का विकास; (2) सबसे पहले महानदी नदी पर किए गए सर्वेक्षणों और जाँच पर ध्यान केंद्रित करना जिससे कि नदी के नियंत्रण और विकास पर विचार किया जा सके; (3) ऐसे सर्वेक्षणों और जाँच कराने की इच्छा जो प्रांतीय सरकारों द्वारा केंद्रीय जलमार्ग, सिंचाई तथा नौपरिवहन आयोग के सामान्य निर्देशन में किए जाते हैं।

आज हमारा मुख्य मकसद यह तय करना है कि क्या हम प्राकृतिक संसाधनों और इलाके की संरचना पर गहराई से सर्वेक्षण और जाँच कराने की आवश्यकता पर सहमत हैं, ताकि इसके विकास के लिए एक व्यापक योजना तैयार की जा सके। स्थिति के संतुलित अध्ययन के लिए यह आवश्यक है कि व्यापक सर्वेक्षण और जाँच कराई जाए, जिससे कि सिंचाई की संभावनाओं, जलपरिवहन, ऊर्जा

के विकास तथा डेल्टा और उसके साथ जल निकासी के क्षेत्र को उनसे होनेवाले फायदे का अंदाजा लगाया जा सके। अब तक की जाँच ज्यादातर डेल्टा तक ही सीमित थी, हालाँकि सन् 1852 में महानदी की पाँच उपनदियों पर छोटे जलाशयों के लिए डैम के इलाकों का सर्वेक्षण किया गया था; इनमें शामिल हैं—टेलकोमा, इबकोमा, मौडकोमा, हस्त और जोंक। भारत सरकार द्वारा योग्य और मशहूर सिंचाई इंजीनियर राय बहादुर खोसला की अध्यक्षता में केंद्रीय जलमार्ग सिंचाई नौपरिवहन कमीशन का गठन किया गया था। वह जल्दी ही उड़ीसा की नदियों का जल विज्ञान संबंधी तथा अन्य सर्वेक्षण करने जा रहा है। प्रांतों और राज्यों के लिए यह आवश्यक होगा कि वे कमीशन की देखरेख और सामान्य निरीक्षण में तथा उनके साथ मिलकर सर्वेक्षण करें।

डूब के क्षेत्र

इस सम्मेलन में शामिल पक्षों का ध्यान मैं दो बिंदुओं पर ले जाना चाहूँगा। वे परियोजना की सफलता से अंदरूनी तौर पर जुड़े हैं तथा जिनके विषय में उन्हें अपना विचार जल्दी ही बनाना पड़ेगा। पहला सवाल डूब के क्षेत्रों का है जिसके लिए उन्हें तैयार रहना होगा। बाँध बनने के बाद आकार लेनेवाले जलाशय न सिर्फ उड़ीसा बल्कि पूर्वी भारत के बहुत बड़े इलाके को डुबानेवाले हैं। अगर इन बाँधों को नदी या उसकी उपनदियों की ऊँचाई की ओर ले जाया गया तो मध्य प्रांत के कुछ इलाके भी डूब जाएँगे। इस प्रश्न पर एकीकृत योजना से होनेवाले कुल फायदे के लिहाज से विचार करना होगा। इलाकों का डूबना तय हो जाएगा। यदि नदियों के पानी को लाभ के लिए इस्तेमाल किया जाना है, न कि बरबाद होने देना है और रास्ते में तबाही मचाने देना है तो कई इलाकों का डूबना तय है। एकीकृत तथा बहुउद्देश्यीय विकास की योजना से होनेवाले फायदे जमीन के डूबने से होनेवाले नुकसान से कई गुना ज्यादा हैं।

यह परियोजना तभी सफल हो सकती है यदि इसे एक क्षेत्रीय परियोजना माना चाएगा। इसे स्थानीय उपायों से सफल नहीं बनाया जा सकता है। उड़ीसा प्रांत ने यदि इसे अपने दायरे तक सीमित रहनेवाली योजना के रूप में लिया तो उसे विफलता ही मिलेगी। अनिवार्य रूप से क्षेत्रीय होने की वजह से यह परियोजना संस्थानों और प्रांतीय संप्रभुता को डूबने के प्रश्न को उसी हद तक

महत्त्व देती है जितना जरूरी है। यह दूसरा प्रश्न है जिसकी चर्चा मैं करना चाहता हूँ। उड़ीसा के संस्थानों और प्रांत की सरकार को साथ मिलकर काम करना होगा, ताकि वे अपने इलाके से होकर गुजरनेवाली नदियों के विभिन्न हिस्सों को लेकर अपनी संप्रभुता की बात को थोड़ी देर के लिए भुला दें; जिससे कि परियोजना की शुरुआत, योजना, प्रकल्पना और उसे एक ही अधिकरण के द्वारा चलाया जा सके तथा एक बार स्थापित हो जाने के बाद किसी प्रकार का दखल न तो प्रांत और न ही संस्थानों से हो। मुझे यह कहने की आवश्यकता नहीं कि उड़ीसा की सरकार के साथ-साथ प्रभावित भारतीय संस्थानों को भी अपनी संप्रभुता से ज्यादा जन कल्याण की चिंता होनी चाहिए। उनकी संप्रभुता का इस्तेमाल लोगों के कल्याण को बढ़ाने में किया जाना चाहिए, न कि उसे रोकने में। केंद्र सरकार तथा प्रांतीय और संस्थान सरकारों के सहकारी और संयोजित प्रयासों से उड़ीसा की नदियों में जल के धन के इस बारहमासी स्रोत को सर्वोत्तम लाभ के लिए उपयोग करना संभव हो सकेगा, जो वर्तमान में बरबाद हो जाता है और समुद्र तक के रास्ते में बेहिसाब तबाही मचाता है।

□

15

खनिज संसाधनों के संबंध में सरकारी नीति*

उपाध्यक्ष महोदय,

मैं बेहद खुश हूँ कि श्री नियोगी ने इस कट मोशन के विषय में जो सोचा, उन्होंने पेश किया है, क्योंकि कट मोशन से सरकार को अपनी खनिज नीति पर सफाई देने का मौका मिला है, जो पहले नहीं मिला था। इस विषय पर इतनी अनभिज्ञता तथा गलतफहमी है कि मैं समझता हूँ कि यह सभी के हित में होगा कि भारत सरकार की खनिज नीति जैसे बेहद महत्त्वपूर्ण मुद्दे पर पूरे सदन में विस्तार से जानकारी दी जाए।

महोदय, यह मुद्दा ऐसा है जिसमें मैं समझता हूँ कि मुझे बेहद स्पष्टवादी हो जाना चाहिए और कहना चाहिए कि अब तक भारत सरकार की कोई खनिज नीति नहीं थी। इसकी शिकायत की जा सकती है। लेकिन इस पर किसी तरह का आश्चर्य नहीं होना चाहिए। खनिज नीति की गैरमौजूदगी की जिम्मेदारी कुछ हद तक भारतीय भूवैज्ञानिक सर्वेक्षण विभाग पर मढ़ी जाती है। मुझे यकीन है कि यह आरोप गलत है; और मैं चाहता हूँ कि मेरे पास जो चंद मिनट हैं उनमें

* विधानसभा (केंद्रीय) में अंग्रेजी भाषण, 1945 में (केंद्रीय) बहस भाग-2, (12 मार्च, 1945), पृ. 1383–85, बी.ए.डब्ल्यू.एस., भाग–17 (3) में पुनःप्रकाशित, पृ. 237–42। संक्षेप और हिंदी अनुवाद : संपादक।

मैं इस गलतफहमी को दूर कर दूँ।

मैं समझता हूँ कि यह बात कबूल की जाएगी कि सरकार की खनिज नीति सरकार की औद्योगिक नीति पर निर्भर करती है। किसी भी देश के विकास में खनिज एक बहुत बड़ी भूमिका निभाते हैं, और यदि उस देश की कोई औद्योगिक नीति ही नहीं है तो साफ है कि उस देश में कोई खनिज नीति हो ही नहीं सकती है। सदन इस बात से अवगत है कि युद्ध की समाप्ति के बाद तक, जब भारत सरकार ने अपने लक्ष्य और उद्देश्य के तौर पर इस देश के आर्थिक तथा औद्योगिक जीवन के पुनर्निर्माण की रूप-रेखा तय की, तब तक इस देश की सरकार ने देश के औद्योगिकीकरण में बेहद मामूली भूमिका अदा की। चाहे यह दया करने का विषय हो या क्रोधित होने का, फ़िलहाल यह मेरी चिंता का विषय नहीं है। कुल मिलाकर मैं जो दरशाना चाह रहा हूँ, वह यह है कि यदि कोई खनिज नीति नहीं हो तो गलती भारतीय भूवैज्ञानिक सर्वेक्षण विभाग की नहीं है। गलती उस समय के सरकार की है; गलती शायद विधायिका की है और उन अन्य संगठनों की भी जो देश के आर्थिक और औद्योगिक जीवन में दिलचस्पी रखते थे।

इसकी दूसरी वजह है कि क्यों भारतीय भूवैज्ञानिक सर्वेक्षण विभाग ने वह रोल अदा नहीं किया जो भूवैज्ञानिक सर्वेक्षण दूसरे देशों में करते हैं, वह ये है कि यह एक ऐसा विभाग रहा है जहाँ हमेशा से कर्मचारियों की भारी कमी रही है। मैं सदन को भारतीय भूवैज्ञानिक सर्वेक्षण विभाग में कर्मचारियों तथा तकनीकी कर्मचारियों से जुड़े इतिहास से अवगत कराना चाहूँगा। सन् 1920 में भूवैज्ञानिक सर्वेक्षण उच्च गजेटेड कर्मचारी की संख्या बढ़ाने की स्वीकृति प्राप्त कर ली गई थी। दुर्भाग्य से प्रशिक्षित कर्मचारी ढूँढ़ने में इतनी दिक्कत हुई कि नौ वर्ष बाद भी व्यावहारिक रूप से रिक्त स्थानों को भरा नहीं जा सका। अफसोस इस बात का है कि जैसे ही इन स्थानों को भरा गया, सन् 1931 में विधानसभा ने खर्च में कटौती का प्रस्ताव पारित किया और जितने लोगों की भरती की गई थी उनमें से सभी को नौकरी से निकाल दिया गया। मैं यह कहना चाहता हूँ कि यदि भूवैज्ञानिक सर्वेक्षण विभाग ने भारत सरकार खनिज नीति में अपनी भूमिका अदा नहीं की तो उसके लिए कुछ हद तक विधायिका भी जिम्मेदार है।

मेरे पास जो सीमित समय है उसमें मैं और बीती बातें नहीं दोहराना चाहता। मैं भविष्य के विषय में बात करना चाहता हूँ। मुझे यह कहते हुए खुशी हो रही

है कि भारत सरकार ने यह स्वीकार कर लिया है कि एक निश्चित खनिज नीति की जरूरत है। इसकी वजह काफी हद तक यह है कि भारत सरकार ने यह फैसला कर लिया है कि देश का औद्योगिकीकरण किया जाना जरूरी है। पुनर्निर्माण तथा योजना पर दूसरी रिपोर्ट की धारा 14 में भारत सरकार की खनिज नीति का वर्णन है। मेरे पास न तो धारा 14 को पढ़ने का समय है, न ही उस पैराग्राफ का सार बताने का। मुझे कोई संदेह नहीं कि विधायिका के सदस्य जो इस विषय में दिलचस्पी रखते हैं वे धारा 14 को पढ़ लेंगे तथा खुद देख लेंगे कि यह नीति दरअसल क्या है।

इस विषय को संक्षेप में बताने के लिए, यानी भारत सरकार की खनिज नीति क्या है और भारत सरकार इस नीति को आगे बढ़ाने के लिए क्या कदन उठाने जा रही है, ये दोनों ही दो हिस्सों में बाँटे जा सकते हैं। सबसे पहले हम भारत के भूवैज्ञानिक सर्वेक्षण विभाग को पुनर्गठित किए जाने का प्रस्ताव रखते हैं, ताकि इसे हमारी नीति को आगे बढ़ानेवाला एक सशक्त हथियार बनाया जा सके। इसी प्रकार सर्वेक्षण के विस्तार की एक विस्तृत योजना तैयार की गई है और इसे प्रशासनिक स्वीकृति भी मिल गई है।

भूवैज्ञानिक सर्वेक्षण की जिन नई शाखाओं की स्थापना का हमने प्रस्ताव रखा है, वे इंजीनियरिंग भूविज्ञान, केंद्रीय खनिज विकास, भूभौतिकीय कार्य, तेल के विकास की देख-रेख करेंगी। इसमें एक प्राकृतिक इतिहास के संग्रहालय तथा एक प्रचार प्रकोष्ठ की स्थापना का भी प्रावधान होगा जिससे कि जनता को सूचित किया जा सके कि क्या कुछ किया जा रहा है।

हमारी खनिज नीति के दूसरे हिस्से में विधिनिर्माण शामिल है, जिसे भारत सरकार ने जानबूझकर यह भूमिका सौंपी है कि वह खनिजों पर अपना नियंत्रण स्थापित कर सके। खनिजों पर विधायिका के नियंत्रण की सीमाओं को परिभाषित करने के दौरान हम निम्नलिखित परिस्थितियों को ध्यान में रखने का प्रस्ताव रखते हैं। पहला, अखिल भारतीय खनिज विकास में खनिज की रक्षा के दृष्टिकोण से महत्त्व; दूसरा, खनिज की तकनीकी प्रकृति; तीसरा, जिस उद्‌देश्य से खनिज का इस्तेमाल किया जा रहा है; चौथा, खनिज का मूल्य या उस उत्पाद का मूल्य जो खनिज से तैयार हो रहा है। हमारे विधायी प्रावधान दो वर्गों में आते हैं, या कहूँ तो खनिजों को दो वर्गों में विभाजित करते हैं : वे खनिज जिन्हें सामान्य नियंत्रण

के तहत रखा जाएगा तथा सामान्य नियंत्रण के तहत हम खुद को पूर्वेक्षण तथा खनन पट्टे देने तक सीमित रखना चाहते हैं—यानी इन लाइसेंसों को दिए जाने या उन्हें रद्द किए जाने तक। फिर ऐसे खनिज होंगे जिन्हें और विस्तृत नियंत्रण के तहत रखा जाएगा। ऐसे खनिजों की संख्या जिन्हें और विस्तृत नियंत्रण में रखने के सुझाव दिए गए हैं करीब 28 हैं। मैं यहाँ उनका विवरण नहीं देना चाहता हूँ। विस्तृत नियंत्रण में लाइसेंस देने के अधिकार के अलावा, खनन के तरीके पर नियंत्रण का अधिकार, श्रेणीबद्ध करने, मानकीकृत करने, खनन तथा खरीद के तरीकों के विकास का निर्देश देने और इस्तेमाल को बढ़ाने तथा अन्य आवश्यक उद्देश्यों के लिए शोध शुरू करने का अधिकार भी शामिल होगा।

मुझे जितना सीमित समय दिया गया उसमें मैंने संक्षेप में उस सामान्य नीति का जिक्र किया जिसे भारत सरकार खनिजों के लिए अपनाने जा रही है।

अब मैं उन विशेष बिंदुओं पर अपनी बात रखूँगा जिनके लिए श्री नियोगी ने मुझे नोटिस दिया था। उन्होंने सबसे पहले जो मुद्दा उठाया है वह खनिज के निर्यात से संबंधित है। मैं सदन को आश्वस्त करना चाहूँगा कि विचाराधीन कानून में बेसंदेह भारत के बाहर खनिजों के निर्यात के प्रावधान होंगे। अब सवाल असल में यह है कि क्या हम अपने खनिजों का निर्यात पूरी तरह रोक सकते हैं? इस प्रश्न का उत्तर अनिवार्य रूप से दूसरे प्रश्न से जुड़ा है, यानी क्या हम उन खनिजों का आयात कर सकेंगे जिनकी कमी भारत में है यदि हम अपने खनिजों के निर्यात को पूरी तरह बंद कर देंगे? जैसा कि मेरे माननीय सदस्य जानते हैं, भारत में इन खनिजों की कमी है, जैसे—तेल, ताँबा, सीसा, जिंक, टिन और सल्फर। फलस्वरूप, निर्यात के संबंध में उठे इस प्रश्न को इसकी वजह से उन खनिजों में जिनकी हमारे यहाँ कमी है, उनके आयात पर पड़नेवाले असर के लिहाज से देखा जाना चाहिए। भारत सरकार के सामने जो सबसे सुरक्षित उपाय है वह ये है कि उन खनिजों के निर्यात को हम कम करें जिनकी हमारे यहाँ कमी है और जो हमारे देश के औद्योगिक विकास के लिए आवश्यक हैं; और दूसरा, यह सुनिश्चित करने के लिए कि हमारे खनिजों का कच्चे माल के रूप में निर्यात न हो, बल्कि हम अपने ही देश में ऐसे उद्योगों की स्थापना करें कि हम कच्चे माल का उपयोग दूसरे देशों को भेजने की बजाय अपने ही देश में कर लें।

एक और मुद्दा तेल की रियायतों (कन्सेशन) का है, जिसकी ओर श्री

नियोगी ने मेरा ध्यान आकर्षित किया है। जैसा कि श्री नियोगी जानते हैं, और जैसा कि मैं मानता हूँ कि सदन के दूसरे सदस्य भी अवगत हैं कि वर्तमान में तेल पर रियायत में रोक लगी है—यह रोक खनन तथा तेल को ढूँढ़ने पर लगी है। इस रोक को लागू करने की मुख्य वजह यह थी कि भारत सरकार नहीं चाहती थी कि विभिन्न तेल कंपनियाँ अपनी ओर से की जानेवाली तेल की तलाश में अपने तकनीकी कर्मचारियों को चारों ओर बिखरा दें जिनकी संख्या इस देश में पहले ही काफी कम है। यह रोक इस युद्ध के खत्म होने तक तथा उसके बाद भी जारी रहेगी।

महोदय, अब, जहाँ तक लाइसेंस जारी करने का प्रश्न है, तो भारत सरकार का अधिनियम पारित होने के बाद से यह मुद्दा प्रांतीय सरकारों के हाथों में है; लेकिन प्रांतीय सरकारें आज भी उन्हीं नियमों का पालन कर रही हैं जिन्हें भारत सरकार के अधिनियम 1919 के तहत बनाया गया था, जिसके तहत परिचालन का एक विषय था, जिसकी नीति को गैर-ब्रिटिश नागरिकों के लिए 'बंद दरवाजे' वाली नीति कहा गया था। भारत सरकार के द्वारा बनाए गए नियमों में प्रावधान है कि इस प्रकार का लाइसेंस पाने से पहले किसी कंपनी को यह बताना होगा कि यह अपने कर्मचारियों के हिसाब से भारतीय कंपनी है, या इसके बोर्ड में अधिकांश सदस्य ब्रिटिश नागरिक हैं। मैं नहीं जानता कि क्या श्री नियोगी के दिमाग में आगे का प्रश्न भी था, यानी भारतीय नागरिकों और ब्रिटिश नागरिकों में अंतर। मेरे पास उस पर गौर करने का समय नहीं है। कुल मिलाकर मैं कहना चाहता हूँ कि यह एक ऐसा मुद्दा है जो एक अन्य मुद्दे से करीब से जुड़ा है, यानी जो प्रावधान भारत सरकार के अधिनियम की धारा 3 से 118 तक में शामिल हैं, और जिस पर इस सदन में एक अलग प्रस्ताव के तहत बहस हो रही है।

कोयले के प्रश्न पर एक बार फिर, जैसा कि मैंने कहा, इसका स्थान हमारे नए कानून में होगा। जैसा कि मेरे मित्र समझ सकेंगे कि यह एक मुश्किल प्रश्न है। इसके तहत खनन, ग्रेडिंग, मार्केटिंग और घटिया कोयला के उपयोग की बातें शामिल की गई हैं। इसमें खदानों के मालिकों तथा उन सभी लोगों से भरपूर सहयोग की आवश्यकता होगी जो इस व्यापार में हैं ताकि हमारा कानून फायदेमंद हो। मैं सदन को आश्वस्त करता हूँ कि इस मुद्दे को अपने युद्ध के बाद की नीति के तहत आगे बढ़ाएँगे।

मेरे पास जितना समय था, उस समय में मैंने सामान्य तरीके से यह बता दिया है कि भारत सरकार की नीति क्या है। मैं अपने निष्कर्ष में बस यही कहूँगा कि सर्वव्यापी तथा गतिशील खनिज नीति तीन परिस्थितियों पर निर्भर करेगी। यह देश में औद्योगिकीकरण की गति पर निर्भर करेगी। यदि औद्योगिकीकरण होता है, तो कोई संदेह नहीं कि देश को एक जोरदार खनिज नीति को लागू करना होगा, जैसा कि अब तक नहीं हुआ है। हमारी खनिज नीति सफल होगी या नहीं तथा इसका लाभ कई लोगों तक पहुँचेगा या नहीं, यह बात दो अन्य विषयों पर भी निर्भर करेगी; यानी संवैधानिक स्थिति—प्रांतों और केंद्र के बीच अधिकारों का वितरण तथा वह भूमिका जो सरकार इस मामले में अदा कर सकेगा। मैं समझता हूँ कि मैंने सदन को इस बात से पूरी तरह वाकिफ करा दिया है कि भारत सरकार अपनी खनिज नीति के माध्यम से इस देश में क्या करना चाहती है।

□

16

केंद्रीय बजट 1952-53
कृषि उत्पादन और खाद्य सब्सिडी*

सभापति महोदय,

मैं पुनः उस बिंदु से शुरुआत करने का प्रस्ताव रखता हूँ जहाँ पिछली बार अध्यक्षीय भाषण पर अपने विचारों को पूरा करने से पहले तक मैं पहुँचा था। सदन को याद होगा कि मैं खाद्य सब्सिडी की चर्चा कर रहा था, लेकिन बीच में ही मुझे अपनी बात खत्म करनी पड़ी थी। आज मैं अपने आपको उस स्थिति से ज्यादा अच्छी तरह निपटने के काबिल महसूस कर रहा हूँ, क्योंकि बीच में हमने वित्त मंत्री का बयान सुना जो यह सफाई देने की कोशिश कर रहे थे कि क्यों उन्होंने उस रास्ते को अपनाया जिसे 'राजनीतिक गोल चक्कर' कहा जा सकता है। जो सफाई वित्त मंत्री ने दी है वह मैं समझता हूँ कि लोगों को डराने का तरीका है ताकि वे और खाद्य सब्सिडी न माँगें। उनकी सफाई यह है कि यदि उन्हें खाद्य सब्सिडी पर कुछ करना पड़ा तो उन्हें यह काम इस तरीके से करना होगा कि कीमत का स्तर वही रहे जो पिछले वर्ष था। मैं समझता हूँ कि वह उनके बात रखने की शुरुआत होगी। और फिर वे अपने इस अधूरे वाक्य को यह कहकर बढ़ाएँगे कि यदि इस आधार पर सब्सिडी दी जाती है—वह

* राज्यसभा में अंग्रेजी भाषण, संसदीय चर्चा (राज्य सभा), 1952, (27 मई, 1952) का भाग-1 पृ. 469-80, बी.ए.डब्ल्यू.एस., भाग-15, पृ. 841-50। संक्षेप और हिंदी अनुवाद : संपादक।

भी तब जब वे पिछले साल की कीमत के स्तर को बनाए रखते हैं—तो यदि सब्सिडी को औद्योगिक इलाकों तक सीमित रखा जाता है, तो उन्हें 60 करोड़ रुपए अदा करने होंगे; और यदि वह सब्सिडी ग्रामीण इलाकों तक बढ़ाई जानी है, तो उन्हें 90 करोड़ रुपए खर्च करने होंगे। निश्चित रूप से, यदि ये आँकड़े सही हैं, तो उन्होंने ऐसा हिसाब लगाया है कि बहुत ज्यादा जोशीले लोगों का उत्साह भी ठंडा पड़ जाए जो अपने लिए किसी भी प्रकार की खाद्य सब्सिडी की माँग कर रहे हैं, ताकि उपभोक्ता वर्गों के दुःख को कुछ हद तक कम किया जा सके। जहाँ तक मैंने समझा है, किसी ने भी मामले को इस हद तक नहीं उठाया है जितना वित्त मंत्री दिखाना चाह रहे हैं। जहाँ तक मैंने चर्चा की, जिनका जिक्र कई अखबारों में भी किया गया है, किसी ने भी यह नहीं कहा है कि आपको इस हद तक सब्सिडी देनी चाहिए, और इतने बड़े पैमाने पर देनी चाहिए कि इस वर्ष भी कीमत उतनी ही रह जाए जितनी पिछले वर्ष थी। कोई भी इस तरह की माँग नहीं कर रहा है।

दूसरा, महोदय, जहाँ तक ग्रामीण इलाकों की माँग का मुद्दा है जिसे माननीय वित्त मंत्रीजी ने सब्सिडी देने से इनकार का आधार बना लिया है, तो मुझे यह कहते हुए बहुत खेद हो रहा है कि जब कई वर्षों से उन्हें कहा जा रहा था तब वे इसे स्वीकार नहीं कर रहे थे, और आज उन्होंने इस बात को मान लिया है। मेरा मानना है कि एक अरसे से प्रांतीय मंत्रियों की यह माँग रही है कि यदि आप सब्सिडी दे रहे हैं तो आपको औद्योगिक आबादी और ग्रामीण आबादी के बीच भेदभाव नहीं करना चाहिए। आप या तो सभी को सब्सिडी दें, या फिर किसी को भी न दें। यह तर्क काफी पुराना है। लेकिन मुझे याद नहीं कि ऐसा एक भी वित्त मंत्री या खाद्य मंत्री नहीं हुआ है जिसने कभी इस सिद्धांत को अपनाया हो और ऐसे मंत्रियों की एक श्रृंखला हमने देखी है। सब्सिडी दिए जाने के मामले में, हमेशा से भारत सरकार की यह नीति या मान्यता रही है कि एक वर्गीकरण अवश्य किया जाना चाहिए।

मेरी मान्यता रही है कि आप अगर सर्वोत्तम नहीं कर सकते हैं, तो हमें 'बेहतर' को 'अच्छा' का दुश्मन नहीं बनाना चाहिए। यानी आप अगर बेहतर नहीं कर सकते तो अच्छा कीजिए, देश आपको माफ कर देगा, क्योंकि आपके पास सीमित संसाधन हैं। लेकिन आप जब बजट में इसके लिए 25 करोड़ रुपए

का प्रावधान करते हैं और आप बेहतर तो क्या अच्छा करने का भी प्रयास नहीं करते, तो जाहिर सी बात है कि जनता को शिकायत का मौका मिलेगा।

महोदय, अब मैं वित्त मंत्री का ध्यान इंग्लैंड के वित्त मंत्री ने अपने बजट में जो किया उसकी ओर ले जाना चाहूँगा। मैं समझता हूँ कि यह बात उन्हें मुझसे ज्यादा अच्छी तरह मालूम है। इंग्लैंड के वित्त मंत्री ने जो बजट हाउस ऑफ कॉमन्स में पेश किया है उससे जुड़े तथ्य मैंने उन अखबारों और पत्रिकाओं से इकट्ठे किए हैं जिनमें मुझे उस बजट से जुड़े विश्लेषण मिले। अब महोदय, मैं चाहूँगा कि सभी का ध्यान खाद्य सब्सिडी की ओर रहे, जिसमें मैंने पाया कि सन् 1950 में इग्लैंड में खाद्य सब्सिडी 480 लाख पाउंड थी। पिछले बजट में, सब्सिडी में कटौती की गई है, जो घटाकर 167 लाख पाउंड कर दी गई है। चलिए, इंग्लैंड के वित्त मंत्री के बजट में जहाँ तक इस उपाय की बात है तो हमारे माननीय मंत्री इस बात से निश्िंचत होंगे कि उन्होंने भी वही किया है जो इंग्लैंड के वित्त मंत्री ने किया है।

लेकिन इंग्लैंड के वित्त मंत्री के द्वारा पेश बजट के दूसरे पहलू पर आप गौर करेंगे तो आप पाएँगे कि वहाँ के वित्त मंत्री ने एक संतुलन स्थापित करनेवाला उपाय भी किया है। मैंने पाया है कि जहाँ सब्सिडी कम की गई है, वहीं आयकर में राहत दी गई है और परिवार भत्ते में तथा पेंशन में अच्छी-खासी वृद्धि की गई है। आवासीय निर्वाह में भी भारी इजाफा किया गया है। अब, इंग्लैंड के वित्त मंत्री ने अपने बजट में इस तरह के जितने भी उपाय किए हैं, वे सभी उपभोक्ताओं की खरीदारी क्षमता को बढ़ाने के लिए किए गए हैं और इसमें कोई शंका नहीं होनी चाहिए। यदि उपभोक्ताओं की क्रय शक्ति में इतनी वृद्धि होगी तो सब्सिडी को घटाकर 167 लाख पाउंड किया जाना कोई बड़ा मुद्दा नहीं बन सकता है।

अब मेरे माननीय मित्र, वित्त मंत्रीजी बताएँ कि उन्होंने अपने बजट में किस प्रकार से राहत देने की योजना बनाई है? कुछ भी नहीं। कराधान के स्तर की बात करूँ तो प्रत्यक्ष या अप्रत्यक्ष करों की दरें जस-की-तस हैं। लोगों की क्रय शक्ति वही है जो पहले थी। इसके अतिरिक्त वे अब भोजन की कीमत बढ़ा रहे हैं। मेरे हिसाब से लोगों की समस्याओं के प्रति उनके और इंग्लैंड के वित्त मंत्री के रवैए में यह एक बुनियादी अंतर है। मैं समझता हूँ कि मेरे

माननीय मित्र, वित्त मंत्रीजी क्या इस मामले में इंग्लैंड के वित्त मंत्री की नकल नहीं करेंगे और उनकी ही तरह यहाँ के लोगों के कल्याण पर विचार करेंगे?

महोदय, अब मुझे पूरी तरह समझ आ गया है कि माननीय वित्त मंत्रीजी किस प्रकार के कदम उठाने जा रहे हैं। लेकिन मैं इसे और बेहतर परिप्रेक्ष्य में रखना चाहता हूँ, क्योंकि मैं जानता हूँ कि वे एक ईमानदार व्यक्ति हैं और उनके दिल में लोगों के लिए अच्छे-से-अच्छा करने की इच्छा है। लेकिन वे करना क्या चाह रहे हैं? जहाँ तक भारत सरकार की खाद्य नीति को मैंने समझा है, मुझे नहीं लगता कि माननीय वित्त मंत्री सब्सिडी के खिलाफ हैं। अगर मैं उनकी स्थिति को सही-सही रखूँ तो जहाँ तक मैं समझता हूँ, वे सब्सिडी देने के पक्ष में हैं, लेकिन उनकी स्थिति ऐसी है कि सब्सिडी उपभोक्ता को देने की बजाय उत्पादक को देना चाहते हैं, चाहे वह अधिक अनाज उपजाने के लिए दिए जानेवाले अनुदान के रूप में हो या किसी और रूप में। तार्किक रूप से कहें तो मुझे इसे स्वीकार करने में कोई मुश्किल नहीं नजर आती, क्योंकि यदि आप देश में ज्यादा अनाज उपजाएँगे, तो कीमतें गिरेंगी और उपभोक्ता को फायदा होगा, जिससे कि उपभोक्ता को सब्सिडी देने की जरूरत ही नहीं पड़ेगी। मैं समझता हूँ कि जहाँ तक संभव हो सका है मैंने उनकी स्थिति को सामने रख दिया है। वे सब्सिडी देना चाहते हैं लेकिन उपभोक्ता की बजाय उत्पादकों को देना चाहते हैं।

अच्छा तो महोदय, वह एक दृष्टिकोण हो सकता है, भले ही हम में से कुछ लोगों के दृष्टिकोण से अलग है। मुझे लगता है कि उनके दृष्टिकोण के संबंध में हमें एक प्रश्न पूछना चाहिए और वह यह है कि इनमें से लोगों को सबसे जल्दी किससे फायदा मिलेगा? जहाँ तक यह अधिक अनाज उपजाने पर दी जानेवाली सब्सिडी की नीति है, तो मैं नहीं समझता कि खुद सरकार भी इस बात से सहमत है कि इस सब्सिडी से अधिक अनाज उपजाने की मुहिम को कोई बल मिला है। मुझे नहीं लगता कि इस संबंध में विपक्ष को किसी अन्य प्राधिकार या सत्ता का उदाहरण देने की जरूरत है क्योंकि हम जानते हैं कि रिजर्व बैंक ने अपनी एक जाँच में पाया था कि अधिक अनाज उपजाओ की नीति बुरी तरह नाकाम साबित हुई है। इसलिए यह स्पष्ट है कि उपभोक्ता की बजाय उत्पादक को सब्सिडी देने की माननीय वित्त मंत्रीजी की

नीति का कोई फायदा नहीं हुआ है।

जो दूसरी चीज मैंने पाई है कि क्यों अधिक अनाज उपजाने पर दिया जानेवाला यह जोर नाकाम रहा है, तो उसकी वजह है खाद्य विभाग या भारत सरकार के द्वारा अपनाई जानेवाली नीति में विरोधाभास। एक तरफ वे किसानों और अन्य लोगों को ज्यादा अनाज पैदा करने के लिए सब्सिडी दे रहे हैं तो दूसरी तरफ वे नकदी फसलों के उत्पादन को बढ़ावा दे रहे हैं, जो अनाज के उत्पादन के साथ प्रतियोगिता कर रहे हैं। एक किसान कपास के बीच काली मिर्च और उसी तरह की चीजों को उपजाना अधिक फायदेमंद महसूस करता है। उसे अधिक अनाज उपजाने में कोई दिलचस्पी नहीं है। निश्चित रूप से, यदि सरकार का उद्देश्य और ठोस उद्देश्य अनाज उपजाना है तो सरकार को ऐसा कोई कदम उठाना चाहिए जिससे किसान अनाज के अलावा दूसरी फसलों को न उपजाएँ। लेकिन सरकार ने ऐसा कोई कदम नहीं उठाया है। नतीजा यह है कि इस देश में एक साथ दो प्रतियोगी आर्थिक गतिविधियाँ चल रही हैं, यानी कृषि के क्षेत्र में ही नकदी फसल बनाम अनाज उत्पादन की जंग हो रही है।

इसका नतीजा यह है कि 'अधिक अनाज उपजाओ मुहिम' तथा इसके लिए खर्च किए जा रहे पैसों के बावजूद हम इतना अनाज नहीं उपजा पा रहे हैं कि कीमतों पर उसका कोई असर पड़ सके। अब जो सवाल मैं वित्त मंत्रीजी से पूछना चाहूँगा वह यह है—क्या वे इस बात को महसूस करेंगे या नहीं कि यदि उनका उद्देश्य उत्पादन बढ़ाकर कीमतें कम करने का है और यदि उनका यह उद्देश्य विफल रहा तो भी क्या वे उपभोक्ता को दंडित करते रहेंगे? यानी उसे किसी प्रकार की सब्सिडी नहीं देंगे। या जिस तबाही से वह जूझ रहा है उससे उसे किसी प्रकार की राहत देंगे? यह एक बड़ा मुद्दा है। इसमें कोई संदेह नहीं कि देश में जैसी स्थिति है, उसमें किसी-न-किसी प्रकार की सब्सिडी की आवश्यकता है। संपूर्ण प्रश्न यह है कि मृतप्राय व्यवस्था में खून की सप्लाई कब की जाएगी? कब उपभोक्ता को या उत्पादक को सब्सिडी दी जाएगी? मैं यह बात इस उम्मीद से कह रहा हूँ कि माननीय वित्त मंत्री जिस नीति पर चल रहे हैं, उस पर पुनर्विचार करेंगे, यानी, वे इस बात को मानेंगे कि हमारी समस्या को तुरंत सुलझाने का उपाय उत्पादक को नहीं बल्कि उपभोक्ता को सब्सिडी देना है।

जैसा कि सभी जानते हैं, हमारी सरकार का मकसद मूल रूप से यह था कि हमें सन् 1952 तक आत्म-निर्भरता को हासिल कर लेना है। मैं भी तब उस सरकार का सदस्य था। हमारे प्रधानमंत्री दिन-रात इस बात पर जोर दिया करते थे कि सन् 1952 के बाद हमें बाहर से अनाज का एक दाना भी नहीं मँगाना पड़ेगा। आज, मैं समझता हूँ कि भारत सरकार को भी समझ आ गया है कि सन् 1952 में आत्म-निर्भरता को प्राप्त कर लेना एक सुनहरा सपना था। अब तो उन्होंने यह भी नहीं बताया है कि वे सन् 1956 तक भी उसे प्राप्त करेंगे या नहीं। कब करेंगे यह तो भगवान ही जानता है। लक्ष्य हमेशा पीछे जा रहा है, पीछे और पीछे जा रहा है। हम नहीं जानते कि कितने वर्षों तक इस देश के उपभोक्ताओं को इस कष्ट को झेलना होगा और तमाम वित्त मंत्री एवं खाद्य मंत्री अपने विचारों को तथा प्रस्तावों को जो उनके दिमाग में हैं, उन्हें किसी प्रयोगशाला में आजमाने के चक्कर में इसमें और देरी करते चले जाएँगे। मेरी इच्छा नहीं है कि मैं इस विषय पर और कुछ बोलूँ।

महोदय, अब मैं सामान्य बजट को लेकर कुछ कहना चाहूँगा। किसी भी देश का बजट उस देश की सरकार के काम करने के तरीके का परिचायक होता है, और इसमें कोई संदेह नहीं होना चाहिए कि इससे पता चलता है कि सरकार अपने लोगों के लिए क्या कर रही है। किसी जमाने में इस देश में ब्रिटिश सरकार का काम टैक्स वसूल करना और कानून व्यवस्था बनाए रखना था। जनकल्याण, लोगों की भलाई, उनकी पढ़ाई-लिखाई, सार्वजनिक स्वास्थ्य, बेरोजगारी या अन्य किसी भी प्रकार के उपचार और राहत के उपाय जो आज यूरोपीय देशों के बजट में एक महत्त्वपूर्ण स्थान रखते हैं, तब पेश किए जानेवाले बजट में इनकी कोई जगह नहीं होती थी। न सिर्फ सरकार के लिए उनका कोई महत्त्व था, बल्कि सरकार इन विषयों पर किसी भी प्रकार की जिम्मेदारी लेने को तैयार नहीं थी। हमने सोचा था और उम्मीद लगाई थी कि जब देश आजाद हो जाएगा, तब हालात बदल जाएँगे। यानी सरकार सिर्फ एक ऐसी एजेंसी की तरह की सरकार नहीं होगी जो टैक्स वसूले और उसके पास एक मजिस्ट्रेट हो जो गलत काम करनेवालों को दंडित करे। इसकी बजाय सरकार ऐसी होगी जो उन कार्यों को करेगी जो 20वीं सदी की सारी सरकारें कर रही हैं। महोदय, जो बजट पेश सदन में पेश किया गया है, क्या कोई इस बजट के अध्ययन के

बाद यह कह सकता है कि उसे वित्त मंत्रीजी के इस बजट में ऐसा कुछ दिखा है जो आज की तमाम आधुनिक सभ्यता को अपनानेवाले देशों के बजट में दिखता है? मुझे तो कुछ भी नहीं दिखता। हम आज भी वही पुराने ब्रिटिश ढर्रे को दोहरा रहे हैं, यानी टैक्स वसूलते हैं, और गुनहगारों को सजा देते हैं।

दुनिया के दूसरे देशों में गरीबों और निम्न वर्ग के लोगों को जिस प्रकार के सामाजिक फायदे दिए जाते हैं, उस तरह का कोई प्रस्ताव नहीं है। मैं माननीय वित्त मंत्रीजी से पूछना चाहता हूँ, "क्या वे हमसे वह वादा कर सकते हैं जो वे करते आ रहे हैं कि हम सन् 1952 तक आत्मनिर्भर हो जाएँगे? यदि सन् 1952 में नहीं तो सन् 1956 में, यदि सन् 1956 में नहीं तो क्या वह समय सन् 1960 में आ सकेगा? जब तक एक निश्चित दिन या किसी नई सरकार के आने के दिन का वादा किया जाता है, तब तक एक उम्मीद बनी रहती है। क्या वे हमें बता सकते हैं कि जिस प्रकार दूसरे देश सामाजिक सेवाओं के क्षेत्र में आगे बढ़ रहे हैं, हम भी उसी रास्ते पर चल सकेंगे? उन्होंने अब तक ऐसा कुछ नहीं कहा है।"...

महोदय, यह एक और दृष्टिकोण से बेहद असाधारण सी बात है। हमें बताया गया है कि हमारी विदेश नीति शांति और मैत्री की है। मेरे माननीय मित्र दीवान चमन लाल इसे नेहरू सिद्धांत कहते हैं। यदि नेहरू सिद्धांत का उद्देश्य यह है तो यह एक अच्छा सिद्धांत है, बशर्ते इसे अपनाया भी जाए। यदि इस देश की विदेश नीति का उद्देश्य पूरे विश्व में शांति और मैत्री स्थापित करना है, तो मैं जानना चाहता हूँ कि हमारे दुश्मन कौन हैं जिनकी वजह से हम सेना पर यह भारी भरकम 197 करोड़ रुपए का खर्च कर रहे हैं।

यदि हमें यह बताया जाता कि कुछ देशों के साथ हमारे संबंध अच्छे नहीं हैं, और किसी भी समय हमारी सुरक्षा पर खतरा मँडरा सकता है तो शायद हम में से ज्यादातर यह समझ जाते कि उस खतरे के आने से पहले हमें अपनी सेना को तैयार रखना चाहिए ताकि वह आपात स्थिति से निपट सके। लेकिन हमें बताया जाता है कि दुनिया में हमारा कोई दुश्मन है ही नहीं। फिर इतनी बड़ी सेना को रखने का क्या फायदा?

दूसरा, अगर हम दुश्मन शब्द का इस्तेमाल करें तो शायद पाकिस्तान ही हमारा इकलौता दुश्मन है। और वह भी कश्मीर की वजह से। अब कश्मीर की

बात करें तो, मुझे उम्मीद है कि इस सदन के पास उस प्रश्न पर चर्चा करने का पूरा अवसर है। मुझे कुछ बोलने का समय नहीं दिया गया और मैंने भी सोचा था कि कश्मीर जैसे व्यापक मुद्दे पर मैं सीमित समय में कुछ न बोलूँ तो ही अच्छा है। लेकिन निश्चित रूप से यह मुद्दा अब संयुक्त राष्ट्र संघ में है और मैं नहीं समझता कि पाकिस्तान कश्मीर पर आक्रमण करने की मूर्खता करेगा, या इस विषय पर संयुक्त राष्ट्र संघ का फैसला आने के ऐन मौके पर हमारे देश पर हमला करेगा। इसलिए फिर वही प्रश्न उठता है कि हमने इतनी बड़ी सेना क्यों रखी है? यह बात मेरी समझ से बाहर है।

फिर महोदय, हम अभी यह समझ नहीं पा रहे हैं कि हम जितनी जल्दी कश्मीर समस्या को सुलझा लें, हमारे लिए उतना ही बेहतर है, क्योंकि अगर हम कश्मीर विवाद को बहाना बनाकर अपने रक्षा बजट में इतना भारी इजाफा कर रहे हैं तो क्या हमारा यह कर्तव्य नहीं बनता कि हम ऐसा कोई सकारात्मक कदम उठाएँ और ऐसा कुछ करें कि इस विवाद को खत्म किया जा सके? मैं इस विषय पर प्रवचन नहीं देना चाहता, लेकिन जहाँ तक मैंने भारत सरकार के द्वारा कश्मीर विवाद को सुलझाने की दिशा में उठाए गए कदमों पर गौर किया है, तो दुःख के साथ मुझे कहना पड़ रहा है कि मैंने एक भी शब्द ऐसा नहीं पढ़ा है जिसे सकारात्मक कहूँ और भारत सरकार का एक भी सुझाव नहीं देखा है जिसे नकारात्मक न कह सकूँ।

एक अन्य मुद्दा है जिसकी ओर मैं वित्त मंत्री का ध्यान आकर्षित करना चाहूँगा। अपने बजट भाषण में उन्होंने जहाँ तक कराधान की बात है तो यह इशारा कर दिया है कि आनेवाला समय अच्छा नहीं है। उन्होंने खुद माना है कि आयकर से प्राप्त होनेवाला राजस्व आनेवाले समय में उतना नहीं रहेगा जितना कि पिछले दो वर्षों से है। वे अच्छी तरह जानते हैं कि निर्यात कर, जो वर्तमान में देश के राजस्व का बहुत बड़ा हिस्सा है, वह ज्यादा दिनों तक देश के राजस्व ढाँचे का स्थायी हिस्सा नहीं रह जाएगा। सभी देशों में निर्यात कर अजीब किस्म के हैं, इतने असाधारण प्रकृति के हैं कि उन्हें किसी देश की कर संरचना का एक स्वाभाविक हिस्सा नहीं माना जा सकता है, और वह विदेशी मुल्कों की परिस्थितियों पर निर्भर होता है। जिस पल इन परिस्थितियों में बदलाव आया, आपको अपने टैक्स में फेरबदल करना पड़ता है। आपके सामने ऐसी परिस्थिति भी आ सकती है कि

आपको इन प्रकार के करों को पूरी तरह हटाना पड़े।

राजस्व में कमी को लेकर मेरे अंदर डर कुछ इस वजह से है कि वित्त मंत्री कुछ वस्तुओं पर राजस्व में होनेवाली संभावित कमी की भरपाई कैसे करेंगे? क्या वे रक्षा बजट को कम करेंगे, या उन विभागों के बजट को कम करेंगे जो लोगों के समाज कल्याण से जुड़े हैं? मुझे कोई अंदाजा नहीं है। यदि सैन्य बलों पर होनेवाले खर्च के स्तर को वहीं छोड़ दिया गया जहाँ वह आज है तो जहाँ तक हमारे लोगों के कल्याण की स्थिति है तो उसमें निश्चित रूप से गिरावट आएगी। मैं चाहता हूँ कि वित्त मंत्री इस बात पर गौर करें और हमें ठोस रूप से बताएँ कि ऐसी स्थिति आने पर वे क्या कदम उठाएँगे।

□

डॉ. नरेंद्र जाधव : लेखन सूची

(अ) हिंदी

1. **डॉ. आंबेडकर आत्मकथा एवं जनसंवाद**/प्रभात प्रकाशन (संपादन, 2015)
2. **डॉ. आंबेडकर सामाजिक विचार एवं दर्शन**/प्रभात प्रकाशन (संपादन, 2015)
3. **डॉ. आंबेडकर आर्थिक विचार एवं दर्शन**/प्रभात प्रकाशन (लेखन-संपादन, 2015)
4. **डॉ. आंबेडकर राजनीति, धर्म और संविधान विचार**/प्रभात प्रकाशन (संपादन, 2015)
5. **रवींद्रनाथ ठाकुर युग निर्माता विश्वमानव**/प्रभात प्रकाशन (लेखन, 2015)

(आ) मराठी

1. **प्रज्ञासूर्य डॉ. आंबेडकर समग्र वैचारिक चरित्र** (लेखन)(ग्रंथाली, मुंबई, जानेवारी 2014)

- **प्रज्ञा महामानवाची**
  डॉ. बाबासाहेब आंबेडकरांचे समग्र लेखनकार्य (सारांश, संपादन व अनुवाद) (ग्रंथाली, मुंबई, अक्तूबर 2013)

2. **खंड एक :** राजकीय लेखन
3. **खंड दोन :** अर्थशास्त्र, समाजशास्त्र, कायदा-संविधान आणि धर्मशास्त्र

4. **लसावि माइया समग्र अभिव्यक्तीचा** (लेख संग्रह) (ग्रंथाली, मुंबई, जून 2013)

- **बोल महामानवाचे :** (डॉ. आंबेडकरांची 500 मर्मभेदी भाषणे) (संपादन)
  ग्रंथत्रिवेणी (ग्रंथाली, मुंबई, 24 अक्तूबर, 2012)

5. **खंड पहला :** आत्मनिवेदन पर भाषणे, अनुयायी मार्गदर्शन व डॉ. आंबेडकरांच्या भाषणांची समग्रसूची
6. **खंड दूसरा :** सामाजिक, आर्थिक, धार्मिक आणि कायदा-संविधानविषयक भाषणे
7. **खंड तीसरा :** राजकीय भाषणे
8. **रवींद्रनाथ टैगोर : युगनिर्माता विश्वमानव** (ग्रंथाली, मुंबई, मे 2011) (लेखन)
9. **रवींद्रनाथ टैगोर : समग्र साहित्यदर्शन** (ग्रंथाली, मुंबई, मे 2011) (संपादन)
10. **भयशून्य चित्त जेथ''रवींद्रनाथांच्या 151 प्रातिनिधिक कविता** (संपादन-अनुवाद) (ग्रंथाली, मुंबई, नवंबर 2010)
11. **आमचा बाप आन् आम्ही** (ग्रंथाली, मुंबई, 1993) (लेखन)
12. **डॉ. आंबेडकर : आर्थिक विचार आणि तत्त्वज्ञान** (लेखन) (सुगावा प्रकाशन, 1992)

(इ) अंग्रेजी

1. **Ambedkar : An Economist Extraordinaire**
   (Konark Publishers, 2015)
2. **Ambedkar**
   Awakening India's Social Conscience
   (Konark Publishers, New Delhi, January 2014)

- **Dr. Ambedkar Writes**
  Completed Writings of Dr. Ambedkar (Edited)
  (Konark Publishers, New Delhi, December 2013)

3. **Vol. I :** Political Writings
4. **Vol. II :** Scholarly Writings (Sociology, Economics, Anthropology, Law–Constitution and Religion)

- **Dr. Ambedkar Speaks**
  301 Seminal Speeches (Edited, 2013)
  A Trilogy released on March 08, 2013)
  (Konark Publishers, New Delhi)

5. **Vol. I :** Introduction, Autobiographical Speeches, Guidance to Followers and Complete Bibliography

6. **Vol. II :** Social, Economic, Religion, Law and Constitution

7. **Vol. III :** Political Speeches

8. **Untouchables : My Family's Triumphant Journey Out of the Caste System in Modern India** (California University Press, USA, 2007 and Simon and Schuster, USA, 2005)

9. **Monetary Policy, Financial Stability and Central Banking in India**
   (Macmillan India Ltd. New Delhi, 2006)

10. **Re-emerging India : A Global Perspective** (ICFAI University Press; Hyderabad, 2005)

11. **Outcaste- A Memoir, Life and Triumphs of an Untouchable Family in India** (Penguin, India, 2003)

12. **Governors Speak** (Edited) (Reserve Bank of India, 1997)

13. **C.D. Deshmukh Memoral Lectures** (Edited) (Reserve Bank of India, 1996)

14. **Challenges to Indian Banking : Competition, Globalization and Financial Markets** (Edited) (Macmillan India Ltd. New Delhi, 1996)

15. **Monetary Economics for India** (Macmillan India Ltd. New Delhi, 1994)

16. **Our Father and Us** (Children's Edition in Korean) Gimmyoung Publishers, Korea, 2009)

17. **Dr. Ambedkar : Economic Thought and Philosophy** (Popular Prakashan, Bombay, 1992)

18. **Macroeconomic Investment Management in LDCs : A Social Cost Benefit Approach** (Indiana University, USA, 1986)

□

संदर्भ सूची

1. Ambedkar, Dr. Babasaheb, 1979-2012, *Writings and Speeches* (BAWS) : Vol. 1-22, Mumbai : Government of Maharashtra.

2. Choudhary Nirad, *The Autobiography of an Unknown Indian*, 1951.

3. *Constituent Assembly Debates* 1946-50 : Vol. 1-12, New Delhi : Government of India.

4. Das, Bhagwan (ed.), 1969-79, *Thus Spoke Ambedkar* : Vol. 1-3, Lucknow : Dalit Today Prakashan, New Delhi : Samyak Prakashan.

5. Ganguli, B.N., *Indian Economic Thought*, New Delhi : Tata Mc Graw Hill, 1977.

6. Jadhav, Narendra (ed.), 2013, *Ambedkar Speaks*, Vol. 1-3, New Delhi : Konark Publishers.

7. Jadhav, Narendra (ed.), 2013, *Ambedkar Writes,* Vol. 1-2, New Delhi : Konark Publishers.

8. Jadhav, Narendra, 2014, *Ambedkar Awakening India's Social Conscience*, New Delhi : Konark Publishers.

9. Jadhav, Narendra, 1993, *Dr. Ambedkar's Economic Thought and Philosophy*, Mumbai : Popular Prakashan.

10. Kamble B.C., 1984-2008, *Samagra Ambedkar Charitra* : Vol. 1-24 (Marathi), Pune : Sugawa Prakashan, Reprint.

11. Kashyap, Subhash C., 2011 (Fifth Revised Edition), *Our Constitution – An Introduction to India's Constitution and Constitutional Law, New Delhi : National Book Trust, India.*

12. Keynes, John Maynard, 1909, *Indian Currency and Finance*.

13. Khairmode C.B., 1984-2008, *Dr. Bhimrao Ramji Ambedkar Charitra Granth* : Vol. 1-12 (Marathi), Pune : Sugawa Prakashan, Reprint.

14. Keer, Dhananjay, 1954, *Dr. Ambedkar : Life and Mission*, Mumbai : Popular Prakashan.

15. Madan, B.K., 1966, *Economic Thinking in India*, New Delhi : S. Chand and Company.

16. Mane, Dr. Suresh, 2010, *The Man Who Codified Indian Independence*, Thiruvananthapuram : Bahujanvartha Publications.

17. Omvedt, Gail, 2004, *Ambedkar*, New Delhi : Penguin

18. Phadke, Y.D., 1990, *Ambedkari Chalwal* (Marathi), Pune : Shri Vidya Prakashan.

19. Singh, Rohini (ed.), 1991, *Need for a New Religion in India and Other Essays* (A Collection of Essays by Khushwant Singh), New Delhi : UBS Publishers.

20. Thorat, Sukhadeo, 1998, *Ambedkar's Role in Economic Planning and Water Policy*, New Delhi : Shipra Publications.

21. 2012, *Outlook* (Weekly), Various Articles, Independence Day Special, 20th August.

□□□